KB071791

어두울 수
없는
밤

윤찬모
장편소설

도서출판
청어

어두울 수 없는 밤

윤찬모 지음

발 행 처 · 도서출판 청어
발 행 인 · 이영철
영　　업 · 이동호
기　　획 · 천성래
편　　집 · 방세화
디 자 인 · 이수빈 | 김영은
제작이사 · 공병한
인　　쇄 · 두리터

등　　록 · 1999년 5월 3일
(제1999-000063호.)

1판 1쇄 발행 · 2022년 7월 20일

주소 · 서울특별시 서초구 남부순환로 364길 8-15 동일빌딩 2층
대표전화 · 02-586-0477
팩시밀리 · 0303-0942-0478

홈페이지 · www.chungeobook.com
E-mail · ppi20@hanmail.net
ISBN · 979-11-6855-050-6(03810)

어두울 수
없는
밤

윤찬모
장편소설

작가의 말

말들의 배열을 관찰한다. 왜 부빈(富貧)이 아니고 빈부일까. 왜 하상(下上)이 아니고 상하일까. 왜 비시(非是)가 아니고 시비일까. 왜 우좌(右左)가 아니고 좌우일까. 사람들은 이러한 적대적 말들의 두려움과 분노로 다투면서 상대를 죽이고 죽었다.

네 편과 내 편, 저쪽과 이쪽, 너희와 우리로 으르렁거리다가, 어느 한 편에 맹종하는 다수가 최적의 선이라는 정리가 가능할까? 이러한 다수는 목적에 미리 심지를 박아 검증하고 해석하거나, 이미 결과를 예정해 놓고 입맛에 맞는 증거를 찾아 목적에 부합시키려는 가치전복을 시도하므로, 어떠한 반증이 나오더라도 결론을 바꾸려 하지 않는 과거 인식이 끈질기게 세상을 지배하려 한다.

사람의 혀끝에서 놀아나는 시비(是非)로 정언(定言)할 불변의 진리가 이 땅에 있기나 할까. 시비가 비시(非是)로 바뀌면서 죄(罪)는 공(功)이 되고, 공은 죄가 된다. 서로 다른 생각 끝에 일어났던 끔찍한 일들이 후세의 힘에 따라 드러나고 덮이다가 변용되기를 반복하며 죄와 공을 뒤집는 전쟁은 끊임없이 계속된다.

4

대중의 망각은 편리한 지배의 수단이 되지만 선명한 기억은 역사를 장악하려는 세력을 방해한다. 선명했던 기억이 쇠하기 시작하면 남아있는 기록으로라도 버텨야 한다. 그러나 아무리 과거를 부둥켜안고 잊지 않으려 안간힘을 써 봐도 사정없이 흘러가는 시간에는 당해낼 재간이 없다. 진한 기억이든 희미한 기억이든 서서히 잊히기 시작하면 사악한 역사변이가 꿈틀댄다. 과거가 힘을 잃더라도 새로운 지배자에게 밀려나 악으로 청산되는 일은 막아야 한다.

　『어두울 수 없는 밤』의 이야기를 펼치면서 오랫동안 옛 신문기사와 보존문서, 구술자료 등 많은 기록을 모아 참고했다. 남아있는 기록과 기억에 의존하여 과거를 더듬어가다 보면 의문이 꼬리를 물고 일어난다. 사안마다 의문을 품게 되는 습성은 작가의 본능이다. 의문에 대하여 작가는 이러했으리라는 추정을 더하여 소설로밖에 답할 방법이 없다.
　궁금증은 단순한 호기심이 아니다. 까마득한 거울의 뒷면이 암담하여 자신의 미래를 훔쳐보자는 일도 아니다. 의문을 기어이 풀어보려는 뜻은 과거의 사건, 사실이 앞으로도 영원히 기억되어야 할 가치가 있기 때문이다. 과거형 소설은 지나간 사실을 복원하는 게 아니고 그 당시의 분위기로 흘러간 영혼들이 가졌던 의지와 그 시대에 흐르고 있었던 생존방법을 되찾아 이해해 내는 일이다.

고민하며 들춰낸 흉터가 너무 크다. 시간이 지날수록 상처는 아물어 가는 듯 보이지만 아직도 깊다. 섣불리 더 건드렸다가는 덧날지도 모른다. 사실과 허구의 조화로운 직조를 위하여 몇 군데 땅의 이름은 바꿨다. 시간이 숙성치 않아 아직 민감한 몇몇 사람들에게는 이름에다 가면을 씌웠다. 가면은 그 속에 진면이 있음을 암시한다.

이제 수많은 등장인물은 작가를 향해 억울하다고 불만을 토로할지도 모른다. 그러나 어쩌랴. 작품을 위해서 희생해야 하는 너희의 작중 역할이고, 미완의 삶은 결국 죽어서야 완성에 이르게 마련인데. 때를 잘못 만나 억울하게 희생당한 실제의 영령들에게 다소나마 위로가 되기를 바란다.

마른 뼈들이 물기를 만나 생기를 얻고 서로 이어 붙어 움직이려고 이야기는 생생하게 살아난다. 쉿, 목이평에 어두울 수 없는 밤이 있었다. 누군가는 이 어마어마한 밤을 지켜야 한다. 자, 이제부터 조심조심 뒷걸음마를 시작한다.

2022. 녹음 짙은 여름에
용문산 백운봉 밑자락에서

차례

1부

야소귀신

목이평 땅을 꿰뚫어 흐르는 강을 앞에 두고 갈문산 삼태골 밑에는 드넓게 펼쳐진 논들이 말라가고 있었다. 심는 건 사람의 일이고 키우는 건 하늘의 일이라서 농사는 땅과 하늘의 시절궁합이 맞아야 곡식을 낳는다고들 했다. 비는 스스로 오는 게 아니고 하늘이 땅에게 내려 주신다고 하는데도 모두들 비, 당신 스스로 이 땅에 내려오시기만 고대하고 있었다. 주봉인 갈문산 줄기에서 구름봉, 가말봉을 타고 이어 내린 삼태골 아래, 양강을 내려다보는 평말·빈들·새마니 삼동에는 만석지기, 혹은 천석지기들 몇몇만이 주인 행세하는 전답을 수십 년 동안 일백여 소작인들이 얻어 부쳐 먹고 있었다.

가말봉 아래로 삼동 가운데에 펼쳐진 너른 들은 삼태골에서 내려오는 물만으로는 어림도 없어 해마다 물이 귀했다. 올해도 곡우에 하늘에서 못자리 돕는 비를 찔끔 주고 난 후로 이슬비 한 번 안 내려, 벼 포기가 벌기도 전에 애지(愛池)는 바닥을 드러내고 우렁이 잡는 아이들을 불러들였다. 가말봉에서 불어 내리는 마른 바람은 벌써부터 잔뜩 심술이 나 있었는데 아직 아무도 그 눈치를 채지 못했다. 물이 잦아드는 애지 아래 논자리로 모여든 사람들은 물기 없는 들판을 보고 한숨지으며 멀찌감치 떨어져 인정머리 없이 흘러가는 강물만 안타깝게 내려다보고 있었다. 비탈져 멀어보였지만 애지에서 강변까지는 불과 한 달음밖에 안 되었다.

"그래도 무슨 방도가 있을 거여. 바로 밑에 강물이 흐르는데 벼 포기가 이렇게 목이 말라 죽는다니. 벼들이 너무 억울해서, 원."

집게손으로 눈곱을 떼어 비비던 평말의 덴동네가 말문을 열었다. 대장간에서 풀무질하다 갑자기 터져 나온 불에 슬쩍 끄슬렸다는 얼굴이 울퉁불퉁했다.

"하늘이 미쳐서 물이 거꾸로 흐르는 조화를 부린다면 모를까 저 물을 예까지 무슨 수로 퍼 올린다고."

핀잔을 주는 쪽은 빈들의 까우기다. 아침이면 가죽나무 근처로 몰려와서 빙빙 돌며 까욱거리는 까마귀 같은 얼굴에 이름을 붙여 삼동 사람들은 그를 까우기라고 했다. 덴동네가 거친 얼굴을 하늘에다 내보인다.

"그렇다고 이렇게 손 놓고 있을 순 읎지. 기우제라도."

기우제라니. 가뜩이나 마른 인심에 제물조차 추렴이 어려웠다. 미꾸라지 잡던 웅덩이고, 물 길어 먹던 샘터고, 물이라는 물은 모두 퍼다 논에 부었지만 모래사장에 물 들어붓기였다. 뿌리라도 적셔보려고 못자리에 붓는 물은 쩍쩍 갈라지는 틈으로 흔적도 없이 스며들고 말았다. 덴동네가 돌아서서 허리끈을 풀러 고의춤을 펼치더니 세찬 오줌발을 갈라진 논바닥에 쏟아냈다.

"이거라도 먹고 목 좀 축여라."

"쯧쯧쯧, 간기가 너무 세서 어쩌누. 세상이 다 가물어도 저놈에 오줌보에선 장마가 지는구먼."

다시 바지를 여미고 허리끈을 매며 사추리를 움츠려 진저리치는 덴동네의 엉덩이를 보고 짖어대듯 깐죽이는 쪽은 까우기다. 한 바가지도 못 되는 오줌만으론 어림도 없다. 밤새 바람이라도 강에서 빈들 쪽으로 분다면 축축한 기운을 머금고 올 테지만, 하늘에서 산을 타고 내리 부는 바람은 습기마저 바위서덜에 씻기고 뜨거운 땅 기운에 덥혀져서 벼 잎에 남은 몇 방울 이슬마저 남김없이 씻어 내리고 있었다. 모두 답답해서 눈을 뜨자마자 마른 바람에 홀리듯 애지 밑 논두렁길로 나와 마른 물꼬에 둘러서서 한마디씩 해대는 말들은 궁리만 무성할 뿐, 이렇다 할 방도를 내놓지 못했다.

"그래도 강물을 퍼 올려야지."

"거서 여가 얼만데."

"물을 마차로 실어서라도."

"마차? 삼동에 땅 쥔 영감태기들이 선뜻 내 놓을까?"

덴동네 제안에 까우기가 초를 치며 옥신각신한다.

"글쎄."

"이게 다 당신네 농산데 뭘 주저해. 강물이라도 퍼 올리겠다는 우릴 고마워해야지. 땅 쥔들이 이 가뭄에 말라가는 논에다가 뭘 한 게 있다고."

까우기는 근동에서 하늘같이 떠받들어야 할 황 토주를 그렇게 깎아내리다가 그의 밑에서 밥 벌어먹고 사는 조진창과 눈이 마주치자 고개를 돌렸다. 그 눈치 틈으로 까우기가 또 끼어들고 덴동네가 지지 않으려 한다.

"삼동에 있는 마차를 모두 끌어낸다면 모를까."

"못 낼 게 뭐 있나. 이런 때 안 쓰면 마찰 뒀다가 황 토주 첩실들일 때나 쓰려고?"

구미가 당기는 일이었다. 그렇게라도 물을 실어다가 흠뻑은 못 되지만 감질나게나마 벼 뿌리라도 적신다면 며칠은 더 버틸 수 있을 것 같았다. 까우기와 덴동네가 주고받는 말에 고집불통 황 토주네 편이어야 하는 조진창이 오히려 덴동네 쪽을 거들고 나섰다.

"삼동에 아낙들까지 모두 물동이를 이고 나서더라도 논바닥을 적셔야 해여."

누구에게나 간절했기에 모처럼 우연찮게 모인 삼동에 상일꾼들은 이제야 죽이 척척 맞았다. 바로 그때에 삼태골 바로 밑, 새마니 쪽에서 황토주 댁 상머슴 감쇠가 누렁소를 앞세워 논두렁길로 걸어오고 있었다. 사람들은 햇볕에 그을린 그의 얼굴에 빗대어 깜새라 부른다. 누런 등에는 길마자국이 깊이 패여 딱지가 졌다. 외양간에 있던 농우 두 마리 중에 이태나 더 늙은 놈이다.

"등빈 소를 어디로 끌고 가는 거여? 시방."

까우기는 대답을 못 들으면 논두렁길을 막겠다는 투로 대들어 물었다.

"쉬잇. 제물감이라우."

"제물?"

황 토주가 신주처럼 위하던 농우가 제물이라니. 덴동네는 당치도 않다는 투다.

"기우제를 지내신다네유."

깜새는 막아선 까우기 앞에서 어서 비키라고 황 토주 영감을 팔아댔다.

"없애면 농사는 뭘로 짓고?"

덴동네가 그 집 걱정할 일은 아닌데도 오지랖 넓게 참견하려 든다.

"비 안 오면 농사도 없는 거여. 이놈을 바쳐서라도 비를 얻어야지. 소는 또 구해 들이면 되지만 비 없는 농사는…."

조진창의 돌연 역성에 덴동네가 슬며시 끼어들어 핀잔이다.

"저걸 잡아서 기우제로 바친다면 여태껏 우리가 강물을 푸자고 한 얘기는 모두 헛말 되는 거 아녀? 소 잡아 하늘에 바치고 나면 마차는 사람이 끄나? 쟁기에 써레질은 어느 삼 년에 송아지 키워서 가르치고."

"그 어른께도 무슨 심이 있겠지."

까우기가 비꼬자 조진창이 황 토주 쪽 역성을 들었다.

"깜새. 이러지 말고 우리 토주 영감한테로 가보자고."

일꾼 중에 행세깨나 하는 조진창이 앞섰다. 소는 잠시 멈춘 사이에도 논두렁에 물기 없는 풀을 뜯고 있다가 깜새가 당기는 고삐에 이끌린다.

"강물을 퍼 올리겠다고? 턱도 없는 소릴."

일꾼들을 이끌고 올라온 진창이 앞에 나서서 마차로 강물을 퍼 올리겠다고 하자 옥니배기 황 토주는 턱 높은 사랑에서 아자살문을 얼굴만큼만 열고 내려다보며 타박했다.

"빈들 삼동에 마차를 모두 내서라도 물을 퍼 올린다면⋯."

물러서지 않고 덴동네가 한발 앞서서 재차 허락을 구했다. 자신 있게 몰려왔지만 토주 앞에서는 모두 말을 더듬거리다가 양 볼에서 우물우물 맴돌고 말았다. 기우제는 나중에 드리더라도 우선 물을 퍼 보자며 진창이 앞에 나서 다시 한 번 간살맞게 고개 숙이고 허락을 청했지만, 황 토주는 꿈쩍도 안 하고 깜새가 소를 제멋대로 되끌어온 데에만 괘씸스러워했다.

"농사는 하늘이 짓는 거여. 사람이 제멋대로 뭘 하겠다고."

"앞강에 철철 넘치는 물을 두고 논을 말리니 지들도 속이 타서 그렇지유."

진창이 물러날 기세가 아니다. 대답을 기다리지 않고 말을 이었다.

"하늘이 굶기면 굶어야 하나요? 방도를 찾아야지요."

"소용없어. 하늘에 빌어야지. 어서 준비나 해. 미련하기는."

몇몇이 영감의 마음을 돌리려고 청했지만 꾹 다문 입을 다시 열줄 모르더니 이내 문을 닫아버렸다.

"깜새. 이놈! 뉘 말을 듣고 소를 되 끌어와?" 하는 호령이 창호지를 뚫고 나왔다. 기우제를 지낸다고 해서 선뜻 비를 내려 줄 하늘이 아니었다. 구름이 있어야 비가 올 텐데 벌써 두어 달째 하늘엔 구름 한 점 보이지 않았다. 그래서 잔인한 햇볕은 옛날 덴동네 대장간에 이글거리던 노(爐)처럼 뜨겁게 빈들을 달궜다. 하늘도 황 토주의 성질을 닮아 성깔이 황소고집이다. 미련하다며 닫히는 문소리가 진창의 머리를 세게 때렸다.

"저놈의 쇠심줄 같은 늙은이."

진창의 중얼거리는 소리는 얇은 창호지도 못 뚫었다.

"그럼 소는 도로 끌고 가면 되는 거지유?"

일없다는 표정으로 깜새는 소고삐를 다시 잡았다.

"그럼 새마니 사람들은 빠지게. 우리 평말하고 빈말에선 오늘부터 강물을 푸러 나가네."

평말과 빈말의 덴동네와 까우기가 한마디 거든답시고 따라왔다가 일찌감치 포기하고 돌아섰다. 그들의 농토는 강 쪽으로 가까웠지만, 황 토주네 논들은 애지 아래서 감질나게 마른 목을 축이고 있었으므로, 삼태골 물이 마르면 기댈 곳은 강보다 하늘 쪽이 더 가까웠다. 세상 사람을 죄다 말려 죽일 작정으로 내리쬐는 하늘의 볕을 황 토주의 소 한 마리로 꺾기에는 어림도 없을 것 같아 보였다. 죽기 전에 물 한 바가지라도 퍼다 부어서 살려내야지, 심은 모가 다 말라 죽고 난 다음에야 줄소낙비가 쏟아진들 무슨 소용인가. 그 어느 해 불타던 가뭄처럼 이번에도 황 토주가 애지중지 아끼던 황소만 없어질 것이다.

칼잡이 앞에서 소가 피 냄새를 맡고 네 발굽이 땅에 붙었다. 깜새가 초조하게 주인 노릇한다.

"제물로 써야 하니 단방이어야 하네."

"천하에 백 도수 앞에 단방에 가지 않은 놈이 있었나."

"쉿! 말조심하게. 제물이라지 않았나. 놈이 아니라 황 씨 댁에 황님이네."

도수는 뻐기고 깜새는 혹여 실수라도 할까 봐 코뚜레와 고삐를 바투 잡고 안절부절이다. 살(殺)틀로 몰아넣어 앞뒤로 꼼짝 못하게 통목을 채우자 목을 휘두르며 버둥거리던 황소가 한숨을 내쉬더니 다리의 힘이 빠지고 배는 이미 횡목에 걸렸다. 목덜미 멍에 자국에 딱지가 지도록 살 만큼 산 탓일까. 부릅떴던 굵직한 눈에는 일찌감치 포기하는 빛이 역력하다. 백 도수의 망치 머리가 치솟는 걸 보고 깜새는 자기도 모르게 눈을 감았다.

꺼-웅.

대장간 풀무바람처럼 내뿜던 황소의 거센 한숨이 뚝 끊어졌다. 기어이 피를 올려야 비를 내려주려나. 하늘이 잔인하다. 단번에 거꾸러뜨려 끊어놓은 황소의 목숨만으로도 백 도수의 힘은 장사였다. 고깃살로 탱탱한 백 도수의 팔뚝과 절구통 몸집은 소든 돼지든 뭐든 너끈히 때려눕혔다. 함지박에 받아낸 선지를 거두고 둔하게 보이던 도수의 손이 빨라졌다. 살틀에서 횡목을 빼고 목 떨어진 소를 눕혀 능숙하게 칼질을 시작했다. 그걸 깜새가 두렵고 신기하게 바라본다. 백 도수가 김이 무럭무럭 나는 간을 창칼로 베어 입에 넣으려 하자 깜새가 기겁하며 달려들어 막았다.

"제물이라고 했잖아!"

"하늘에 바치더라도 기미는 봐야지."

도수는 벌써 붉은 간덩이를 입에 넣고 우물거리다 한 점을 더 잘라 깜새에게 건넸다. 깜새는 겁에 질려 사양하는 척하더니 그 맛이 궁금하여 못 이기고 받아 모래알만 한 소금 몇 알갱이에 고춧가루를 섞어 묻혀 입에 넣었다. 백 도수는 소의 살을 먹고 소의 힘을 얻어, 쓰는 힘도 장사였다. 머리를 풀어 내린 채 겨울에도 드러내놓고 다니는 시커먼 가슴팍엔 몸을 풀고 난 애 어미 가슴처럼 탱탱한 살덩이가 출렁거렸다. 도수는 삽시간에 각을 뜨고 나서 시뻘건 이빨로 깜새를 향해 보란 듯이 웃으며 소원했다.

"비가 와야지. 암, 와야 하고말고. 신도 이걸 받아먹고 비를 달라고 하늘에다 기도할까?"

"신이 하늘에 왕촌데 또 누구한테 기돌 한다고."

"아냐. 소를 받아먹는 신은 하늘에서 제일 하바리일 거야. 왕초는 하늘에서 구름만 먹고 산대. 그리로 직접 기돌 해야 구름을 덜 먹고 비로 내려주지."

"아냐. 신들은 모두 자기가 최곤 줄 알고 사람한테 받아먹기만 하지, 그 위론 제 힘만 믿고 절대 기돌 안 해."

깜새가 쇠머리를 짊어지고 하늘 신 이야기를 주거니 받거니 하면서 앞장섰다. 백 도수가 각 뜬 고기를 가마니에 둘둘 말아 지고 따라나서자 깜새는 못 미더워 또 묻는다.

"백 도수. 이 고기로 정말 비가 올까?"

대답이 없다. 양어깨로 짓누르는 무게를 잊으려고 깜새는 뒤따라오는 백 도수에게 또 말을 걸었다.

"요 너머 고읍에는 하늘로 뾰족한 신당을 짓고 야소라는 서양귀신을 모셔왔다는데, 이걸 거기다 바치면 잘 들어줄 텐데. 차라리 그쪽이 훨씬 효험이 빠를지도 모르지."

"큰일 날 소리. 하늘을 찌르는 뾰족신당을 지었으니 하늘이 노했을지도 몰라."

"그래도 거긴 새벽마다 모여서 기돌 한다니까 그쪽이 더 빠를 거라는 얘기지. 거기선 죽은 지 사흘 만에 되살아났다는, 키가 크고 수염이 더 부룩한 서양귀신이 지팡이 짚고 걸어 다니면서 아픈 사람 고쳐주고 죽은 사람도 살려낸다니까. 바위를 지팡이로 쳐서 물이 나왔다니 아무래도 기우제에 제물만 받아먹고 꾸무럭거리면서 애태우는 하늘귀신보담 낫겠지. 그쪽 애길 들으니 뾰족신당에선 우리 같은 천것들도 가기만 하면 문 열어놓고 다 받아준다는데."

깜새는 두려우면서도 언젠가 들었던 뾰족 신당에 솔깃했다.

제물이 황 토주 댁에 들어서자 영감은 백 도수의 빈 지게에 쌀 한 말을 얹어 보냈다. 여느 집 소 같으면 도수는 머리차지로 그만일 텐데 이번에 머리는 황 토주가 제물로 쓰겠단다. 백 도수는 쇠머리 대신에 귀한 쌀을 얻었으니 그것만으로도 감지덕지하여 황 토주에게 꾸벅 절하고 물러났다. 도살간으로 돌아와 제사상에도 못 오르는 쇠꼬리를 가마솥에 넣고 푹 고아서 줄줄이 크는 자식들에게 먹일 테니 남는 건 가죽이다. 펼쳐 무두질하고 날 좋은 햇볕에 널었다. 애들의 광목 저고릿감이라도 바꿀 것이다. 이번엔 제물에 쓸 고기라서 정결히 한다고 내포까지도 통 채로 얻었다. 내포 손질은 살녀 차지다. 마당엔 살녀와 혼례도 못 올리고 줄줄이 낳은 쑥대머리 애들이 벌써 여섯이다. 첫딸은 기둥 삼아 마순이라 지었다. 끝으로 이름을 짓지 못한 사내아이가 하나, 계집애가 하나다. 그래도 배기만 한다면 더 낳을 셈이다. 자라는 애들을 보면서 살녀의 수심이 늘어났다. 이 애들을 모두 칼잡이로 만들려는가. 살녀의 걱정에 백 도수는 고개를 흔들었다.

"칼 쓰는 장수로도 키우고 대감도 내고 훌륭한 선생도 내고 포수도 시켜야지. 그땐 이놈의 칼을 내 던져 버리는 거여. 이눔의 세상이 확 뒤집혀버리기만 하면."

백 도수는 애들을 대견하게 바라보며 걱정하는 살녀를 나무랐지만 살녀가 그 말을 믿을 리 없다. 어려서부터 아비의 칼질을 보았고, 자라면서 아비를 돕다가 아비가 쇠뿔에 받혀서 세상을 떴다. 시신을 쇠가죽에 싸서 져다 묻고 봉분을 만들었다가 동네 사람들에게 몰매를 맞고 다시 걷어내어 평장했다.

살녀를 집안에 들이고 진한 쇠고기 국을 끓여 잔치를 벌이려다가 백 도수의 올린 상투를 보고 사람들은 잔칫상을 들러 엎어버렸다. 소고기를 자르던 창칼을 뺏겨 상투를 잘렸다. 완력으로라면 달려드는 장정 몇이라도 당하겠건만 갓 쓴 자의 호령 한 마디에 힘 한 번 못 써보고 땅에 떨어지는 상투를 보아야 했다. 백 도수의 쑥대머리는 울분을 참고 쑥쑥 낳아 무럭무럭 크는 아이들과 함께 자라났다. 살녀는 자신의 머리나 아비의 머리와 아이들의 머리가 함께 풀어 헤쳐진 채로 자랄 걸 생각하니 한숨만 푹푹 나왔다. 걱정하는 소리를 들을 적마다 백 도수는 털털 웃으며 염려 말란다.

"고뿔 한 번 안 걸리고 저리 잘들 크는데 무슨 걱정을 그리 하누."

이게 전부다. 가죽 띠로 머리를 동이고 기다란 갈비뼈를 칼 삼아 잡은 소의 각 뜨는 흉내를 내며 노는 아이들의 표정이 진지하다. 아이들을 여전히 대견스레 바라보고 있던 살녀는 절로 터져 나오는 한숨을 숨긴다.

"우리 이 짓 그만두고 갈문산 속에 들어가서 화전이나 일궈요."

"여태까지 이걸로 밥 먹고 살았는데 이게 어때서."

태연한 척하면서도 백 도수는 빈산으로 올라가 평장한 할아비의 묘 앞에 엎드렸다. 소 한 마리를 거꾸러트릴 적마다 올리는 예다. 할아비는 나라에서 붙잡아다가 죄인의 목을 베는 망나니짓을 시켰지만 끝내 거부하고 당신의 목을 내놓았다고 아비에게 들었다. 수많은 짐승의 목을 끊은 손으로 사람의 목은 못 베겠다고 버텼을 할아비의 모습이 선하다.

백정에게도 도가 있는 법이다. 병든 숨을 끊지 말며, 수태한 암컷도 잡지 말고, 세상에 나온 지 한 해 못 된 어린 축생의 목도 끊지 말아야 한다. 하물며 만물 중에 가장 존귀하다는 사람의 목을 어찌 함부로 끊겠느냐. 부득이 끊어야 할 짐승의 목숨이라면 단숨에 끊어라. 끊어야 하는 손도 너의 운명이고 끊겨야 하는 목숨도 제가 타고난 명줄이다. 명심해라. 언제든 내가 죽으면 이 칼을 버리고 멀리 떠나서 다시는 돌아오지 말라. 너희들이 버리고 간 내 몸은 썩는 게 더러워서라도 누구든 땅속에 묻어주겠지.

늙어 죽어가던 아비로부터 귀에 군살이 박히도록 들어왔다던 할아비로부터의 가르침이다. 나라의 죄인을 처형하는 형장에서 할아비는 죄도 없이 관아 것들한테 갖은 모욕을 다 당하고 모진 세상을 등졌지만 아비도 골 안 도살간을 뜨지 못했고 백 도수까지 삼 대째 눌러살고 있었다.

평장한 묘 앞에서 백 도수는 무릎을 꿇고 눈을 감았다. 스스로 죄인이라면서도 당찼다고 한다. 아비로부터 들은 그 얘길 백 도수는 평생 자랑으로 삼고 자랐다. 사람을 위하여 짐승의 목을 끊었지, 그 칼로 사람의 목은 결단코 치지 않았다. 그래서 백 도수가 그 지조로 물려받아 수십 년을 갈아온 창칼은 가냘프도록 날이 얇게 닳아 더욱 소중했다. 어미가 누군지도 모르고 아비의 손에 자랐다.

살녀에게 큰소리는 쳤지만 그도 여러 아이가 자라는 걸 보면서 궁리가 여간 많은 게 아니다. 백정의 딸 몸에선 피비린내가 난다고 피했고,

아들은 복건 쓴 양반집 아이들에게 머리를 잡혀 조리돌리는 놀림을 당했다. 그런 일을 몇 번 당하고부터 살녀는 애들더러 밖으로 나다니지 말고 제 형제들끼리만 어울려 놀라고 했다. 애들 형제만 해도 한 패거리다. 도살간은 외진 곳이니 밖으로 나다니지만 않는다면 입성 좋은 집 애들과는 부딪칠 일도 없었다.

살녀는 가마솥에 손질한 내포를 넣고 오래도록 푹 삶았다.

'어서 먹고 얼른 얼른 자라 여기서 떠나거라.'

살녀의 소원이다. 비가 끊어진 지 오래라 쌀 인심도 사나웠는데 황 토주 댁에서 쌀을 얻어왔으니 구수한 내폿국에다 흰 쌀밥을 배불리 먹일 참이다. 아이들이 침을 꼴깍 삼키며 김 오르는 솥 가로 모여든다. 배불리 먹이고 무럭무럭 키워 차례대로 내보리라. 제일 큰애부터 내놓아야 한다. 비릿한 옷을 벗고 살게 해야 한다. 아무도 모르게 멀리 서울로 내보낼 작정이다. 아이들은 벌써 한 그릇씩 받아든 내포의 구수한 맛을 물어뜯고 있었다.

삼태골 밑 새마니에서는 삶은 소고기로 동네잔치를 벌여 사람들의 배만 불렀지, 별이 여전히 총총한 하늘을 보면 황 토주의 기원이 비를 품고 있을 하늘까지는 기별도 안 간 모양이다. 사람들은 황 토주 댁 마당에 모깃불을 가운데 두고 모여 앉아 제물로 쓴 고기를 썰어 한 점씩 음복하면서 이번 가뭄에 대해 한마디씩 해댔다.

"황소 한 마리론 어림도 없어. 땅을 바쳐야 해여. 황 토주네 땅을. 그걸로 해년 대년 비가 올 때나 안 올 때나 변함없이 하늘에 정성을 들여 놨어야지, 아쉬울 때가 돼서야 이렇게 삐쭉 소 한 마리 잡아 제물을 올린다고 하늘에서 그 기원을 들어줄까?"

"토주 영감 불룩한 똥배라면 몰라도 우리네들 곯은 배를 보면 불쌍해서 비를 내려 줄지도 모르지. 그러니 기우제는 뱃속이 깨끗한 우리가 지냈어야 하는 건데."

"맞아. 하늘에 정성을 들이려면 전날 밤에 몸을 깨끗이 씻고 아무 짓도 하지 말아야 하는 거여. 어젯밤에도 깜새네 방에 마실을 갔다가 선잠이 깨어 들었는데, 밤새도록 낑낑거리는 소리가 들리던 걸 하늘이 모를까? 이번 기우젠 틀림없이 부정 탔어."

"이 사람. 황 토주가 다 듣겠네."

"내가 아니할 말 했나. 제주가 될 사람이 하룻밤이라도 근신해야지. 매일같이 먹어대는 고기에 기운 넘친다고 그걸 못 참고 밤마다 오줌 누듯 쏟아내니. 이번 일은 다 틀렸네. 애먼 황소 한 마리만 억울하게 죽었지. 그놈으로 차라리 마차를 끌려서 강물이나 퍼 올렸으면."

"쳇. 이게 다 동네 인심 사나워질까 봐 우리네 작인들 입막음하려는 게지. 아랫동 사람들은 오늘 낮에 강물을 퍼 올려다가 벌써 여남은 마지기나 벼 포기를 적셨다는데."

"암 적셨고말고. 동네 사람이 모두 물통을 이고지고 나서서 퍼 나르고, 마차로 실어 날라서 논이 아주 흠뻑 젖었지. 진즉에 이렇게라도 할걸. 물을 곁에 두고 갈증 내는 게으름을 누가 불쌍타고 할까?"

소를 잡았다는 소문을 듣고 빈말과 평말에서 언제 올라왔는지 까우기와 덴동네가 일꾼들 둘러앉은 틈에 끼어들자마자 상에 놓인 삶은 고깃점을 집으며 약 올리듯 자랑을 해댔다.

"이보게들. 세상이 뒤집힌다는 소문 들었나. 영감태기가 그때를 위해서 몰매 맞지 않으려고 인심 써 두는 거라고. 두고 보게. 곧 우리 세상이 올 테니. 우리가 지금 얻어 짓고 있는 땅이 모두 우리한테 온다고.

한양 것들 다녀가는 우리 역말 쪽엔 벌써 그런 소문이 팽 돌고 있어."

깜새가 반가운 손님이 왔다고 삶아 썬 사태수육을 한 목판 수북하게
더 담아왔다.

"그래, 깜새. 황 토주 영감한테 하늘 소식 좀 들어봤나. 하늘에서 비
는 내려주시기로 했대?"

까우기의 깐죽거림은 여전하다.

"그렇게라도 해야 당신 맘이 편해서 그럴 테지."

아무래도 깜새는 황 토주 편이다.

"사아람. 이렇게 맹하기는. 신새벽에 머슴을 깨워 밥 먹이는 토주 영
감이 밤새 곯은 머슴에 배를 걱정해설까. 그걸 먹고 어서 들에 나가 일
이나 하라는 거지. 기우제 지내고 용케도 비가 오면 황 토주는 이 바닥
에서 용한 토주가 되는 거고, 늦게라도 언젠가는 비는 내릴 테니, 그땐
하늘이 뜸을 들이긴 했지만 올린 기우제의 효험이라고 할 게 아닌가.
그러면 속도 모르고 내린 이번 가뭄 단비가 황 토주의 기우제 덕이라고
새마니에서 애꼴로 동네방네 떠들고 다니며 야단이 나겠지."

함께 온 덴동네가 젓가락으로 집은 고기를 들고 입에 넣으려다가 양
심이 찔리는지 까우기의 옆구리를 꾹 찔렀다.

"이 사람아. 지금 누구네 제물을 얻어먹고 있는데 애길 그렇게 해?"

"고기는 고기고 비는 비지. 이게 다 우리가 농사지은 쌀이고 고긴 거
여. 그러니까 주인은 바로 우리여. 주인이 주인 행세 못하는 세상, 확
뒤엎어 버려야 우리 세상이 오지."

얘기가 격해지자 덴동네는 주위를 둘러보면서 슬그머니 일어섰다.

"저 황 늙은이가 비에는 관심 없고 논바닥 물 인심이 흉흉하니 쇠고기
몇 점 먹여놓고 우리 같은 작인들 인심 다스리려는 수작질 하는 거여,

시방. 세상 돌아가는 건 귀신같이 눈치채는 영감이니까."

까우기는 아랑곳 않고 고깃점을 우물우물 씹으면서 황 토주 흉을 잔뜩 봐놓고 못 이기는 척 덴동네 팔에 잡혀 돌아갔다. 황 토주는 사랑에 앉아 그 소릴 다 듣고도 못들은 체하고 있었다. 아무리 퍼줘도 모을 줄 모르고 헤프게 써대는 작인들이 모두 자기 욕을 해대는 줄 다 안다. 지난해만 해도 밀린 장리빚 길미를 모두 공평하게 반씩이나 감해줬는데도 엄살 부리면서 더 깎아달라고 하니.

"작인들은 평생 남의 땅이나 부쳐 먹고 살 팔자를 타고 난 거여. 열 마지기씩 제 몫으로 떼어 준다고 해도 십 년 못가 부스러기가 될 걸. 죽어도 그걸 못 지켜. 땅은 지켜야 대대로 내 땅이 되는 거여. 우리넨 그걸 지켰고 제 놈들은 그걸 발로 차버렸잖아." 하고 중얼거리며 황 토주는 모락모락 피어오르는 곰방대의 연초 연기 끝으로 옛 생각만 곱씹었다.

깜새 이전에 일꾼을 두 번째나 갈아들였지만 떼어 준 땅을 그대로 지킨 자는 없었다. 모두 팔아 치우고 이곳을 떠났다. 그래도 우직한 깜새에게는 희망을 걸고 있었다. 심성이 착하고 수더분하여 내보내지 않고 아예 눌러 앉힐 작정이다. 사람들이 횡하니 빠져나간 황 토주 댁 마당에 하늘은 별만 총총하여 을씨년스럽기까지 했다.

이튿날, 황 토주는 마루에 앉아서 곰방대에 불을 붙이다 마당을 쓸고 있는 깜새를 다정스럽게 불렀다.

"얘. 깜새야."

"예. 어르신."

마당을 쓸던 빗자루를 내던지고 달려와 고개 숙이는 깜새가 믿음직스러웠다.

"네가 우리 집에 들어온 지 얼마나 됐지?"

새삼스런 물음에 깜새는 양쪽 손가락을 꼽다가 고개를 갸우뚱거리며 열이 넘어가자 셈을 잃고 다시 꼽았다.

"모르겠어유. 어르신."

"너도 이젠 나이가 찼으니 네 살림을 따로 차려야지."

고개 숙인 깜새의 얼굴이 붉어졌다.

"쇤네는 평생 어르신 댁에서 일하다 죽을 랍니다요."

"어허, 죽긴, 살아야지. 이리 올라와 이걸 봐라."

황 토주는 깜새에게 종이에 쓴 글을 보여줬다.

"까막눈에는 까치 그림 같아서 허연 날개하고 검은 털밖에 안 보이는데요."

"여기 삼태골 아래 논 중에서 스무 마지기가 모두 네 해라고 되어 있지 않느냐. 내 그동안 널 한 식구로 생각하고 이십이 넘도록 새경 한 석 주지 않았지만 이렇게 모두 땅으로 모였다. 이제 너도 이걸 갖고 네 살림을 따로 차려야지."

고개 숙인 깜새의 거무죽죽한 얼굴에 검붉은 핏기가 돌았다. 이제까지 상상도 못 해본 일이다. 땅을 주다니. 평생 황 토주네 농사를 지으면서 늙으면 머슴들 데리고 작인들의 마름 노릇이나 하려는 바람이었으나, 그마저도 글을 몰라 어쩌나 걱정하며 틈만 나면 글방 근처를 기웃거렸는데, 토주 영감은 아픈 곳을 시원하게 제대로 찔렀다. 속을 들키지 않으려다가 퍼뜩 정신을 차리고 고개를 흔들었다.

"뭘 그리 놀라느냐? 너무 갑작스런 말이라서?"

세상이 뒤숭숭한 때였다. 황 토주가 재물을 어디론가 자꾸 빼돌린다는 소문이 돌았다. 밤이면 황 토주 댁에 낯선 사람들이 드나들었고, 그리 큰돈 쓸 일도 없을 텐데 황 토주는 장날마다 광에서 쌀을 실어내다

팔았다. 드나드는 사람들이 북쪽 사투리를 쓰는 걸 보면 아무래도 그쪽 어느 금맥에다 돈을 대고 있을지 모른다고 주변에서 수군거렸다. 황토주가 어딘지 뒤를 대고 있다는 소문은 입에서 입으로 퍼져 이미 삼동 바닥에 팽 돌고 있었다. 깜새도 머슴방에 모여드는 또래 머슴들에게 들어 알고 있던 터다. 그런데 아무리 오랫동안 한 집 머슴살이만 했더라도 살림을 내주면서 논을 스무 마지기나 뚝 떼어 준다니, 밀린 새경으로 치더라도 깜새에게는 분에 넘쳤다. 혹시 전에 그 일을 눈치라도 챈 걸까? 생각이 거기까지 미치는 순간 가슴이 철렁 내려앉았다.

"쇤네가 나가면 농사는 누가 짓지유? 농토는 소작 줄 게 따로 있고 직접 지을 게 따로 있다는데유."

"나가다니. 어디로?"

황 토주가 되묻자 깜새는 놀란 가슴을 겨우 가라앉혔다.

"내가 참한 색시를 봐뒀으니 곁에다 살림 차리고 농사는 그대로 지으면 된다. 가긴 어딜 간다고."

황 토주는 다시 한 번 다짐을 해뒀다. 참한 색시라니. 깜새로서는 당치도 않은 얘기다. 불과 한 달 전 일이었다.

깜새는 새벽 네 시만 되면 일어나 조반상을 받았다. 작은 마님 한 씨가 차려주는 시래기 된장국에 고봉밥이 매번 황송했다. 새벽참을 먹었으니 날도 밝기 전에 지게를 지든 소를 몰든 들로 나갈 수밖에 없었다. 깜새가 들로 나가면 황 토주는 어육으로 기름져 비린내 가득한 밥상을 받았다. 새벽녘 깜새의 상이나 황 토주의 상이나 시어머니 신 씨의 간섭 아래 며느리 한 씨가 차려냈다. 어느 날 새벽 며느리 한 씨가 부엌에서 깜새의 상을 차리는데 시어머니가 들어섰다.

"그게 누구한테로 나갈 상이냐."

상에 오른 생선을 보고 알면서도 묻는 말에는 서슬 퍼런 날이 섰다. 보물처럼 항아리 속에 소금 묻혀 쟁여 놨다가 매 끼에 한 마리씩 구워서 황 토주의 상에만 올라가는 굴비였다. 놀란 며느리의 접시 든 손이 그대로 멈춰 굳었다.

"엊저녁에 아버님이 그대로 내물리신 거라 다시 올릴 수도 없고, 버릴 수도 없고 해서….."

"이리 내라. 머슴이라고 남이 먹던 음식을 상에 올리는 게 될 법이나 한 말이냐. 내 집에 든 일꾼을 그렇게 천대하면 벌 받는다."

시어머니가 직접 접시째로 집어다가 개밥 통에 던졌다. 머슴에게 비린 맛을 길들이면 안 된다는 속을 감췄다.

"다시는 그런 짓거리 마라. 개는 개처럼 사람이 먹다 남은 음식을 먹고, 머슴은 머슴대로 먹어야 할 밥의 격이 따로 있다."

새벽이라 목소리가 낮았지만 무겁고 차가웠다. 얼마 전에 초상을 치러서 가뜩이나 무거운 집안에 시어미의 따가운 일침이 며느리 한 씨의 정수리를 찔렀다. 밥에도 격이 있어야 한다지만 요즘에는 자식 없는 애비가 무슨 고기를 먹느냐고 찬간에 걸어둔 육고기를 익혀 들여도 그대로 내물려 나돌았다. 한 씨는 그걸 야금야금 썰어서 매일 끓여내는 시래기 된장국에 넣고 행랑채 깜새의 방으로 내보냈다. 겉으로는 보이지 않았지만, 토장국 속에 잠긴 고깃덩이를 먹고, 깜새는 작은 마님 한 씨의 속 깊은 마음을 금세 알아차렸다. 실로 고마운 일이다. 따로 끓이는 시래깃국에다 시어머니에게 들킬까 봐 잘게 썰어 숨겨 넣듯 해서 상에 올리다니.

황 토주가 밥상을 그대로 물리는 날이 늘어나면서 얼굴은 더욱 수척해

졌고 깜새는 하루걸러 만큼씩 받는 진한 고깃국에 기운이 솟았다. 고깃
국의 맛보다 그걸 끓여내는 한 씨의 속맘을 읽고 한껏 들떠 들로 나가는
날은 어두워지는 줄 모르고, 힘든 줄도 모르고 신이 나서 일을 했다.

무슨 조화 속인지 모르지만 아들 잃은 황 토주 댁에 흉사가 이어졌다.
혼인을 치르자마자 한 달 겨우 넘어 장사를 하겠다고 대판으로 떠난 아
들이 석 달 만에 죽었다는 전보 한 장으로 돌아왔다. 나중에 들리는 소
문이, 대판으로 돈 벌러 간 사람들에게 물건을 대주는 장삿길을 텄다가
지닌 돈을 노리는 자들에게 칼을 맞았다고 했다. 그러한 아들의 장례를
치르고 식음을 끊다시피 했다가 겨우 기운을 차리기 시작한 지가 불과
몇 달 전부터다. 황 토주와 부인 신 씨는 한 씨를 친정으로 보낼지 말지
갈피를 못 잡고 있었지만, 한 씨는 황 씨네 집 청상귀신이 되겠다고 아
예 못을 박아뒀다.

강 건너에 사는 황 토주의 재종숙은 강에서 잡아 온 게를 삶아 먹고
홍시를 먹어 탈이 났다는데 그날 밤을 못 넘기고 급살을 맞았다. 아들
이 죽은 지 한 달밖에 안 된 가을이다. 황 토주와 신 씨가 장례를 치르
러 가자 집 안이 텅 비다시피 했다. 며느리 한 씨는 예전과 다름없이 깜
새의 방에다 매 끼니를 차려냈다. 저녁상에 아껴두던 고기를 다져 너비
아니를 굽고 굴비까지 구워서 보란 듯이 상에 올렸다. 상을 받은 깜새
의 눈이 휘둥그레졌다.

"오늘이 생일인 줄도 모르고. 아침엔 시래기토장국만."

잊지 못하는 한 씨의 말끝엔 그동안의 미안이 서려있었다. 어느 날 갑
자기 태어났다고 어머니에게 들었던 깜새의 생일은 애초부터 없었다.
한갓 머슴의 생일날을 어떻게 짚어냈을까. 꼽아보니 깜새가 이 집에 들
어온 날이다. 새벽 상에 매일 끓여내던 시래깃국과 다르게 끓여낸 미역

국으로 깜새가 이미 눈치는 챘다.

"고마워유 작은 마님. 그리구 매번 미안해유."

상을 받으려 하자 한 씨의 버선발이 문지방을 넘어 방을 디뎠다. 깜새가 어쩔 줄 몰라 하며 상을 맞잡아 내려놨다.

"쇤네한테 이렇게 과분한 상을."

"매일 소처럼 일만 했지, 제대로 된 밥상 한 번 못 차려주고…. 어서 들어요."

그 말투가 친동기간 대하듯 살가웠다. 조기와 불고기에 뜨문뜨문 젓가락이 가고 김치와 국그릇으로만 숟가락 젓가락이 오갔다. 여느 때와 다르게 상 앞에 앉아서 깜새가 먹는 걸 지켜보고 있던 한 씨가 답답하여 너비아니 접시와 굴비를 밀어 놨다.

"남기지 말고 다 들어요. 이 굴비도."

깜새는 못 이기는 척하고 사흘 굶은 거지 동냥 그릇 비우듯 접시 둘의 바닥을 보였다. 그걸 보는 한 씨의 마음이 제 동기간을 보고 있는 듯 흡족하다.

"아버님은 삼우까지 보시고 돌아오신다고 했어요."

궁금한 일도 아닌데 한 씨는 뜬금없이 묻지도 않은 말을 했다. 전에 없던 일이다. 인기척에 문을 삐죽 열면 상만 겨우 들여놓고 몸을 돌려 등만 보이던 한 씨다. 그때까지 일을 쉬엄쉬엄해도 된다는 얘긴지 모르지만 언제 해도 깜새 자기가 할 일이었다. 밝히 보는 등허리엔 저고리 섶 밑이 유난히 드러나 보였다. 깜새는 보이는 한 씨의 속살이 민망하여 고개를 돌렸다.

하루종일 들에 나가 볏단을 모으면서 그 생각으로 가득 찼다. 아침에 먹은 미역국보다 고개를 돌리던 한 씨의 얼굴이 더 삼삼하게 눈에 어른거렸다. 시집 온 지 얼마 안 돼서 남편을 잃고, 격이 다른 머슴의 밥상만 차려내야 하는 한 씨에게 더욱 미안했다. 무어라 미안한 말을 전해야 하는데 매일 상을 받으면서도 기회가 없었다.

그날따라 고단한 몸에다 배불리 먹은 탓에 깜새의 눈꺼풀은 바위처럼 무겁게 눈알을 내리덮었다. 몸은 논바닥을 헤매고 있었다. 밟히는 흙이 보드랍고 종아리에 닿는 물은 간지러웠다. 때가 가을인데 모판에 씨를 뿌리는 꿈을 꾸고 있었다. 지금 씨를 뿌리면 곧 겨울이 와서 얼어 죽을 텐데, 걱정을 하면서도 씨는 뿌렸다. 논 가운데 바위가 솟아났다. 발에 채여 넘어지면서 볍씨 통을 놓쳤다. 목구멍에 등잔불 그을음이 가득 차 매캐하여 깨어났다.

"어마! 이걸 어쩜 좋아."

돌에 맞은 항아리 깨지는 소리가 꿈결인가 싶더니 잠결에도 비명 같은 한 씨의 목소리가 안채에서 또렷하게 들려왔다. 울음소리가 이어졌다. 무슨 일일까.

"작은 마니임."

깜새는 덩달아 놀라며 안쪽을 향하여 길게 불렀다. 지게문은 열려있었고 울음소리는 뒤뜰 장독대 쪽에서 들려왔다. 여느 때 같으면 발도 들이지 않던 안채지만 서슴없이 뛰어 들어가 울음소리가 나는 곳을 찾았다. 간장 내가 진동한다. 한 씨는 쓰러져 깨진 장독을 두 팔로 안은 채 울고 있었다.

"이게 무슨 일이래유?"

깜새는 자기도 모르게 양팔을 서슴없이 한 씨의 겨드랑에 끼워 일으켜 세웠다. 뭉클하다.

"저기."

한 씨는 장독대 뒤에 짚주저리로 씌워놓은 터주가리를 가리켰다. 그 앞에 켜놓은 촛불 밑을 보니 부잣집 아기의 팔뚝 굵기만 한 먹구렁이가 꾸물거리고 있었다. 달아날 기색도 없이 터주가리 밑에서 몸을 비비 튼다.

길흉사만 나면 찾아와 비책을 받아내는 마을 사람들에게 황 씨는 오래전부터 황 토주로 불리었다. 유난히 크게 만들어놓은 장독대 뒤에 터주가리 때문이었으리라. 시집온 날 이후로 신 씨의 분부에 따라 하루도 빠지지 않고 저녁마다 그 터주가리 앞에 촛불을 켜고 새로 길은 물 한 대접을 올리던 한 씨는 그날 저녁에 먹구렁이를 보고 기겁하여 피하다가 간장독을 치며 엎어지고 말았다. 쉽게 넘어지지 않을 간장독이었다. 한 씨가 독을 넘어뜨렸고 몸은 간장에 젖은 채 고린내를 풍기며 덜덜 떨고 있었다. 보다 못한 깜새가 작대기를 가져다가 먹구렁이를 쫓으려 했다.

"건드리지 마요."

건드리면 안 된다. 집안이 뒤숭숭한 때에 필경 무슨 이유가 있어 나왔으리라. 한 씨는 진정하며 놀란 마음을 다스렸다. 그 몸으로 먹구렁이에게서 멀찌감치 물러나 고개 숙여 두 손바닥을 비벼댔다. 깜새는 뒤에서 먹구렁이와 한 씨의 등을 번갈아 가며 지켜봤다. 촛농이 터주가리 앞에 놓은 소래기 바닥에 뭉그러질 때쯤 되어서야 먹구렁이는 서서히 엉킨 몸을 풀며 터주가리 밑으로 들어갔다. 놈의 굴은 그 안에 있으리라. 한 씨는 그걸 보고 겁에 질렸던 마음이 놓이는지 돌아서려다 다리가 풀어져 깜새를 향해 넘어졌다.

먹구렁이가 뭘 전하려고 나왔을까. 한 씨나 깜새나 한참 동안 말을 잃었다. 깜새가 겨우 정신을 차려 한 씨의 팔을 잡아 부축하자 간장 냄새와 머리에 창포냄새가 범벅이 되어 코로 진동했다. 방 앞에까지 와서도 머뭇거리다가 쓰러지려는 한 씨의 몸을 가누게 하여 겨우 방 안까지 부축해 들어갔다. 한 씨는 방바닥에 허물어지듯 드러누웠다. 깜새가 뒷걸음질 쳐서 밖으로 나오려는데.

"나가지 마요. 무서워서."

목소리도 몸도 바르르 떨고 있었다.

행랑으로 나오려던 깜새의 발이 그 한마디로 마룻바닥에 얼어붙었다. 안에서는 부스럭거리는 소리가 나고 부엌으로 통하는 문이 열리는 소리가 났다. 부엌에서는 널문 사이로 희미한 불빛이 새어 나왔다. 깜새는 등을 돌려 부엌으로 이어지는 땅바닥을 지켰다. 혹 구렁이가 다시 부엌으로 들지도 모른다는 염려에서다. 부엌에선 한동안 철벅거리는 물소리가 들렸고 지게문 여는 소리가 나더니 물을 쏟아버리는 소리가 들렸다. 일어나 서성이던 깜새는 마루에 걸터앉았다. 밤새도록이라도 지켜야겠는데 가을바람이 차니 몸이 으슬으슬 떨려온다. 손 비비는 소리가 안으로 들렸는지 문이 열렸다.

"추워. 이리 들어와요. 어서."

깜새는 머뭇거렸다. 이 밤중에 자기 방으로 들어오라니 어쩌잔 말인가. 조심스럽게 문지방을 넘어 들어가 앉았는데 지독하던 간장 내가 사라지고 창포 냄새와 동백기름 냄새가 뒤섞여 은근히 풍겨온다.

"그게 또 보여. 방으로 들어올지도 몰라요."

한 씨는 뒤뜰로 난 쪽문을 가리켰다. 놈이 마음만 먹으면 창호지 한 장을 뚫고 그대로 들어올 수 있도록 뒷문은 허름했다. 깜새는 들어가서 문을 등지고 쪼그려 앉았다.

"그렇게 거기 있어줘요. 무서워."

"터주한테 뭘 빌었어요?"

"모르지요. 나도. 겹치는 흉사에 무어라도 빌어야겠기에."

한동안 아무 말도 오가지 않았다. 이대로 잠이 들기라도 한다면 어떡하나. 깜새는 몸서리쳤다. 깨어 있어야 한다. 작은 마님을 지켜야 한다. 낮에 논바닥을 휘젓고 다니던 팔다리가 고단하여 눈은 슬금슬금 감겨왔다. 볼을 꼬집으면서 잠을 쫓았다. 거북하다며 얘기하고 나오려 해도 놀라움이 아직 가시지 않은 한 씨를 두고 그대로 나오기엔 발이 떨어지지 않았다. 쪽문 안쪽에 그대로 쪼그려 앉았다. 발이 저리도록 오랜 시간이 차츰 어둠을 익혀오고 있었다. 이내 조용해지는 걸 보니 한 씨가 잠이 드는 모양이다. 깜새는 슬그머니 일어나 나오려고 문을 열었다.

"나가지 말라니까요. 무서워."

잠이 든 게 아니었다. 목소리는 여전히 울고 있었다. 먹구렁이에 얼마나 놀랐을까. 깜새는 가끔 나오는 기침마저도 꾹꾹 삼키며 방문 안쪽에서 무릎을 두 팔로 싸안고 한 씨를 지켰다. 못 참고 깜빡 잠이 들었는가 싶었는데 온몸이 묶이는 듯 숨이 막혀 답답했다. 앞은 뜨거웠고 등은 차가웠다. 묶인 몸이 조여 왔다. 차가운 등을 더듬자 굵은 덩어리가 만져졌다. 구렁인가? 가슴 앞은 한 씨의 거친 숨소리다. 깜새와 한 씨의 몸을 차가운 기운이 한꺼번에 휘감고 있었다. 벗어나려고 몸부림쳤지만 더욱 조여 오는 힘에 숨은 점점 더 막혀왔다. 깜새는 끝내 비명을 지르고 말았다. 먹구렁이에 놀란 한 씨의 가슴이 아직도 진정되지 않는지 깜새의 가슴을 파고들었다.

"무~서~워."

한 씨의 떨리는 음성이 귀에 생생하다. 이게 꿈인가 보니 꿈은 아니다. 등에 차가웠던 구렁이는 한 씨의 팔이었다. 차가운 방바닥이 만져졌다. 냉방이다. 군불이라도 때 드릴 걸 그랬다고 생각을 하면서 어느새 뜨거운 한 씨의 몸만 두 팔로 끌어안고 있었다. '지금 무슨 짓을 하고 있는 건가.' 깜새가 화들짝 놀라며 한 씨를 가슴에서 밀어내려고 했지만, 한 씨의 깍지 낀 손이 깜새의 등에서 구렁이 몸 줄기처럼 풀어질 줄 몰랐다. 밀어내려던 깜새의 팔 힘이 그대로 풀어졌다. 이러다가 구렁이가 언제 또 나올지 모른다. 잠자는 방으로 들어올지도 모른다. 이대로 나갔다가는 한 씨의 몸이 구렁이 차지가 될지도 모른다. 한 씨는 그게 두려웠고, 깜새도 그걸 걱정하면서 서로는 그대로 힘껏 껴안았다. 한 씨는 그 편안함을 얻고서야 팔이 스르르 풀어지며 깜새에게 몸을 내주고 있었다. 어쩌면 구렁이가 맺어준 운명일지도 모른다는 생각이 퍼뜩 깜새의 머리를 스쳤다. 항상 고맙고 어렵기만 했던 한 씨였다.

"무서워. 나가지 마요. 제발."

한 씨는 또렷하게 깜새의 귀에 대고 뜨거운 입김으로 애원했다. 터질 듯한 이 가슴을 어찌하랴. 깊은 밤 이 뿌듯한 두려움을 어찌 견디랴. 오래지 않은 시간이 느릿느릿 흘러가다가 구렁이로부터 도망치듯 갑자기 어디론가 줄달음치기 시작했다. 한 씨의 시간을 쫓아서 깜새도 도망치고 있었다. 깜새는 참다못해 가쁜 숨을 몰아쉬며 그동안 시래기 국물에다 숨겨주던 고깃덩어리의 힘 솟는 보답을 한 씨에게 모두 쏟아내 되바쳤다. 그리고 죽는다해도 여한이 없었다. 뜨거운 한 씨가 그걸 고스란히 몸으로 받아들였다. 한 씨는 이제 구렁이 따윈 무서울 게 없을 듯, 깜새 옆에 편안하게 늘어졌지만 금세 후회가 닥쳐왔다. 지금 둘이서 무슨 짓을 했나. 깜새는 황급히 일어나 한 씨를 향해 눈물을 쏟으며 무릎을 꿇었다.

"작은 마님. 절 용서하지 마세요."

한 씨는 품에서 빠져나간 깜새의 어깨를 잡고 다시 매달렸다.

36

"그래, 절대로 용서하지 않을 거야요."

땀에 젖은 몸을 서로 부둥켜안으며 앞으로 다가올지도 모르는 알 수 없는 두려움을 견디려고 밤새도록 함께 울었다. 두 사람 모두 황 토주의 집에 얹혀살면서, 이제는 얻을 것도 없고 지켜야 할 것도 없는 머슴과 지아비를 잃은 미망의 며느리일 뿐이었다.

그 일이 있은 후로 얼마 못 가 한 씨의 몸이 달라지는 티를 냈다.

"너 태기가 보이는구나. 얼마나 됐니?"

신 씨는 숨어서 토악질을 하는 며느리를 보고 조심스럽게 물었다.

"그때부터요."

"왜 감췄니. 진작 얘기하지 않고. 애비가 씨는 남기고 갔나 보다."

연이어 흉사를 치른 신 씨의 낯빛이 밝아지더니 황급히 사랑으로 나가 황 토주에게 알렸다. 혼인하여 불과 한 달 합방하고 아들을 대판으로 떠나보낸 후에 며느리가 회임을 했으리라고는 생각지도 못했던 일이다. 흉사 중에 경사라고 생각했다.

깜새와 한 씨가 그때 그 일을 어색하게 묻어두고 지내온 지가 벌써 엊그제 같은데 꽤 여러 달이 지났다. 한 씨의 얼굴이 예전과 같지 않았다. 깜새도 한 씨가 민망하여 바로 쳐다보지 못했다. 여전히 깜새의 방으로 상을 들일 뿐 서로는 아무 말이 없었다. 시래기 된장국 안에 고깃덩이가 전보다 늘어나는 걸로 깜새는 겨우 한 씨의 마음을 믿고 안심하며 지냈다. 일에 신이 나고 힘이 났지만 요즘에 닥쳐온 가뭄은 한 씨와 자신에게 하늘이 내린 벌인 줄 알고 전전긍긍해오던 터다.

황 토주가 이런 호의를 베풀다니. 깜새는 오히려 황 토주의 자애로운 눈빛이 한없이 두려웠다. 이대로 실토하고 차라리 도망이라도 칠까 생각했지만 전에 한 씨와 한 방에서 보냈던 일이 드러나면 혼자서 당해낼 한 씨가 애처로워서 그리도 못 할 짓이다. 멍석말이 안에서 맞아 죽는 한이 있더라도 함께 죽어야 한다. 한 씨만 입을 열지 않는다면 드러날 일이 없다고 생각하면서도 여전히 흔들리고 있었다. 불러오는 한 씨의 배를 보고서야 깜새는 고개를 갸우뚱거리면서도 눈치를 챘으나, 한 씨는 그 배에 대해 깜새에게 한 마디 귀띔도 안 하고 변함없이 밥상만 차려냈다. 깜새는 그게 더 불안했다.

농토를 떼어 주고 장가까지 들여주겠다는 황 토주의 속은 도무지 알 수가 없었다. 황 토주가 참한 색시라던 말에 깜새는 한 씨의 얼굴부터 떠올렸다. 이보다 더 참한 사람이 어디 있다고, 생각하다가 벌레를 털어내듯 몸을 흔들었다. 안될 일이다. 그때 그 짓만으로도 천벌을 받을 일인데 또다시 그런 생각을 품다니. 어떻게 해야 하나. 혹시 황 토주가 알아버리지 않았을까. 깜새는 밤새도록 뒤척이며 잠을 못 이루다 새벽녘에 밥상을 들고 문을 두드리는 소리에 일어났다. 누린내가 진동하는 국에는 눈에 띄게 고기가 수북했다.

"저어, 작은 마님께 디릴 말씀이 있에유."

상을 들여놓고 돌아서던 한 씨가 그대로 멈춰서 얼굴만 돌렸다. 손가락을 입술에 대고 세웠다. 이미 깜새의 속까지 꿰뚫고 있는 걸까. 무슨 말을 한다고 해도 문창호지 한 장으로 막힌 안방까지는 그대로 들리는 거리다. 설령 똑똑히는 안 들린다고 하더라도 중중거리는 소리가 들리면 큰 마님 신 씨는 머슴과 무슨 얘기를 했느냐고 물어올지도 모른다. 며느리와 머슴 사이에 밥상을 들여놓고 내가는 일 외에는 나눌 말조차 없어야 하는 집이다. 깜새는 한 씨의 속뜻을 도무지 알 수 없지만 무조건 고개를 끄덕였다. 전날 이미 고깃덩이로 배를 채워두었던 터라 국에 누린내는 더 진하게 풍겨왔다.

입마저 깔깔하여 몇 술 뜨고 밥을 남겼다. 황 토주네 들어와서 한 씨의 밥상을 받은 이후로 처음이다. 소마저 없어졌으니 비까지 안 온다면 풀마저 자라지 않아 들에 나가봐야 딱히 할 일도 없었다. 헛간에서 추려두었던 볏짚 한 둥치를 물에 축여 들여왔다. 이른 조반을 먹고 그대로 있을 수가 없어 가마니 칠 새끼라도 꼴 참이다.

"으흠, 밤새 생각해 봤느냐."

"지는 안 나가유. 따로 살림 차리기두 싫구유."

"참 별난 놈이로구나."

깜새는 별난 놈이 못되었다. 짚단을 잔뜩 추려놓고 천정에 빌듯이 짚을 서너 오라기씩 두 손바닥 사이로 비벼서 새끼를 꼬아냈다. 엉덩이 쪽으로 꼬리가 자라듯 밀려 나오는 새끼는 수북하게 쌓여갔다. 가을에 볏섬을 묶겠지만, 이대로 계속 날이 가문다면 거둘 벼가 없을 테니 이 일도 헛일이 될지 모른다. 하루종일 꼬아 십여 타래를 사려내고 저녁이 되어서야 새끼 타래를 볏섬 쌓았던 헛간에 들여놓았다. 황 토주가 나와 보고 대견해 한다. 깜새 이놈이 집안에 복덩이고 보배다. 황 토주는 저녁을 먹고 난 깜새를 안으로 불러들였다. 대청에 다리를 꼬고 앉은 황 토주 앞에 깜새는 가슴을 졸이며 무릎을 꿇었다. 언제 드러나 몽둥이찜질을 당하더라도 달게 맞을 준비를 했다.

"편히 앉아라."

목소리가 자애로웠지만 여전히 꿇은 무릎을 풀지 못한다.

"분부 내리세유."

황 토주는 알곡으로 보이는 자루와 보퉁이 하나를 깜새 앞으로 밀어 놨다.

"고읍내 야소교당에 가면 한 장로가 기다리고 있을 게다. 이걸 전해줘라. 아무도 모르게 산길로 가야 한다. 혹시 뒤를 따르는 사람이 있는지도 살펴보고."

묵직했다. 예전부터 해오던 심부름이라 구수한 냄새가 풍기는 자루 속에 무엇이 들어있는지 짐작이 빠했다. 독립단원들이 만주 유허현 삼원보(柳河縣 三源堡)로 가면서 끼니 삼아 먹어야 할 볶은 쌀가루와 소고기 육포에 노잣돈을 찔러 넣었다. 깜새는 매번 그걸 분부대로 꼬박꼬박 고읍에 있는 한 장로에게 날라다 주었다. 황 토주가 하는 일은 언제나 큰일이고 소중한 일이었으니 이번에 나르는 짐도 역시 소중하다. 곧바로 질러가면 불과 서너 마장밖에 안 되는 거리인데 밤이 이슥하기를 기다려 불 밝힌 고읍주재소를 피하느라고 산길로 돌아갔다. 사탄개울가에 고읍야소교당은 불빛 하나 보이지 않고 막막하여 조심조심 손더듬질로 문을 열고 야소교당 안으로 들어갔다.

"문을 닫게."

굵직한 목소리가 안에서 들린다. 단을 향해 앉아 침묵기도하고 있는 한 장로의 등은 어둠이지만 널찍하여 깜새의 앞을 가로막았다.

"이번 짐은 더 무겁구먼유."

"토주 어른께 고맙다고 전해드리게."

"그럼 지는 가유."

그냥 나오려고 했더니 한 장로의 목소리가 발목 잡듯 이어진다.

"자네, 야소를 아나?"

"힘이 제일 센 귀신이라고 하던데, 컴컴해서 무섭구먼요."

"귀신?"

"그 귀신이 여기 기신 거쥬? 귀신하고 시방 얘기허시는 거쥬?"

"이리 와보게."

깜새는 목소리가 들리는 쪽으로 다가갔다. 무릎을 꿇고 앉은 깜새의 머리에 한 장로의 손이 덮이고 기도가 이어졌다.

"저어, 귀신한테 뭐라고 주문하는 거쥬?"

대답도 않고 계속하다가 한 장로는 깜새의 손을 꼭 잡았다.

"이제 지한테도 야소귀신이 들어가는 거쥬? 무섭네유."

"그렇다네. 자네도 이제 야소를 믿어야지."

"믿기는 믿겠는데 지는 야소하고 얘기는 못 해유."

"언문은 읽나?"

"까막눈예유."

"그럼 이걸 갖고 가게. 언제고 다시 쓸데가 있을 거네. 허투루 내돌려 들키지 않도록 잘 간수하고."

그게 뭔지 모르지만 어둠 속에서 손아귀에 쥐어 주는 헝겊 뭉치를 받아 품속에 넣고 나왔다. 날은 가물었어도 풀벌레는 요란하게 울어댔다. 주재소 쪽에는 밤이 이슥한데도 여전히 불이 훤하게 밝혀져 있었다. 저기를 또 피해가야 한다. 이 밤중에 어디를 다녀오는 길이냐고 묻는다면 곧이곧대로 댈 수도 없고 거짓말하자니 심이 찔리고 하여 빈손이지만 오던 길로 뺑 돌아서 갔다. 야소가 누구기에 그렇게 믿으라고 하나. 깜새는 집으로 돌아와서 불을 켜고 한 장로가 준 헝겊을 펼쳤다.

이게 뭔가. 보자기만한데 까만 막대기 몇 개와 동그라미 안에 빨간 불덩이와 파란 물방울이 엉겨 도는 그림. 몇 해 전 장터거리에서 사람들이 들고 흔들던 태극기였다. 깜새는 그걸 다시 접어 이불 맨 밑에 끼워났다. 무조건 잘 간수하라고 했으므로.

토주 어른과 한 장로가 틀림없이 뭔가 큰일을 꾸미고 있는 모양이다.

재산을 모을 만큼 모은 토주 어른이 시시하게 북쪽에다 예전처럼 금이나 캐려고 재물을 댈까. 깜새는 누워 어두운 천정을 보고 잠을 못 이루며 뒤척였다.

대판에서 죽었다는 이 댁 서방님이 어른거렸다. 그때에 큰 가방 둘을 소 길마에 실어 강배 타는 곳까지 바래다주었다. 모를 일이다. 이만큼 재산을 가졌으면 집을 지킬 일이지 무슨 돈을 더 벌겠다고 장사를 하러 떠났다가 그 지경을 당하나. 하필 왜놈들이 사는 땅으로까지 가서. 서방님이 타고 간 까만 쇠배는 동산만큼 크다고 했다. 안에서 밥도 해 먹고 잠도 잔다고 했다. 그런 배를 타고 간 서방님이 죽었다는 전보 한 장으로 돌아와 옷가지만으로 장례를 치룬지가 벌써 석 달이 지나간다.

반가운 먹구름이 삼동의 하늘을 덮고 있었다. 해가 바뀌어도 마른 들판은 비가 간절했다. 한 씨는 아기를 등에 업은 채로 빨랫줄에 널려있던 배냇저고리와 기저귀를 거둬들였다. 그 모습을 바라보는 황 토주의 눈매가 흡족하다. 씨라도 남기고 갔으니. 아들은 어느 하늘 밑에 묻혔을까. 잊기로 했어도 손자가 된 아기의 얼굴만 보면 아들 문연의 얼굴이 눈에 밟혔다. 그때 무슨 수를 써서라도 대판으로 보내지 말았어야 하는 건데. 경찰서에 유세기 경부, 그자 때문이다. 경찰서에 들어가 경부 계급장을 얻어 차더니 아들놈은 친구랍시고 드나들었고 문연은 대판 바람이 들어 일본 본토까지 들락거렸다. 장차 큰일을 하려면 두루 다녀봐야 한다며 포부는 컸다.

손자의 이름을 재평이라 지었다. 제 애비를 대신해 황 씨 집안 주인 노릇을 할 수 있으려나. 농토는 많아도 형제가 없으니 평생 홀로일 수밖에 없는 신세가 가엾고 측은했다. 못자리도 못 밟아 보고 자라서 만석지기 들판을 혼자 거느릴 수나 있으려나. 곁에 두고 가르쳐 평생 농토나 지키며 살자고 할까 보다.

비는 검은 하늘에 번개를 앞세우고 으르렁대며 몰려왔다. 어느 곳을 때렸는지 땅덩이가 터지는 폭음이 오랫동안 귓가에 남았다. 자신을 향한 호령일까. 요즈음 시국을 보면 어느 쪽으로 마음을 두어야 할지 도무지 종잡을 수 없었다. 상해에서 왔든, 만주에서 왔든, 이쪽저쪽에서 찾아오는 사람마다 나라를 찾겠다는 사람들이니 모두 뒤를 대주었다. 죽은 아들의 친구라고 가끔 찾아오는 경찰서의 유세기까지도 끄나풀을 놓을 수 없어 이따금씩 주머니를 채워줬다. 세상이 어찌 바뀔지 모르니 언제고 어느 때고, 어느 쪽이든 쓸모가 있어서다.

벼락은 어느 곳을 때렸는지 폭음이 오랫동안 귓가에 남았다. 바싹 마른 땅이 비 맛을 보니 흙내가 진동한다. 이게 다 기우제 덕이려니. 올여름도 농우 한 마리를 아깝지 않게 하늘에 올렸다. 마당에 금방 물이 차고 굵은 물방울이 졌다. 지는 물방울은 장마의 전조다. 말라가던 벼포기를 살리고 쩍쩍 갈라지던 논바닥 상처도 말끔히 아물리게 된다.

황 토주는 설마 하던 작인들 앞에 낯이 서게 됐으니 흡족했다. 날이 어두우려면 아직 이른 데 빛을 잃은 방 안은 컴컴했다. 곰방대 끝에서 피어오르는 연기는 문을 열어젖혔는데도 밖으로 나가지 못하고 방 안에서 맴돌았다. 밖에 비를 쫄딱 맞고 마당으로 들어서는 두 남자가 보였다. 길에서 비를 만난 모양이다.

"아니, 한 장로 아니신가! 어서 들어오시게. 유균이 자넨 또 어떻게."

한덕리와 신유균을 놀라 맞는 황 토주는 툇마루로 무명수건부터 꺼내났다. 살에 들러붙는 홑바지를 보고 급히 안에 일러 바지저고리 두 벌을 내오도록 했다.

"갈산야소교당에 다녀오는 길에 그만 비를 만나서. 군청은 강가에 번 듯하게 새로 지어놨더군요. 낙성식이 얼마 남지 않았다고요."

황 토주는 이미 알아들었다.

"아가야. 어서 사랑으로 저녁상 들여라."

안에서는 제 어미를 찾는 아기 울음소리가 우렁차게 들려나왔다.

"요즘 같은 세상에 몸조심들 하시게."

황 토주는 두 사람만 보면 마음이 놓이지 않았다. 만세운동을 하고 나 서 사람을 그렇게 잡아들이더니 일인들의 행패도 줄어들었다고 하지만 속으로는 아직 분풀이할 독기가 가라앉지 않아 관에서는 눈에 거슬리는 사람마다 뒤를 캐고 다녔다. 한덕리가 대한독립단의 경기도지단장을 맡 고 신유균이 그 뒤를 돕고 있는 중이라고.

"만주에선 토주 어른 얘기가 자자해요. 물심으로 돕는 어르신께 보답 하기 위해서라도 기필코 해방은 이루어야 한다고요."

"보답은 무슨. 내 힘닿는 데까지는 해야 할 일이지. 자식까지 잃은 마 당에 곳간을 가득 채워 뭐에 쓰며, 농토는 늘려서 뭔 일을 더 하겠나. 모두 내 나라 찾는데 쓸 테니 필요하면 언제든 얘기만 하게."

두 사람은 그 말에 힘을 얻었다. 한덕리와 신유균은 저녁상을 물리고 나서 밤이 깊도록 얘기하다가 고읍으로 넘어갔다.

사형집행선고문

　반공일이라고 하는 토요일 아침이었다. 경찰서 서장실에는 코이와 서장 양옆으로 오키다 경부와 유세기 경부보가 앉고 앞에는 순사들이 부동자세로 마주 서서 무거운 침묵을 지키고 있었다. 서장의 책상에는 한지로 만든 봉투에 붓으로 주소를 도도하게 휘갈겨 쓴 편지 한 통이 놓여있었다. 발신인은 대한독립단경기도지단장 한덕리, 수신인은 목이평경찰서장 코이와 키이치. 서장은 어제 저녁 그 편지를 받아들고 부르르 떨다가 발기발기 찢어버리려던 분기를 아직도 가라앉히지 못했다. 다시 한 번 책상 위에 놓인 괴편지를 펼쳐서 만지작거리다가 주먹만 한 양쪽 볼을 씰룩이며 이빨을 바드득거렸다.

　"사형집행을 선고한다? 사형 당하고 싶어 환장한 놈이로군. 바로 오늘!"

　군청사 낙성식을 한다는 바로 오늘이었다. 어젯밤에 편지를 보낸 사람을 잡으려고 발신인으로 적혀있는 한덕리의 집과 그가 나간다는 야소교당과 그밖에 갈만한 곳을 모두 뒤졌지만 이런 편지를 보내놓고 잡아가라며 기다리고 있을 풋내기가 아니었다. 서장은 편지에 글자들을 자근자근 씹듯이 다시 읽어 내려갔다.

사형집행선고문

죄인 : 목이평경찰서장 코이와키이치(小岩熹一郞), 경부 오키다효이치(沖田兵一).
경부보 유세기(柳世基)

죄명 : 조선강탈, 조선인 감금, 폭행, 착취, 핍박, 살해 및 교사

집행일자 : 1921년 5월 21일 정오

집행장소 : 목이평군청 앞마당

집행관 : 대한독립단 경기도지단장 한덕리(韓悳履)를 대리한 某某단원

직함을 적은 후 이름 끝에다 피 같은 붉은 도장까지 꾹 눌렀다. 목이평의 기관장과 유지들 앞에서 항상 거들먹거리던 서장이 이미 독립단의 냄새를 맡고 벼르던 차에 감히 자신에게까지 이러한 협박장으로 선제공격을 해오리라고는 예상치 못했다. 사형집행선고문은 그들의 힘으로 도저히 목을 칠 수 없는 경찰과 관리들에게 조선인으로서 그 자리를 능멸하는 명예사형의 뜻을 담고 있었다. 일인의 법이 아닌 대한독립단의 법으로 언젠가는 죽이되, 대한독립단경기도지단장 한덕리의 이름으로 적법하고 떳떳하게 죽이겠다는 선전포고와 같은 선고문이다.

을미년에 일어났던 조선의 의병들과 이태 전 삼월, 만세운동에 앞장섰던 사람들이 일경의 검거를 피해 만주 유하에서 뜻을 모아 대한독립단을 세웠다. 목이평으로 오르는 강변, 상심교회 신유균의 권유로 대한독립단경기도지단장을 맡은 한덕리는 도내에서 황 토주 같은 부호들을 찾아다니며 독립단의 군인을 양성할 자금을 모으고, 일인들과 그들에게 빌붙어 호사하며 군자금 모금을 거부하는 부자들에게는 협박문을 보냈다. 면 직원을 포섭하여 면에서 쓰는 등사기로 배일사상과 독립정신을 고취하는 선전문도 만들어 돌렸다. 경찰은 등사기가 있을 만한 곳을 감시하던 끝에 강 건너 분원에서 광주지방독립단규약을 인쇄하여 배포하던 이재규와 남종면 직원 유래완을 잡아들였다. 모두 경기도지단장인 한덕리 휘하의 일이다. 그를 잡으려고 가뜩이나 신경이 곤두서있던 차

에 이런 협박장까지 보내다니 여간 담력 있는 상대가 아니다. 각 주재소 관할구역 안에서 병탄 반대 세력들의 움직임을 예의주시하도록 하달한 때가 바로 어제다.

"이 자의 간덩이가 부었다면 오늘 낙성식장에 제 발로 걸어올지도 모릅니다. 피하는 게 아니라 낙성식에서 무슨 일을 저지르려고 하는 게 틀림없습니다."

오키다 경부는 서장의 심기를 살피며 조심스럽게 입을 열었다. 서장은 밤새 궁리하던 지시를 내렸다.

"모두 사복 차림으로 참석해. 나루터에 갈막생긴지 막생긴 놈인지, 범인의 얼굴을 잘 안다니까 옷 좀 잘 입혀 데려다 놓고."

군청은 갈문산을 바라보며 강을 등지고 새롭게 세워졌다. 청사 앞마당에는 강에서 불어오는 오월의 따스한 바람을 받으며 낙성식장이 차려지고 있었다. 초청받아 들어오는 사람들은 식장을 에워싼 정복 순사들을 힐끔힐끔 쳐다보면서 매우 높은 사람들이 참석하리라고 기대했다. 헌병들까지 와서 문을 지키며 입장하는 사람들을 감시하여 식장은 삼엄하고 살벌했다. 경부와 경부보가 식장 안을 두루 살폈으나 대부분 낯익은 사람들이고 의심이 가는 사람은 발견되지 않아 겉으로만 보면 아무일도 없을 듯 보였다.

서장은 일찌감치 군청으로 가서 군수실부터 찾아갔다. 군수가 반갑게 일어나 악수를 청하기는 하는데 사과를 통째로 먹다 혀를 깨문 얼굴이다. 서장이 걸상에 앉자마자 군수는 서랍에서 봉투 하나를 꺼내 보였다. 도도하게 흘려 쓴 글씨가 서장이 받은 편지와 같은 봉투, 같은 필체다. 보낸 사람 역시 대한독립단 경기도지단장 한덕리. 편지를 꺼내 보니 사형집행선고문이다. 집행날짜는 바로 오늘. 끝에 똑같이 핏빛 도장이 찍혀있었다. 서장의 주먹이 다시 바르르 떨렸다.

"면장들까지도 이걸 하나씩 다 받았다는군요."

그걸 본 서장의 얼굴이 붉다 못해 푸른빛을 띠면서도 체면 구길까 봐 자신도 받았다는 말은 안 했다. 나중에 도착한 도청의 임석관과 권세가 대단찮은 기관장들에게는 함구했다. 식장 뒤에는 하객들이 빼곡하게 들어서서 새롭게 지은 군 청사의 낙성식을 지켜보고 있었다. 황국신민의 례를 마치고 경과보고와 식사에 이어 축사가 끝나기까지 경찰과 면장들은 쉬쉬하며 가슴을 졸였지만 아직 아무런 일도 일어나지 않았다. 서장은 애써 태연한 척 군수 옆자리에 앉아서 도 임석관이 도지사를 대신한 축사가 끝날 때까지 초조하게 지켜봤다.

갈뫼나루터 짐꾼 갈막생은 모처럼 얻어 입은 양복에 중절모까지 쓰고 어색하게 낙성식이 열리는 마당을 두리번거리더니 유세기에게 다가가 귓속말로 속삭였다. 자기가 알고 있는 한덕리는 볼 수가 없고 나루터에서 자주 보던 수상한 자 둘이 맨 뒤에 앉아있다고. 확실하지는 않으니 섣불리 덤벼들었다가는 낙성식 행사만 망치게 된다. 마지막 순서로 서장이 단상에 올라 축사를 끝내고 내려오자 망설이던 경부가 또 다시 귀에 대고 속닥인다. 서장은 고개를 끄덕이면서도 입은 굳게 다물었다. 그의 말을 듣고 즉시 지시를 받아야 하는데 묵직한 몸으로 다시 앉으니 뒤에서 답을 기다리는 유세기는 초초해 한다. 서장은 옆에 앉은 군수에게 귓속말로 수군거렸다. 사회자가 청사 신축 낙성 테이프를 끊을 순서라고 안내하는데도 이들의 이야기는 길어졌다.

"이 안에 분명히 놈이 섞여 있소. 식을 중단하고 모두 수색합시다."

"일단 식은 끝내고 봅시다."

군수는 다문 입을 열어 거부의 뜻을 보냈다. 도에서 온 임석관이 사회자를 향해 눈을 찌푸리며 어서 진행하라고 재촉한다. 내빈들이 앞으로 나와 늘어진 오색 끈을 잡고 가위로 끊으려는 군 청사 낙성식의 역사적인 순간이다. 사진사가 암막을 쓰고 카메라에 담으려는데, 청사 지붕 쪽에서 기다란 광목 두루마리가 주르르 풀어져 내려오자 하객들은 축하의 뜻으로 박수를 쳤다. 그런데 지붕에서 펼쳐진 광목천에 드러나는 붉은 글자는 사형집행선고문이다. 밑으로 경찰서장, 경부, 군수, 면장들의 이름이 줄줄이 적혀있었고, 이름에는 모두 붉은 줄이 그어졌다. 갑자기 박수가 멎었다. 하객이 일제히 지붕을 바라보며 놀람도 잠시, 지붕 양 끝에서 누군가 내던지는 종이포대가 오색 끈을 끊고 있던 내빈들의 머리 위에서 터져 뿌연 재가 흩뿌려졌다. 순식간에 재를 뒤집어쓴 군수와 서장, 면장들이 몸을 흔들어 털면서 낙성식장이 아수라장이다.

은밀히 하객을 가장하여 참석한 대한독립단원 두 사람이 사이사이에 끼어 야유의 박수를 유도하자 오키다 경부가 공중에 대고 권총으로 공포탄을 쏘고서야 장내가 조용해졌다. 그대로 끝이 아니다. 어수선한 중에 또 지붕 위에서 바가지만 한 삐라 뭉치가 휘날리며 식장에 조각조각 흩어졌다. 얼굴을 검은 수건으로 가리고 재 포대와 비라 뭉치를 내던진 두 사람은 이미 지붕 뒤로 사라졌다.

침략자들 척살, 서장 코이와키이치, 경부 오키다효이치, 군수 홍성국, 면장 OOO…, 사형집행 완료, 대한독립만세!

하객들이 손에 잡히는 대로 삐라를 주워 읽는 사이에 사복경찰과 헌병들이 청사를 둘러싸며 건물 뒤쪽으로 몰려갔다. 두 젊은이는 이미 지붕에서 신문으로 싼 뭉치를 던지며 뛰어내렸다. 신문지가 터지면서 붉은 고춧가루가 몰려드는 경찰들의 머리 위로 뿌려지자, 재치기를 하며 눈을 못 뜨고 우왕좌왕하는 사이에 두 젊은이는 가볍게 강변 쪽 향나무 울타리 사이로 빠져나가 강을 향해 내리달린다. 두 사람은 허둥지둥 총질하며 뒤쫓는 경찰을 아슬아슬하게 따돌리고, 강변에 어느새 준비해 놨는지, 빈 쪽배에 올라타 전력으로 쌍노를 지으면서 쏜살같이 강을 건넜다. 경찰의 계속되는 총질도 이미 사거리를 벗어난 배를 잡지 못하고 꽁무니에서 피웅피웅 물만 튀겼다. 순사 몇은 배를 잡아타려고 강의 상류 쪽, 갈산나루를 향해 치뛰었다. 발만 동동 구르며 잡으라고 소리치는 서장의 살진 볼이 씰룩거리고 부르르 떨렸지만, 강을 건넌 두 젊은이는 이미 숲으로 도망치고 말았다.

그래. 잘했다. 장하다. 더 멀리 도망가라.

구경꾼들 틈에서 그들을 바라보며 입속으로만 응원하는 두 사람은 식장에서 밀가루가 쏟아질 때에 박수를 유도했던 대한독립단경기도지단의 김종원과 정경시였다. 급히 경찰서로 돌아온 서장은 강 건너 주재소와 광주경찰서에 전화를 걸어 도주자를 추적해달라고 연락했다.

경찰서로 몰려간 기자들에게 서장은 엄명을 내렸다. 이 사건은 절대 비공개 수사할 계획이니까 일절 신문에 내지 말도록. 낙성식이 성대하게 치러졌다는 기사 외에 한 줄이라도 더하는 기자가 있다면 앞으로 목이평 땅에는 절대로 못 들어오는 걸로 각오할 것. 모자 벗은 서장의 손등이 경찰서 마당으로 내리쬐는 햇볕을 가리고 있었다. 눈만 가릴 수 있을 뿐이다. 아무리 쉬쉬해도 이 소식은 소곤대는 입소문으로 장터거리에 급속히 퍼져나갔다. 어느덧 점심때가 되자 행사에 참석했던 하객들은 장안에 있는 망글네 국밥집으로 모여 들었다. 식장에서 언제 빠져나왔는지 갈막생이 이른 점심으로 국밥을 먼저 먹고 나서 밀어닥치는 손님상에 국밥을 날라다 주고 있었다. 모두 낙성식장에서 벌어진 경찰서장을 비롯한 관아 것들 사형집행 사건 얘기로 국밥집 안이 왁자지껄했다.

범인이 아무개네 아들과 비슷하게 생겼다는 둥, 오늘 저녁부터는 서장이 분해서 잠을 못 자고 순사들에게 들입다 야경만 돌린다는 둥, 이제부터 총칼 찬 놈들의 행악이 더 심해진다는 둥. 그러나 오랜만에 통쾌한 광경을 보았다는 둥, 그래서 오늘 망글네 국밥은 더 맛이 있다는 둥.

입구 쪽에 앉아 국밥을 먹다 말고 일어서는 두 사람을 갈막생이 눈여겨보다가 나르던 국밥을 놓고 뒤따라 나왔다. 망글네가 부엌에서 나와 이 바쁜 지경에 일을 하다 말고 나간 갈막생의 뒤에다 '오뉴월 염병에 땀을 내다 죽을 인간'이라고 욕지거리를 해댔다. 막생은 빈 지게를 지고 홍천골 쪽으로 향하는 두 사람을 어슬렁거리며 뒤따라갔다.

그로부터 며칠 후 주일날. 고읍내예배당 앞에 순사 둘이 지켜 서서 예배가 끝나기만 기다리고 있었고, 주일마다 예배당 근처를 기웃거리던 깜새는 멀찌감치 떨어져서 야소교당 문 쪽만 바라보고 있었다. 한덕리는 안에서 예배가 끝났는데도 일어날 줄 모르고 오랫동안 기도하고 있었다. 그 뒤에서 정경시와 김종원이 초조하게 지켜본다. 한덕리는 어제까지만 해도 함께 숨어 있었는데 주일예배를 빠질 수 없다며 두 사람의 만류에도 기어코 나왔다.

저들에게 빼앗긴 이 나라 되찾아주옵소서. 핍박받아 싸우는 이 민족을 불쌍히 여겨 모든 싸움에서 승리토록 하옵소서. 오로지 주의 나라만이 땅에 세우게 하소서.

고읍교회의 전도인이 한덕리에게 다가가 문 앞에서 순사 둘이 기다리고 있다고 귓속말로 전했다. 그쯤은 예상했던 일이다. 낙성식장에 참석했던 정경시와 김종원에게 이미 그날 소식을 생생하게 들었다. 두 젊은이가 멋지게 사형을 집행하고 식장을 빠져나갔다고 한덕리 지단장에게 고했다. 못된 서장과 군청 관리들의 사형을 집행했으니 큰일을 했다. 서장 감투를 쓰고 있는 일인 코이와나 거기에 빌붙어 호사하고 있는 군수와 면장들이나, 그들의 명예는 이제 죽었다. 명예사형. 이 얼마나 담대한 처형이냐. 우리가 너희를 죽였으니 살아 밥을 먹고 있어도 모두 잘린 모가지나 다름없다.

일을 치르고 도망쳤다는 단원들이 모두 무사해야 할 텐데, 하고 걱정하면서도 한덕리는 기도를 마치고 당당하게 걸어 나왔다. 깜새가 멀리서 문 쪽을 지켜보다 기회다 싶어 달려와 한 장로에게 인사한다.

"장로님. 지도 야소 믿으러 왔에유."

느닷없이 나타난 깜새를 보고 한 장로는 깜짝 놀라면서도 반가워 손을 잡았다. 그 손을 뒤에서 기다리던 순사가 밀쳐냈다. 깜새는 순사를 미처 못 봤다. 뒤로 황급히 물러나는데 한 장로가 깜새에게 손에 들었던 두툼한 복음서를 쥐어주자 깜새는 얼떨결에 그걸 받아들었다.

"한덕리, 치안유지법 위반, 소요죄와 공갈협박죄의 주범으로 체포한다."

"비키시오. 가도 내 발로 갈 테니."

한덕리는 포박하려는 순사의 손을 거구의 몸으로 흔들어 뿌리치고 앞장서 걸었다. 그 뒤로 정경시와 김종원도 따랐다. 깜새는 장로에게 묵직한 책을 받아들고 멀어지는 뒷모습을 바라보며 여전히 민망하여 어쩔 줄 모르다가 뒤따랐다. 경찰서 문 앞에 다다랐을 때 갈막생이 손에 지전 몇 장을 세며 히죽히죽 웃다가 한덕리와 눈이 마주치자 당황한 얼굴로 부리나케 지게 밀삐를 한쪽 어깨에만 걸치고 정문 밖으로 도망쳤다. 부랴부랴 뒤따라온 깜새는 그 모습을 모두 지켜보고 있었다.

오키다 경부가 한덕리를 앉혀놓고 취조를 시작했다.

"한덕리는 사형집행선고문이라는 괴편지를 작성하여 관내 기관장에게 일제히 발송하는 협박죄를 저지른 주범이다. 한덕리, 여기 두 놈이 벌써 다 불었으니 모두 자복하라. 피의자 김선동, 한봉철은 주범 한덕리의 권유로 대한독립단에 입단하였고, 한덕리의 사주로 군 청사 낙성식장에서 기관장을 살해 협박하는 소요사건을 자행했다. 정경시, 김종원은 한덕리가 작성한 괴편지를 발송하고 소요사건 피의자들에게 삐라, 잿가루, 걸개를 만들어 범죄를 도왔다. 피의자들은 사건을 저지르고 강건너로 도주하여 보름동안 산속에 은거하다가, 28일 자정에 분원 근처 민가로 침입하여 밥을 훔쳐 먹던 중 주인의 신고로 남종주재소 출동 순사에게 체포되었다. 피의자 한덕리, 범행 일체가 이미 밝혀졌으니 여기에다 범행을 주도한 자술서를 써라."

"여긴 우리 땅이므로 우리 법에 따라야 하오. 우리의 나라를 도적질한 죄인에게 사형을 집행한 사람이 범인이라니. 어불성설이오. 우린 우리 법으로 사형을 집행했소. 우리나라를 침탈한 도적은 우리나라의 법으로 당연히 처형해야 하오."

한덕리는 자신을 심문하려드는 오키다 경부 앞에서 큰소리쳤다. 경부가 한덕리의 변을 듣더니 얼굴을 가까이 대고 소리쳤다.

"한덕리! 끝났다. 조선은 패배했고 일본이 이겼다. 조선은 벌써 없어졌단 말이다. 망한 나라의 법이 무슨 법이라고. 패자는 승자의 법에 따라야 하는 걸 여태 모르나?"

"대한독립단경기도지단장 한덕리는 임시정부로부터 조선 땅 경기도 치국의 전권을 위임받아 대한제국의 법으로 사형집행선고를 했고, 저 동지들은 당신들의 사형을 집행하는 장한 임무를 수행했소. 적장을 잡 았으면 휘하 군사는 풀어주는 게 도리요."

한덕리 장로는 재판에서 모든 혐의를 홀로 떠안고 함께 간 사람들의 혐의를 털어내려고 애썼다. 재판 결과 한덕리는 징역 3년 6월의 실형을 선고받았고, 다른 사람들은 집행유예로 풀려났다.

이듬해 가을 추수가 끝날 무렵 서대문형무소에서 한덕리를 면회하고 돌아오던 정경시가 고읍교회에 들렀다가 목이평으로 가던 중에 새마니 의 황 토주 댁에 들렀다. 황 토주는 사랑에서 버선발로 뛰어나와 정경 시를 맞아들였다. 반갑고 귀한 손님이다.

"한 장로를 면회하고 오다 토주 어른이 궁금하여 이렇게 들렀지요."

며느리 한 씨가 주안상을 들여왔다. 한 씨는 문을 열면서 들리는 한 장로 얘기에 귀가 솔깃했다.

"잘 오셨어요, 정 선생. 한 장로께선 몸이 말이 아니시겠지요."

"그런대로 잘 견디고 있어요. 단원들을 모두 구하고 홀로 들어간 걸 흡족하게 생각하고 있어요."

"정 선생, 이제 분원에 학당은 접으시고 우리 게로 오셔서 야학을 열 어주시오."

느닷없는 청이다. 정경시는 강 건너 분원 학당에서 아이들을 가르치 고 있었는데 대한독립단 사건으로 교사 일을 접고 고읍과 경성을 오가 며 한덕리의 옥바라지를 하던 중이었다. 갑작스런 청이지만 거절할 수 가 없었다. 만주 대한독립단에 보낼 자금을 적잖게 지원해주던 고마운 부호의 청이다. 단원을 모으는 일도, 배일선전물을 만드는 돈도 암암리에 그가 다 댔다. 야학에서 글만 가르쳐달라는 뜻은 아니다.

"정 선생, 우리 삼동에서 못 배우고 일만 하는 사람들을 모을 테니 글을 좀 가르쳐주시오. 셈도 가르쳐주시고요. 사람의 도리도 가르쳐주시오. 잃어버린 나라도 가르쳐주시오. 이 일은 내가 아니라도 누구든 나서야 할 일이오."

정경시가 쉽게 대답을 내놓지 않자 황 토주는 바짝 달려들었다.

"해마다 퍼주고 나눠줘도 날 욕하고 있어요. 장리 빚을 반으로 감해줘도 말이오. 소작인들은 벼슬 한번 안 해 본 내가 어떻게 해서 땅을 모았는지 몰라요. 소싯적에 금맥만 찾던 이 손톱들이 왜 이렇게 어그러졌는지도 모른단 말이오."

황 토주는 술잔을 들다 말고 손바닥과 손등을 번갈아 펴 보였다. 북쪽의 어느 금광이라고 했다. 이제야 실토하는 얘기지만 젊어서 금광에서 일할 때에 금맥이 잡히자 광산주 몰래 뒷구멍에 감추고 도망쳐 나와 땅을 사들이기 시작했다고 했다. 손바닥에는 아직도 누렇고 두툼한 굳은살이 박혀있었고 손톱은 멋대로 어그러져 흔적만 남았다.

"먼저 땅을 지키는 법을 가르쳐 주란 말이오. 땅을 먼저 지켜야 나라를 지키지요. 내 여태껏 우리 집 감쇠만큼 일하는 농사꾼을 보지 못했소. 그런데 글을 모르고 나라를 모르니 한 자리 뚝 떼어줘도 제 땅을 지킬 수 있을는지…."

황 토주의 손을 바라보던 정경시는 고개를 끄덕였다. 정경시의 수락으로 빈들과 평들에 타작을 모두 끝낸 가을 끝에 노동야학당을 세워 이듬해 봄에 마치기로 했다. 행랑에서 저녁에 파리만 잡아 벽에 피 칠갑하던 지주댁 머슴들과 동네 사랑방에 모여 민화투 판을 벌이는 소작인들을 불러 모아 야학당을 여는 날 돼지를 잡고 떡을 하여 걸판지게 먹었다. 황 토주네 헛간을 손봐 학당을 만들었으니 깜새는 덩달아 주인 노릇을 했다. 여태껏 고대하던 배울 길이 열렸다. 평리에 까우기, 빈리에 덴동네, 도살장에 백 도수까지 일만 잘하고 글은 모르는 삼동 근방 상일꾼들이 밤마다 야학에 찾아와서 북적거렸다. 장터거리에도 소문을 퍼뜨려 남의 점방에서 등짐 일하는 사람들까지 몰려왔다. 소학부터 천자문에 동몽선습과 농가월령가까지도 가르쳐 철 따라 지어야 할 농사도 다시 배우게 했다. 언문을 깨우쳐 제 이름자와 편지도 쓰게 하고, 셈도 가르쳐 손가락 수를 넘는 볏섬도 돌멩이나 나뭇가지를 쓰지 않고 셀 수 있게 했다. 글자를 깨우치자 신학문 책을 구해다가 나라의 역사와 세계정세와 지리도 가르쳤다. 문은 모두에게 열려 있었으니 소문을 듣고 십리 밖 목이평 장안에서 아이들까지도 구경을 왔다가 재미 붙여 배우고 갔다. 어른들만 배우는 틈에 매일 밤 비슷한 또래의 세 아이가 꼬박꼬박 와서 듣기에 선생은 하도 귀엽고 기특하여 돌아가려는 아이들을 따로 불러들였다.

"어디서 온 뉘 집 자제냐."

"송대, 연경이, 정출이요." 키가 커다란 송대가 혼자서 모두 대답해버렸다.

"장안에서 몰려다닌다는 소문난 개구쟁이들이로구나."

"개구쟁이가 아니고 소년독립군이에요."

"소년독립군이라. 야아, 고거 대단하구나. 그래 총을 쏠 줄 아나?"

"네."

셋은 주머니에서 새총을 꺼내 보여주었다. 두 갈래로 벌어진 산수유나무를 불에 구워 고무줄을 묶고 가죽으로 돌집을 매달아 만든 정성이 가상하다.

"그걸로 누굴 잡으려고?"

"경찰서에 오키다 경부요."

"왜?"

"우리 한 장로님을 잡아갔잖아요."

애들이 보통내기가 아니다. 경찰서 경부를 새총으로 잡겠다니. 누구에겐지 단단히 배운 모양이다.

"누가 가르쳐줬냐?"

"경두 아재요."

믿거니 하고 꺼냈겠지만 기대하지 않은 답이다.

"쉿. 가르쳐준 사람도, 잡으려는 사람도 절대로 입에서 발설해선 안 된다. 새들이 총 쏘려는 걸 눈치채면 금방 날아가지 않느냐. 오키다 경부가 다른 데로 날아가면 어찌 잡으려고. 가르쳐준 경두 아재가 잡혀가면 또 어쩌려고. 오키다는 호랑이다. 호랑이를 잡으려다 못 잡으면 네가 잡혀야 한다는 걸 알아야지. 조심해라. 그리고 여긴 낮에 일하고 밤에만 배우는 어른들의 야학교다. 너희들은 보통학교로 가라."

그토록 만류해도 아이들은 매일 밤 찾아와 들었다. 언문과 셈을 배우고 천자문까지 뗄 즈음에 정경시 선생은 벽에다 큼직한 태극기를 내걸었다.

"이게 무엇이요?"

"태극기." 턱을 받치고 쳐다보던 아이들이 먼저 대답했다.

"이게 바로 우리가 찾아야 할 나라요. 태극의 나라. 우린 몇 해 전에 이걸 흔들다가 잡혀가고 도망치고 총알 맞아 죽기까지 했잖소. 지금까지 우린 언문과 셈을 배웠지만 그건 모두 나라를 배우기 위해서요. 우리가 살고 있는 지금의 이 땅은 일본 놈의 세상이지 아직 우리의 세상이 아니란 말이오."

모두 묵묵히 듣고만 있었다.

"언젠가는 우리의 나라를 찾아 세워야 해요. 그때를 위하여 지금 배워 두지 않으면 나라가 손에 잡혀도 우린 결코 나라의 주인이 될 수 없단 말이오. 비록 머슴살이를 하고 남의 농토로 소작을 하고 있지만, 남의 공장이나 점방에서 일하고 있지만, 모두 나라의 주인이 되는 때가 온단 말이오. 이 태극기가 바로 우리가 찾아야 할 나라요. 오늘은 이 태극기에 대해서 배우겠소."

선생은 태극기에 괘를 짚어갔다.

"바탕에 백은 우주요, 청과 홍이 맞물린 태극은 음양이오. '건'은 하늘이고 아버지고 머리요, '곤'은 땅이고 어머니고 배이니라. '감'은 물이고 아들이고 달이며 귀요, '리'는 불이고 해며 딸이고 눈이요. 이 안에는 우주와 만물이 운행하는 이치가 모두 들어있소. 모두 배워 간직하고 때가 되면 세상에 떳떳하게 펼칠 수 있도록 해야 하오."

글을 배우기는 농사짓기보다 더 어려웠다. 저 태극기 안에 나라가 있는가. 나라 안에 태극기가 있는가. 무언가 깊이 공부해야 하고, 고이 간직해야 한다는 각오를 모두의 가슴 속에 한줄기씩 새겨두었다. 깜새는 태극기 펼쳐진 벽을 한참 동안 바라보다가 고읍 예배당에서 한 장로에게 받았던 태극기를 떠올렸다. 저 헝겊이 저토록 소중한가. 한 장로가 경부에게 잡혀가던 날 전해준 책에 혹시 그 얘기가 들어있을지도 모른다. 이제 글을 배웠으니 그 책을 읽을 수 있을까.

"나라를 찾으면 우린 잘살게 되는 거지유."

대뜸 묻는 사람이 그나마 먼저 트였다는 조진창이다.

"잘 살기보다 사람답게 사는 거요. 짐승처럼 사는 게 아니라 어엿하게 사람으로 사는 나라를 찾는 거란 말이오."

깜새 뒤에 앉은 백 도수가 고개를 끄덕였다. 나라만 있으면 백정이라도 사람답게 살 수 있겠구나. 선생의 말에 모두 고개를 끄덕이며 밤이 깊어서야 야학을 나섰다. 깜새는 방으로 돌아와서 한 장로에게 받은 천을 바닥에 펼쳤다. 이 안에 바로 나라가 있구나. 한 장로는 그날 밤에 한갓 머슴인 자신에게 왜 이 천을 맡겼을까. 잡혀가던 날 두툼한 책까지.

몰려오는 졸음과 피우고 싶은 구수한 연초 맛까지 꾹 참았다. 두툼한 복음서도 꺼내 펼쳐놓고 깨우친 글을 줄줄이 읽었다. 종이에 검은 먹그림이 차츰 뜻을 드러내는 글자로 보이고, 손가락 수보다 더 많은 수를 알았다.

글과 셈을 익히고 야학당이 끝나는 이듬해 봄, 황 토주가 책거리를 겸해서 시루떡을 하고 푸짐한 음식상을 차려냈다. 고마움에 배우는 사람끼리 추렴하자고 했으나 황 토주는 한사코 말렸다.

"정 선생 덕분에 우리 일꾼들이 까막눈을 뜨고 깨어났어요."

"토주 어른. 이것 좀 보세요. 우리가 사는 곳을 써보라니까."

정경시는 학생들이 붓으로 서툴게 쓴 종이를 펼쳤다.

木易平

木易平

황토주는 글자를 보면서 고개를 갸우뚱거렸다.

"아하, 파자를 했군요. 그런데 목이평이라니요?"

"위에는 진창이 글씨고, 아래는 우리 일꾼 감쇠가 쓴 첫 솜씨예요."

"늦게 배운 감쇠는 바로 봤는데 진창인 애초부터 잘못 배웠군요. 두었다가 사람 가르치기에는 좋은 본보기로 써야겠네요."

봄 농사를 앞둔 학도들이 마당에 멍석을 깔고 왁자지껄 떠들며 먹고 있는 동안 황 토주는 야학당 안에서 주안상을 앞에 놓고 정경시와 마주했다.

"어이구 토주 어른. 짧은 저의 학식으로 가르치자니 부족한 게 많았소이다. 소문난 홍남표의 고향이 이 근처 어디쯤이라고 하던데, 신학문을 많이 배우고 선생질까지 한다는 그 사람이 와서 가르쳤더라면 더 좋았을 걸요. 소문 듣자니 배울 사람들은 여기도 많은데 신식학교만 찾아다니다가 이젠 상해로 건너갔다지요?"

황 토주는 정경시가 오래 전에 떠난 홍남표의 얘기를 새삼스레 꺼내자 고개를 끄덕이면서도 떨떠름한 표정으로 입맛을 다셨다.

"뭐 못마땅한 일이라도 있나요?"

"그 사람 농토가 여기도 꽤 많았지요. 서울 가서 신식공부하고 선생질하다가 신문인가 뭔가 하면서 사람이 아주 변해버렸어요. 무슨 공불했는지, 무슨 생각을 하고 살았는지 모르겠는데 그 사람도 땅뙈기깨나 지녔으면서 우리같이 땅 가진 사람을 아주 못마땅해했어요. 일은 안하고 앉아서 소작인이 농사지은 곡식만 거둬들인다면서요. 나도 소싯적에 머슴을 겪고 금광에서 버력을 파내면서 땅마지기나 장만했고 농사꾼이 할 짓도 다 해봤지요. 이게 대대로 어떻게 해서 장만한 농톤데요. 젊어서 뼈를 부숴 이룬 땅인데도, 우리 선대는 벼슬해본 사람이 없어요. 적게 먹고 일을 늘려 모아온 재산이지요. 모르는 사람들은 그냥 남의 걸 거저로 빼앗은 줄 알아요. 홍남표, 그 사람 무슨 주의잡네, 하면서 남이 어렵게 모은 걸 무조건 똑같이 나눠 먹자는 사람예요. 이게 어디 될 법이나 한 경운가요."

"그랬었군요. 그렇다면 그 사람을 선생으로 들이지 않길 잘했네요."

홍남표에 대해서는 정경시도 모르지는 않았다.

60

"요기서 아주 가차운 묘골에 몽양 선생도 근 스무 해 전에 당신 집에 종들을 내보냈고, 멀리 저 남쪽에서 만주로 간 김좌진 장군도 그러셨다잖아요. 김 장군은 집안에 일꾼 서른을 죄다 내보내면서 토지를 똑같이 나눠줬대요. 그게 벌써 이십 년이 넘는 일인데 소문에 들으니 지금은 어떻게 됐는가 하면, 그 땅이 도로 대여섯 사람 차지가 돼버렸다는군요. 남의 집에 매어서 일 잘하는 사람이 풀려서도 잘하느냐 하면 모두가 그렇지는 못해요. 일머리를 몰라서 그렇기도 하겠지만 땅을 가졌다는 맘으로 일을 덜 하려고 해서 그래요. 땅에서 나오는 게 모두 자기 차지가 되는데도 말예요. 그래서 받은 농토가 점점 줄어든 거예요. 그걸 지켜 늘린 사람은 팔자가 달라지지만 못 지키면 나중에는 도로 남의 노복이 되고 마는 거죠."

선생은 고개를 끄덕이면서 수긍했다.

"재물을 가지려면 그만한 그릇이 되어야 해요. 그릇이 안 되는 데 넘치게 담으려고 하면 언제든 터지거나 깨지고 말지요. 그래서 하는 말씀인데 내가 아들처럼 생각하는 우리 감쇠가 걱정예요. 벌써부터 몇 해째 장가들여 살림 채려 줄 테니 나가 살라고 해도 싫대요. 이번 야학에서 글은 좀 제대로 배우던가요? 열 손가락 넘는 가마니 숫자라도 좀 세여야 하는데. 올 농사 끝나면 올 갈에도 정 선생이 다시 오셔서 야학을 또 열어주세요. 중용, 맹자까지는 아니더라도 소학, 대학이라도 뗄 수 있게끔. 신학문도 좀 더."

정경시는 대답을 미뤘다.

"그나저나 한 장로가 걱정예요. 내게도 만주에 보낼 돈 좀 해달라고 해서 몇 번 잘 보냈는데 그렇게 잡혀 들어갔으니, 이젠 보내고 싶어도 줄이 끊어져서…. 참 안됐어요. 내가 독립단에 자금을 보낸 일도 저 자들에겐 죄가 될 텐데, 지난번 일에 순사들이 얼씬도 않은 걸 보면 선생 입이 무거웠던 모양이오. 정 선생도 그때 고생 많이 하셨지요?"

한동안 잊고 있던 한 장로 얘기를 황 토주가 꺼내니 선생은 눈시울이 뜨거워졌다. 나이 오십 줄에 든 몸인데도 혼자만 갇혀서 고생을 한다고 생각되자 미안한 마음도 들었다. 자주 찾아가서 면회를 해야 하는데 마음뿐이지, 가끔 서울에 가면서도 서대문 쪽으로는 쉽게 발걸음이 떨어지지 않았다. 또 봄이 오는데 지난겨울은 어떻게 견뎌냈을까. 야소만 믿고 기도하면서 이겨내고 있겠지.

"내가 또 괜한 말씀을 꺼냈군요."

선생이 묵묵부답이니 황 토주는 민망하여 한 장로 얘기를 더 묻지 않았다. 밤이 이슥해지고 있었지만 더 묻고 싶은 게 아직 많았다.

"요새 듣자 하니 서울에서는 사회주의가 공산주의가로 어수선하다던데요. 그걸 하면 저 일본 놈들이 물러가고 나라를 되찾게 되는지. 그 짓 하다가 들키기만 하면 잡혀 들어간다는데요. 여하튼 그게 뭔지는 모르지만 공장에 일꾼들하고 농사꾼 중에 농토 없는 소작인들을 부추겨서 자기들 세상을 만들려는 거라는데, 우리 목이평엔 그런 바람이 안 불었으면 좋겠네요."

"그래요. 자기네들 딴에는 그게 나라를 되찾는 일이라고 하지만 속셈은 이 땅에 레닌주의를 끌어들이려는 거지요. 그 바람이 여기도 갈문산 밑자락으로도 팽 돌고 있어요."

밤은 더 깊고 있었다. 어지러이 널려있는 마당을 치우는 깜새의 등줄기에서 김이 솟았다. 백 도수가 남아서 상을 거두고 멍석을 말면서 깜새를 도왔다. 황 토주가 그 모습을 보며 바라보며 정 선생의 침구를 손수 폈다.

62

망글네 국밥집

날이 저물어갈 무렵 흰 저고리에 검정 치마를 입은 열다섯쯤의 여아
가 장터거리의 망글네 국밥집 앞을 기웃거리고 있었다.

"거 참, 이상도 하네. 어디서 본 듯도 하고 못 본 듯도 한데, 아까부터
이쪽저쪽으로 왔다 갔다 하고 있으니."

갈뫼나루에 줄을 대고 지게질로 장짐을 받아 나르다가 저녁 요기를
하러 온 갈막생이 펄럭이는 포장 갈래사이로 밖을 내다보고 중얼거렸
다. 오늘은 하루 벌이가 시원찮아 반주로 탁주 한 잔 하려다 포기하고
국밥 한 그릇만으로 출출한 배를 달래고 나니 심상하여 하는 말이다.
망글네는 설거지를 하다가 그 소릴 흘려듣지 않고 밖을 내다봤다.

"데려다가 밥 먹여서 설거지나 시키면 쓰겠구먼."

"입성이 부숭부숭한 걸 보니 설거지나 할 처자로는 보이지 않는데. 나
들이 길에 노자가 떨어진 듯도 하고."

눈독 들이는 망글네 군침에 막생이 초를 친다.

"근방에서 못 보던 아이여. 다 큰 계집애가 혼자서 이 저녁에 저러고
있으니 제집에 돌려보내야지."

"애야! 이리 들어온."

막생이 망설이는 사이에 망글네는 문을 열고 밖에서 어슬렁거리는 아
이에게 손짓했다. 아이는 머뭇거리지도 않고 부르기를 기다렸다는 듯이
들어와 소반 앞에 앉는다. 망글네는 묻지도 않고 국밥을 한 뚝배기 퍼
다 아이 앞에 놓았다.

"배고프지. 어서 먹어."

낯설 텐데도 제 친조카나 되는 듯이 망글네의 말투가 살갑다. 아이는 고개를 꾸벅하고 수저를 들어 국밥을 먹기 시작했다. 시래깃국에 삶은 돼지 내장을 막생이보다 낫게 넣었다. 막생이 그걸 보고 눈이 휘둥그레 지다가 망글네와 눈이 마주치자 머쓱해한다. 가끔 맛보라고 반 대접씩 퍼주던 막걸리도 외상을 그었다고 오늘은 없다.

"집이 어디냐?"

막생의 물음에 아이는 대답 없이 먹기만 한다. 귀머거리인가. 뭔가 부족한 게 있으니 이 낯선 장터거리에서 갈 곳을 못 찾고 어슬렁거렸겠 지.

"망글네 오늘 횡재했네."

막생은 아쉽다는 듯이 빈정거리며 나가서 지게를 지고 국밥집 모롱이 를 돌아 어디론가 사라졌다. 허겁지겁 국밥 뚝배기를 비운 아이는 저고 리 밑에서 광목수건을 꺼내 조심스럽게 입을 닦고 뚝배기를 들어 망글 네에게 가져다줬다. 숙이는 고개만으로는 부족하여 또 한 번 허리까지 굽혔다.

"잠은?"

여아는 나오려다 고개를 흔들었다.

"잘 데 없음 오늘 밤은 여기 놋방에서 자라."

아이는 돌아서서 또 고개를 숙였지만 나오면서 한 번 더 사양하는 도 리질을 했다. 문에서 한 걸음 더 나서다가 되돌아서 망글네를 향해 드 디어 입을 열었다.

"저어, 아주머니. 경성 가려면 어느 쪽으로 가야 해요?"

앙큼한 것. 벙어리가 아니었네. 마침 손님도 뜸하니 살살 구슬려볼 작정이다. 시골에서 도회지로 나오는 계집애들이 하고 싶은 게 모두 돈벌이일 텐데, 수더분해 보이는 용모와 또렷한 첫마디 말씨가 수양딸 삼아 부려먹어 봄직도 했다.

"계집애가 겁도 없이 밤중에 서울 길이라니. 알아도 못 가르쳐준다. 이리 다시 들어와라."

그 말에 끌리듯 여아는 안으로 들어가서 봉노 바닥에 털퍼덕 앉았다.

"노자는 있고?"

손에 움켜쥔 색동주머니를 보여준다. 보나 마나 구리동전 몇 개가 들어있을 테지. 멋모르고 길을 나섰을 아이가 걱정스러워서이지 망글네가 그걸 어찌해보자는 건 아니다. 길바닥에 쐬고 쐰 게 늑대 같은 남정네들인데, 경성 길을 가르쳐주면 그 즉시 걸어 나설 표정으로 엉덩이를 들썩일 테니 여간 불안한 게 아니다.

"집은?"

일부러 묻지 않으려 했다. 근방 사람들이 모두 망글네 국밥집 손님이라 모르는 척하고 붙잡아 구슬려서 쓰려고 했다. 짐작했던 대로 대답을 안 한다.

"그럼 오늘은 여기서 자고 내일 가. 밤이니까."

그때 막생이 지게를 진 채 순사를 앞세우고 들이닥쳤다.

"이 아이라고?"

"예, 나리."

칼 찬 순사가 아이를 향해 다가갔다.

"네 집이 어디냐?"

정복 입은 순사를 보자 아이는 입이 찌그러지고 겁에 질린 눈에 눈물이 가득 차면서도 대답이 없다. 집으로 돌아가려 했다면 아예 나오지도 않았다는 대답을 입안에 굳게 물고 있었다.

"가자. 경찰서로."

경찰서라는 말에 결국 울음을 터뜨리면서도 칼 찬 순사가 손짓하는 곳으로 앞장섰다. 망글네는 막생이 얄미워서 눈을 흘기며 주먹을 쥐고 을러댔다.

"으이그 저 웨엔수, 저런 화상덩어리한테 내가 공밥을 먹였으니."

막생은 그 눈치를 모른 척 피해 큰기침을 두어 번 하고 지게를 걸머진 채 콧노래를 흥흥거리며 제 갈 길로 나간다. 모처럼 좋은 일 한 번 했다는 생각으로 흐뭇하고, 오늘따라 소홀한 저녁 국밥을 내놓았던 망글네가 고소하다. 순사가 상을 내려 줄지도 모른다. 혹시나 불러줄까 하고 경찰서 밖에서 보초의 눈치를 보며 기웃거렸다. 그 안에서는 아이가 겁에 질려 달달 떨고 있었다.

"끝까지 말 안하면 저 안에 갇혀야 한다."

순사는 뒤로 보이는 철장을 가리켰다. 아이는 울음을 그치고 순사가 내민 종이에 이름과 나이를 또박또박 썼다.

석문자, 열다섯 살. 아버지는 석민열. 집은 갈문면 장수리.

순사는 입이 벌어지며 경부에게 보고하자마자 전화로 갈문주재소를 불러 전통을 내렸다.

장수리 석민열이라는 자의 딸내미 석문자가 가출하여 경찰서에 보호하고 있으니 오늘 밤 안으로 속히 데려가시압.

갈문주재소 순사가 부랴부랴 자전거를 타고 달려와 함께 가자고 하나 요지부동이다. 겨우 입을 여는데 자기는 꼭 경성 쪽으로 가야만 한다.

"거긴 너 같은 애들만 잡아먹고 사는 늑대 같은 입들이 수십, 수백씩 이나 우글거린다."

순사의 엄포에도 듣지 않는다.

"말 안 들으면 저 안에 진짜로 가둔다. 그래도 말 안 들으면 열흘 있 다가 재판 받고 징역 살아야 할지도 모른다. 어린 게 겁도 없이."

순사는 숫제 을러대기 수법으로 나왔다. 요게 보통내기가 아니다. 그 러니까 이리도 당차게 집을 나왔겠지만. 갈문주재소에서 보호자를 수소 문하여 기별해놨는데 자정이 다되어서 한 남자가 경찰서로 찾아왔다.

"지가 쟤 애빕죠." 그러면서 딸에게 다가가 손을 잡는데 매몰차게 홱 뿌리친다. 순사 앞만 아니라면 큼지막한 손이 볼때기에 여러 번 올라갔 을지도 모른다. 화가 난 아비가 딸의 몸을 통째로 싸잡으려 하자 사무 실 안에서 요리조리 피한다. 민망한 아비가 머리를 긁적이며 변명 비슷 한 사정을 늘어놨다.

"제 오빠 혼자만 경성으로 공부하러 갔다고 요 며칠 동안 밥도 안 먹 고 울더니만."

억지로 업고 간다면 등에서 발버둥을 칠 테니 아비는 딸을 못 이기고 경찰서에서 밤을 새웠다. 딸년 고집에 애비 속이 더 탄다. 다음날 이른 아침에 출근하던 경부가 밤을 새운 순사를 나무랐다.

"쟤가 왜 여태까지 여기 있어?"

속상한 아비가 먼저 경부 앞에 나섰다.

"아들놈이 올해 보통학교를 졸업해서 공부 좀 더하라고 경성엘 보냈 는데, 제 년도 같이 공부시켜달라고 떼를 쓰네요. 아들한테 들어갈 돈 만 해도 얼만데, 애까지 공부시키려면 우리 살림으로는 어림도 없지요. 학교 문턱에는 못 가봤어도 제 오빠한테 글은 죄다 배웠습죠. 제 오빠가 경성으로 가고 나니까 가르쳐줄 사람이 없다고 저렇게…. 대체 뭘 더 배우겠다고 그러는지."

"오빠 밥해주면서 오빠한테 배우면 되잖아요. 안 보내주면 혼자 도회지에 가서 돈 벌면서 야학이라도 다닐 거예요."

아이는 뾰로통하여 겨우 입을 열고 말대꾸한다. 그때 야마네켄조우 서장이 막 출근하자 경부보 노성욱은 빳빳하게 서서 어제 저녁의 여아 가출 사건을 보고했다. 야마네켄조우는 목이평에 온지 올해가 벌써 이태 째라 지역 사정을 익히 알고 있었다. 몇 해 전 장안에서 일어난 만세 사건에 이어 대한독립단 경기도지단장 한덕리의 관아 것들 협박사건 등으로 어수선하던 분위기가 이제 겨우 진정되고 경기도경찰부로부터 조선인에게 부드럽게 대하라는 지시를 받고 있던 중에 서장은 큰 선심을 썼다.

"노 경부, 그 아이 우리가 데리고 공부시켜. 보통학교 여자부에 넣어 줘. 학비는 서장이 댄다. 공부하겠다는 조선 아이 하나 잘 키워보자고. 이게 다 내선일체를 위한 일이니까. 저 아이 애비가 왔나 본데 안으로 들어오라고 해."

석민열은 머리를 조아리고 불려 들어가 마룻바닥에 엎드려 큰절을 했다. 일어나서 눈물을 주르르 흘리며 고마워서 어쩔 줄 모른다.

"그 앤 내 사택으로 보내요. 밥하는 아줌마 거들면서 먹고 자고 학교 가서 공부도 하게. 서장이 이렇게까지 하는데도 일인 물러가라고 날뛰고들 있으니. 조센징."

야마네 서장의 얼굴에 묘한 웃음이 흐르고 노성욱은 문자를 사택 안으로 들여보냈다.

"방은 여길 써라. 밖에선 그 옷을 입더라도 집에서는 이 옷을 입어야 해. 여긴 서장님 사택이니까."

일하는 아줌마가 기모노를 내놨다. 그걸 갈아입고 나온 문자는 어색하여 몸을 비비 틀며 감추려했다.

"됐다. 잘 어울리는구나. 앞으로 집 안에서는 꼭 그렇게 입어라."

저녁에 서장이 보고 흡족해했으나 마루에 나올 때만 입고 제방에 들어가면 다시 벗었다. 문자는 다음날 순사를 따라 목이평보통학교에 갔다. 간단한 시험을 거쳐 그동안 오빠에게 배웠던 실력을 인정받아 목이평보통학교 끝 학년에 입학절차를 마쳤다.

"공부는 왜 하려고 그러니?"

반을 배정받은 문자에게 담임이 학교가 파한 빈 교실에서 던진 첫 물음이다. 공부를 왜 하다니. 터무니없는 질문이기도 했지만 마땅한 대답도 생각나지 않았다. 여태껏 왜 그토록 공부를 하겠다고 아버지와 오빠한테 바득바득 졸라댔는지 자신도 모르고 있었다.

"백정도 칼을 갈고 의사도 칼을 간다. 둘 다 필요한 칼이지만 하나는 죽이는 칼이고, 하나는 살리는 칼이다. 자, 어느 공부를 할 작정이냐?"

이런 걸 묻다니. 문자는 낯빛이 새파래졌다. 오빠는 글자와 셈만 공부라고 가르쳤지 이런 걸 가르쳐주지 않았다.

"의사가 될래요."

"언제부터 생각했니?"

"지금요."

"그렇지. 백정이 되려고 공부하지는 않겠지. 그렇지만 의사 공부 하다가 자기도 모르는 사이에 백정이 돼 버린다. 넌 아직 어려서 잘 알아듣지 못하겠지만."

"어리긴요. 집에서 밥하고 빨래하고 김매고 나무하고, 어른들 하는 일은 다 했어요."

"힘들든."

"네."

"그래서 그걸 안 하려고 공부하려는 게지."

문자는 또 대답을 못 했다. 처음 만난 보통학교 선생은 보통이 아니었다. 선생은 문자의 마음을 꿰뚫어 보고 있었다.

"서장 댁에서 일한다고 했지?"

"일은 안 하고 청소만."

"잘 됐다. 거길 네 집이라고 생각해라. 우리글을 다 깨우쳤다니 일본을 이기려면 일본글 일본말을 다 배워야 한다. 왜 공부하는지 답을 가르쳐 주지. 넌 어려서 아직은 잘 모르겠지만 우린 지금 일본사람이 되려고 공부하는 게 아니라 일본을 이기려고 공부하는 거다. 일본 사람이 자기네 나라 사람 되라고 글을 가르쳐도 우린 일본을 이기려고 배우면 된다는 말이다. 알아듣겠니?"

선생은 누군가 쓰던 책과 새 공책에 연필 두 자루를 얹어줬다. 처음 보는 일본어 독본이 새롭게 눈에 들어왔다. 히라가나, 가타카나. 오빠는 아직 이런 걸 가르쳐주지 않았다. 이런 고마울 데가. 꾸벅 절하고 나오는 문자의 발걸음이 나를 듯 가벼웠다. 경찰서가 사람을 잡아가두는 줄만 알았는데 이런 고마운 일도 하다니. 그럴수록 아버지가 야속했다. 집에 붙잡아두지 말고 진작 이런 데로 내보냈으면. 하지만 지금이라도 늦지 않았다. 오빠가 안 가르쳐준 일본말부터 배우자.

"애가 보통 야무진 게 아녀요. 아침에 이불 개켜놓고 방마다 걸레질을 치는데 잔소리 할 구석도 없고 나무랄 데라곤 요만큼도 없다니까요. 부엌에 들어와서 설거지까지 하려는 걸 공부하라고 막았어요."

방 안에서 연필을 깎아 낯선 일본글을 공책에 그리다시피 하고 있는데 밖에서 들리는 소리가 칭찬이다. 석문자. 넌 이제 팔자가 폈다. 들었다면 빤하게 한마디 했을 어머니가 눈에 어른거렸다. 먼저 간 어머니의 살림을 도맡다시피 하여 어린 나이에도 밥하고 빨래했다. 아버지는 가끔씩 드나드는 방물장수 아줌마를 아예 편안하게 집안으로 맞아들이겠지. 공부하겠다고 집을 나왔지만 아버지를 편케 해드리기 위한 핑계였는지도 모른다.

장안에선 야마네 서장이 조선인 아이를 수양딸 삼았다는 소문이 파다하게 퍼졌다. 내지에 가족을 두고 혼자 와 있는 서장이 적적해서일 거라고 하면서도 장안에서는 아이의 팔자를 부러워하는 쪽과 앞날을 걱정하는 쪽이 반반이었다.

늦은 저녁 무렵 막생이 나루에서 짐을 날라주고 얻었다며 망글네 국밥집으로 조그마한 새우젓 방구리를 지고 와 부엌에 들여놓았다. 그걸 본 망글네 눈이 휘둥그레지며 입이 귀까지 벌어진다. 망글네 국밥 맛을 소문내는 새우젓이 한 방구리나 생겼다. 설거지시킬 만한 아이를 눈앞에서 가로채 경찰서에 넘긴 일을 잊어갈 즈음이다

"어머, 이 귀한 걸."

싱글벙글하는 망글네 앞에 막생은 거드름을 피웠다.

"내가 여태껏 공밥만 얻어먹고 갚은 게 없어서."

"밥값은 무슨. 내가 밥값 받으려고 여태껏 막생이한테 국밥 끓여 줬나? 걱정 말고 그냥 먹어."

망글네는 돌변하는 막생의 심보를 도통 알 수가 없다. 하지만, 눈을 흘기면서 막생을 보는 눈이 예사롭지가 않았다. 막생이 빈 지게로 올 때마다 말은 투박하게 해도 망글네, 조것이 속은 깊었다.

"삼시 세끼 밥을 거저로 차려주면 그건 서방의 밥상 될 텐데."

은근한 막생에게 망글네가 국밥에 고기를 낫게 넣어 차려오고 상에 탁주도 한 대접 가득히 채워 올려놨다.

"피근피근 말도 안 듣고 웬수 같던 막생이가 오늘은 밉지가 않네."

"새우젓독이 밉지 않은 게지."

망글네가 막생의 다리를 꼬집는다. 막생은 괘념치 않고 달게 비운 국밥 그릇을 밀어놓더니 걸쭉한 탁주를 한 사발 쭉 들이킨다.

"더 줘?"

막생이 일어서려다가 주저앉았다. 망글네가 그 앞에 한 대접을 더 퍼온다. 그걸 받아 마시고 난 막생의 얼굴이 불쾌하고 거나해지자 아예 걸터앉았던 봉노에 신을 벗고 올라앉았다. 헤어져 너덜거리는 짚신을 보고 망글네가 혀를 찬다.

"쯧쯧. 신이 다 헤어졌네. 짐삯 모아서 짚신이라도 사 신지."

"짐삯 모아서 양반네들 신는 가죽신 한 켤레 마련해보려고 했더니 신 장수가 나 같은 놈한테는 안 준다네. 신은 발과 격이 맞아야 한다나. 저만도 못한 나 같은 놈이 가죽신을 신겠다고 나서니 배알이 뒤틀려 그럴 테지. 이놈의 발목쟁이는 가죽신도 한 번 못 신어볼 팔자구면."

"저런 우라질 놈의 신 장수가 있나. 이름이 붙어있는 돈도 아닌데."

그 말을 듣고 막생이 허리춤에 주머니를 꺼내 벌리더니 지전을 모두 쏟아 망글네 앞에 내놨다. 경찰서 경부에게 나루터 수상한 자들 일러바치고 받아뒀던 돈이고, 짐삯 한두 푼씩 받아 아껴뒀던 돈이다.

"갈막생이 이름자 붙은 돈은 아니니까 받아. 양반집 정승의 돈으로 생각하고 받아두라고. 그동안 밥값 술값도 못 내놓고 미안허이."

망글네가 돈을 보고 받아야 할지 말아야 할지 몰라 어리둥절했다.

"말귀 꽤 못 알아듣는구먼. 오늘 밤 신 값으로 받으라고. 저놈의 짚신이 없으면 맨발로라도 다니겠는데, 밤이면 뿔이 나는 요놈의 다리마저도 신겨줘야 할 신이 없으니 당최 달래볼 수가 있어야지 원. 이 돈 신발값으로 받아두고 오늘 밤에 신이나 한번 신겨주게."

망글네가 보니 취한 줄만 알았던 막생의 눈빛이 진지하다. 눈앞에 그동안 모았다는 돈이 꽤 수북하다. 망글네는 못 이기는 척하고 그 돈을 상에서 쓸어 모아 제 앞치마 전대에 집어넣었다.

"받아 둘 테니 잠 걱정, 밥걱정은 하지 마."

"밥값 잠 값이 아니라 신 값이라니까."

망글네가 눈을 흘기며 바깥문을 걸고 등불을 끄더니 놋방에다 이불을 펼쳐줬다. 어디서 왔는지도 모르고 어디로 갈지도 모르게 의지가지없는 두 사람은 오랜 세월 장터거리에서 겉돌다가 스스럼없이 두 몸을 하나로 섞었다. 새삼스럽게 낯선 밤이었다.

"스장 수양딸은 어찌 사는지 보고 싶네. 고런 딸내미 하나 데리고 살았으면."

망글네 한숨이 늘어지면서 뜬금없이 딸 타령을 한다.

"고런 딸내미 하나 우리가 낳으면 되지."

망글네가 막생의 팔을 꼬집어 비틀면서 두 몸이 다시 엉키고 있었다.

다음날 학교가 파하여 관사로 향하는 문자를 교문 앞에서 막생이 지게 진 채 기다리다 불러 세웠다. 문자는 망글네 국밥집에서 만났던 막생을 알아보고 반갑게 알은 체하며 인사한다.

"어머, 아저씨."

"흠. 이게 다 내 덕인 줄 알아라. 나중에라도 날 잊으면 안 된다."

"네, 아저씨."

"망글네 아줌마가 널 보고파서 눈에 진물이 난다는데….."

장수리에서 장터거리까지 먼 길을 걸어오면서 하루종일 굶었던 그날 불러들여 국밥 한 그릇 차려주었던 고마운 아줌마다. 한동안 까마득히 잊고 있다가 막생이 찾아와 넌지시 일러주니 문자는 그 아줌마가 불현듯 보고 싶었다. 머지않은 곳이니 막생의 뒤를 따라 관사로 가던 길에서 장터거리 쪽으로 돌아 망글네 국밥집으로 찾아갔다.

"이게 누구야. 이름이 석문자라고 들었는데. 내가 소문은 들었어. 스장집에 수양딸로 들어갔다고. 우리 딸 삼으려고 했더니만 스장 나리한테 뺏기고 말았네. 스장이 나라를 뺏더니 남의 딸까지 뺏는구먼."

"쉿 말조심해. 쟤가 어째 망글네 딸인감."

데려온 막생이 참견하고 나섰다.

"누구 딸이든 조선 딸이지 왜놈 딸인감. 스장이 데려가 키우면 지 에미애비는 딸 하나 뺏긴 거나 다름없을 텐데 어쩌나."

망글네는 문자에게 묻지도 않고 국밥을 푸짐하게 한 뚝배기 말아다 소반에 올려 어서 먹으란다. 문자는 그때 그토록 달게 먹었던 국밥이 오늘은 끼니 전이기도 하겠지만 배곯지 않고 지내서인지 썩 내키지 않아 수저를 들고 머뭇거리는데 망글네가 깍두기 접시를 밀어주며 재촉했다.

"그래, 거기서 먹는 건 잘 먹을 테고. 스장이란 사람이 조선 아이라고 눈치는 안 주던?"

문자는 국밥을 퍼 넣으면서 고개를 흔들었다.

"망글네, 저앨 데려왔으니 나도 여기 국밥 한 그릇."

망글네가 눈을 흘기며 막생의 앞에 국밥을 내다 놓는데 문이 열리면서 무명 홑바지저고리에 머리가 까슬까슬한 오십 줄의 남자가 들이닥쳤다.

"망글네. 잘 있었소? 나도 여기 국밥 하나."

망글네와 막생 모두 흠칫하며 뒤로 물러서서 몸을 사렸다. 자세히 보니 낯이 익다.

"뭘 그렇게 놀라나. 내가 못 올 데를 왔나."

망글네가 국밥 한 그릇을 냉큼 퍼다 소반에 올려놓아도 객은 수저 들 생각을 안 하고 고개를 숙여 입을 우물거리며 기도하고 있었다.

"이게 얼마 만예유. 한 장 로 님."

망글네는 떨리기도 하고 반갑기도 하여 뒷말을 더듬었다.

"얼마는? 삼 년 반을 받았으니까 꼭 채워 수양 끝내고 나왔지."

막생은 허겁지겁 국밥을 입에 들어붓다시피 하고 슬그머니 식당을 빠져나가 지게를 걸머지더니 꽁지 빠지게 달아난다.

"지금 날 보자마자 내뺀 게 나루터 갈 가지?"

"네, 네. 그 웬수, 여적까지 여길 못 떠나고 우리 국밥만 축내고 있네유."

망글네가 시침 떼고 바깥쪽으로 머리를 돌려 눈을 흘기는 사이에 문자는 빈 국그릇을 챙겨 찬간에 들여놓았다. 문자는 망글네에겐지 낯선 손님에겐지 애매한 쪽으로 고개를 꾸벅하고 슬금슬금 나가려는데 망글네가 불러 세웠다.

"애야. 같은 목이평 하늘 밑에 살려면 이분께 인살 드려야 한다. 이리 와봐라."

아이는 얼결에 다가가 치켜 깎은 뒷머리가 드러나도록 단발머리를 꾸벅했다. 그걸 보고 망글네는 흡족한 듯 이제 나가도 좋다고 눈을 꿈적이며 손짓했다.

"이름이 석문자라고. 집 나와 올데갈데없던 앤데, 내가 스장 수양딸로 디려보냈지유."

"망글네가? 쟤를? 너 이리 와 봐라."

한 장로는 나가려는 아이를 다시 불러들였다.

"거기 앉아봐라."

문자는 한 장로 앞에 무릎을 꿇고 다소곳이 앉았다.

"부모 꺾고 집을 나왔을 텐데 막돼먹은 애는 아니네."

"스장이 사람 보는 눈이 없었을까요. 나도 첫눈에 내 딸 삼고 싶던데. 스장이 보통핵교 끝 학년에 집어넣었다니 가출 한 번 했다가 제 팔자 훤하게 폈지."

망글네는 문자에 대해 막생에게 들어서 알고 있던 대로 한덕리 앞에서 묻지도 않은 말을 해댔다.

"그래? 요즘에 학교에선 뭘 배우냐?"

"수신, 일어, 국어, 산술, 역사, 지리, 직업, 도화, 창가, 체조, 재봉까지…."

문자는 배우고 있는 과목들이 자랑스러웠다.

"벌써 졸업반이로구나."

교장선생 같은 어른 앞에서 아이는 단발머리 밑에 까슬까슬한 뒷목덜미를 만지작거렸다.

"야소를 아냐? 요 뒷동산에 올라가면 야소교당이 있다. 학교 쉬는 주일날 오면 야소를 가르쳐준다. 야소를 알아야 제대로 배우는 거지 모르면 다른 건 암만 배워도 소용없다."

"아직 어린 애를요."

"어리긴. 보통학교 끝 학년이면 야소만 못 배우고 배울 건 다 배웠겠지."

아이는 앞에 앉은 사람이 궁금하여 나가기를 포기하고 숫제 그 앞에 편히 앉아서 들었다.

"야소를 알면 송도에 있는 여학교에 돈 없어도 갈 수 있다. 형편이 어려워 보이는데 보통학교 마치면 야소를 배워서 거길 가라. 그래야 효도하는 거다."

아이는 "예." 하면서 꾸벅 인사했다.

"그래, 어서 들어가라. 가서 꼭 생각해 보고 와라."

문자는 평소보다 조금 늦게 관사로 들어갔다. 야소? 야소가 뭘까. 기회를 봐서 일하는 아줌마에게 더 물어봐야겠다고 생각하며 때를 기다렸다.

"저어, 아주머니. 야소가 뭐예요. 야소를 배우라고 하는데."

대답이 없었다. 할 수 없이 학교에 가서 묻기로 했다. 다음날 식모는 서장에게 고스란히 일러바쳤다.

"노 경부. 장안에서 우리 집 애한테 야소를 가르치려는 자가 있다는데."

노 경부는 그 즉시로 순사를 나루터에 보내 막생을 불러들였다.

"어제 망글네 집에 낯선 사람이 왔을 텐데 누가 다녀갔다고 했지?"

"한 장로가 나왔어요. 만기출소래요."

"강 순사, 내일부터 당장 그자를 따라붙어. 거물이다."

코이와 서장의 뒤를 이어 앉은 야마네 서장은 도경으로부터 요시찰인 출소 통보를 받아 이미 알고 있었다. 강 순사는 한덕리가 가는 곳마다 따라다녔고 거북한 곳에는 막생을 따라 붙였다. 경부는 그의 움직임을 순사의 눈으로 앉아서 다 들여다보고 있었지만 헛수고다. 의심할 만한 행동이 전혀 보이지 않았다. 한덕리는 출소하여 고읍교회에서 목이평교회로 다시 옮겨와 오로지 집에서 야소교당만 오갔다.

문자는 보통학교를 마치자마자 경찰서에 사환으로 들어갔다. 서울로 가서 공부하겠다고 서장에게 허락을 구했지만, 여자가 공부를 너무 많이 하면 못 쓴다고 사택에 주저앉혔다. 그동안 진 신세도 있고 하여 그 말을 거역할 수도 없었다. 문자는 마른일, 궂은일 가리지 않고 사무실 청소며, 서류 등사며, 담배심부름, 차심부름에 술심부름까지 닥치는 대로 해대고 차츰 서류정리까지 돕게 되어 순사들 칭찬이 자자했다. 서장은 그렇게 자라는 문자를 보고 자기가 사람 보는 눈은 있다며 흡족해했다.

문자는 칭찬이야 듣기 좋았지만 기모노는 싫었다. 사택에 들어가서도 기모노로 갈아입지 않고 경찰서에 일하던 대로 검정 치마 흰 저고리를 입은 채 집 안 청소를 하고 있을 때에 서장이 들어왔다.

"기모노를 왜 안 입었냐. 머리가 자라니까 이제 조선의 피가 살아나니?"

문자는 화들짝 놀라 얼른 들어가서 기모노로 갈아입고 나왔다. 속마음을 들키고 싶지 않았다. 자신에게 잘해주는 서장이 고마웠지만 사택 안에서 입는 기모노는 정말로 싫었다. 꽤 오랫동안 입었는데도 몸에 영 어색하여 다시 치마저고리만 입고 싶었다. 부지런히 청소를 끝내고 방 안에 들어가서는 치마저고리로 갈아입고 책을 읽었다. 일본 책을 읽더라도 옷은 조선의 옷을 입어야 한다고 담임에게 귀에 못이 박히도록 들었다. 경찰서에서 사환으로 일하면서 급료도 받고 하는 일도 익숙하여 생활이 안정되자 작심하여 찻잔을 쟁반에 받쳐 들고 서장실로 들어갔다.

"요즘 하는 일이 어때?"

"순사 아저씨들이 잘 가르쳐주셔서 잘 배우고 있어요."

"그래야지. 내년엔 순사시험을 봐라. 여 순사도 뽑는단다."

"저도 이제 독립하려고요."

"독립! 어린 게. 너도 네 나라를 갖겠다는 거냐? 나라가 무슨 집도 아니고 제 나라 갖겠다는 사람들이 조선에 너무 많아."

서장은 눈을 크게 뜨고 독립이라는 말에 경악하다시피 했다.

"관사에서 너무 오랫동안 신세를 져서요. 밖에다 방 하나 구하고 있어요."

서장은 고개를 끄덕였다.

"암, 그래야지. 이제 나이를 먹어가니까 나가 살아야겠지. 밖에도 우리 일본 바닥이니까."

허락하지 않을 줄 알았던 서장은 문자에게 알 수 없는 웃음을 지어보였다. 이제는 풀어놔야 쓸모가 있다. 서장은 문자가 야소교당에 다니면서 한 장로에게 야소를 배우고 있다는 사실을 이미 알고도 모른 척하고 있었다. 나가 살더라도 사환으로 잡아두면 한덕리의 동태를 파악하는 데는 따로 사람을 붙일 필요가 없다. 서장의 속셈이야 어쨌든 문자는 흐느적거리는 기모노 속에서 편안하게 몸만 자라나고 있어, 알 수 없는 죄를 짓고 있다는 생각이 들었다. 몸집 큰 서장의 불룩 튀어나온 배가 두려웠고, 밥하는 일인 아줌마의 과한 친절이 거북했다. 관사 생활에서 이제는 벗어나고 싶었다. 기모노를 훌훌 벗어놓고 옷가지와 책을 쌌다. 장터거리 망글네 국밥집 근처에 한덕리가 소개해준 작은 방으로 들어갔다. 망글네는 문자가 인사하러 들렀을 때 자기 집 근처로 나왔다고 반가워하며 자주 들리라고 제 딸처럼 살갑게 맞았다.

야소교당에서 매일 저녁 한 장로에게 야소를 배우는 사람은 문자 외에도 네 명이나 더 있었다. 마태에서 마가, 누가, 요한까지 복음서 네 편을 모두 마쳐갈 무렵이다. 문자가 경찰서 관사에서 나오던 날 밤, 함께 공부하던 사람 중 하나가 나오지 않았다. 문자와 친하게 지내던 백마순이다. 여태껏 하루도 안 빠지고 나왔던 백마순. 공부할 때마다 한눈팔지 않고 책과 한 장로의 얼굴만 번갈아 쳐다보던 눈 큰 아이 백마순.

"오늘은 청년회관에 나갔어요. 거기서 내닌이란 사람을 공부한대요. 내닌도 야소만큼 훌륭하대요. 뭐든지 많이 배워두면 좋지 않겠느냐고 하면서요."

"내닌이 뭐야? 아! 레닌."

한 장로의 낯이 굳어졌다.

"레닌이라면…. 안 되겠다. 오늘은 배운 곳을 더 읽고 있어라."

한 장로가 일어나 두루마기를 입자 문자가 펼쳤던 복음서를 덮고 따라나섰다. 딱히 이유를 댈 수 없었지만 마순을 데려오는 일이라면 자기가 함께 가야겠다는 생각이 들어서다. 며칠 전부터 장터 청년회관에서 야학이 열리기 시작했고, 저녁마다 젊은이들이 모여 공부한다는 얘기는 들었지만 무얼 공부하는지 문자도 몰라 궁금해 하던 중이다.

"마순이 갠 제가 가야 데려올 수 있어요."

골안에 산다는데 올 때마다 몸에서 비릿한 돼지비계 냄새가 나는 아이다. 계집애가 어찌나 똑똑하던지 늦게나마 보통학교를 다닌 문자보다 읽었다는 책이 더 많았다. 어디서 구했는지 동화보다 어른들 책을 더 많이 읽는다. 부모가 골안에 사는 일자무식 백정이라는데 누구한테 배웠을까. 몇 해 전부터 장을 보러 다니면서 평활소년회에서 오빠들한테 책을 얻어다 읽었다고 했다. 서울에서 출판사를 하는 선생님이 가끔 내려와서 책을 주고 가는데 그 책들이 그토록 재미있다고 했다. 그 후로 평활소년회가 없어지고 청년동맹이 장터거리에 생겼는데, 그때에 책을 빌려주던 연경 오빠가 나오라고 해서 청년회관에 나가게 되었다고 문자에게만 귀띔했다.

문자가 마순을 처음 만난 곳은 망글네 국밥집에서다. 한동안 망글네 아줌마 소식이 궁금하여 잠시 들렀다가 국밥을 얻어먹고 있는데 자기 또래보다 아래로 보이는 아이가 큼직한 자루에 멜빵 달아 지고 끙끙거리며 들어왔다. 뭔지는 모르지만 밥을 먹다 말고 냉큼 받아서 내려놓는데 손에 만져지는 게 뭉클했다. 징그럽다고 화들짝 놀래서 손을 떼자 그 아이가 자루 속에서 창자와 간, 염통 같은 돼지 내장들을 함지에 부었다. 문자는 비릿한 냄새와 함께 먹던 밥을 다 토하고 있는데 마순이 다가와 등을 두드렸다.

"미안해."

누군지는 모르지만 자기에게 미안해했다.

"비위도 약하기는. 쯧쯧쯧. 네가 먹고 있는 게 바로 저거야."

망글네가 문자를 보며 딱하다는 듯이 물바가지를 건네줬다.

"둘이 이름이나 섞어봐. 얜, 골안에 사는 마순이, 쟨 경찰서에 스장 수양딸 문자."

마순은 경찰서라는 말에 놀라고 서장 수양딸이라는 말에 또 한 번 놀랬다. 문자가 손을 내밀었지만 마순은 감히 잡지 못하고, 자기 때문에 토하게 했다는 자격지심에 더 미안하여 얼굴이 붉어졌다.

"괜찮아. 얜 내 수양딸도 되니까. 경찰스장댁에서 메칠 전에 아주 나왔어. 둘이 친하게 잘 지내봐."

그때서야 마순은 다가가 문자에게 손을 잡혀줬다. 문자가 한 손을 내밀어 잡았는데도 마순은 조심스럽게 두 손을 모아 잡고 또 한 번 미안하다고 했다. 문자는 그런 마순을 저녁때에 망글네 국밥집에 갈 적마다 마주쳤고, 망글네에게 고깃값을 받아 돌아가는 길을 여러 번 배웅했다. 도장골로 갈라지는 입구에서 마순은 골 안에 집에까지 데려다주겠다고 해도 매번 한사코 사양했다. 그런다고 집을 모르지도 않을 텐데. 돌아와서 망글네 아줌마에게 물으니 쉽게 알려줬다.

"우리 집에 고기 대주는 도살간 집 백 도수 딸이다. 백정집 딸이라 그렇지 애가 참하고 똑똑해. 너처럼 학교만 보냈으면 더 좋았을 텐데."

문자는 마순이 저녁때쯤 망글네 국밥집에 돼지 내장을 가져다주고 청년회관에서 들러서 공부도 하고 간다는 사실을 알았다. 거기선 무슨 공부를 하냐고 물었더니 마순은 책만 읽는다고 했다. 때로는 빌려가기도 한단다. 문자는 자기 수중에 갖고 있던 복음서를 보여줬다.

"이 책도 재미있어. 읽어봐."

빌려주고 싶은데 막상 빌려주고 나면 자기가 볼 수가 없었다.

"내가 매일 베껴서 줄께."

문자는 매일 밤 마순이가 읽을 만큼 종이에 베껴놨다가 망글네서 마주칠 때에 읽어보라고 전해줬다. 다음에 만날 때 잘 읽어봤다고 되돌려주는 걸 그냥 가지라고 주었다.

"이건 한 번만 읽는 게 아니고 집에 두었다가 여러 번 읽고, 또 읽고 외우기까지 하는 거야."

그러다가 마순이에게 동산에 있는 야소교당을 구경시켜주겠다고 데려갔다. 마순이 한 장로가 내어주는 복음서 한 권을 받아가더니 하루도 빠지지 않고 야소교당에 나와서 문자와는 더 친해졌다. 그러던 마순이 오늘은 청년회관 공부 때문에 꼭 빠져야 한다고 안 나오다니.

"장로님. 레닌이 뭐예요?"

마순이 매일같이 나오던 복음 공부에 빠지면서까지 참석해서 들어야 하는 레닌 공부가 뭔지 문자도 적잖이 궁금했다.

"로서아 사람인데 우리 야소와는 상극이다. 상극."

청년회관에서는 주황 불빛이 창호지를 뚫고 밖으로 내비치고 있었다. 문자는 서슴없이 안으로 들어갔고 한 장로는 밖에서 기다렸다. 막상 자리를 박차고 나오긴 했지만 젊은이들만 있는 곳에 들어가서 시끄럽게 하고 싶지는 않아서다. 문자는 조심스럽게 문을 열고 안으로 슬그머니 들어가 보니 앞에 선 사람이 커다란 종이를 펼쳐놓고 뭔가를 열심히 가르치고 있었고, 모여 앉은 사람들은 진지하게 듣고 있었다.

안에서 마순의 땋아 묶은 머리 뒤통수부터 찾아내 그 옆자리에 슬며시 앉았다. 마순이 문자와 눈이 마주치자 놀라는 표정이다. 키가 크고 얼굴이 훤칠한 남자가 모인 청년들을 휘어잡듯 무언가 설명에 열중하고 있었다. 기왕 왔으니 함께 들어보기로 했다.

"만주사변에서 기고만장해진 일본이 망조를 보이고 있어요. 전쟁에 미치더니 국제연맹에서 탈퇴하여 외톨이가 됐어요. 이번에는 중국하고 한판 붙어버렸네요. 그걸 보고 영국과 미국이 가만있지 않을 거예요. 이제 아세아에서 일본을 몰아내려고 더 큰 전쟁이 일어날 거예요. 일본은 반드시 망하게 되어 있어요. 조선에서도 언젠가는 일본이 물러나게 될 거고요. 우린 그때 가서 우왕좌왕, 갈팡질팡하지 말고 지금부터 미리 준비해야 해요. 일본을 쫓아내고 나면 이 땅에 어떤 나라를 세워야 할까, 지금부터 준비해야 해요. 이 땅에다 이 씨네 왕국을 다시 세울까요? 그렇다고 양이들 같이 제국주의 나라를 세울까요. 아니지요. 농민하고 노동자 같은 우리 인민들이 주인이 되는 나라를 세워야 해요. 우린 그때를 대비해서 나라의 주인이 되는 공부를 해둬야 해요. 나라의 주인은 지주와 자본가 놈들에게 굽실거리지 않아요. 당당하고 떳떳하게 부르주아지들의 구린 재산을 빼앗아 공평하게 나누어서 가지고 평등한 세상을 만들어야 해요. 그걸 우리 청년들이 지금부터 공부해서 준비해야 한다 이 말예요. 자본주의라고 자랑하던 저 미국도 망가져서 지금 대공황에 빠졌잖아요. 우리 청년들은 이런 국제정세를 자알 알아야 해요."

앞에 선 연사는 입가에 침버캐가 끼도록 열강하고 있었지만, 문자가 듣기에는 도무지 알아듣기 어려운 얘기들이다. 바지저고리를 입은 청년들은 모두 표정이 진지하다. 옆에 앉은 마순은 이런 공부가 뭐 재미있다고 와서 들을까. 한 장로가 가르쳐주는 복음서보다 훨씬 재미없는 얘기다. 문자는 차츰 따분하고 지루해지기 시작했다. 연사가 한껏 더 열이 올라 이야기는 레닌의 가르침이 어떻고 하는 내용으로 이어질 때쯤에 문자가 갑자기 얼굴을 찡그리더니 배를 움켜쥐었다. 통증을 못 참겠다는 표정을 지으며 쩔쩔매다 눈물까지 흘렸다.

"마순아, 나 좀 도와줘."

앞에 연사가 마순에게 데리고 나가라고 눈짓을 하자 마순이 문자를 부축해서 밖으로 데리고 나왔다. 불빛이 안 비치는 청년회관 뒤 어둠 속에서 한 장로가 기다리고 있었다. 뒤에서 지켜보던 키 큰 남자가 두 사람을 노려보다가 옆 사람과 수군거렸다.

"여기다. 이리로."

"마순아. 여기 한 장로님이…."

문자는 배를 움켜쥐고 있던 손을 풀었다.

"요런 앙큼한 언니."

마순은 문자의 옆구리를 꼬집었다. 두 사람은 묵묵히 앞장서는 한 장로를 따라 회관 골목에서 빠져나와 동산 쪽으로 걸어 올라갔다.

"레닌 공부는 안 된다. 그걸 갖고 씨름하면 왜놈보다 더한 사람이 돼버려."

84

한 장로의 목소리는 전과 같지 않게 종아리를 때리는 회초리처럼 따갑고 무거웠다. 한 장로는 한 번도 손찌검을 한 적이 없었지만 나무라는 말 한마디가 학교에서 잘못했을 때 받던 벌보다 더 아팠다. 한동안 침묵을 깨고 한 장로는 다시 입을 열었다.

"야소는 레닌을 미워하지 않겠지만 레닌은 종교를 아편이요 독주라고 했다. 오직 하나님만 믿어야 하는데 걔들은 눈에 보여야만 믿고 산다. 매일같이 따뜻한 밥이나 먹으면 이 세상을 살 수 있다고 믿는 자들이다. 우린 야소의 말씀을 믿고 먹어야 한다. 야소의 말씀을 믿으면 보이지 않는 걸 볼 수 있는 힘이 생기는데도 거기서 그런 얘기만 듣겠느냐."

"아직 레닌은 잘 모르겠지만 좋은 오빠들예요. 저 같은 백정의 딸, 천한 애들도 큰일을 할 수 있대요. 저어, 이건…."

마순은 소매 안에서 꼬깃꼬깃 접어 넣었던 종이를 꺼내 펼쳐 보였다.

〈니꼴라이 레닌은 엇더한 사람인가〉

몇 해 전 두 달 넘게 신문에 연재되던 글을 오려 모은 종이뭉치다.

"이걸 어디서 구했냐?"

"신문지국 하는 정출이 오빠한테요."

"읽어보니 뜻을 알겠느냐?"

"조금은요."

"모르면 다행이지만 안다면 잘못 알고 있을 테니 큰일이다. 모르는 건 창피한 게 아니다. 잘못 아는 게 더 무섭다. 야소보다 그게 더 크더냐?"

"둘 다 커요."

"묻겠다. 그걸 모두 읽었느냐? 레닌이 옳다고 하는 게 어떠한 건지도 아느냐?"

마순은 고개를 끄덕였다.

"오로지 물질의 풍요만이 복을 준다고 믿느냐?"

한 장로의 목소리가 높아져도 마순은 여전히 고개를 끄덕인다.

"사람이 떡으로만 살 게 아니요, 하나님의 입으로부터 나오는 말씀으로 산다고 진정 믿느냐"

마순은 또 고개를 끄덕였다.

"그럼 잘못 배웠다. 아니다, 지금까지 내가 잘못 가르쳤다. 불 속에 물이 견딜 수 없고 물속에 불이 견딜 수 없듯이 둘은 상극이다. 너는 물 속에서도 불이 살 수 있으며 불 속에서도 물이 견딜 수 있다고 잘못 알고 있다. 사람이 떡으로만 산다면 짐승과 다름없다. 그런데도 그 말을 믿는다면 야소를 헛되게 믿고, 이 세상 헛살고 있는 거다. 다시 배워라. 야소를 아무리 배워도 사악한 마귀가 주변에서 어른거리면 소용없다. 네가 청년회관에서 배우는 건 당장 달콤하게 배를 불릴지 모르나 최후는 참혹하게 된다."

마순은 더 이상 대답을 못 하고, 문자는 그 모습이 안타까워 조마조마하고 있었다. 한 장로는 한숨을 길게 내쉬며 잠시 눈을 감았다. 둘은 손을 꼭 잡고 한 장로를 따라서 눈을 감았다.

붉은 독립

마순이 망글네로 국밥거리 고기를 처음 가져가던 날, 청년들 대여섯이 봉노에 모여앉아 저녁을 먹고 있었다. 모두 옆에다 책을 한 권씩 놓고 있어 눈으로 슬쩍 훔쳐봤는데 키가 크고 얼굴이 널찍한 청년이 말을 걸어왔다.

"너 이 책 보고 싶니?"

목청을 떨며 올라오는 청년의 목소리가 그렁그렁하여 그의 체격만큼이나 웅장하게 들렸다. 마순은 그 소리에 주눅이 들어 기어들어가는 목소리로 대답했다.

"네."

"글을 읽을 줄 알면 가져다 봐라."

저런 책을 술술 읽고 싶은데 글을 모르니 마순은 그 앞에서 도리질을 치며 얼굴이 빨개졌다.

"모르면 평생 부끄럽게 산다. 배우고 싶으면 내일부터 요 앞에 우리 회관으로 나와라. 내가 따로 가르쳐줄 테니."

그가 나중에 알고 보니 태평일보 지국을 하는 이정출이었다. 가슴이 콩닥콩닥 뛰어서가 아니라 돌아오는 발꿈치가 저절로 들썩들썩하여 뛸 듯이 기뻤다. 돼지 비린내 나는 옷을 깨끗이 빨아 입고 밤길 무서운 줄도 모르고 회관에 나가서 꼬박 한 해 동안 글을 배웠다. 책 속에 글자들이 읽어지는 게 신기했다. 그 글자들이 하나하나 뜻을 가지고 말이 되는 게 또 희한했다. 가끔씩은 오빠들이 집 근처까지 바래다주었다. 글을 알기 시작하면서 송대, 연경, 정출과 경두 아재의 이름까지 쓰고 읽을 수 있었다. 글로 쓴 이름만 보고 그 사람의 얼굴을 떠올릴 수 있었다. 얼굴 그림도 아니고 이름을 쓴 글자만으로도 사람을 알 수 있다는 게 얼마나 신기하냐. 그들이 빌려주는 이야기책과 신문에 나오는 연재소설을 오려 모은 종이들도 집으로 얻어다 밤새는 줄 모르고 읽었다.

"꺽정 오빠가 언젠가는 관군에게 잡히겠지요?"

마순은 신문에서 오려 모은 연재소설 〈임꺽정〉을 읽으면서 그 끝이 궁금하여 밤길을 바래다주는 정출에게 뜬금없이 물었다.

"글쎄다. 잡히지 말아야 할 텐데. 홍명희 선생이 아마 끝까지 지켜줄 거다. 재밌더냐?"

"꺽정 오빠도 나 같은 백정의 자식이잖아요. 그러니까 우리에겐 오빠가 되겠지요, 아니 할아버지가 될까요. 그래도 신문에선 아직 젊으니까 꺽정 오빠라고 할게요."

마순은 정출이 강단 앞에 나와 혀에 날을 세워 말하는 레닌 이야기보다 신문에 나오는 꺽정 오빠 이야기가 훨씬 더 재미있었다. 그런데 지금 한 장로 앞에서는 재미를 얘기하는 게 아니다. 이쪽이든 저쪽이든 선택해야 했다. 대답을 못 하고 멍하니 앉아있는 마순을 보고 문자는 옆구리를 꼬집다가 참지 못하고 나무랐다.

"얼른 장로님한테 다시는 거길 안 가겠다고 해."

"죄송해요. 여기도 와야 하고 거기도 가야 해요. 거기선 오빠들이 가르쳐주고, 여기선 장로님이 가르쳐주시잖아요. 언젠가는 일본이 망하고 새로운 세상이 온다고 그랬어요. 그땐 우리 같은 사람들이 주인 되는 세상이 된대요."

"그래서?"

"저 같은 사람도 공평하게 사는 세상 만드는 거죠. 그때를 위해서 저 같은 백정의 딸도 준비를 해야 한다고요. 여자들도 큰일을 해야 한대요. 서울에 있는 고명자, 주세죽, 허정숙, 이런 언니들처럼 될래요."

마순은 대답이 또렷하고 당돌했다. 이미 많은 걸 배워 물들고 있었다. 경성 장안에서 사회주의 운동에 앞장서고 있다는 세 여인을 한 장로가 모를 리 없다.

"야학에서 청년들이 그렇게 가르치더냐? 그게 노동야학이라고 했지?"

"오빠들도 가르쳐주고, 오빠들이 빌려준 책에서도 읽었어요. 큰일을 할 때가 되면 서울에도 보내준다고 했어요."

초가 타들어 가면서 밝혀진 야소교당 안에 오랫동안 말 없는 시간이 지나가다가 갑자기 문이 열리면서 바람이 불어 닥치더니 희미한 사람 서넛이 안으로 들어왔다. 강대 앞에 켜놨던 촛불이 꺼지고 교당 안이 캄캄해졌다. 안으로 들어서는 발소리 끝에 한 장로의 비명이 들렸다. 문자와 마순은 엉겁결에 손을 꼭 잡고 구석으로 피했다. 희미한 팔들이 무언가를 잡으려고 허공을 휘젓는 듯 보였다. 바로 그때, 문 쪽에서 또 한 사람이 작대기를 두 손으로 모아 잡고 들어온다. 허공을 휘젓던 팔보다 빠르게 작대기가 거미줄 걷듯이 바람소리를 내며 어둠을 획획 갈랐다. 누군가 어딘가에 맞았는지 퍽 소리가 들리면서 으윽 하고 쓰러졌다. 그를 부축하려던 다른 한 몸은 등짝을 후려 맞았는지 그 자리에 푹 고꾸라졌다.

"우리 문자 어딨어?"

문자는 목소리만으로 금세 알아들었다.

"어마. 막생 아저씨!"

"괜찮니?"

문자와 마순은 놀라고 두려워 겁에 질렸던 몸이 풀리자 울음이 터져 나왔다. 정체 모를 두 사람이 비실비실 일어나는 기미가 보이자 막생은 양손으로 둘의 멱살을 움켜잡고 다그쳤다.

"어느 놈 짓이여? 담에 또 우리 문자 건드리면 그땐 증말로 뒈진다."

멱살 잡힌 자를 휘둘러 메다꽂자 두 사람은 핑그르르 돌면서 바닥에 나가떨어졌다. 문자가 얼른 성냥을 찾아 초에 불을 붙이고 쓰러졌던 한 장로를 부축하며 주변을 둘러봤다. 한 장로는 대뜸 막생을 알아보고 얼굴을 찡그린다.

"갈 가? 네 놈이 또."

"아녜요. 막생 아저씨가 우릴 도와줬어요."

막생은 어느새 밖으로 나갔는지 지겟다리만 보이며 사라졌다.

"어마. 연경 오빠. 정출 오빠."

"뭐? 너희가 벌터에 사는 연경이하고 같께 있는 정출이란 말이지?"

두 사람은 한 장로와 마주 앉았다.

"우리 야학에서 애들 함부로 빼 가면 재미없어요. 노동야학을 방해하는 건 일본 놈의 앞잡이나 마찬가지예요."

정출이 삼십여 년을 앞서 살아온 한 장로에게 감히 대들고 있었다.

"왜놈하고 싸우다 감옥까지 갔다 온 나한테 앞잡이라? 너희들이 하는 야학에선 뭘 가르치는데?"

문자와 마순은 여전히 알 수 없는 두려움에 덜덜 떨고 있었다.

"세계정세. 우리 젊은이들이 해야 할 일. 장차 나라를 되찾아 세우는 일…."

"너희가?"

둘은 머뭇거리며 더 대답을 못하고 있었다.

"나라? 어떤 나라를 찾으려느냐."

한 장로의 물음 속에 노기와 위엄이 서렸다. 두 사람이 우물쭈물하고 있는 사이에 문 쪽에서 굵직한 목소리가 들렸다.

"이 땅에서 일본 놈들 몰아내고, 지주 자본가 놈들의 세상을 들러 엎고, 우리네 못 가진 사람들도 활개 치고 살 수 있는 세상을 만드는 나라요."

커다란 키가 나지막한 문으로 허리를 접다시피 하며 안으로 들어왔다.

"어마, 송대 오빠." 마순의 목소리는 반갑지만 비명에 가까웠다.

"변송대가 나왔다고? 듣자니 큰일하다가 감옥 갔다고 들었는데 옥살이 헛했구나. 못 가진 사람이 가진 자들 재산을 빼앗아 새로운 세상이 된다고 치자. 그럼 가졌던 자는 또 못 가진 자가 되고 못 가진 자는 가진 자가 되는데 그땐 또 다시 세상을 들러 엎어야 할 텐데. 이 세상이 그렇게 가지고 못 가진 사람들이 들러 엎고 들러 엎이는 게 아녀."

"똑같이 나눠가져야죠. 누구는 더 갖고 누구는 덜 가져서 세상이 이 모양 이 꼴이 되지 않도록."

"사람은 죽어야 똑같다. 세상은 서로 다르기 때문에 살아갈 수 있는 것이다. 목숨이 없다면 모두 똑같겠지만 살아서 꿈틀거리는 생물들은 절대로 같을 수가 없어. 너희들이 똑같아지길 바란다면 죽기를 바라는 것과 같다. 살기를 바란다면 사람이 모두 똑같을 수 없다는 걸 알아야지."

송대는 말문이 막혀 머뭇거렸다. 가르쳐준 김형선 선배라면 마땅한 대답을 알고 있을 터인데. 송대의 나이 이십 줄, 한덕리가 오십 줄에 들었으니 아비 뻘이나 되는 어른 앞에 어느 말을 한다 한들 당해낼 재간이 없었다. 송대가 물러서고 정출이 나섰다.

"장로님도 왜놈들 골려주다 옥살이까지 하시고서 왜놈들하고 싸우려는 우리 야학에 사람을 빼내려는 속셈이 뭐예요."

"야학을 열었으면 바르게 가르쳐야 하고 배우는 사람도 똑바로 배워야 한다. 잘못 배우면 차라리 안 배우느니 만도 못 하다. 잘못 배우면 세상을 삐뚤게 보고, 그 생각으로 앞장서다가는 남까지 망치게 된다. 그걸 막자는 거다."

"무학자에게 글을 가르쳐도요?"

정출이 고개를 갸우뚱거리며 스스로 치솟는 분기를 못 이기고 벌떡 일어나서 대들었다.

"글은 칼이고 연장일 뿐이다. 연장이라고 다 같은 게 아니다. 칼은 사람을 살리는 칼이 있고 죽이는 칼이 있다. 죽이는 칼이라도 죄를 짓는 칼이 있고 단죄하는 칼이 있다. 단순히 칼만 갖고는 바른지 그른지를 알 수 없다. 그걸 쓰는 손, 손을 쓰게 하는 가슴속에 생각이 결국 옳은지 그른지를 결정한다. 이쯤에서 알아듣겠느냐?"

"우린 알아들으려고 온 게 아녜요. 앞으로 우리 야학에서 레닌을 배우려는 선량한 애들을 빼가지 마세요. 여기서 야소타령이나 할 때에 우리 야학당에선 세상을 바로 세울 기둥을 키울 거예요."

"너흰 결국 레닌의 나라가 되기를 바라잖느냐. 이 세상 바뀌는 게 비록 늦더라도 레닌은 절대로 안 된다. 절대로."

"레닌을 모욕하지 마요. 이 늙은 야소쟁이 같으니."

송대가 황급히 정출의 입을 막았다. 아무리 생각이 다르다고 하더라도 동네 어른 앞에서 정출의 언사가 과했다. 셋이 한 장로의 주변을 둘러싸고 야학을 방해하지 않겠다는 다짐을 받겠다며 위협하자 마순은 자기 때문에 벌어진 일이라는 생각에 난처하여 어쩔 줄 모르고 세 사람을 붙들어 말렸다. 겁을 먹고 구석으로 물러서 있던 문자가 불손한 세 사람의 태도를 보고 얼굴이 벌개져서 나섰다.

"이봐요. 같은 하늘로 머리를 두고 사는 사람인데 어르신 앞에서 이 무슨 무례예요. 당장 물러들 가요."

셋은 그때서야 나서는 문자가 눈에 들어왔다.

"왜놈 스장의 수양딸이라는 애가 바로 너냐? 왜놈의 밥을 얻어 처먹고 자라더니 그쪽 앞잡이가 된 모양이구나."

연경이 문자에게 비아냥거리며 손삿대질을 해댔다. 그 말을 들은 문자의 눈에 불이 튀긴다.

"이 봐요. 지금은 조선 밥이 모자라서 일본 밥 좀 얻어먹었지만 그쪽 같은 상것들하고는 달라요. 레닌, 그게 뭔지는 몰라도 그쪽들 하는 꼴을 보니 레닌이란 게 어떤 건지 알겠네요. 어서 물러서요. 어른도 몰라보는 이따위 불손한 사람들이 주제넘게 야학에서 뭘 가르치겠다고."

문자의 손은 연약하나 세 사내를 밀치는 말은 화살처럼 날카롭게 귀를 찔렀다. 상대는 생각지도 못한 공격에 뜨끔했다. 그 기세가 날카로워 한 장로를 둘러쌌던 셋이 얼떨결에 물러서자 마순이 가세하여 옷자락을 잡고 밖으로 잡아끌었다.

"오빠들한테 실망했어요. 어른에게 덤벼드는 노동야학엔 이제 끝이에요."

마순의 돌변한 음성은 힘센 사내에게 앙칼졌다. 그 목소리로 셋을 문밖까지 밀어냈다. 생각지도 못했던 무례에 할 말을 잃었던 한 장로는 겨우 정신을 차리고 눈을 감았다.

"레닌은 안 된다. 이제보니 저 자들이 싸워서 이 땅에 세우려는 건 레닌의 나라다. 누구 끄나풀인지 모르지만 우리가 원하는 선한 백성의 나라가 아니다. 거기엔 사람도 없고 야소도 없다. 오로지 똑같은 세상을 빙자한 물질의 탐욕뿐이다. 마순아, 이래도 네가 그걸 배우려느냐?"

마순이 겨우 고개를 흔들었다.

"젊은이들이 모여 왜놈하고 맞서 무언가 해보겠다는 마음은 가상하지만 나쁜 칼을 갈고 있는 게 분명하다."

마순은 아버지가 여느 사람들처럼 상투도 못 틀어 올리고 만나는 사람마다 공대하며 굽실거리는 모습을 볼 때마다 쥐구멍이라도 파고들고 싶은 심정이었다. 장바닥에 나오면 양반입네 하고 복건 쓴 애들마저도 아버지에게 하대하며 소나 돼지만도 못하게 보고 있었다. 하루 세 끼 먹이만 먹으면 되는 짐승. 마순은 거기에서 벗어나 사람이 되고 싶었다. 그래서 청년회관에 다니면서 오빠들이 가르쳐주어 배웠는데 그게 잘못이라니.

문자는 마순과 달리 학교에서 담임의 은근한 가르침을 바르게 배웠다. 문자는 자기가 모처럼 데려간 마순이 한 장로 앞에서 진득하게 배우지 못하고 그쪽으로 머리를 돌렸던 게 민망하고 가슴이 아팠다. 일본 사람들을 이기되 레닌의 칼로써 이기면 절대로 안 된다던 담임의 가르침이 뇌리에 박혔다. 나중에 알고 보니 담임도 남모르게 복음서를 읽고 있었다. 망글네 국밥집에서 그날 한 장로를 만나 야소를 알게 되었지만 야소의 책을 읽는 담임을 보고 야소당에 나갈 마음을 더욱 굳혔다. 몰래 몰래 다니다가 서장한테 허락을 받아 아예 밖으로 나왔으니 잘한 일이다. 마순이까지 데리고 와 배우게 되어서 잘 됐다고 생각했는데 또다시 호된 가르침을 받고 있으니, 다행이다 싶으면서도 마음은 편치 않았다. 오랫동안 아무 말도 없이 너무 긴 시간이 흐른다는 생각이 들었을 때쯤 마순이 훌쩍거리며 울기 시작했다.

"장로님. 무서워요. 모두 무서워요."

골안에서 장터거리까지 밤에도 혼자 오가던 담력 큰 마순이 이깟 어둠으로 무섭다고 하다니. 문자는 마순의 울음과 함께 섞어나오는 무섭다는 말이 도저히 믿기지가 않았다. 남자보다 강하고 독한 여자인 줄 알았는데. 그래서 청년회관 오빠들과도 스스럼없이 어울리는 줄 알았는데.

"무엇이 정말로 두려운지 아느냐?"

마순은 또 대답을 못 한다.

"하나님의 징벌을 무서워하지 않는 죄를 그 어떤 죄보다 두려워해야한다. 후우."

한 장로의 입에서 또 한 번 깊은 한숨이 새어 나왔다.

"죄송해요. 모두 저 때문에 벌어진 일이라서."

마순이 기어들어가는 목소리로 말하자 한 장로가 어렵게 또 물었다.

"거길 또 갈 테냐?"

마순은 대답이 없다.

"그래. 오늘은 이만 끝내자. 가서 자라."

한 장로는 무섭다는 두 사람을 문자의 방까지 바래다주고 야소당 안에서 기도하다 쓰러져 잠이 들었다. 꿈조차 심산한 밤이었다.

점점 배가 불러오던 망글네가 아들을 낳았다. 막생은 찢어진 입을 다물지 못하고 장안으로 보란 듯이 나다녔다. 막생이 망글네하고 같은 이불을 덮고 잔다는 소문은 이미 장안에 파다하게 퍼진 터. 국밥집에 드나드는 사람들은 망글네보다 막생이 더 봉을 잡았다고 놀려댔다. 망글네가 아기 건사로 손이 모자라게 되자 마순이 덩달아 바빠졌다. 서장이 바뀌면서 문자는 경찰서에 발을 끊었고, 마순은 여전히 망글네 집에 고기를 날라주며 국밥집 일을 돕다가 정출의 부탁으로 저녁에는 신문 돌리는 일까지 하였다.

"장로님. 경찰서 사환 일도 그만두었으니 도회지에 가서 공불 더하고 싶어요."

한 장로는 나이가 들어가면서 날로 거동이 불편했지만, 예전부터 발 넓게 살았던 사람이라 이리저리 닿는 줄이 많았다. 문자가 기대하고 벼르다 망글네에서 한 장로를 처음 만났을 때 들어두었던 말을 기억하고 어렵게 꺼낸 청이다. 문자는 머리를 조아리며 대답을 기다렸다.

"야소공부 말고도 학교공부를 더하겠다고? 네 형편에는 학비 안 들고 공부할 수 있는 데로 가야겠지."

"네."

"여기선 좀 멀지만 개풍 땅에 호수돈여학교가 있기는 한데. 학비도 면제고, 너 같은 여학생들만 가르친다. 거기 가면 복음 공부도 더 할 수 있을 테고."

문자는 귀가 번쩍 뜨였다. 개풍이라면 개성. 미국인 선교사가 세운 학교인데 여학생들을 무료로 가르쳐준다는 소문을 막연하게나마 들은 적이 있었다.

"여기서 기차 두 번만 갈아타면 갈 수 있어. 우리 교당에서 추천서를 해주면."

문자가 들떠 있는 그때 마순이 막 예배당으로 들어섰다. 얘기를 듣고 퍽 부러워하는 눈치다. 같이 복음 공부를 했지만 아직도 청년회관 사람들과 공부를 끊지 못하는 마순에게는 한 장로가 권하지 않았다.

"언니. 방학 때 돌아와서 나한테도 가르쳐줘."

마순이 서운해한다. 아무리 공부하고 책을 읽고 신문까지 읽어 박식

했어도 남들에게 내보일 졸업장이 마순에겐 없었다.

"마순인 지금도 그 야학에 나가니?"

마순이 죄지은 듯 고개를 숙이자 한 장로도 알겠다는 고개를 끄덕였다. 문자가 어색한 분위기를 눈치채고 끼어들었다.

"마순아. 네가 갈 수 있는 학교도 알아보자. 더 공부하려면 졸업장이라는 게 있어야 한대."

마순은 문자가 잡는 손을 민망하지 않게 슬그머니 뺐다.

"오늘은 국밥집 아줌마가 일이 많다고 해서."

마순은 한 장로에게 고개를 숙이고 일어나 예배당을 나왔다.

문자는 한 장로의 주선으로 개성에 있는 호수돈여학교에 들어가고, 마순은 장터거리에 청년회관과 동산 위에 야소교 예배당을 번갈아 드나들며 공부하여 글과 수를 더 깨우치고 레닌과 야소까지 곁들여 배울 만큼 배웠는데도 목이평을 떠나지 못했다. 여전히 국거리를 짊어지고 도살간과 국밥집을 오가면서 짬이 나면 망글네 국밥집에서 허드렛일까지 도왔다. 오는 사람마다 붙임성 있게 대하니 마순의 뽀얗게 피어나는 얼굴과 망글네의 끈적끈적한 말투가 손님들은 끌어들여 국밥집은 매일같이 북적거렸다.

막생은 나루터 짐꾼 일이 시들해지자 국밥집에 아예 눌러앉아 아침에 물 긷는 일부터 시작하여 허드렛일을 도맡아 하고 있었다. 망글네가 아기 때문에 눈코 뜰 새 없을 때는 속정을 감추고 막생에게 퉁명스럽게 타박을 해댔다. 그때까지만 해도 막생은 순진하고 성실해 보였다. 겉보기에는 서로 티격태격하는 사이였는데, 망글네가 어떻게 해서 오갈 데 없는 빈털터리 막생을 받아들였는지 남들은 모를 일이다. 마순은 장날이면 정신없이 몰려드는 손님을 보고 삐쭉 고기만 전해주기가 미안하여 늦게까지 국밥 나르는 일과 설거지까지 돕는 날이 많았다. 일이 끝날 때마다 망글네는 허리에 찬 앞치마 속 전대에서 돈을 한 움큼씩 꺼내 마순에게 쥐어 주고 돌려보냈다.

"요짐에도 그 오빠들 만나고 다니냐? 과년한 처녀가 남의 눈도 있고 하니 조심해라." 하면서 자기 딸 걱정하듯 했다. 그날따라 손님이 몰려 저녁장사가 늦게 끝났다.

"오늘은 너무 늦었으니 여기 봉놋방에서 자고 날이 밝거든 가라. 새벽이면 도둑들도 잠자러 갈 테니 밝을 무렵에 가는 게 나을 거다."

마순이 파김치가 되어 늘어지는 걸 보고 망글네는 아무리 강단 있는 처녀라도 한밤중에 혼자 보낼 수가 없었다. 그날따라 막생도 나루터에서 무슨 짐 나를 일이 그리 많았는지 하루종일 국밥집에 보이지 않았다. 마순은 일에 지쳐 못 이기는 척하고 봉놋방에 쓰러지자마자 곤한 잠에 빠져들었다. 잠결에 스멀거리면서 몸에 벌레가 기어오르고 있었다. 손으로 털어버려도 허리를 타고 끈질기게 기어오른다. 손으로 세차게 내리치다 깨어보니 거친 손이 가죽처럼 만져졌다. 어느 몸인지 모르지만 나이 지긋한 연초 냄새와 땀 냄새와 술 트림 냄새가 났다. 자지러지게 놀라며 일어나려 하자 거친 손은 마순의 입과 가슴팍을 눌렀다.

"도둑야!"

사정없이 몸부림을 치자 입을 막은 손이 미끄러지는 틈에 마순은 소리를 질렀다. 안에서 자던 망글네가 놀라 봉놋방으로 뛰어 들어오더니 무조건 방망이를 휘둘렀다. 마순이 밖으로 도망치려는 자의 바짓가랑이를 악착같이 잡고 늘어졌고, 망글네가 쓰러지는 시커먼 그림자를 향해 방망이로 내리쳤다. 어딘가 정통으로 맞았는지 윽 소리가 나면서 쓰러졌다. 망글네가 익숙하게 불을 밝혔다.

"어맛. 막생 아저씨."

마순이 놀라 몸을 파르르 떨었다.

"이런, 개만도 못한 것."

마순의 흩어진 옷매무새를 보고 망글네가 재빠르게 막생을 몰아쳤다. 어디서 마셨는지 술이 잔뜩 취해 있었다. 망글네는 방망이를 더 세차게 휘두르며 온갖 욕지거리를 다 퍼붓고 매몰차게 내쫓았다. 생각지도 못하던 끔찍한 일을 겪고 난 마순은 무섭다며 망글네 방에서 웅크리고 앉아 칭얼거리는 아이와 함께 밤을 지키고 있었다. 분이 안 풀리는 망글네는 거친 한숨을 들이쉬고 내쉬며 뒤척였다. 그 와중에 물 길어올 걱정이 앞섰다. 물장수 채 씨에게 갈뫼 우물물을 받아먹다가 막생과 한방을 쓰게 된 후부터 막생이 물을 길어왔는데.

나루터로 가는 갈뫼 아래는 가근방 사람들이 모두 길어다 먹는 동네 우물이 있었다. 물장수 채 씨는 우물을 지키면서 새벽마다 첫물을 길어 장터거리로 날랐다.

채 씨가 대장간 앞을 지나가다가 새벽부터 노에 불을 피우고 땀 흘리는 원부에게 물 한 바가지를 건넸다. 원부가 고마워하며 입을 대다가 맛이 비릿하여 불에 비춰보더니 기겁을 하고 바가지를 내던지는 게 아닌가. 처음에는 불빛에 비쳐 물이 붉어 보이는 줄 알았다. 다시 한 모금 맛을 보는데 녹물 비슷한 비린내가 확 풍겼다.

"물맛이 왜 이렇게 비려."

두 사람은 단숨에 우물로 달려갔다. 벌써 새벽 첫물을 길으러 왔던 사람들이 우물가에 모여 웅성거리고 있었다. 채 씨는 망설이지도 않고 두

레박줄에 매달려 도르래를 타고 익숙하게 우물 안으로 들어갔다. 모두 초조하게 둘러서서 우물 속으로 들어가는 채 씨의 머리만 내려다보고 있었다.

"여기 물동이가 깨졌네. 뉘 집 거여."

"누가 빠졌어요?"

"사람은 아녀야 할 텐데."

누군가 묻고 누군가 근심스럽게 주문하듯 중얼거렸다. 어쩌다가 못된 심보를 가진 자가 동네에 앙심을 품고 개나 고양이를 잡아넣는 일은 가끔 있었다. 그보다 더 큰 일이 아니기를 바랐다.

"내려가 보나 마나여. 어느 놈이 집 나간 개새끼한테 다리깽이 물려서 앙심 먹고 죽여 처넣었겠지. 망조여. 우물 속을 뒤질 게 아니라 장안을 모두 뒤져서라도 이런 못된 짓을 한 놈부터 잡아내야 해. 우선 개 잃은 집부터 찾아내야지."

모두 짐작만 무성했지 안에 무엇이 들어있는지 아직은 아무도 몰랐다. 이게 어떻게 해서 만든 우물인데. 백여 년이 넘는 우물이었고 백여 년 동안 한 번도 마른 적이 없이 먹던 우물이었는데. 매년 정월 초마다 우물 고사에 정성을 들여 지금까지 아무 일도 없었는데. 이러한 우물의 내력을 알고 사는 사람들은 이번 일로 인해 앞으로 생길지도 모르는 변고를 더 걱정하고 있었다.

돈 푼깨나 쥔 사람들은 집안에 버젓이 자기 우물을 하나씩 갖고 있었지만, 공중변소를 함께 쓰는 나루터와 장터거리 사람들은 대부분 이 물을 같이 먹기 때문에 눈만 뜨면 물지게를 지고, 물동이를 이고 모여들었다. 반년마다 우물 안에 들어가서 바닥이 보이도록 묵은 물을 퍼내고 새 물을 받는 일은 물장수 채 씨의 몫이었다. 이번에는 줄에 의지해 미끈미끈한 이끼를 피해 촘촘한 돌담 틈을 더듬더듬 내려딛는 발이 위태로웠다. 내려갈수록 서늘한 기운이 온몸을 휘감아오면서 두려움까지 겹쳐 아래윗니가 맞부딪쳤다. 어른의 키로 두 길이나 되는 깊이에서 발에 철벙하며 물이 잠겨왔다. 발대중만으로 물속에 무언가 걸렸다. 채 씨는 더 내려가 손으로 더듬었다.

"아앗. 사람이다!"

그 소리가 우물통을 울리면서 위에까지 제대로 들렸는지는 모른다. 채 씨의 손에 버선 신은 사람의 발이 만져졌다. 물속으로 더듬어 내려가자 옷자락이 만져진다. 치맛자락이다. 몸은 좁은 우물 속에 거꾸로 처박혀 있었다. 채 씨가 허리까지 차오르는 우물 바닥에 맨발을 내려딛고 더듬거리니 긴 머리카락이 살아 움직이듯 발에 휘감겨왔다.

"아악!"

채 씨는 정신을 차려 황급히 두레박 달린 밧줄로 거꾸로 처박힌 사람의 몸을 돌려 겨드랑에 돌려 묶어놓고 줄을 흔들었다. 몸은 이미 차가웠다. 위에서 신호를 알아채고 서서히 줄을 당기기 시작한다. 채 씨는 시신의 옷자락에서 줄줄 떨어지는 물을 그대로 머리에 맞았다. 시신이 오르고 반대쪽 빈 두레박이 내려오자 채 씨는 그 두레박을 타고 올라왔다.

"이게 누구야?"

우물가에 몰려든 사람들이 시신을 끌어올려 묶인 줄을 풀고 얼굴을 뒤덮은 머리카락을 들췄을 때 모두 비명을 질러댔다.

"으악, 망글네다."

저고리와 치마가 이미 머리에서 흘린 핏물로 범벅이 되었다.

"새벽마다 물 긷던 막생인 어디 갔어?"

망글네와 막생이 혼례를 올린 내외는 아니었지만 눈앞에 시체로 변한 망글네를 보면서 사람들은 이구동성으로 갈막생을 찾고 있었다. 언제부턴가 망글네 국밥집을 제집처럼 드나드는 막생은 이 시간이면 물지게를 지고 국밥집에서 쓸 물을 길러 왔어야 하는데 보이지 않으니 더 알아볼 필요도 없었다. 막생이 길어다 주는 물 덕분에 망글네는 국밥집 부엌일에만 몰두했지 우물에는 거의 나타나지 않았던 사람이다. 그런 망글네가 우물에 빠져 죽다니, 주변 사람들이 짐작하기 어려운 곡절이 있어보였다. 겉으로 말은 안했지만 모두 그 자리에 보이지 않는 막생을 지목해놓고 있었다.

마순은 어둠 속에 막생의 거친 손이 어른거려 뜬눈으로 지새우다 새벽녘에야 깜박 잠이 들었다. 깨어보니 망글네가 보이지 않았다. 밖에 잠시 나갔거니 하고 기다리다 집으로 돌아가려 했지만 아기만 두고 발길이 떨어지지 않았다. 이러다가 빈집에 새벽 손님이라도 오면 어쩌나하고, 부랴부랴 부엌으로 들어가서 국솥에 장작불을 지피는데 자주 드나들던 최 순사가 찾아왔다. 전에도 그랬듯이 야근하고 아침을 먹으러온 줄로 알았다.

"망글네가 갈뫼우물에 빠져 죽었다."

죽다니. 애기는 어떡하고. 후들거리는 다리를 지탱하며 마순은 방으로 들어가 아이부터 살폈다. 세상모르고 쌔근거리며 잠들어 있었다. 망글네가 소중하게 간직하던 궤짝을 열었다.

"어머, 없어요. 돈 통이. 궤짝 안에 있었는데.

놀람도 잠시, 어젯밤에 무슨 일이 있었냐고 다그치는 순사 앞에서 마순은 술 취한 막생을 쫓아낸 일을 대강 얘기했다.

"그리고 나서 잠이 들었는데 망글네가 나가는 걸 정말로 못 봤단 말이지?"

잠자코 듣기만 하던 최 순사가 전말을 대강 파악하자 시간을 되짚어 갔다.

"우물엔 깨진 물동이하고 이게 떨어져 있었다. 사내들 저고리 옷고름이다. 깨진 물동이는 어느 아낙의 것이고 옷고름은 사내의 것일 텐데."

마순이 옷고름을 보더니 급히 부엌으로 들어가 물동이를 찾았으나 보이지 않았다.

"어머, 없어요. 물동이가."

"물장수 채 씨가 첫 물을 푸기도 전에 일이니까 밝기도 전에 나갔을 텐데. 막생이 들어와서 데려가진 않았을 테고. 뭐 짚이는 게 없어?"

"막생 아저씨가 저한테 망글네 아줌마 수양딸이 되라고 그랬어요. 자식이 없으니 허전할 거라고. 그러면 자연히 자기 딸도 되는 거래요."

"못 될 일도 없었을 텐데."

"내 부몰 두고 어떻게 남에 집 딸이 돼요?"

"망글네 아줌마는 모아놓은 돈이 두둑하다는 소문이 돌던데. 철둑 뒤에다 기와집도 지을 거라던데."

"전 기와집도 돈도 필요 없어요."

"그럼 뭐가 더 필요해. 배울 거 다 배우고 클 만치 커서 이제 시집갈 나인데. 엄마가 붙잡고 안 놔주든?"

"아뇨. 용건 다 물었으면 가보셔요."

마순은 꼬치꼬치 캐묻는 최 순사에게 톡 쏘면서 일어났다.

"망글네가 우물에 빠져 죽은 영문도 모르고 여길 드나들던 갈막생이 보이지 않는다. 네가 입을 다물고 있으면 갈막생도 못 찾는다. 협조하지 않으면 갈막생의 도망을 돕는 일이 돼. 내 말 알아듣겠어?"

"막생 아저씬 그날 밤 여기서 쫓겨나 어디로 갔는지 몰라요."

"빤한 일 아니냐. 망글네가 우물에 물을 길러 갔다가 빠져 죽었다. 방에는 돈 통이 없어지고. 갈막생도 보이지 않고."

순사는 마순의 얼굴을 뚫어지게 바라보며 말을 이었다.

"네가 망글네 방에서 잤다면서 밖으로 나가는 걸 정말 몰랐다니. 네 말대로라면 갈막생의 손찌검을 알아챘을 정도로 민감한데, 한방에서 자던 망글네가 밖으로 나가는 걸 정말 몰랐다고?"

"제가 그걸 꼭 알았어야 하나요? 새벽까지 버티다 못해 깜박 잠이 들었는데 망글네 아줌마가 나갈 때에 깨어나지 못한 게 제 잘못인가요?"

마순이 톡톡 쏘듯 또박또박 말대꾸하면서 대들자, 최 순사는 슬그머니 말을 돌려 물었다.

"야학 선생들 요즘에도 만나냐?"

"저를 가르쳐주는 사람들인데 만나면 안 되나요? 그게 망글네 아줌마 죽음하고 무슨 상관예요. 망글네 아줌마 일만 물으세요."

순사가 이쯤에서 돌아갔지만 망글네 아줌마가 하룻밤 사이에 없어진 일은 믿을 수 없는 사실이다. 장터거리 사람들이 마순을 상주 삼아 망글네 장례를 치르기까지 막생은 나타나지 않았다. 망글네를 공동묘지에 묻고 온 사람들은 그길로 공동우물에 몰려가 우물을 메워버렸다. 근처 사람들이 수십 년을 길어 먹던 물이다. 우물에 씌운 지붕까지 부수고 나서 금줄까지 쳐버렸다. 물을 모두 퍼내고 청소한다고 해도 망글네가 빠져 죽은 우물물을 길어다 밥을 지을 사람은 없었다. 물장수 채 씨는 우물도 명이 다했으니 장사를 지내야 한다며 메운 우물에 흙을 더 덮어 봉분까지 만들고 꺽꺽 울면서 절을 했다. 근처 사람들뿐만 아니라 물장수 채 씨를 수십 년 동안이나 먹여 살린 우물이다.

젖먹이 아기는 꼼짝없이 마순이 차지가 되었다. 시집도 안 간 처녀가 핏줄도 안 섞인 남의 아이를 맡아 키우게 되다니 이게 무슨 팔자인가. 망글네가 지어놓은 이름이 망수다. 막생의 씨 갈망수. 막살다 떠나간 제 애빌 닮아서일까. 강가에 버드나무 내리 자라듯이 암죽만 끓여 먹여도 방바닥에서 버둥거리며 손가락 깨물고 잘도 컸다.

마순은 국밥집을 한동안 닫아두다가 주변 사람들의 성화로 문을 열었다. 처녀가 남의 아기를 키우면서 술에 국밥까지 판다고 간혹 손가락질이 있었지만, 야학 오빠들의 권유에 눌러살기로 작정했다. 집적거리는 놈팡이가 있으면 정출이 패들이 물리쳐주었다. 오빠들의 도움으로 틈틈이 국밥집 일을 하면서 책도 보았다. 신문을 돌리는 일을 그만뒀지만 신문기사는 꼬박꼬박 읽어두었다.

"정출 오빠. 해방이 되고 나서 쌀이 아름다워졌네요. 미(米)를 쓰던 나라에다 미(美)를 쓰고 있으니 말예요. 쌀 같던 나라가 꽃 같아서일까요. 이걸 봐요."

마순의 눈썰미로 어렸을 적에 신문에 보던 미국(米國)은 해방이 되자 미국(美國)으로 바뀌어 있었다. 아이가 자라면서 마순도 혼기를 넘겨 가고 있었다.

어느 저녁 손님이 뜸한 시간에 낯이 익다 싶은 체구가 문을 열고 성큼 들어섰다.

"그렇게 이 집 귀신이 될 작정이냐. 주인도 없는데서."

국거리를 등에 지고 들이닥친 사람은 백 도수다. 망글네 집에 국거리 대주는 일을 살녀에게 맡기고 얼굴 한 번 비추지 않던 아버지다. 마순이 집을 못 들어간 지가 벌써 몇 해째인가. 반갑기도 하고 무섭기도 하고 야속하기도 하였지만 때가 저녁이니 봉노에 앉아 땀을 닦는 아버지에게 국밥을 차려왔다. 옆에다 탁주도 한 대접 올려놨다. 백 도수는 수저도 들지 않고 탁주부터 들이켰다. 수염에 묻은 뿌연 술 방울을 씻어내더니 누런 봉투 하나를 내던졌다.

"호적이라는 거다. 이거 하나 만드는데 십 년 걸렸다. 얼른 여길 떠나 살아라. 어딜 가든지 지금처럼 하면 살 수 있다. 여기선 백정의 딸 소릴 절대 못 벗는다. 애가 있다고 들었는데, 네 어미한테 맡기고, 어디 가서든 사내 만나 살림 차리고 살면 된다."

마침 망수는 안에 없었다.

"동생들은요?"

"갓난쟁이 막내까지도 젖 떼서 내보냈다. 여기서 더 있다가는 너도 사람 구실 못하고 산다. 너도 겪고 있지 않느냐. 어디 가서든 네 에미애비 찾아오지 말고 잘 살아라. 술이나 더 줘라."

백 도수는 대접을 마순에게 건넸다. 마순도 어려서 귀에 못이 박히도록 들어왔으므로 예상은 하고 있었지만 눈앞에 닥치니 캄캄했다. 혼자서 어디로 간단 말인가. 백 도수는 마순이 더 퍼다 준 탁주 대접을 비우더니 걸망을 메고 돌아섰다.

"세상이 뒤숭숭하여 우리가 언제 또 험한 꼴 당할지 몰라서 그런다."

"아버지."

들었을 텐데 백 도수는 뒤돌아보지 않았다. 마순은 백 도수가 멀리 보이지 않을 때까지 바라보며 넋 나간 사람처럼 서 있었다.

"엄마, 누구야?"

밖에서 놀다 들어오는 망수를 보고 정신을 차리며 문득 문자를 떠올렸다. 문자는 잘도 떠나더니만, 자신은 왜 여태껏 여길 못 뜨고 있을까.

106

어떤 밤에는 벌어놓은 돈을 싸 들고 훌쩍 떠나버릴까 하다가도 이따금 씩 찾아오는 오빠들이 마음에 걸렸다. 지친 기색으로 한밤중에 찾아왔 다가 허탈해서 돌아갈 얼굴들을 생각하면 발길이 떨어지지 않았다. 문 자가 졸업을 앞둔 즈음에 마순에게 한 번 들리긴 했었다. 망글네 아줌 마가 막생 아저씨와 살다가 아기를 낳은 얘기, 막생 아저씨가 사라지고 망글네 아줌마가 우물에 빠져 죽은 얘기까지 몸서리쳐가며 했다.

혀를 끌끌 차며 때가 꼬지지한 앞치마를 두르고 옛날 얘기를 하다가 제 아기인양 망수에게 천연덕스럽게 밥을 먹이는 마순이 측은해 보이긴 했지만 망글네를 빼닮은 듯 밥장사꾼의 티가 났다. 문자는 마순이 혹시 라도 마음이 있으면 서울로 데려가 볼까 하는 생각도 있었으나 너무도 익숙한 망글네국밥집의 주인 행세와 망수의 어미노릇을 해내고 있으니 포기할 수밖에 없었다. 마순에게 주려고 가져온 책도 꺼내놓지 않았다.

"저게 뭐니?"

봉노 안에는 낯익은 종이가 조각조각 썰려 대못에 끼어있었다. 자세 히 보니 문자가 쓴 글씨다. 복음서를 베껴주던 그 종이. 옆에는 담배통 이 놓여있었다. 손님을 위해 마련해둔 모양이다.

"내가 써준 복음서가 담배말이 종이가 됐구나. 예배당엔 안 나가니?"

"장로님한테 된통 야단맞고 나서부터."

"야단을 치든? 장로님이."

문자가 의아해 물었다.

"오빠들한테 배운 레닌을 예배당에서 아이들한테 가르치다가 그만."

"예배당에 애들한테 레닌을?"

문자는 머리가 핑 돌았다. 태연하게 그 말을 하는 마순의 얼굴이 갑자 기 낯설게 보였다. 옛날 단발머리로 예배당에 함께 모여앉아 한 장로에게 복음공부를 배우던 마순이 아니었다. 망글네 아줌마에게 배웠는지, 몇 년 사이에 머리엔 수건까지 두르고 주막집 주모 티를 내고 있었다.

"언니. 난 레닌은 보이는데 복음을 그렇게 읽어도 야소가 도통 안 보여. 못 믿겠어."

"넌 보이는 것만 믿니? 눈에 보이는 건 누구나 다 알아. 빤히 보이는 건 믿을 필요도 없어. 보이지 않아도 믿는 게 정말로 믿는 것이지. 복음서에 있는 그대로."

그 후로 문자는 마순을 만나지 않았다. 문자는 호수돈여학교를 마치자마자 서울에 있는 오빠의 자취방에서 머물고 있었다. 오빠는 방을 비워두고 바뀐 세상에 선거 패들을 따라다니느라고 여념이 없었다. 거리 곳곳에 선거 벽보가 나붙었다. 해방 후 나라가 서고 두 번째 치루는 선거다. 문자는 하루종일 일할 만한 곳을 찾아다니다 들어와 책을 펼쳐놓은 채 잠이 들었는데 오빠가 술 냄새를 풍기며 몸을 못 가눌 정도로 취해서 친구에게 부축 당해 들어왔다. 두 사람은 방 안에 들자마자 주정인지 잠꼬대인지 하면서 금세 잠이 들어버렸다.

문자가 슬며시 부엌으로 나와 부뚜막 열기를 깔고 앉아 졸면 깨면 밤을 지새우다시피 하고 있는데, 문이 열리더니 더듬거리며 물을 찾는다. 문자가 익숙하게 동이에서 물을 떠주자 더듬던 손은 얼른 받아 숨도 안 쉬고 벌컥벌컥 한 양재기를 다 마셨다.

"누구여?"

물을 마신 쪽은 이제야 정신이 드는 모양이다. 어둠 속에 자기에게 물을 건네준 손을 더듬거리며 찾고 있는데 손이 스칠까 더럭 겁이 났다. 문자가 '오빠아' 하고 소리 지르며 방 안으로 뛰어들어 불을 켰다. 오빠가 불빛에 눈을 찡그리며 겨우 정신을 차리고 분위기를 금방 알아챘다.

"다 같은 목이평 사람인데 서로 모르고 있었나. 이쪽은 내 동생 문자. 이쪽은 내 친구 김범수."

둘 다 무안하여 고개를 끄떡였다.

"오빠. 술에 취해 들어오자마자 애국만 찾다가 잠이 들던데. 딸꾹도 아니고 웬 애국만 찾아?"

문자는 오빠의 심각한 얼굴을 보고 뭔지는 모르지만 큰일을 하리라고 믿었다.

"애국?"

"애국 몰라? 매국이 아니라 애국."

서울 장안에 흉흉하던 애국과 매국이 애매하여 문자는 고개를 갸우뚱거리며 부엌으로 나가 야무지게 아침상을 차려냈다.

적색농민

경성부 견지동 태평일보사 앞, 기다란 신문 게시판 양 끝에 선 두 사람이 진한 석유 냄새 풍기는 저녁신문의 기사를 한 줄 한 줄씩 내리읽으며 가운데 쪽으로 느릿느릿 다가오고 있었다. 하나는 검은 양복에 중절모, 하나는 더벅머리에 누런색 작업복이다. 두 사람은 신문에 기사를 쪼아 먹듯 꼼꼼히 살피며 차츰 가까워지더니 가운데쯤에 있는 3면 하단 기사에 눈이 함께 머물렀다.

소작쟁의 해결

왕산군 공남면에 한 지주가 소작인들에게 한 마지기에 4원 내지 2원의 소작보증금을 새로 내지 않으면 소작료를 지금 바치는 것보다 2할을 더 내라고 강청했다. 50여 명의 소작인이 왕산군수와 면의 소작관에게 진정까지 하여 단연히 응할 수 없다고 버티자, 군수와 경찰서장이 지주를 불러 조정한 결과 이들의 소작쟁의는 지난 10일에 다음과 같이 원만히 해결되었다고 한다.

1. 소작보증금은 징수치 않을 사.
1. 현저한 부정소작인 이외에 구소작인으로부터 작권을 이동치 않을 사.
1. 소작료 증가안도 철회할 사.

왼쪽에서 읽어오던 사내가 깡마른 양악을 벌리며 중얼거렸다.

"이제부터는 소작하려면 보증금까지 내놓고 농살 지으라고?"

오른쪽에서 읽어오던 사내가 알아듣고 맞받으며 둘의 시선은 그 기사

110

에 꽂혔다.

"소작을 떼이지 않으려면 보증금을 낼 수밖에요."

"쥑일 놈들."

"그래도 소작쟁의가 원만히 해결되었다니 다행이지요."

얼굴이 제법 긴 편으로, 피부는 까무잡잡하고 코가 날카로워 더 말라 보이는 오른쪽 젊은이가 왼쪽에서 온 몸집 퉁퉁한 젊은이의 '쥑일 놈들' 이라는 말끝에다 다행이라고 덧붙였다.

"저쪽 머리에 기사를 보니 평안도 대동군에서는 농민들이 폐답한다고 일제결의를 했대요. 뼛골 휘게 벼농사 지어봤자 수리조합에 다 바치다시피 해야 하니 논을 폐하여 물 안 받는 밭곡식이나 심겠다고 어깃장을 친 거죠."

"허허. 같은 신문을 봤는데 읽은 기사는 다르군요."

"다르다니요. 우리가 본 게 모두 다 같은 농민들 기산데요."

"어, 그러고 보니 우린 통하는 게 있네요."

주변에서 신문을 보던 사람들이 두 사람의 말만 듣고서는 영락없는 초면으로 볼 수밖에 없었다. 왼쪽에서 온 중절모가 오른쪽에서 온 작업복 차림의 깡마른 얼굴에게 눈을 찡긋하고 악수를 청하며 겨우 알아들을 목소리로 알은체했다.

"아우. 험한 길 건너오느라고 고생이 많았네."

작업복이 희미한 불빛 아래서 덥석 손을 잡은 중절모의 얼굴을 또렷이 살폈다.

"반갑소. 형님! 말투는 농민인데 차림은 지주급 부르주아네요."

중절모가 어두워져 인적이 뜨막해지는 피맛골 쪽으로 앞장서 들어가자 작업복이 그 뒤를 뒤따랐다. 중절모는 김형선, 작업복은 좌행옥이다. 그들은 매달 한 번씩 태평일보 게시판 앞에서 만나 그동안에 활동 정보를 나누고 앞으로 할 일에 대해서 의논했다.

김형선이 앞장서서 골목 안으로 깊숙이 들어서자 좌행옥이 찐빵을 한 봉지 사 들고 아쉽지만 저녁 요기나 하자며 건네준다. 둘은 둘만 알아 들도록 긴 얘기를 나누며 큰길로 나와 붐비는 사람들 틈으로 사뭇 걸었 다. 상해에서 무사히 들어와 각자의 활동지에서 일을 벌이다 반갑게 만 난 두 사람은 근처 대폿집에라도 들어 그간의 회포를 풀고 싶은 생각이 간절했지만 꾹 누르고 참았다.

한 곳에 절대로 오 분 이상 머물지 말 것.
만나면 인적이 드문 곳으로 산책하듯 걸으며 얘기할 것.
서로의 소식을 나누고 향후 활동과제가 결정되면 미련 없이 헤어질 것.
만나는 장소는 사람들이 많이 모이는 신문사 게시판 앞으로 고정할 것.
다음 약속은 만나는 날짜와 시간만 정하고 기억하되 어느 곳에도 기 록하지 말고 절대 비밀에 부칠 것.

상해에서 훈련받은 대로 둘은 남에게 의심받지 않고 들키지 않기 위 해 한곳에 머무르지 않고 골목을 산책하듯 걸으면서 그동안의 활동을 얘기하고 각자의 활동지로 갈라져야 했다. 형선은 행옥의 작업복 좁은 등판을 보고 애처로워하다가도 그의 강골이 믿음직하여 마음을 놓는다.

"봄이 오기 전에 밭을 갈아둬야 해. 남쪽 밭은 눈이 일찍 녹아 더 서 둘러야 해."

"밭을 갈겠다는 일꾼들을 꽤 모았지요. 이제부터 씨를 뿌리는 건 시간 문제예요."

112

"얼른 쟁기를 만들어 보내야겠군. 이번엔 꼭 풍년이 들어야 할 텐데."

"염려 마요. 남쪽엔 좋은 바람이 불고 있어요."

김형선은 고개를 끄덕였다. 둘은 사뭇 걸으면서 그간의 얘기를 더 나누었다. 어느새 헤어질 시간이다. 반가웠지만 짧은 시간이 아쉬웠다.

"경성역으로 가야겠지?"

"역은 사치스러우니 산길로 고행을 해야죠."

"산길에는 사람까마귀들 조심해야 해. 은신이라는 게 홀로 서면 만인의 주시를 받지만, 만인 속으로 섞여 들어가면 아무도 못 알아봐. 그래서 사람은 사람 틈에 숨어야 하고 옥돌은 돌밭에 감추어야 하는 거야. 멀리 가는 길은 입석 열차에 사람들 틈이 외려 더 안전하고 편하고 빨라. 정신만 바짝 차리면 돈은 들어도 산길보다 경성역이 훨씬 낫다니까."

행옥은 거점 간 이동도 남의 눈을 피해 밤을 틈타 산길로만 걸어왔다. 형선은 그의 방식대로 경성 장안에서 흰옷 입은 사람들 틈엔 흰옷을 입었고 양복쟁이 틈에선 양복을 입었다. 산길로 가겠다던 고집을 꺾고 경성역 쪽으로 멀어져가는 행옥의 뒷모습을 바라보며 형선은 싸움터로 나가는 형제를 보내듯 안쓰럽고 못미더워했다. 행옥에겐 경상전라제주를 맡기고 자신은 경성과 경기강원충청을 맡았다. 어서 조선에 들어가 조선공산당을 재건해달라고 당부하던 홍남표와 구창해, 김단야의 얼굴이 선명히 떠오른다.

타이호에서 밀려 내려오는 황포강의 누런 흙물은 상해 시가지를 꿰뚫고 내려와 양자강에 섞여 황해로 밀려든다. 그 물을 헤치고 집채만 한 여객선 한 척이 입항하자 궤짝을 등에 진 사내 하나가 선객들 틈에 끼어 내렸다. 누런 작업복과 머리에 눌러 쓴 도리구찌가 어색하여 배에서 내리는 무리에서 쉽게 눈에 들어왔다. 사내는 주변을 둘러보더니 강가에 나란히 정박한 목선 중에서 '홍구(虹口)'라고 쓰인 깃발을 찾아가 사공에게 지도를 펼쳐 시내 불조계 쪽을 짚어 보였다. 사공은 고개를 끄덕이며 배에 타라고 손짓한다.

사내는 보따리를 안고 진 선객들 사이로 비집고 들어가 빈 곳에 등짐을 내리고 엉덩이를 붙였다. 양자강 물이 황포강으로 흘러드는지, 황포강물이 양자강으로 흘러가는지 모르게 방향을 감춘 흙물을 가르는 배는 상해 시가지로 깊숙이 파고들었다. 사내의 얼굴에는 피곤한 기색이 역력하다. 어디로 가고 있을까. 배가 시가지를 접한 포구에 닿자 사공은 사내를 기억해두었던지 여기서 내리라고 손짓한다.

상해 불조계의 대마로.

사내는 강가에서부터 두리번거리며 거리의 간판부터 살펴 들어갔다. 큰길을 따라 반 시간 정도 걸었을 때 옆으로 즐비한 상가 중 유리문에 두 다리 벌린 낯익은 그림이 눈에 들어왔다. 사내가 그 안으로 든다. 문에 붙은 붉은 글자는 高麗開城人蔘店(고려개성인삼점). 고려와 개성이 눈에 익었고 맞아들이는 점원의 얼굴이 낯설지 않다. 점원은 사내의 얼굴을 보고 갸웃거리더니 반갑게 묻는다.

"좌행옥?"

사내는 고개를 끄덕이며 되물었다.

"김형선? 김형!"

점원은 사내의 손을 덥석 잡았다.

형선은 마산에서 공립보통학교를 졸업하고 마산청년회에 들어가 공산사회주의 활동을 하다 일경의 추적을 피해 광동을 거쳐 이곳 상해로 들어왔다. 행옥은 제주 출신으로 형선보다 세 살 아래인 스물넷. 열일곱 적에 일본 대판으로 건너가 노동으로 전전하다 이태 만에 돌아왔다. 다시 유럽으로 가기 위해 싱가포르와 말레이시아에서 인삼 장수를 했으나, 여권을 마련하지 못해 유럽 진출의 꿈을 포기하고 상해에 들어왔다.

경성과 상해를 오가는 인삼 상인으로부터 양쪽은 서로의 소식을 듣고 있었지만 이국땅에서 이렇게 만나니 반갑기 이를 데 없다. 저녁이 되어 상점 문을 닫고 나온 두 사람은 근처 만둣집으로 들어갔다. 형선은 이미 삼 년 전에 먼저 와서 말을 배우고 이곳 사람이 경영하는 인삼 상점에 취직까지 되었으니 탄탄한 기반을 잡은 셈이다. 제주와 마산. 바다가 없었다면 고향이 맞닿는 사이다. 동향 사람을 만난 반가움에 한동안 들떠서 고향 얘기를 하던 퉁퉁한 몸집의 형선이 호리호리한 행옥의 체구가 안쓰러워 남은 만두를 마저 먹으라고 밀어놓는다.

"당장 잘 데는 있고?"

행옥은 도리질을 했다.

"잘 됐군. 오늘부터 여기서 지내면서 이것저것 배워. 장사라는 게 물건 주고 돈만 받으면 되니까 여기 말은 서툴러도 사람을 먼저 배워야 해. 여긴 불조계니까 큰일을 하려면 중국 사람뿐 아니라 불란서 애들 눈치까지 배워둬야 해. 조선 사람이 파는 조선의 개성 인삼이라면 걔들도 알아준다니까. 여기 말이 서툰 게 조선인 티를 내는 데는 오히려 더 나아."

행옥은 다음날 형선의 소개로 인삼점의 주인을 만나 그 집에 머물면서 인삼 행상을 하기로 허락을 받았다. 이미 일본, 싱가포르, 말레이시아를 다니면서 장사를 해온 터라 쉽게 익숙해졌다. 행상을 시작하여 며칠이 지난 저녁, 형선은 점방 문을 닫고 행옥에게 함께 갈 곳이 있다며 데리고 나왔다. 상점에서 그리 멀지 않은 곳, 불조계 배덕로(佛租界 裵德路)에 허름한 목조 이층집 문 앞에 '상해한인청년회'라는 간판이 보였다.

"여긴 우리처럼 상해로 건너온 청년들이 뭉쳐서 돕고 살자고 모이는 곳이지. 단순히 서로 돕기만 하자는 게 아니라 우리 조선의 앞날을 위해 큰일을 하자고 뭉치는 거여."

안으로 들자 형선은 검은 두루마기를 입은 상해한인청년회장 구창해(具滄海)에게 행옥을 소개했다. 창해는 올해 47세. 국내 신문사에서 근무하다 조선공산당에 입당하여 활동하던 중 일경의 검거를 피해 상해로 건너와 중국공산당의 한인지부장까지 맡고 있는 중이다. 회장은 행옥을 앞세워 회원들에게 인사시키고 지체 없이 학습에 들어갔다. 형선과 행옥은 뒤쪽에 나란히 앉아서 회원이 가져다주는 소책자를 받아들었다. 표지엔 붉은색으로 낫과 망치와 주먹을 불끈 쥔 손이 그려진 책이다. 형선과 행옥은 그날부터 낮에 일이 끝나면 거의 매일 배덕로의 회관으로 나가서 학습과 토론에 참여했다.

"오늘은 귀한 분들을 만나야겠는데."

회원들과 얼굴을 알아가면서 학습에 열이 오를 무렵, 학습이 쉬는 날 저녁에 형선은 귀한 사람을 만난다며 행옥을 데리고 나섰다.

두 사람은 대마로 인삼 상점에서 큰길을 따라 북쪽으로 걸어 그리 멀지 않은 곳, 배덕로 식당 앞에 도착했다. 입구 양쪽에 수문장처럼 서 있는 붉은색 둥근 기둥을 황금용으로 휘감았다. 그림에 걸맞게 건물 이마에 붙은 간판은 쌍룡각. 두 사람이 안으로 들어가 두리번거리자 식당 안쪽에 ㅅ자로 늘어진 붉은색 커튼 사이에서 먼저 온 구창해가 알아보고 손짓한다. 원탁 안쪽에 낯선 사람 둘이 앉아있었다. 형선이 먼저 다가가 꾸벅 인사하고 행옥을 향해 들어오라고 눈짓했다.

116

"선생님께 일전에 말씀 올린 그 청년이올시다."

구창해는 형선과 행옥을 두 사람에게 인사시켰다.

"이쪽 분은 홍남표 선생. 저쪽은 김단야 동지."

형선과 행옥은 그들 앞에서 허리를 넙죽 숙였다.

"고향이 제주라고? 제주 사람을 여기서 만나다니 반갑네. 잘 왔어. 이리 앉게."

홍남표가 형선과 행옥의 손을 반갑게 맞잡으며 자리를 권했다. 홍남표는 목이평 출신으로 올해 마흔 일곱, 조선에서 학교 선생과 신문 일을 하다가 조선공산당에 가입하여 마르크스 연구단체인 신사상 연구회에 들어갔고, 순종 인산일에 6·10만세운동을 일으킨 이후 경찰의 검거를 피하려고 이곳에 건너와 중국공산당에 입당하여 활동 중이다.

김단야는 김천에서 태어나 상해에 와서 고려공산당 결성에 참여하였고, 조선으로 들어가다 체포당해 복역한 후 출감하여 신문기자로 일했다. 신문사에서 공산주의 활동이 경찰에 발각되자 해직당하고 조선공산당 기관지 출판에 관계하던 중, 순종이 승하하던 날에 격문을 발표하고 다시 상해와 모스크바를 오가며 조선의 공산당재건운동을 준비하고 있던 중이다. 단야는 단도직입, 본론부터 꺼냈다.

"조선에 우리 공산당을 다시 세울 수 있는 절호의 기회가 왔어요. 김 형이 이번에 조선에 들어가서 공산당 재건을 맡아줘야겠어요. 요즘 뉴욕시장에 주가가 폭락하고 있는 걸 보면 이 땅에 제국주의자들이 세운 자본주의 나라는 이제 서서히 무너지고 있어요. 세계경제가 대공황의 조짐을 보이고 있잖아요. 저들이 흥청망청하던 자본주의는 마르크스 선생과 레닌 선생이 예언한 대로 이제 몰락의 길을 걷고 있다는 얘기지요. 바야흐로 우리 조선 땅에도 공산사회주의 나라를 세울 기회가 오고 있다는 징조요. 바로 이런 때에 우리가 조선에 공산당을 다시 세우지 못하면 영원히 제국주의자들의 노예로 살 수밖에 없게 돼요."

홍남표가 한 마디 더 거들고 나섰다.

"자네들이 먼저 돌아가서 밭을 일구어놓게. 저놈들이 제아무리 뽑아내도 잡초는 새로 싹터 자라기 마련이라네. 우린 모두 잡초여. 끈질기게 싹트고 뿌리를 벋다 보면 잡초가 본초가 돼서 일본 놈들 몰아낼 날이 올 걸세."

형선은 이미 상해한인청년회를 드나들면서 공산주의 이론과 사회혁명의식을 다지고 있었다. 기회가 오면 조선에 가서 큰일을 하겠다고 마음먹던 중에 회장의 권유로 홍남표와 김단야를 찾아갔으니 맡겨진 중책이 뿌듯했다.

"언제든 건너가서 이 한 몸 부스러질 때까지 조선공산당 재건에 힘을 쏟겠습니다."

행옥도 벌떡 일어서서 꾸벅 절을 하며 그동안 배덕로 회관에 다니며 학습한 대로 기회가 왔다고 생각했다. 두 사람은 그 자리에서 귀국할 예정 날짜부터 잡고 들어갔다.

"경찰의 눈을 피하려면 따로따로 들어가야 하오. 우선 노동자 농민 계몽이 시급하니 이번 달 말일에 내가 먼저 들어가겠소. 좌 동지는 다음 달 말 저녁에 경성에 있는 태평신문 게시판 앞에서 만나기로 하고."

국수와 만두가 들어왔다. 홍남표가 만두 수를 세더니 젓가락을 들다 말고 말문을 열었다.

"여기 들어온 만두가 모두 열다섯이니까 한 사람이 세 개씩 먹으면 공평하고 국수까지 곁들이면 각자 양이 꼭 맞겠지. 그런데 우리가 가위 바위 보를 하거나 팔씨름을 해서 일 등은 둘을 더하여 다섯 개를 먹고,

이 등은 하나를 더해 네 개를 먹고, 삼 등은 자기 몫만 세 개, 사 등은 하나를 덜어 두개, 꼴찌는 둘을 덜어 하나만 먹는다면 일 등은 양이 넘쳐 체하고 꼴찌는 배가 고파 일을 더해야 하네. 이런 짓거리를 악질적으로 즐기는 게 제국의 자본주의자들 심보라네. 팔힘이 센 사람이나 약한 사람이나, 이긴 사람이나 진 사람이나 모두 공평하게 세 개씩 나눠 먹으면 얼마나 좋은가. 서로 믿게 되고, 싸우지 않고. 우린 이런 나라를 세우기 위해서 싸우자는 걸세."

모두 고개를 끄덕였다.

"지금 조선에 공장과 부두에선 일꾼들이 적색노동조합으로 뭉치고, 농촌에선 농사꾼들이 적색농민조합을 세우겠다며 모이고 있다네. 자네들이 들어가서 불을 확 질러야 해. 불이라는 게 초반에 약할 땐 잡힐지 모르지만 한 번 퍼지고 나면 모든 걸 다 태워 없앨 때까지는 꺼질 줄 모르지. 이번에 확 싸질러버려서 노동자와 농민, 이 두 불씨가 조선에 번져나가면 지난번에 좌절당했던 조선공산당은 이제 자연스럽게 재건되는 거나 다름없네. 명심하고 이 만두 좀 더 들게."

홍남표는 자신의 접시에 만두를 하나씩 집어 형선과 행옥에게 옮겨 났다. 이들은 서로 따라주는 고량주를 마시면서 오랫동안 많은 이야기를 나누었다. 고향얘기까지 곁들이는 사이에 어느새 나이를 잊고 죽마지우처럼 가까워졌다. 한 달만 더 준비하면 헤어져야 한다.

"형선 동지, 들어가면 여길 찾아가 보게. 목이평은 내가 태어난 곳이네. 여기다 먼저 우리가 가꿀 씨를 뿌리게. 나는 나중에 양주 땅으로 이사했지만 여긴 내 본향이지. 꼭 여기부터 밭을 일궈야 해. 특별히 부탁하네."

홍남표가 옆자리에 앉은 형선에게 넌지시 주소와 이름이 적힌 쪽지를 건네자 형선은 그걸 받아 지갑 속에 고이 접어 넣었다.

"김 동지는 경성과 경기충청강원을 맡아주고 좌 동지는 고향이 제주니 전라경상제주를 맡아주게."

저녁을 마치고 일어서면서 단야는 두 사람에게 누런 봉투에 붉은색 낫과 망치가 그려진 두툼한 봉투를 하나씩 내놓았다.

"이건 모스크바 콤에서 조선공산당을 재건하라고 보낸 돈이오. 우리 인민의 피를 수혈 받은 걸로 생각하고 요긴한데 쓰시오."

두 사람은 그 돈을 받아서 품속 깊숙이 넣고 거리로 나와 헤어졌다.

행옥을 경성역 쪽으로 보낸 형선은 행옥과 상해에서 지내던 시절을 잠시 회상하며 동대문 쪽으로 걸었다. 피맛골을 지나 탑골로 들어선 형선은 탑 주위에서 어슬렁거리고 있는 꺽다리 변송대를 한눈에 알아봤다. 변송대는 목이평공립보통학교를 졸업하고 일찌감치 경성으로 올라왔다. 철공소에 취직해 공원으로 일하면서 사회주의 청년단체인 '서울청년회' 활동에 뛰어들어 북부지회장까지 맡고 있었다. 형선은 반갑게 다가서는 송대를 남 보듯 외면하고 지나치는 척하다가 탑을 한 바퀴 돌면서 다가가 팔에 팔을 슬쩍 부딪쳤다.

"여기서 동대문까지 걸어가면서 얘기하지. 북부지회 쪽 일은 잘되고 있겠지?"

"예."

행인 중 아무도 그들을 눈여겨보는 사람은 없었다.

"철공소에서 휴가를 얻었다면서 왜 여태 안 내려갔지?"

"예. 서울동맹 일로 해서."

"이젠 청년동맹만으론 안 돼! 동맹원 중엔 부르주아가 많이 섞여서 배

120

때기에 기름기가 너무 끼었어."

"안된다니요."

"청년동맹, 그놈만 갖곤 이 나라를 노동자 농민의 나라로 못 만들어."

송대는 잔뜩 벼르고 준비했던 청년동맹의 활동계획을 내놓으려다가 주춤하며 어리둥절했다.

"오늘 신문에 봤는데 농민들이 추수한 알곡을 지주한테 죄다 뺏기고 수리조합에 뜯기고, 그나마 남은 알곡은 관에서 세금으로 털어가니, 지난 가을 타작 판에서는 북데기 더미만 털다가 신세가 너무 한심해서 논바닥에 머릴 처박고 고꾸라진 사람도 있다네. 그 한이 뼛속까지 사무쳐 있는 이 싸움은 가죽하고 뼈다귀만 남은 노동자 농민들이 따로 뭉쳐서 일어나야 해. 이제부터 부르주아 냄새 풍기는 동맹은 싹 갈아엎고, 도회지 공장엔 적색노동조합, 농촌 들판엔 적색농민조합을 심어 키워야 해. 똘똘 뭉쳐서. 우리같이 약한 노동자와 농민이 먹고 살기 위해서 뭉친다는 데야 총독부 제 놈들도 트집 잡을 게 없겠지."

"그래도 움직일 기미만 보이면 놈들이 따라붙어 싹을 자르려고 별러서."

"그러니까 고놈들을 따돌리는 재주가 필요하지."

"그 재주라는 게…."

"엮고 섞어야지. 인연으로 엮고 말로 섞고 피로도 섞고. 핏줄보다 더 진하고 쇠심줄보다 더 질긴 우리 동지들 사이를 의리로 얽어 완전한 물건이 되기까진 절대로 상대에게 깊은 속을 드러내면 안 돼. 이제부턴 이 땅을 우리식 농사판으로 확 갈아엎기 위해 자기 땅이 없는 농사꾼들끼리만 똘똘 뭉쳐야 해. 자네 고향 쪽은 토양이 괜찮아. 내려가서 올 농사 한번 잘 지어봐. 거긴 신간회 쪽에서 움직이던 정출이가 먼저 듬직하게 지키면서 땅을 일구고 있잖아. 정출인 남산 밑에서 출판하는 원규네 신우사에서 일한다고 들었는데, 레닌 공부도 깊숙이 파고들었고 활자를 만지니까 철공소에서 쇳덩어리 다루는 자네와는 잘 통할 수 있을 거야. 아, 그보다 자네들은 고향이 같잖아. 서로가 잘 알 테니 그 친구하고 힘을 합해 봐."

형선은 품속에서 누런 봉투를 꺼내 송대의 옷 속으로 찔러 넣었다.

"이번 농사에 밑거름하라고 주는 거야. 씨가 될 사람을 찾아내서 키우는 사람 농사도 맨손으로 되는 게 아녀. 그 거름이 적색농민조합인데 밑거름을 잘해놔야 우리 조합농사를 잘 지을 수 있어. 고향에 내려가 그걸로 밑거름부터 잘 쳐놓으라고."

앞장 선 형선의 발길이 동대문을 지나 신설리 쪽으로 들어서면서 차츰 느려지다가 멈춰 섰다. 이제 헤어져야 한다. 송대는 좀 더 가까이 다가갔다.

"다음 달 첫째 갈산장날. 장터에서 헌책장수를 찾아. 청년들을 뫄 놓으면 한 마디 가르치고 올 테니."

형선이 신설리 쪽으로 가는 사람들 틈에 완전하게 섞이는 걸 보고 나서야 송대는 창신동 꼭대기 자취방을 향해 비탈길을 걸어 올라갔다. 작업시간 문제로 철공소 주인과 한바탕 다툼을 벌이고 숙소에서 나온 날이다. 공원들 여섯이 잠자고 먹는 시간 외에는 오로지 일만 했다. 주인의 수완으로 일거리는 넘쳐났다. 공원 중 제일 오래된 송대는 청년회 일로 자주 휴가를 얻어내다가 아예 숙사에서 나와 자취를 시작했다. 주인은 마지못해 허락했으나 공원들이 하나둘씩 숙사에서 나오겠다고 하자 송대의 선동이라고 의심했고, 송대는 주인이 잠자는 시간까지 간섭하니 공원들이 견딜 수 없다고 반박하면서 충돌이 빚어졌다. 주인은 공

122

원 숙사에서 외출했다 들어오는 시간을 아홉 시로 못 박았다. 시내로 밤새도록 돌아다니다가 새벽에 들어와 잠깐 눈을 붙이고 일을 하려니 깜빡깜빡 조는 공원들을 보고 내린 결정이다. 공원들은 일하는 시간 외에 사생활까지 간섭하는 주인을 성토했고, 주인은 충분하지 못한 수면이 다음날 일에 지장을 초래한다며 외출 후에 귀사 시간제한을 풀지 않았다. 결국 숙사에는 신입 두 명만 남고 모두 따로 방을 얻어 나와 출퇴근했다. 공원들이 술렁대고 있었다.

두 번째 요구로 주인이 한꺼번에 보관하고 있는 적급통장을 돌려달라고 했다.

"이게 다 자네들을 위한 일이어. 돈이라는 거는 수중에 있으면 쓰게 마련이니 내가 맡아 모았다가 나중에 큰돈으로 만들어 주면 장가들 밑천이 되는 거여. 그때까지 참고 견뎌봐."

주인은 목돈이 모아지면 그때 돌려주겠다고 버텼지만 공원들은 당장 그만두겠다고 대들었다. 적급통장은 깨서 방을 마련하는 데 썼다. 퇴근 후에는 방마다 돌아가며 함께 모여 어울렸다. 시내도 활보하고 저녁도 함께 먹고 때로는 주먹패들과 싸움도 붙었다. 그즈음에 송대는 서울 청년회에 깊숙이 발을 들여놓고 있었다. 공원 중에 똘똘한 친구들을 청년회에 끌어들였다. 철공소 일은 점점 차질을 빚기 시작했다. 하나둘씩 지각을 하기도 하고 예고 없이 결근하고 조퇴도 했다. 주문받은 일거리를 마치지 못했는데 시간이 되면 퇴근했다. 주인은 공원들이 한꺼번에 나가버릴까 봐 눈치를 보면서 가끔은 저녁을 먹여놓고 한두 시간씩 야근을 시키는 정도였다. 주문이 떨어지니 철공소 일도 줄고 공원들 월급도 줄어들었다. 주인은 이게 모두 송대의 짓이라고 은근히 핀잔을 주는 눈초리가 곱지 않았다. 이번 휴가는 송대의 요청에 주인이 마지못해 허락하는 척 받아들인 모양새다.

흥인문이 내려다보이는 창신동 비탈길 끝, 자취방에 들어간 송대는 간단한 옷가지를 쌌다. 당분간 목이평에 머물면서 형선의 지시대로 적색농민조합을 세우는데 몰입할 작정이다. 주머니에서 형선이 건네준 누런 봉투를 꺼내 보니 돈을 싼 노란 종이에는 망치와 낫이 붉은색으로 돋보였다. 모스크바에서 상해를 거쳐 온 돈이 빳빳했다. 목이평에 적농을 심을 밑거름으로 쓰라는 형선의 말이 떠올랐다. 억지로 잠을 청하려 했지만 누런 봉투에 붉은 망치와 낫만 어두운 천정에 어른거렸다.

송대는 이튿날 아침에 자취방을 대강 정리하고 옷 보따리를 챙겨 나와 용두리 쪽으로 사뭇 걸었다. 용두리에 있는 제재소 야적장에서 강원도 쪽으로 가는 원목운반 마차를 찾았다. 무작정 서울에 올라와 청계천 변 철공소에 취직하여 서울청년회 활동을 하면서 쉴 틈만 나면 고향에 청년동맹 일을 위해 빈번하게 오르내렸으므로, 용두리 제재소만 가면 강원도로 가는 마차 주인 중에서 안면이 있는 사람을 만날 수가 있었다. 송대는 마차에 올라가 바퀴 옆 난간을 잡고 털썩 주저앉아 눈을 감았다. 말로는 휴가라고 했지만 기한을 정하지 않았으므로 언제 다시 철공소로 돌아갈지 모른다. 이렇게 오간 지가 벌써 오 년째. 주인이 채찍질을 하자 덜그럭거리는 마차가 속도를 내며 스치는 바람이 벌써 차가웠다. 원목 짐을 벗고 가는 마차는 망우리 고개를 넘어 봉안 쪽으로 사뭇 내달리 피 했다. 송대는 강바람을 맞으며 이런저런 생각에 잠겨들었다.

송대가 서울청년회 일을 보기 시작한지 불과 몇 해 지나지 않아서다. 군청 옆 강변, 정출의 집에서 송대와 연경이 누군가를 지루하게 기다리고 있었다. 연경은 올해 열여덟. 지난해 삼월 목이평공립보통학교를 졸

124

업하고, 오월에 목이평공립농잠실업학교에 입학하였으나 몇 개월 다니다 그만두고 부친을 따라 농사일을 돕는 중이다. 일찍이 서울로 오르내리는 한 살 위의 송대와 한 살 아래의 정출의 서울이야기에 귀가 솔깃해 있었다. 정출은 목이평공립보통학교를 졸업하고 조도전중학교 강의록으로 공부하여 경성부 다옥정에 있는 신우출판사에 취직했다. 서울살이에 익숙해지면서 신간회 경동지회의 집행위원으로 활동하고 있었다. 같은 서울 하늘아래서 동향 친구라고 틈만 나면 송대를 찾아가 고향농촌에 대해 많은 이야기를 나누었다. 송대가 신우사에서 나오는 책을 접하기 시작한 건 정출을 통해서다. 신우사에서 나온 책은 서울청년회에서도 회원들 강독교재로 사용되었다. 송대는 정출이 가져다주는 책들을 모두 탐독했다. 이번엔 또 어떤 책일까.

　서울 주동에서 신우출판사를 운영하는 이원규(李元圭) 사장은 농촌 계몽용 잡지와 사회주의 선전팸플릿을 직접 만들어 전국 농촌의 소년들을 찾아다녔다. 선전물은 주로 시국을 다룬 내용이다. 목이평 소년들의 모임인 평활소년회(平活少年會)에서는 그가 보내주는 선전물을 세 사람이 돌려 읽어가며 소년들이 나라를 위해서 어떤 일을 해야 할지 배우고 있었다. 소년의 티는 이미 벗어났으므로 그들의 눈으로 보더라도 세상은 분명 빠르게 변하고 있었다. 벌써 여러 번째 신우사 사장이 가져오는 서적과 선전물을 탐독하면서 '너희 같은 소년들이 깨어 일어나야 한다.'는 얘기를 누차 들어오던 중이다.

　소년은 장차 이 나라의 주인이다. 주인은 세월이 간다고 저절로 되지 않는다. 싸워 이겨야 한다. 재물의 주인이 아니라 그보다 더 큰 나라를 가져야 한다. 재물은 나라 안에 있으므로 나라를 가지면 재물의 주인은

저절로 된다. 뜻은 큰 곳에 두되 그 뜻을 이루려면 작은 일부터 해야 한
다. 작은 일은 우선 뭉치는 일이다. 뜻이 같으면 마음이 통하고, 마음
이 통하면 뭉칠 수가 있다. 뭉쳐야 큰일을 할 수 있는 힘이 생기고 그때
서야 비로소 가장 큰, 나라를 갖게 된다. 잠자는 소년들이여, 어서 깨어
일어나라.

　송대는 이미 글자가 눈에 선하게 어른거리도록 읽고 귀에 못이 박히
도록 듣던 구절이었다. 그렇지, 나라를 가져야 한다.
　"연경이 넌 앞으로 어쩔 셈이냐?"
　훤칠한 키로 햇볕을 가린 송대가 작달막한 연경을 내려다보며 걱정스
럽게 물었다. 다니던 양잠기술학교마저 그만두고 농사를 짓겠다니 한심
스러워서다.
　"양잠 기술 배우면 뭣해. 누에 길러 고치 따면 명주비단은 구경도 못
하고 왜놈들에게 헐값에 다 바쳐야 하는데. 그럴 바엔 차라리 쌀밥농사
나 지어먹고 사는 게 낫지."
　"그래도 농사만 짓기엔 네가 너무 아까워서 그래. 우리 철공소에도 사
람이 모자라 더 구하고 있는 중인데."
　은근히 서울로 끌어올리려고 의향을 떠봤지만 목이평에 깊이 박고 있
는 연경의 뿌리가 요지부동이다.
　"밥이 논에서 나오지 철에서 나오나?"
　"서울에선 철 팔아 밥 사고, 다들 그렇게 살아."
　어떻게든 구슬려서 서울로 데려가려는데.
　"하긴 농사도 요즘엔 남 좋은 일만 하고 있으니. 빚쟁이한테 입도선매
를 당하지 않나. 지주 영감태기 곳간만 불려주는 거지. 농사 망치면 장

리쌀 얻어먹은 빚만 더 늘어나고."

요즈음 눈앞에서 벌어지는 일들이 어른들만의 일이 아니었다. 이미 연경도 소년의 때를 벗었고 송대로부터 서울에서 벌어지는 얘기를 들으며 복잡한 생각을 하고 있었다. 기다리는 지루함을 잊어갈 때쯤 경성 쪽에서 조그마한 쪽배가 강을 거슬러 올라오고 있었다. 배에서 내리는 사람을 보니 이원규 사장과 정출이다. 송대가 제일 먼저 알아보고 모래 사장으로 성큼성큼 걸어 내려갔다. 그 뒤를 잰걸음으로 연경이 따른다. 두 사람은 배에서 큼직한 보퉁이를 하나씩 들고 내렸다.

"이 중한 걸 배에 싣고 올라오시다니요. 물에 젖기라도 하면 어쩌시려고요."

송대가 보퉁이를 받아들며 의젓하게 걱정을 해댔다.

"배 주인이 우리 쪽이니 땅보다 물이 편해. 쫓는 놈들, 덤비는 놈들도 없고. 연경이도 같이 나왔군. 자 올라가지."

이 사장은 꾸벅 인사하는 송대와 연경의 등을 두드리며 짐을 나눠 드는 셋을 대견해 했다. 몇 해 전에 평활소년회를 조직하겠다고 내려와 또래 아이들을 모으던 때만 해도 셋은 단짝패로 어울려 다니는 장안의 개구쟁이들이었는데 이제 어엿한 청년이 되었다. 집에 들어서자 정출은 우물가로 가서 냉수부터 한 대접 퍼다 이 사장 앞에 내밀었다. 이 사장은 땀을 닦으며 냉수 한 대접을 단숨에 들이켜고 보퉁이 매듭을 끌렀다. 호기심 어린 눈들이 둥그레지며 잉크냄새 나는 얇은 책을 한 권씩 집어 들어 읽기 시작했다. 송대가 읽다가 고개를 갸우뚱거린다.

서울청년회에서 읽던 낯익은 선전간행물의 표지인데 내용은 확 달라졌다. 신우사에서 출판한 소책에는 러시아 이르쿠츠크에서 한인공산당이 창립되고, 중국 상해에서 고려공산당이 창립되었다는 소식과 공산당

선언의 이해, 볼셰비키혁명, 노동운동과 농민운동방법론 같은 내용들이 실려 있었다. 처음 보는 새로운 소식들이다. 송대는 책을 집어 들자마자 빠져들었지만 연경으로서는 읽기 벅찬 내용들이다.

"소년은 나이가 들면 청년이 된다. 이제부턴 나라를 생각해야지."

이 사장은 조심스럽게 연경이 책을 펼치는 어깨너머로 한마디 했다.

"평활소년회를 청년회로 바꾸고 모일 수 있는 회관을 마련해야지."

이 사장의 말이 무얼 암시하는지 눈치챈 송대는 준비가 안 되어 난처한 얼굴을 보이는데, 정출이 자신 있게 나섰다.

"장터거리에 망글네 아줌마 국밥집 맞은편에 무곡상 하던 빈터가 있는데 거길 우리가 청년회관으로 빌려 썼으면 좋겠는데."

"거긴 한 장로가 벌써 접수했어. 선교관으로."

연경이 알려주었다. 한 장로 얘기가 나오자 이 사장의 신경이 곤두섰다.

"삼일만세 후에 조선 사람 잡아들인 왜놈 경찰한테 사형집행선고문을 보냈다던 그분?"

"도움은 받되 꾐에 빠져 야소교당엔 가진 말아라. 야소는 아편과 같아. 청년동맹회원이 될 사람들을 목이평 안으로만 좁게 잡아선 안 돼. 면마다 대표를 고루 세워두고 군 전체로 펼쳐나가야지."

그때 송대는 이미 목이평청년동맹 설립을 구상하고 있었고, 세 사람은 각기 흩어져 회원들을 모으는 활동에 들어가는 중이었다. 두 달 만에 청년동맹을 만들었지만 활동이 부진하여 흐지부지되고 있었다.

형선 선배의 지시대로 목이평에는 적농을 세워야 한다. 이게 농촌이 살길이고, 나라가 왜놈들 손아귀에서 빠져나오는 길이라고 굳게 믿었다. 송대가 이런저런 옛 생각에 잠기던 중에 날이 저물고 마차는 드디어 목이평에 다다랐다. 형선에게 지시받은 적농을 위해서는 연경을 철공소로 끌어올리지 않길 잘했다는 생각이다. 마차가 장터거리로 들어서자 송대는 마차 주인과 함께 망글네 국밥집으로 들어가 저녁을 대접했다.

"어머. 송대 오빠가 웬일로 이렇게…."

망글네가 없는 집에서 장사를 이어받은 마순은 제 핏줄도 아닌 아기를 등에 업은 채 행주를 빨아 들고 다가와 상을 닦으며 반긴다.

"애기가 많이 컸네. 제 엄만 안 찾아?"

"갓난쟁이 적인데요. 뭐. 이젠 다 잊어버렸어요. 날 더러 엄마, 엄마 해요."

"시집가긴 글렀구면."

마순이 눈을 흘긴다. 오랜만에 찾아왔지만 장거리 풍경도 여전하고, 올 때마다 웃으며 듬뿍듬뿍 고기 인심을 쓰는 마순도 여전했다. 저녁을 마치고 함께 온 마주와 작별인사를 한 송대는 장안에서 빠져나와 벼 익는 냄새를 맡으며 논길을 탔다. 때는 시월 보름, 오랜만에 고향 친구들의 소식도 궁금하여 흥천골 홍기동의 집으로 가는 길이다. 기동의 안색이 밝지 않았다. 올해 농사지은 벼를 털어보지도 못하고 논에서 다 빼앗겼단다.

"입도차압을 당했다고?"

소문을 듣고 연경과 정출, 경두 아재까지 먼저 와 있었다.

"논에서 털어보지도 못하고 빚쟁이한테 다 뺏겼어. 빨간 차압 팻말을 논에 박아놓고 손도 대지 말래. 손을 댔다가는 크게 벌 받는다나. 농사지을 품으로 차라리 나루터에 갈막생이 떠난 자리에서 지게질이나 할 걸."

기동은 복이 받치는지 울먹거렸다. 뒤이어 소문을 듣고 부리나케 찾아온 이웃에 또래 친구 연경과 열 살 위에 경두 아재가 뭐라고 위로의 말을 꺼내야 할지 난처해하고 있었다.

"왜 빚을 졌지? 날이 새면 들판에 나가 일만 하는 기동이가."

"그걸 몰라서 묻는 건 아닐 테고."

송대의 뜬금없는 물음에 정출과 연경까지 어이없어하는 얼굴이다.

"우리 소작인하고 지주 간에 싸움은 우리가 서울 공장에서 하는 싸움과 다를 게 없어. 누군가 싸워주겠지 하고 나서지 않으면 이 세상은 모두 그자들 뜻대로 돌아가는 거여. 우린 평생 노비처럼 살아야 하고."

"그놈들 힘을 무슨 수로 당해. 기름진 음식만 처먹어서 몸 쌈만으로도 어림없을 텐데 돈 쌈까지 걸어오겠다면."

울먹울먹하던 기동이 송대의 얼굴을 쳐다보며 얼토당토 않는 얘기를 한다는 표정을 지었다.

"그 싸움이라는 게 혼자 덤비면 백에 백 판 모두 깨지는 거여. 해서 우리같이 약한 농사꾼은 뭉쳐서 힘을 모아야 싸워 이길 수 있는 거여."

"언젠 힘을 안 모았나. 우리가 농사 질 때 저 혼자 지었느냐 말이여. 서울 물 몇 년 먹더니 농살 그새 잊었어?"

연경이 세상모르는 소리 말라는 듯 나무랐다.

"그렇게 무작정 모이는 게 아니고 씨날을 짜서 단단한 조직을 만들어야 한다고. 실오라기만으로는 힘을 못 쓰지만 탄탄히 엮어 짜서 강해지는 조직을 만들어야 해여."

조직이라는 말에 모두 송대의 얼굴만 멍하니 바라봤다. 그때서야 송대는 본격적인 이야기를 꺼냈다.

"이 싸움은 우리 같이 무지한 작인들의 맹종의식과 노동자의 머릿속

에 박혀 있는 노예근성을 캐버리는 데서부터 시작되는 거여. 그래서 당
장 시급한 게 나라 안에 군마다, 면마다, 리마다, 혁명적으로 농민조합
을 세우는 운동을 벌여야 하는 거지.”

송대는 형선과 만나 여러 차례 학습 받은 내용을 막힘없이 풀어냈다.

“그러니 우리 목이평부터 앞장서서 하루속히 혁명적인 방법으로 적색
농민조합을 만들어야 한다고. 짧게 말해 ‘적농’이라고 하지. 도회지 공
장에서도 벌써 적색노동조합을 만들기 위해서 혁명적 운동이 번져나가
고 있어. 이제부터 바꾸는 거야. 우리 농촌을 혁명적으로.”

‘혁명적으로’에서 굵은 침방울이 튀었지만 얼른 이해가 되지 않아 여
전히 고개만 갸우뚱거리고 있는데 기동이 나섰다.

“모이기로 말하자면 우린 청년동맹이 있잖아.”

“물론 있지. 나이가 젊다고 무조건 뭉치는 청년동맹만 갖고는 이제 안
돼. 젊다는 자신만 갖고 뭉쳤던 청년동맹엔 농민정신이 빠져 있어. 아
무리 젊어도 밥이 없으면 무슨 힘이 생기겠나. 이제부터는 힘줄이 아니
라 밥줄로 뭉치는 농민조직을 만들어야 해. 그런데 우리 청년동맹엔 그
놈의 부르주아지들이 너무 많이 섞여 있어. 가진 놈들은 글줄이나 읽었
다며 인텔립네 하고 묵직한 머릴 흔들어댈 줄만 알았지 우리 같은 무산
자 농민과 노동자들의 고픈 뱃속을 몰라. 이제부턴 청년동맹을 해체하
고 빈농과 무산대중들을 모아 새로운 조직을 탄탄하게 만들어야 해. 목
이평의 혁명적인 농민조합으로 말이야. 궁극적으로 농토의 주인은 농민
이 되자는 건데 이게 바로 적색농민조합이라는 거지.”

송대의 말하는 투가 꽤나 학식이 있어보였다.

“적색이면 붉은색, 피 같은 색? 그러면 뻘건 조합이라는 건데 그게 뭐
하는 조합이여?” 여전히 침울한 기동이 아직도 알 수가 없다는 표정으

로 물어왔다.

"우리 같은 무산자 농민이 중심이 되어 빈농 출신의 사회주의 활동가를 키우고, 궁극적으로는 몇 해 전에 세우려다 무너졌던 조선공산당을 이 땅에서 다시 일으키자는 거지. 이게 곧 붉은 혁명이라는 거야. 장차 나라가 독립되면 붉은 독립의 나라가 되어야 하는 거고. 어때. 뜻대로 이루어지기만 한다면 근사하지 않아?"

모두 고개를 갸우뚱거리고 있었다.

"농사짓는 지주들도 농민입네 하면서 조합에 들려고 할 테고, 그런 자들이 들어오면 갖고 있는 농토로 힘을 써서 우리 같은 소작쟁이들을 좌지우지할 게 뻔한데."

솔깃하게 들으면서도 연경이 의문을 제기하자 모두 그걸 염려하고 있었다.

"그래서 농토 없는 무산농민이라고 했잖아. 논바닥 진흙을 발에 안 묻히는 자들은 조합원이 못 돼. 농토 없는 무산농민들끼리만 이 땅에다 적농을 세우자는 걸세. 혁명적으로!"

흥분하여 소리치는 송대의 '혁명적으로'가 너무 컸다. 그때서야 모여 있던 친구들은 겨우 알아들었다고 고개를 끄덕였다.

"우선 마음 맞는 친구들끼리 근일 안에 준비모임부터 갖자고."

자신감을 얻은 송대는 내친김에 준비모임까지 제안했다.

며칠 후에 각 지역의 책임을 맡을 만한 청년들을 목이평청년동맹회관으로 불러 모아 준비모임을 갖는 자리에서 송대는 조합설립 취지에 대해 무겁게 말문을 열어 운을 뗐다.

"지금까지 우린 청년동맹으로 모여서 몇 해 지나왔지만, 회원들 간 유대와 친목 도모에 그쳤을 뿐, 지역과 농촌을 위하여 뚜렷하게 해놓은 게 없었소. 요즘 경성의 흐름은 이 땅에서 왜놈들 제국주의에 당당히 맞서 노동자와 농민이 중심이 되는 나라를 세워야 한다는 움직임이 분연히 일어나고 있소. 공장에선 노동자가 주인이 되고 농촌에선 농민이 주인이 되어야 하는데, 아직도 공장의 주인은 자본주고 농촌의 주인은 지주요. 그런데 그나마 그 자본주와 지주의 자리도 서서히 일본 놈들이 밀고 들어오고 있소. 그래서 우리가 조합을 세우는 일은 지주와 자본가를 때려눕히고 종당에는 일본 놈들을 이 땅에서 완전하게 몰아내야 하는 중차대한 일이란 말이요."

기회를 잡아 우렁차게 얘기를 꺼낸 송대는 잠시 숨을 고르고 물을 마시며 회관에 빼곡하게 들어앉은 청년들을 휘둘러보았다. 이미 서울청년회 북부지회장을 맡아오면서 닦아둔 언변으로 계속 말을 이어갔다.

"여태껏 우리 노동자와 농민은 과거의 노비와 다름없는 취급을 당해 왔을 뿐이오. 이는 도저히 갚을 수 없는 장리쌀의 길미와 터무니없이 야금야금 늘려가는 소작료와 지주에게 조금만 밉보여도 논밭을 떼고 마는 횡포와 관아 것들이 거둬가는 세금까지도 소작인들에게 떠미는 악덕지주들 때문이란 말이오. 그러니 지금의 농사는 시작부터 밑지고 들어갈 수밖에 없는 일이오. 한 해 동안 뼛골 빠지게 농사지어 봐야 본전은커녕 빚만 늘어나고 있단 말이오. 우리 동맹원들 중에 장사를 한다면서 농사가 내일이 아니라고 방관해서는 안 될 일이오. 쌀장사 곡물 장사 채소 장사 모두 사람이 먹는장산데, 그게 모두 농사꾼한테서 나오잖소. 장사의 시작은 곧 작물을 키워내는 농토와 물건을 만드는 공장이란 말이오."

송대는 서울청년회 북부지회에서 활동할 때에 형선으로부터 귀가 닳도록 듣던 얘기라 거침이 없었다.

"우리 노동자와 농민이 뭉치지 않으면 공장주인과 땅 쥔들만 판치는 세상이 될 거요. 아니 벌써 그렇게 되어가고 있잖소. 그래서 하는 제안이오. 지금까지 우리가 끌고 온 청년동맹을 과감히 해체하고 이 땅에 빈한한 농민들만 따로 뭉치는 혁명적 농민조직, 적색농민조합을 결성해야 한단 말이오."

심각하게 듣고만 있던 정출이 조심스럽게 이의를 제기하고 나섰다.

"들어보니 농민조합이라는 게 필요하긴 하지만 그걸 만들자면 관의 감시가 만만치 않을 텐데요. 우리가 학습해온 레닌의 교시로는 대중운동은 반드시 합법적으로 존재해야 한다고 하지 않았소. 우리의 모든 조직은 합법적 모습으로 출발해야 대중의 지지를 얻을 수 있소. 지금 만들려고 하는 조합은 관의 허락을 못 받는다면 공염불이 아니오. 결국 불법이 되므로 농민들의 지지도 얻기 어렵게 되고."

송대는 거침없었다.

"맞소. 그래서 겉으로는 합법적 모양을 갖추자는 거요. 오늘 준비회의에서 대강을 정하고 차차 가닥을 정해가면서 다음 달에 창립총회를 열어야 하오. 물론 이번 회의 결과를 가지고 경찰에다 농민을 위한 조합이라고 설득하여 여태까지 묶여 있는 집회금지를 풀어 달라고 해야죠."

겉으론 합법, 속으론 비합법. 경찰이 그렇게 멍청하지 않을 텐데. 정출이 고개를 갸우뚱거렸지만 언경과 기동, 경두까지도 청중 모두는 송대의 자신감을 믿고 박수로 선동했다.

"그럼 먼저 임시로 준비위원장을 뽑아야 하는데 여기서 제일 연장이신 경두 아재가 맡아주셨으면 좋겠어요."

송대가 회의 시작 전에 미리 언질을 주었지만 조심스럽게 경두를 향해 응답을 기다렸다. 경두가 고개를 끄덕이자 청중은 박수를 치며 호응했다. 무산빈농을 중심회원으로 하는 목이평적색농민조합조직준비위원회에서 일할 사람들을 정하고 사월 초에 대대적인 창립대회를 열기로 했다. 지역별 대표로는 공산리에 김경두를 추대하고, 위원은 갈문리에 변송대, 동흥리에 김연경을 뽑았다. 이웃한 여련에도 정출을 보내 최근 일본 와세다대학에서 공부하고 돌아왔다는 엄해원과 손을 맞잡고 박오창, 지욱성 등을 불러들여 책임을 맡겼다. 조합의 조직, 부서와 분조, 강령들은 앞으로 열리는 준비위원회에서 정하기로 했다.

준비위원들은 창립대회를 열기 위해서는 경찰서로부터 집회 허가가 필요하여 집회 금지를 풀어달라는 허가를 받기 위해 서류를 갖췄다. 호랑이굴에 들어가는 심정으로 송대가 앞장섰고 경두, 연경, 정출이 뒤따랐다. 설립준비위원장은 나이가 제일 많은 경두 아재였지만 말발이 앞서는 송대가 준비해간 서류를 사사키 경부에게 당당하게 내밀었다.

"합법적으로 우리 농민을 위한 조합을 설립하기 위해 이번 달 열엿샛날 창립총회를 열 계획이요. 불순한 회합이 아니고 농민들의 복리를 위한 모임이니 집회 금지를 풀어주시오."

가져간 서류를 대충 훑어본 경부는 송대의 얼굴을 노려봤다. 이미 전국 각지에서 조직적으로 움직이고 있는 적색농민조합 설립 움직임에 대해서 예의 주시하라는 상부 지시가 내려온 터에 담당 경부가 이들 농민조합의 설립 의도를 모를 리 없었다. 송대는 물론이고 뒤에서 지켜보던 정출과 경두, 연경도 이런저런 일들로 해서 경찰서를 한두 번쯤은 드나든 일이 있어서 경부의 일그러지는 얼굴을 보고 벌써 일이 틀어지고 있다고 직감했다.

"혁명적 농민조합? 이거 빨간색이잖아. 적농. 선량한 초록 농민한테 빨간 물을 들여서 어쩌려고?"

고개를 갸우뚱거리던 경부는 트집부터 잡고 나섰다.

"우리같이 약한 농민대중이 힘을 합쳐서 농사를 잘 짓고 잘살아보자는 조합을 만들려 뜻이지 딴 맘은 없어요."

"이게 없으면 그게 안 되나?"

"조합이 없으면 우리 같은 농민은 힘을 모을 수도 없고 억울한 일을 당해도 호소할 곳이 없잖아요."

"힘을 모아서 뭘 하겠다고? 농민이 억울한 일을 당하면 우리 경찰이 해결하고 도와주어야지 너희가 어떻게."

"우리같이 무지한 농민이 지체 높으신 경부님들의 도움을 어떻게 받아요. 스스로 돕는 길밖에 없는 거지요."

송대의 꼬이는 말투에 담당 경부 얼굴이 일그러졌다.

"야, 변송대 이놈으 새꺄! 서울 가서 기름밥이나 처먹고 있는 너 같은 새끼가 농민이야? 이런 일을 왜 네가 나서. 서울 바닥에서 쇳덩어리 만지는 애들하고 빨간 노동운동입네 뭐네 하고 지랄하다가 서대문에 잡혀 들어가서 곰팡내 나도록 푹푹 썩기나 할 일이지."

다짜고짜 나오는 욕설에 송대는 갑자기 뿔따구가 솟았다. 더구나 자기가 제안하여 당당히 여러 친구를 데리고 간 자리에서 봉변을 당하고 있으니. 뒤에선 모두 간이 쪼그라들 만큼 겁에 질려 있었다. 송대는 거침없이 경부의 책상 앞으로 한 걸음 다가섰다.

"기름밥 처먹기 전까지 농사지었고, 내 아버지가 지금도 농사꾼이요. 농사꾼의 아들이 농촌에 돌아와서 이 일을 하겠다는 거고."

"그럼 사회주의자 패거리들이 모이는 서울청년회부터 손을 떼. 서울서 북부지회장 감투까지 쓰고 있다며? 네 놈이 여기 와서 혁명입네 농민조합입네, 어쩌고 하면 그게 결국 어디로 가는 줄 내 모를 줄 알고? 여기가 어디라고 목이평에다 감히 더러운 핏물을 들여놓으려고 해! 철창에 처넣기 전에 당장 나가 이 새꺄."

경부는 받았던 서류를 갈기갈기 찢어서 휴지통에 쑤셔 넣었다. 그걸 본 송대가 분기를 못 참고 순식간에 경부의 책상을 번쩍 들어 엎었다.

"네놈이 조선에 와서 경부 계급장 하나 얻어 찼다고 세상이 다 네 밑으로 보이는 모양인데 개 오줌 같은 그 피 맛 좀 보자. 찔끔거리는 왜놈 피가 얼마나 찌린가, 비린가."

뒤에서 보기만 하던 회원들이 함께 독이 올라 경부의 주위를 둘러쌌다. 누가 먼저 그렇게 하자고 해서도 아니다. 욕과 야유에 이미 분기가 치솟아 있었다. 차마 손은 못 대고 경부가 피하는 대로 둘러싸며 따라 움직였다. 여차하면 손찌검까지 할 기세다. 그러나 잠시뿐, 어느새 순사들이 착검한 총을 들고 안으로 좁혀 들어왔다. 그때서야 겁에 질렸던 사사키는 큰소리를 쳤다.

"이놈들 모조리 체포해 저 안에 처넣어."

함께 간 네 명이 순식간에 묶여서 유치장 안으로 밀려들어갔다. 철문을 잠그는 소리와 함께 소란을 듣고 나온 이노우(井上巳吉) 서장의 고성이 이어졌다. 그는 장안에 깔아놓은 정보망을 통해서 이미 송대 일행의 근황과 벌이고 있는 일의 자초지종을 꿰고 있었다.

"모조리 조서 꾸며 검사국으로 넘겨. 그동안 구린내 풍기던 곳까지 샅샅이 뒤져내서 한 십 년은 곰이 삭도록 푹 썩게 단단히 엮어 넣으란 말야. 지금 시국이 어느 땐데. 이 짓거리여."

총독부에서는 조선공산당이 재건된다는 첩보를 접하고 경찰에 주의보를 내렸으니 시국이 결코 좋을 때가 아니었다. 서장의 한마디에 모두 그렇게 철장 안에 갇히고 말았다.

그 무렵에 이웃한 여련에서 농민조합결성을 맡은 엄해원과 박오창, 지욱성이 목이평과 뜻을 맞추기 위해 갈문산 윤필암에 모여서 정양을 하고 있었다. 계획대로라면 목이평 측이 윤필암에 은밀히 올라오기로 되어 있었으나, 엄해원의 주도로 이틀 동안 토론하며 기다려도 소식이 없었다. 저녁에 부식을 구하러 내려갔던 욱성이 올라와 목이평 장터에서 들은 얘기를 해원에게 전했다.

"목이평의 친구들이 집회 금지를 풀어달라고 경찰서에 들어갔는데 일이 잘 안 됐는지 사사키 경부 책상을 들러 엎고 모두 잡혀 들어갔다네. 벌써 장터거리에 소문이 파다하게 퍼졌는데 우리만 여태껏 모르고 기다렸지."

소식을 들은 해원은 오창, 욱성과 함께 목이평으로 내려갔다. 해원은 이런 때를 대비하여 품 안에 준비해둔 명함을 확인했다.

태평일보 여련지국장 겸 주재기자 엄해원.

경찰서 정문 앞을 지키고 서 있던 순사가 앞을 가로막았다.

"무슨 용무야?"

"불순한 애들이 우리 경찰서에서 난동을 부렸다고 해서 취재차 왔어요."

해원은 작달막한 키에 호리호리한 몸이지만 눈매가 날카로웠다. 순사에게 명함을 내밀면서 목소리를 깔았다. 순사는 명함을 받아들고 고개를 갸우뚱거리며 얼굴을 훑어보더니 뒤에 따라온 두 사람을 트집 잡았다.

"뒤에 있는 사람들은 뭐요."

"우리 신문에 수습이요. 앞으로 자주 뵐 테니 인사드려."

뒤에서 오창과 욱성이 보초를 향해 꾸벅했다. 그때서야 순사가 문을 열어주자 해원이 당당하게 앞장섰고 오창과 욱성이 뒤따랐다.

"아주 못된 놈들이 유치장에 갇혔다고요. 도대체 어떤 놈들이 경찰서 책상을 들러 엎었는지 고놈들 면상 좀 우리 독자들한테 알려주려고요."

해원은 사무실로 들어서자 손에 쥐고 있던 명함을 내밀면서 경부에게 정중하게 인사했다. 이런 자들은 혼을 내줘야 한다며 안에서 들도록 큰 소리를 치다가 어떻게 생겨먹은 자들인지 은근히 얼굴을 보여 달라고 했다. 오창과 욱성이 유치장으로 뒤따라 들어가려 하자 순사가 막았다. 한 사람만 허락하겠단다.

송대와 경두, 연경, 정출이 유치장 안에서 대책 없이 무릎을 싸안고 있었다. 갑자기 나타난 해원을 보자 반갑게 일어나려는데 해원은 순사 뒤에서 손가락을 입술에 세우고 알은체 말라는 표시로 고개를 흔들었다.

"순사님, 쟤들 쌍판대길 보니까 골치깨나 썩이겠네요. 한 삼 년 썩겠죠? 한심한 놈들, 지금 시국이 어떤 때라고."

송대가 유치장 천정에 닿을 만한 키로 벌떡 일어서다가 어리둥절하더니 이내 눈치채고 다시 앉았다.

"이봐요. 빨리 엎드려서 잘못했다고 빌어요. 앞길이 창창한 친구들이 거 무슨 행패를 그렇게 부렸어요."

사사키 경부가 자기 자리 쪽으로 안내하자 해원은 기회다 싶어 경부의 귀를 빌렸다.

"경부님. 미끼를 가둬놓으면 더 큰 고기를 놓쳐요. 저런 피라미는 밖으로 내놔야 큼직한 가물치를 잡죠. 저자들 뒤에 누가 있는지 아시잖아요. 우리 취재망에는 벌써 잡혔는데, 여긴 아직 깜깜이시네요."

"앞으로 입질 좋은 데 있으면 알려줘."

해원을 아래위로 훑어보던 사사키는 느끼한 미소를 지으며 청했다.

"앞으로 자주 들리겠습니다. 경부님, 저자들 풀려나면 밖에서 동태파악은 내가 맡죠."

갇힌 지 닷새째 되던 날, 송대와 세 사람은 앞으로 비합법적인 집회를 일절 금하고 준비위원회는 즉시 해체하며, 적색농민조합이 비합법적 농민조직임을 인정하는 자술서를 쓰고, 마룻바닥에 무릎 꿇어 두 손 비비며 빌고 나서야 늦은 밤에 풀려났다.

송대 일행은 경찰서를 나와 각자의 집으로 돌아갔다가 따라붙었던 감시원이 돌아가자 여련의 해원 측과 합류하기 위해 그길로 윤필암에 올라갔다. 조합을 준비하면서 양쪽이 의기투합하고 상호협력 원조하기로 했던 터다. 앞으로 어떻게 해야 할지에 대해 모두 고민이 깊어가면서 윤필암으로 오르는 그들의 발걸음이 무거워졌다. 침묵을 깨고 정출이 입을 열었다.

"이대로 가다간 건건이 경찰과 부딪칠 수밖에 없어. 일이 이렇게 된 마당에 이제부터는 겉으로라도 합법적인 투쟁이 필요해. 현재 농촌마다 합법적으로 운영되고 있는 농민계를 이용해서 서서히 조직을 다져나가야 경찰의 방해를 피할 수 있어. 농민계원에게 혁명적 의식을 불어 넣어서 그 속을 차츰 우리가 계획하고 있는 적색농민조합으로 바꿔가자는 말이지."

송대의 생각은 달랐다.

"정출이. 자네가 말하는 농촌의 계 조직은 돈놀이 하는 모임이야. 그게 과거 봉건적 조직의 유물인 거 모르나. 돈놀이는 자본주의의 표본적인 악행이야. 적색농민조합은 바로 그런 악습들을 없애버리려는데, 농민계를 끌어들이면 모순 아닌가? 농민들에게 계급투쟁의식을 갖게 해서 적색농민조합 결성의 기초를 다진 다음에 반 조직과 리 조직, 면 조직을 만들고 군에는 대표자 회의를 만들어 지도해야 한다고. 정 안되면 경찰의 눈을 피해 지하조직으로라도."

정출은 물러서지 않고 자기주장을 폈다.

"내가 보기에 자네 의견은 좌익소아병적 공산운동을 파양하는 계획으로 보이네. 대중운동은 합법적으로 존재해야 한다는 레닌의 교시를 잊었나. 모든 투쟁은 합법이라야 한단 말이야. 그래야 농민 대중들의 지지를 얻을 수 있어. 그런 연후에 합법의 울타리 안에서 다소 시간이 걸리더라도 서서히 농민들의 혁명적 투쟁의식을 키워나가는 게 옳아."

두 사람을 중심으로 적색농민조합 설립방법을 토론하면서, 비합법적 방법으로라도 조합조직에 박차를 가해야 한다는 주장과 합법적인 방법으로 경찰의 방해도 피하고 농민들의 자발적인 참여를 이끌어내야 한다는 주장이 맞섰다. 서로 간 비판에 비판으로 대립하다가 날이 새고 말았다. 논쟁은 다음날까지 계속되다가 저녁에 윤필암에서 내려와 정출의 집으로 은밀히 다시 모여 토론을 계속했다.

송대와 정출의 속내에는 각각 다른 이유가 있었다. 목이평 지역은 이미 많은 농민과 접촉하면서 적색농민조합을 설립해야 한다고 암암리에 설득을 해왔던 터라 그만큼 의식이 트였지만, 여련 지역의 농민의식은 아직 준비가 되지 않았기 때문에 시급하게 농민조합 설립을 시도하다가는 실패 가능성이 크다는 게 정출의 생각이다. 양측 모두 일리 있는 주장이다. 이야기가 끝날 기미를 보이지 않자 준비위원장을 맡고 있는 경두가 나서서 제3의 방안을 내놓았다.

"하루라도 빨리 진척을 보여야 하는데 이렇게 방법과 절차 싸움에 머물러서 시간만 허비할 수는 없어. 송대는 목이평 지역을 맡아 지하로든 지상으로든 적색농민조합을 설립하고, 정출은 생각대로 해원이와 여련

지역을 맡아서 농민계를 이용해 조직을 다지는 일을 해야 해. 자금 문제는 양측이 매달 정기적으로 모여서 협의하기로 하고."

송대는 연장자인 경두가 내놓은 안을 거부할 수가 없었다. 지켜보던 여련에 해원과 오창, 육성도 고개를 끄덕였다. 정출을 중심으로 한 여련 측은 해원, 오창, 육성이 맡고, 목이평 측은 경두, 연경, 송대가 맡기로 했다. 송대는 서기국을 설치하여 강령제정을 제의하고, 정출은 소수 인원으로 사무를 공동 처리하는 혁명적 농민운동 지도부를 만들기로 하였다. 이들은 매월 보름과 말일에 두 번씩 모이기로 하고 헤어졌다. 정출은 동지들에게 마지막 당부를 잊지 않았다.

"그럼 다음번엔 엄 동지의 집에서 모이기로 하지. 우리 조직과 일정은 절대 비밀로 하고 자기네 지역으로 돌아가서 준비 활동에 착수하기로 해. 각자의 생각대로 활동해보고 그날 다시 협의해보자고."

준비위원들은 다음 달 해원의 집에 모였다. 송대와 정출은 오창, 육성, 해원이 자리를 함께한 가운데 열띤 토론을 벌였으나 도저히 결론에 이를 수가 없었다. 결국 각자의 방법대로 농민조직을 하기로 잠정협의하고 본격 활동에 들어갔다. 일은 순조롭게 돌아가는 듯했다.

정출이 여련 지역에 구역을 늘리기 위하여 송현농민계에 참석하여 농민조합에 대해 열강하고 있을 때 오창이 외평리에서부터 울며 달려왔다.

"형, 해원이가 죽었어."

여련의 기둥 격인 엄해원이 죽다니. 뜻밖에 비보다. 정출은 해원이 요즈음 자주 앓아누워 눕자 걱정하면서 약이라도 마련해줘야겠다고 생각하던 중이다. 엄해원은 일본 유학까지 다녀온 유능한 자원으로 지식의 창고나 다름없어서 회원들에게는 든든한 기둥이다시피 했는데 약한 몸으로 남모르는 병고에 시달리다 젊은 나이에 먼저 떠나고 말았다.

정출은 오열하는 오창을 진정시키고 발보다 앞서는 몸을 가누며 급히 해원의 집으로 달려갔다. 우선 경두 아재에게 부탁하여 목이평 지역 회원에게 부음을 전하도록 하고 머릿속엔 장례치를 준비로 복잡했다.

"박 동지. 이 장례는 여련혁농의 단체장으로 치러야겠어."

오창은 단체장이라는 말이 생소했다.

"단체장이라면, 우리 여련농민계 회원들의 이름으로?"

"와세다대학에서 경제학을 공부한 귀재인데. 그동안 해원이가 큰일을 했지. 죽으면서까지 우리한테 기회를 만들어줬어. 고인의 뜻을 살리고 우리 계원들이 결집하는 기회로 만드는 거야. 관에서 보는 불법을 우린 합법적인 장례로 보란 듯이 치러보자고. 옛날에 순종임금 인산 때 하던 만세운동처럼."

오창이 알아듣고 고개를 끄덕였다.

"목이평 쪽에도 여련농민조합장으로 치른다는 부고를 보내자고."

장례는 삼일장으로 치르기로 했다. 장례 당일 외평리 야학당과 상품리 학술강습소에서 상가에 조기를 가져오고 정출은 전 회원들의 식사를 푸짐하게 준비했다. 오창과 욱성이 마당발로 뛰어다니며 알려서 외평리뿐만 아니라 인근에 금사 이포 사람들이 단체장으로 치른다는 영결식을 구경하러 모여들었다. 영결식에서 오창이 해원의 생전 약력을 소개하고 농민조합을 세우기 위해 활동해온 공적을 소개했다. 정출은 앞으로의 결의를 다지는 영결사를 목청껏 낭독했다.

정출은 은연중 해원의 공적을 추켜세우면서 혁명적 농민조합이 무엇인지, 왜 만들어야 하는지, 고인의 노력이 헛되지 않게 하기 위해서라도 기필코 해내야 한다고 외치며 영결식에 참석한 사람들에게 일장 연설했다. 정출의 울음 섞인 영결사가 농민들의 터질 듯한 감정을 건드려 젊은 나이에 세상을 떠나가는 해원의 영전에 통곡으로 애도했다. 그칠 줄 모르는 울음을 정출이 적기가 선창으로 진정시키자 참석한 회원들이 따라서 열창했다.

민중의 붉은 기는 전사의 시체를 싼다.
시체가 식어서 굳기 전에 혈조는 이 깃발을 물들인다.
높이 들어라 붉은 깃발을 그 밑에서 굳게 맹세해

처음에 구경만 하던 마을 사람들과 조문객들이 신식 장례에 부르는 노래인 줄 알고 따라 부르기 시작했다. 장례식이라서 시체라는 말은 알아듣겠는데 붉은 기가 만장을 뜻하는지 관을 덮은 관보를 뜻하는지, 제대로 아는 사람은 별로 없었다. 뭔가를 굳게 맹세해야 하는 뜻만은 분명히 알아들었다. 신식 장례는 이러려니 했다.

회원들이 직접 상여를 메어 장지로 향하고, 모두 건을 쓰고 뒤따르며 저마다 잃어버린 나라의 원통한 분을 담아 곡을 했다. 장례를 마치고 회원들은 가까운 이포리 조태운의 집에 모여 엄해원이 사망한 8월 1일을 기념일로 정하고 매년 추모의식을 치르기로 했다. 정출은 이 기회를 이용해서 국제공산당 성립에 대하여 장황하게 설명하는 강연을 했다. 강연이 끝난 후에도 이들은 헤어지지 않고 밤새도록 앞으로 활동에 대해 의견을 나누다가 잠이 들었는데 새벽녘에 누군가 문을 두드리는 소리가 들렸다.

"이포 주재소에서 나왔다. 모두 꼼짝 마라. 한 사람도 도망칠 생각 마라."

모두 총을 든 주재소 순사 앞에 꼼짝 못 하고 끌려갔다.

"너희들은 장례를 빙자해서 불온한 행사를 했다. 영결식을 빌미로 불온조직을 결의하고 장례식장에서 국가전복을 선동하는 적기가를 불렀으며, 장례식을 끝내고 국제공산주의 사상 강연까지 했다. 주동자 이정출! 이 새끼는 어디다 빼돌렸어?"

끌려간 회원들은 그때서야 정출이 없어졌는지 알았다. 정출은 이와 같은 사태를 이미 알아차리고 지난밤 강연을 마친 후, 그곳을 은밀히 빠져나와 이천을 거쳐 경성으로 달아나면서 아무에게도 말하지 않았다. 회원들은 주재소에서 하루종일 혹독하게 시달리다가 밤늦게 훈계를 받고 겨우 풀려났다.

해원의 장례를 치른 후 오창과 욱성을 중심으로 하는 여련의 혁명적 농민운동 지도부가 비밀리에 결성되어 외평리에서 회합했다. 그들은 행동방침을 정하고 농민계를 준비조직으로 이용해 계원들을 늘려나갔다. 송대와 정출은 여러 차례 교섭하였으나 여전히 합의점을 찾지 못하고 각자 방식대로 조직을 확대해나가던 중, 이듬해 봄에 송대가 연경과 경두를 집으로 불러들였다.

"이렇게 모이자고 한 뜻은 각 동네에 반 조직을 장래 적색농민반으로 전환하고 리 조직, 면 조직까지 확대하여 궁극적으로는 적색농민조합이 설립되도록 만반의 준비를 하기로 제안하는 바이네. 동지들의 의견은 어떤가."

이렇듯 농민계를 통하여 적색농민조합을 만들어가자는 정출 쪽과 농민조합을 통하여 농민반에 파고들자는 송대 쪽의 의견은 차이가 있어 방향은 같으나 길은 여전히 어긋나고 있었다. 이미 송대를 지지하고 모여든 참석자들은 박수치며 찬성의 뜻을 표했다. 송대는 그 자리에서 회원들과 활동 구역을 배정하고 준비위의 부서와 분담을 정했다. 본격적인 활동을 개시하자던 그해 겨울에 정출이 송대를 찾아왔다.

"송대. 우리가 이렇게 다른 의견을 가지고 각자의 길로 계속 나간다면 양쪽 힘의 소모가 매우 크다고 보네. 그래서 생각해봤는데 우리 함께 경성에 가서 의견을 들어보는 게 어떤가."

"경성 가면 누구 의견을?"

송대는 자신과 선이 닿는 형선을 생각하고 있었다. 그런데.

"이재유 동지가 내일 만기 출옥한대. 지난번 치안유지법으로 삼 년 꽉 채워 살았지. 그간 고생의 위로도 해줄 겸 올라가서 조언을 듣고 이제는 우리 의견도 정리해야 하지 않겠어?"

이재유는 공산청년회사건 예심 중에 형무소 방 안에서 정출과 서로 알게 된 사이다. 정출은 그의 해박한 지식과 논리에 끌려 항상 관심을 두고 있던 중에 지인으로부터 그가 출옥한다는 소식을 들었다. 재유라면 아무래도 자신의 의견 쪽에 손을 들어주리라는 기대로 송대에게 제안했다. 두 사람은 이재유가 출옥하여 머물고 있는 경성부 연건동 하숙집으로 찾아갔다. 정출은 그동안의 혁명적 농민조합 조직을 위한 준비활동 상황과 목이평에서 농민조합운동 의견이 서로 엇갈리고 있다는 사실을 재유에게 설명하고 의견을 구했다.

"자네들 얘긴 잘 들었네. 목이평과 여련에서 그만큼 조직기반을 다지고 있다고 하니 내가 갇혀 있는 동안 고생들 많이 했네. 결론부터 말하자면 정출 동지의 농민세론을 폐하고 적색농민조합 운동으로 나가야 하네. 혁명적 적색농민조합의 목적과 방면으로 보아 이제는 감출 필요도 없이 드러내놓고 상호대립항쟁을 해야 해. 농민계를 통한 농민조합운동은 현재의 국제정세에 부적당하므로 과거를 일절 청산하는 결단이 필요하다는 얘기지. 언제 또 왜놈들이 내 뒤를 따라붙을지 모르니 뒷산으로 올라가 좀 더 진지하게 얘기해보세."

정출은 당황한 얼굴을 감추지 못하고 송대는 고개를 끄덕이며 뒤따라 올랐다. 경성제대와 흥인문이 내려다보이는 산마루에 올라서자 재유가 다시 입을 열었다.

"정출의 농민계론은 현하 정세에 대한 인식 부족, 이론 오류가 있어. 초기에는 합법을 가장하여 치밀하게 조직하고 교양해야 하지만 일단 힘이 생기게 되면 거침없이 정면 돌파하는 힘을 발휘해야 겁먹고 관망만 하던 대중의 전폭적인 호응과 지지를 얻을 수 있지. 농민조합도 이제 힘이 모였으니 지금이 바로 그때야. 조직방법은 시기마다 객관적 사정에 따라 변하기 때문에 미리 일정한 방법으로써 재단할 수는 없어. 따라서 송대나 정출이나 자기의 이론만 고집하지 말고 서로 손잡고 조직의 촉진을 위해 온 힘을 다해야 해."

이재유는 송도고등보통학교 시절에 동맹휴학을 주도하여 퇴학당하고 동경으로 건너가 노동조합운동에 참여하면서 조선공산당 재건 활동을 하다가 요시찰 인물로 지정 검거되어 복역하고 나왔으니 송대와 정출은 재유의 이론이라면 교범으로 삼을 만했다. 동대문 쪽에서 이어지는 성곽을 뒤로 하고 경성제국대학을 내려다보며 재유가 굳은 결정을 내리고 정출과 송대에게 악수를 시켰다. 그 앞에서 정출은 마음을 정리하고 이유 없이 승복했다. 자신이 주장해오던 농민계론을 청산하고 조합론에 찬성하기로 재유 앞에서 맹서했다.

"앞으로 목이평과 여련의 농민조합은 정출이 자네가 맡는 게 좋겠어. 송대는 나와 함께 경성에 남아 인천으로 오가면서 노동 쪽에 뛰어들어야 해. 지금 이 시점에서는 노동 쪽도 매우 중대하고 시급해."

송대는 경성에 남기로 하고 정출은 돌아가겠다며 일어서는데 성곽 줄기를 타고 양복 차림에 도리구찌를 쓴 남자가 무거운 몸을 거느리며 힘겹게 올라오고 있었다.

"여기서 각자 흩어져. 송대는 삼각산 쪽으로, 정출은 동대문 쪽으로. 난 학교 쪽으로 내리뛴다. 어서."

재유가 낮은 목소리로 다급하게 소리쳤다. 그런데 저쪽에서 들리는 소리가 송대의 귀에 익었다.

"자네들 여기 있었구먼. 반갑네."

이재유가 먼저 알아본다.

"엇, 형선 동지?"

비탈길을 오르느라 땀이 솟는지 모자를 벗어든 머리에 김이 오르는 사람은 송대와 줄이 닿아있는 김형선이다.

"출감한 줄 알고 재유 하숙에 갔더니 비어 있더군. 주인한테 물으니 세 사람이 밖으로 나가더라고 해서 혹시나 하고 올라와 봤더니 내 짐작이 맞았네. 자네들 또 큰일 나겠어. 출감했다고 이렇게 행로를 노출 시키면 어쩌나. 은신, 또 은신이라는 행동수칙을 모르나."

네 사람은 자리를 옮겨 팔부 능선 숲으로 들어갔다.

"풀려났다고 풀려난 게 아냐. 놈들이 일거수일투족을 지켜보고 있으니 행동 조심해. 내 눈에 이렇게 쉽게 띌 정도면 적에게 이미 발견돼서 생포됐든지 사살된 거나 마찬가지야."

형선은 이미 혁명적농민운동지도부에 대하여 대대적인 검거 선풍이 일고 있다는 정보를 입수하고 있었다. 은밀히 조직원을 찾아다니며 절대 은신을 지도하는 중이다.

형선과 재유는 상해에 있는 국제공산당 극동부의 김단야와 연락하면서 국내에 혁명적노동조합과 혁명적농민조합 구성을 기반으로 조선공

148

산당 재건을 준비하고 있었다.

"낌새가 심상치 않아. 놈들이 냄새를 맡고 우리 쪽 사람들 뒤를 하나
둘씩 캐고 있어. 활동은 하되 밖으로는 드러나지 않게 해야 돼."

정출은 그날 저녁 홀로 목이평에 돌아와 회원들을 찾아다니며 송대와
함께 재유를 찾아가 회합한 결과를 설명했다. 그동안 의견이 대립되고
있던 혁농의 파벌을 청산하고 점차 통일조직으로 확립해 나가자고 제의
하여 회원들의 동의를 얻어냈다. 이렇게 준비위원으로 시작한 조합은
목이평과 여련에 지도부를 구성하고 조직 확대에 착수했다.

정출은 형선의 당부를 듣고 왔지만 그의 일거수일투족은 이미 노출되
고 있었다. 회합을 자제하고 지도부에서 개별 회원들을 찾아다닌 활동
이 조직원 전체를 경찰에게 상세하게 알려준 꼴이 되고 말았다. 경찰은
정출을 비롯한 지도부가 만나는 사람마다 뒤를 캐고 다녔다. 목이평과
여련에 아슬아슬한 시간이 흘러가고 있었다.

"오빠들이 모두 잡혀 들어갔네."

망글네 국밥집에 마순은 손님이 뜸한 틈을 타서 망수가 새벽에 배달
을 마치고 가져온 신문을 펼치다가 깜짝 놀랐다.

'조공(조선공산당)재건동맹사건관련자 일제검거, 소화6년 10월 이정출
방'이라는 헤드라인 밑에 조직도와 관련자 명단이 나와 있었다. 국제공
산당 극동부 김단야를 정점으로 국내 조직책을 김형선, 이재유로 하여
목이평은 변송대, 이정출, 김경두, 이귀동, 김연경이 맡고, 여련 쪽에는
고(故) 엄해원, 최영창, 박오창, 지욱성이 맡고 있었다. 모두 바로 앞 청
년회관에서 망글네 국밥집을 드나들던 사람들이다. 수십 명의 피검자
명단이 신문 첫 면을 빼곡하게 채웠다. 이들은 또 국내에서 경성제대

교수인 미야케시카노스케(三宅鹿之助)와 연결되어 적색농민조합을 조직했다는 기사가 나와 있었다.

마순은 신문을 뚫어지게 바라보며 알고 있는 사람들의 이름을 하나하나 짚어 확인했다. 보나마나 최 순사 짓이다. 매일 국밥집을 드나들면서 맥없이 한마디씩 묻던 사람들이 모두 잡혀 들어갔다. 최 순사는 국밥을 먹으면서 누구누구를 아느냐고 물으면 마순은 신이 나서 잘 아는 우리 집 손님이라고 알려줬다. 언제 누구와 다녀갔다고, 누구는 누구를 만나고. 어느 날은 늦은 밤중에 모였다가 자정에서야 몰려와서 밥을 먹더라고. 그 말이 그들을 잡아들이는 올가미가 되었을 줄이야.

"어머니가 아는 사람들예요?"

"너도 잘 아는 사람들이다. 죄다 우리 국밥집에 오던 분들이다."

망수는 마순이 읽고 난 신문을 들여다보며 알고 있는 목이평 사람들의 이름을 확인했다.

"망글네. 여기 국밥."

때마침 최 순사가 들어섰다. 죽은 망글네에 이어 마순이 국밥집을 잇고 있었지만 최 순사 외에 다른 사람들도 마순을 망글네로 불렀다.

"내가 왜 망글네예요. 백마순이지."

마순은 최 순사에게 눈을 흘기며 국밥 뚝배기를 내려놨다. 반갑고 싹싹하던 마순의 돌변한 태도를 눈치채고도 최 순사는 시침을 뗐다.

"무슨 일이 있었어?"

마순은 최 순사 앞에 신문을 밀어 놨다. 국밥을 뜨던 최 순사가 신문을 들고 읽더니 회심의 미소를 지었다.

"우리 집에 손님이 끊어져서 아주아주 고소하겠어요."

마순은 부엌으로 들어가더니 양푼에 고기를 가득 담아왔다.

"이거 죄다 잡숫고 가요. 오늘 저녁부터 문 닫아요."

마순은 신이 나서 게걸스럽게 먹고 있는 최 순사의 입을 내려다봤다.

"망글네. 쟤가 벌써 졸업할 때가 됐지? 제 어미 죽은 지가 엊그제 같은데 벌써 저렇게 컸네."

최 순사가 국밥을 비우고 나서 무심코 던진 말이다. 망수가 그 말을 또렷이 들었다. 바로 눈앞에 있는 어머니가 죽다니. 망수는 어안이 벙벙하여 마순의 눈치를 살폈다.

"다 드셨으면 나가요."

마순은 일어서는 최 순사를 떠밀다시피 하고 방 안으로 들어가 죽은 망글네의 옷가지를 챙겼다. 망수에게도 언젠가는 제 부모를 말해줘야 할 것 같았다.

2^부

올챙이탕

아침상 국그릇에서 개구리 하나를 건져내 젓가락으로 뼈를 발려내던 막내가 뱃속에 불룩하게 들어있던 올챙이를 끄집어냈다.

"개구리가 올챙이를 뱄네."

"밴 게 아니라 먹은 거다."

맏이가 의젓하게 가르친다. 아무리 먹이가 궁했어도 개구리 뱃속에 올챙이가 들어있다니. 그게 바로 제 새끼일지는 모르지만 제 동족을 거리낌 없이 잡아먹는 이놈들의 세상도 이미 망조가 들어가고 있는 모양이다. 일인들이 물러가고 다섯 해나 지나가는데도 여전히 서로 으르렁거리며 올곧게 세우려던 세상이 무너지는 조짐을 보이고 있었다. 이대로 가다가는 이 땅에 완전한 봄이 올 희망을 버려야 할지도 모른다. 막내는 그걸 아는지 모르는지 다리를 잘라내고 개구리 몸통만 끓여낸 국물에 잔뜩 불만이다. 비록 몸통뿐이라지만 백여 마리나 되는 개구리를 솥에 넣고 푹 끓였으니 먹성 좋은 아이들 셋이 둘러 앉아 먹어치워도 솥 바닥이 드러나기까지는 아직 멀었다. 기실 어린 애의 속내는 지금 다리 잘린 개구리 투정을 하고 있는 게 아니다. 요즈음 들어 무언지 모르게 부쩍 심상찮아하면서 불안한 모습을 보이는 제 애비와 엄마의 눈치 때문이다. 어린애라고 그 눈치를 모를까. 눈치 빠른 막내는 시침 떼고 개구리 몸통에서 뼈를 발려내는데 열중이다.

"엄마. 올챙인 왜 다리가 없어?"

"…"

문자는 막내의 물음에 들은 척도 안 했다.

"다리는 개구리도 없다." 둘째가 끼어들었다.

막내가 고개를 갸웃거리며 다시 물었다.

"아부지, 개구리 다릴 자르면 다시 올챙이가 될까?"

불만은 둘째에게로 옮아가더니 맏이의 입을 통해 제 애비에게 직격탄을 퍼붓고 있었다.

"인마. 닥치고 먹어라. 어저께 잡은 개구린 분명히 다리가 달려 있었다."

맏이와 둘째가 애비를 따라 나가 개구리를 잡는데 일조했으니 어제까지만 해도 버둥거리던 다리가 모두 사라진 개구리를 앞에 놓고 애비를 향해 은근히 투정을 부릴 만도 했다.

"형. 이건 다리가 없으니 개구리가 아니라 늙은 올챙이다. 요놈 뱃속에서 나온 건 새끼 올챙이구."

개구리 뱃속에서 꺼낸 올챙이를 젓가락 끝으로 짓이기며 끈덕지게 달라붙는 막내의 말이 진지하다.

"늙은 올챙이든 새끼 올챙이든 그냥 먹어둬라. 으흠."

문자는 저절로 나오는 한숨을 참으며 애들 등쌀을 피해 벌떡 일어나 부엌으로 들어갔다. 막내도 숟가락을 내려놓고 제 엄마 뒤를 졸졸 따라 나온다. 개구리 다리만 잘라서 따로 푹 고아낸 곰국을 옹솥에서 한 그릇 퍼 담아 소금을 쳐가지고 셋째가 누워있는 뒷방으로 들어갔다. 뼈만 남은 아이를 일으켜 안고 약 먹이듯 마셔보라고 달래보았지만 입술을 축이는 척하다가 인상을 찡그리며 혀로 밀어낸다. 막내가 응석을 조금 더 부려보려고 따라왔는데 제 엄마의 얼굴에 수심을 읽었는지 덩달아 침울하다.

"엄마. 우리 꼭 이사 가야 해?"

어젯밤에 자면서 제 애비와 하는 얘기를 모두 엿들었다. 대답이 없자 막내는 침을 꼴깍 삼키며 셋째 앞에 놓인 국그릇을 끌어당겨 뿌연 국물 맛을 보려다가 멈칫한다. 화끈 달아오르는 엄마의 열기 때문이다. 봄이 오는데도 춥다고 칭얼대는 셋째를 위하여 날이 풀려가는 방에 군불을 넣어놔서 셋째가 홀로 앓는 방은 더 뜨거워졌다. 눈자위에 화끈하고 뜨거운 기운이 붉게 감돌더니 물기가 솟아나 속눈썹 적시는 걸 막내에게 보이지 않으려고 천정을 향했는데 들키고 말았다. 눈치 빠른 막내가 잰손으로 벽 쪽에 줄줄이 놓여 있는 콩나물시루에 보자기를 걷고 바가지로 물을 퍼서 끼얹으며 시키지도 않은 짓을 해댔다. 모두 제 엄마가 하는 일을 보아오던 눈썰미다. 콩나물은 이제 막 껍질이 벗겨진 노란 머리가 갈라지는 놈에서부터 시루 테까지 성큼 오른 놈들이 층이 져서 불 때는 방 안에 가득 찼다. 닷새들이로 장날에 팔러나갈 놈들이다. 이놈들도 더 자라면 개구리처럼 다리가 생길까. 이사 가게 되면 어떻게 할지, 걱정할 틈도 없이 콩나물은 하루 세 번씩 꼬박꼬박 주는 물만 받아먹고도 잘 자라는데, 무슨 병인지도 모르는 셋째의 몸은 막내만도 못하게 쪼그라들어갔다.

"나 물 좀."

아랫목에 누워서 제 엄마를 물끄러미 바라만 보던 셋째가 콩나물에 물을 끼얹던 막내에게 물을 달랜다. 엄마가 주는 비릿한 국물은 밀어내고 콩나물에 주던 바가지 물을 받아 마시려 한다. 키가 막내만도 못한 자기도 그 물을 먹고 콩나물처럼 어서 크고 싶어서다. 학교에 갈 나이가 훨씬 넘었지만 아직 호적에도 못 올렸다. 여덟을 낳아 넷을 잃고 이제 넷이 남았다. 제일 먼저 낳은 놈은 아들인데 일찌거니 제 할아버지를 따라갔고, 둘째는 딸이라서 살았다면 지금쯤 제 엄마만큼 자라 대견스럽게 살림을 거들 텐데 홍역을 못 이기고 앞서갔다. 밭고랑에서 김매다 낳은 셋째는 이듬해에 연거푸 낳은 넷째에 밀려나 젖을 못 얻어먹고 보리쌀을 갈아 끓인 암죽만 먹다가 시름시름 앓더니 어느 밤에 식구들도 모르게 숨이 멎었다. 넷째가 기특하게 자라 맏이가 되었고 그 밑으로도 핏덩이 하나를 더 잃었다.

범수는 그 애들을 무덤덤하게 홑이불에 싸다가 뒷산 밑 비탈진 밭 가장자리에 묻고 밭에서 골라낸 돌을 켜켜이 쌓아주었다. 애꼴에서 애총 넷을 지키며 나머지 넷을 키웠다.

문자는 장날이면 콩나물시루를 이고 장터거리로 나가 팔았고, 범수는 뒷밭에 심은 푸성귀를 닷새마다 뽑아다 장에 팔아 부족한 양식을 구했다. 있는 약 없는 약을 다 구해 써가며 이번 애만은 꼭 살려보겠다고 무진 애를 썼지만, 산비탈 밭 가장이에 또 하나의 애총을 만들어야 했다. 이제는 밭에서 골라내어 덮어줄 돌도 없다. 남은 애들은 다섯 형제가 묻힌 그곳을 오총이라 불렀다. 참외가 단내를 풍기며 노랗게 익어가도 근처에 가길 꺼려했다. 애들은 날이 흐리거나 비가 오는 날이면 거기서 아기 우는 소리가 들린다고 야단이었다. 한밤중에 가슴을 들쑤시는 흐느낌은 뼈다귀라도 갉아보려는 영악한 고양이 울음 같았고, 초저녁에 징징거리는 울음은 알을 잔뜩 품고 있는 논 개구리울음처럼 들렸다. 흐린 날은 염통이 저려오는 까마귀 울음으로 들렸다.

문자에게 그저 수더분하게만 보였던 범수는 지난해 이른 봄에 물이 졸아든 저수지에 숱한 개구리를 잡아들여 살기를 드러내더니 엊저녁에는 올챙이를 양동이에 가득 잡아 왔다. 범수는 우글거리는 올챙이를 보며 눈이 휘둥그레지는 문자에게 못 볼 걸 봤느냐는 듯 핀잔이 가득한 눈치를 주며 댓돌에 털퍼덕 주저앉더니 물이 새어 질축거리는 장화를 벗어 던졌다. 족대는 이미 대문 옆 헛간에 걸어뒀다. 이 많은 걸 어디서 건져왔을까. 비린내가 진동하고 거품이 이는 양동이 안에서 검은 올챙이들은 꼬리 하나로 요동쳤다. 개구리를 잡아오겠다고 기세 좋게 나간 남편이 올챙이만 가득 건져온 건 그 속내를 아무리 들여다보려고 해도 읽혀지지가 않았다. 이걸 또 어쩌려는지. 비록 남의 논이지만 고래실에다가 개구리라도 길러보겠다는 속셈인지.

"소금물에 서너 번 헹궈내고 화덕 솥에다 푹 끓여."

문자의 머릿속으로 잠시 동안 스치던 일말의 희망 섞인 상상을 범수는 이 한마디로 여지없이 짓뭉개버렸다.

"이 걸 날더러 하라고요."

농사꾼이 된 지 육 년이 넘어가는 범수는 이 엄청난 일을 저지르면서 너무 태연하고 당연해 보였다. 애들이 크면 동네논과 개울을 뒤덮을 텐데, 아직 다리도 안 나온 놈들을 세상 본 지 며칠이나 되었다고 이렇게 마구 건져다가 끓이라니. 문자는 범수가 가끔 개구리를 보신하겠다고 잡아 와서 꾹 참고 몇 번 끓여는 봤지만 올챙이를 물통으로 한 가득이나 잡아와서 끓이라고 하기는 처음이다.

"다리가 나기 전에 먹어야 된대. 다리가 나버리면 뼈가 생겨서…."

남편은 어디서 주워들었는지 이미 작정하고 개구리 알이 터질 때에 맞춰서 촘촘한 족대로 물 마르는 저수지 바닥을 샅샅이 훑었으리라. 그러니까 이놈을 뼈가 생기기 전에 해 먹어야 한다는 말인데 도대체 뭐에 좋은지 안 묻고는 못 배길 지경이다. 못하겠다고 내놓으면 범수는 스스로 해치우고도 남을 사람이다. 그러고서 두고두고 구시렁거리며 문자의 모질지 못한 맘을 자근자근 놀려대겠지.

158

"이게 뭐에 좋대요?"

"우리가 지금 뭐에 좋은 걸 찾을 때야? 그냥 배고프니까 해 먹자는 거지. 먹으면 기운도 날 테고. 땟거리도 다 떨어져 갈 텐데."

땟거리가 없으리라는 건 범수의 지레짐작이다. 아무렴 부엌을 지키는 아낙이 오랜만에 돌아온 지아비가 자실 끼니거리를 대지 못 할까보냐. 하긴 지난 가을부터 백여 일 동안이나 훈련을 다녀온다고 집을 비웠으니 집안에 쌀독 사정이 걱정은 되겠지.

범수는 해마다 개구리 잡기에 집착하면서 몸속에 알 수 없는 살기가 들어있는 듯 보였다. 설이나 추석 밑에 동네에서 쓸 돼지를 끌어다가 멱을 따서 근풀이 하는 일도, 한여름에 모를 심어놓고 개울가로 나가서 천렵할 때에 누렁이를 끌어다가 끄슬리는 일도 도맡아 했고, 동네 사람들은 그런 일이 생길 때마다 으레 범수의 일이려니 했다. 남들은 보기만 해도 소름 돋는 짐승의 붉은 피가 범수의 눈에는 보이지 않는 모양이라고들 했다. 생시에 그토록 잡아 죽인 짐승들이 꿈속에서 한 번쯤 으르렁거리며 붉은 피를 흘리고 대들었을 법도 한데, 초복에 닭의 목을 스무 마리나 비틀어 동네잔치를 하던 날도 술이 거나해진 몸으로 긴 잠을 달게 자고 일어났다.

뒤늦게 농사를 배운 범수는 점점 건달 농사꾼이 되어갔다. 자식 농사만은 해마다 풍년이 들어 팔 남매를 줄줄이 쏟아냈다. 봄마다 거르지 않는 개구리 잡기는 그때부터 시작되었다. 때가 되면 숫제 물통에 한 가득씩 잡아들였다. 문자가 보기에 남편의 그런 개구리 잡기 집착은 태어날 때부터 몸이 허약하더니 죽기 전까지도 제대로 먹지 못해 유독 정을 붙였던 셋째 때문이려니 했다.

바야흐로 봄이었다. 물 담긴 논에서 개구리 알이 터졌다는 얘기는 며칠 전부터 들었지만 완연한 봄이 되려면 아직은 멀었다. 범수는 그때부터 이미 개구리 알보다 올챙이를 기다리고 있었던 거다. 그러고 보니 조금 일찍 겨울잠에서 깨어나 속이 깨끗하다는 개구리도 올해는 일찌감치 잡아들이지 않아서 이상하다 싶었다.

"그래도 이걸 어떻게."

"아직 배가 덜 고픈가 보군. 연한 봄나물은 죄다 뜯어먹으면서 이걸 왜 못 먹어?"

문자가 갓 시집 왔을 때다. 범수는 아버지의 허리를 고쳐드린다고 어디선가 갓 낳아서 눈도 안 뜬 강아지를 한 배 얻어왔다. 처음에는 그걸 다 기르려는 줄 알고 먹일 걱정부터 했더니, 화덕 솥에 그대로 넣고 물만 부어 곰국처럼 하루종일 끓여서 건더기를 받쳐낸 누런 국물을 아침저녁으로 열흘 동안이나 시부 상에 올려서 장복하도록 했다. 신기하게도 시부는 가뿐히 일어나 그해 열 마지기나 되는 남의 논배미에 가래질을 아들과 함께 다해냈다. 범수는 그런 경험을 고스란히 익혀두고 있었다.

범수는 아직도 머뭇거리고 있는 문자를 힐끔 보더니 양동이를 뺏어 들고 우물가로 갔다. 간수를 뺀다고 돌 위에 걸쳐놓은 소금 자루에서 호렴을 한 움큼 꺼내 양동이에 넣고 손으로 휘휘 저었다. 문자는 그대로 보고만 있을 수가 없어 화덕에 걸린 솥을 부셔내고 나뭇단을 내왔다. 이마저도 안 하고 있으면 범수는 서슴없이 불을 지피고 자기 손으로 끓여내면서 고까운 마음에 부엌을 지키는 문자의 자존심을 오랫동안 짓이겨댈 것이다.

요깃거리로 잡아왔다지만 며칠 동안 고된 훈련에서 돌아온 범수는 거무죽죽한 얼굴에 눈이 휑하니 들어가서 몰골이 말이 아니었다. 그동안 기력이 너무 허했던 모양이다. 그래도 그렇지 어떻게 올챙이를 건져다 먹을 생각까지 했을까. 이걸 끓여내면 남편과 한통속이 되는데. 문자의 생각이 여기까지 미치자 불을 지피려다 말고 한 걸음 뒤로 물러섰다. 그렇다고 해서 남편이야 죽어 지옥 가든 말든 이 엄청난 살육으로부터 아내만 결백하다며 양심에다 밑줄 긋고 지킬 일도 아니다. 시아버지가 돌아간 후로 집안일은 남편의 뜻대로 돌아가고 있었다. 물려받은 땅 한 평 없다 했어도 문자는 오로지 남편의 허우대 하나 보고 온 시집이니 이쯤은 각오한 일이었다. 아직도 새댁처럼 내숭떨며 징그럽다고 뒤로 물러날 일은 아닌데도 불을 때는 내내 꺼림칙한 마음이 가시지 않았다.

우물가로 양동이를 들고 간 범수는 올챙이에 소금물을 언제 다 헹궈서 해감을 했는지 솥에 들어붓고 물까지 맞췄다. 푹 고은 그걸 범수는 옛날에 시아버지가 강아지 고아낸 누런 국물을 열흘이나 장복할 때처럼 찬물에 담가두었다가 꼬박 닷새 동안이나 바듯하게 더 끓여 비위 좋게 마셔댔다. 불을 때면서 구수한 냄새가 회를 동케했지만 문자는 우글거리던 올챙이만 생각하면 온몸이 송충이가 기어 다니는 듯 스멀거렸다. 놈이 보신이 되긴 된 모양인지, 그걸 먹고 나서 훈련 피로로 누렇던 범수의 얼굴에 불그레한 핏기가 겨우 돌았다.

처음엔 배우면서 재미 들린 농사일에 빠져들다시피 하던 범수가 대한청년단이라는 데에 가입하고부터 밖으로 나도는 날이 더 많아졌다. 겨우 남의 논 열 마지기 얻어 타작마당에서 다섯 마지기 몫을 차지하는 반지기 농사를 지으면서 추수 끝에 품이라도 팔아 돈을 더 벌 생각은 안 하고 밖으로만 나돌고 있으니 논밭 잔일은 아녀자의 차지가 될 수밖에. 그렇다고 남편이 앞뒤 분간 없이 무작정 한청이라는 데에 들어가서 이리저리 나대는 게 아니기 때문에 거기에다 불만을 갖고 바가지 긁어댈 수만도 없는 노릇이었다.

어느 핸가 해방이 되었다고 했고, 몇 해 더 있다가 새로운 나라가 다시 세워졌다고 했다. 미국에서 공부하고 돌아온 머리 허연 노인네가 나라의 대통령이 되었다고 하더니, 타작해서 쌀가마만 들여보내주면 농사에는 남 보듯이 참견 않던 땅 주인 황 토주는 범수의 농사일에 슬슬 잔소리를 해대기 시작했다.

젊은 사람이 그렇게 게을러서 언제 재산을 모으겠냐는 둥, 일은 다 요령껏 해야지 힘으로만 해도 안 된다는 둥, 농사일만 일이 아니고 나랏일도 더 중한 일이라는 둥, 젊은 사내가 돌아가는 세상 물정도 좀 알고 살아야 한다는 둥 별별 소리를 다 해댔다. 그게 알고 보니 한청에 들라는 얘긴데 범수는 그 말귀를 뒤늦게야 알아들었다. 배워서 머리에 든 건 있어 보이는 사람이 농사만 짓고 있으니, 아직은 젊은 나이에 평생 농사꾼으로 늙어가지는 않을 테고, 이 작자가 장차 무얼 해 먹고 살지 그도 답답했던 모양이다.

타작한 벼를 황 토주 댁 곳간에 들이던 날, 황 토주는 넌지시 범수를 안으로 불러들여 술상을 보게 했다. 황 토주와 그 댁 마름으로 있는 박채운과 둘러앉았다.

"자넨 농사로만 늙기엔 너무 아까워. 평생 나라 찾는데 쓰라면서 재산을 다 내놓고, 겨우 자네 하나 공부시킨 부친을 봐서라도 농사만 짓게 할 수가 없네."

황 토주는 작정한 듯 입을 열었다.

"무슨 말씀이신지?"

"자네 같은 일꾼이 필요해. 내일부터 우리 한청에 들도록 하게."

대답은 마름 박채운이 했다. 부탁도 아니고 강권이다.

대한청년단 갈문면단장 박채운.

범수는 훈련을 받으러 가서 머리가 허연 총재라는 사람과 악수까지 했다고 잔뜩 들떠 있었는데, 그 총재라는 사람이 곧 이 나라에 최고 어른이 된다고들 했다. 훈련을 다녀온 범수는 처음에 넋이 나간 듯 보이다가 한동안은 잔뜩 상기되어 있었다. 문자는 그런 남편이 야속했다. 한때 글줄이나 읽으면서 세상 이치를 깨우쳐보겠다고 나돌아다니다가 한 남자의 발톱에 채이다시피 잡혀서 눌러앉아 세상 물정 모르는 부엌때기 아낙네로 속절없이 나이만 먹어가기 때문일까.

이래봬도 시집오기 전에는 주변에서 꽤나 트였다는 말을 들었는데, 부엌에서 밭으로 논으로 오가는 나날이 벌써 육 년이 넘어가니 서서히 꼬지지한 농사꾼의 아내로 나이를 먹어가고 있는 중이다. 범수는 농사일을 하다가도 한청에서 모이라는 기별만 받으면 열 일을 제쳐놓고 달려갔다. 그때마다 김을 매다만 밭이랑의 나머지 일은 아녀자의 몫이었다. 뱃속에 든 아기도 힘든 일 때문에 밭에서 혼자 낳다 잃고 말았다. 신혼 초부터 애가 들어서기는 잘 들어서는데 대부분 세상을 못 보고 뼈가 무너졌다. 남편은 쏟아놓은 핏덩이를 달거리 보듯 태연해했다. 당신의 씨를 잉태한 생명의 죽음인데도 말이다. 그런 쪽으로 남편은 사글사글한 인간미라고는 눈곱만치도 찾아볼 수가 없이 천박한 말만 해댔었다.

"애는 또다시 낳으면 되는 거여. 살아날 운명이 아닌 놈을 갖고 가슴 아려할 일도 아녀."

주변에선 범수네 부부가 도회지에서 연애하고 신식결혼을 했으니 신식으로 잘살게 되리라는 부러움과 기대가 컸다. 부친이 그렇게 망가지지 않았어도 아마 지금쯤 남부럽지 않게 살고 있을 텐데. 남편의 말로는 당신의 아버지가 이 근처에서 제법 잘 나가는 사람이었다고 했다.

경찰서장이 바뀌면 꼬박꼬박 찾아오고 군수가 바뀌면 어김없이 와서 정중하게 인사를 올리고 갔다고 했다. 뭐가 어디서부터 어떻게 잘못되었는지는 모르지만 나중에 알고 보니 그게 인사를 하려고 찾아온 게 아니고 요시찰 대상 인물의 동태를 살피기 위해서였다. 깊은 사정은 모르지만 남편의 말로는 시아버지의 천석지기 재산이 이태 만에 풍비박산이 났다고 했다. 문자가 남편으로부터 야금야금 들었던 시부의 몰락이 남들 보기에는 누군가의 꾐에 당했다고들 했지만 나중에 알고 보니 당신 스스로 망가지신 거였다. 그 많은 재산으로 일가친척들을 돕지 않고 몽땅 독립운동하던 사람들의 뒤를 댔으니 몇 안 되는 동기간들로부터도 외면을 당했다.

범수는 며칠 전부터 대책도 없이 문자에게 이사를 가야겠다고 했다. 갈뫼장터 삼거리에 조그만 점방이 하나 났는데, 콩나물이고 푸성귀고 새벽마다 머리에 이고 다니면서 남의 집 대문만 두드릴 게 아니라 아예 점방을 차려놓고 청과상을 한번 해보자고 했다. 그 뒷돈을 토주 영감이 대겠다고 해서 알아보니 한청의 고문 자격으로 단원의 생계를 안전하게 보장하기 위해서란다. 이를테면 한청의 간부인 부단장의 뒷배를 봐주겠다는 거다. 그건 그렇다 쳐도 줄줄이 셋이나 딸린 아이들의 거처는 또 어떻게 마련할까. 범수의 말 속에 품은 뜻은 한청 사무실이 있는 삼거리 쪽으로 나가 시시때때로 들락거리면서 한청 일을 제대로 해보자는 말이다. 내 논밭이 풀로 묵어 자빠져도 밖에서 동네 일이나 남의 일이라면 열 일 젖혀놓고 나서는 범수의 직성을 문자가 모를 리 없었다.

점방을 차려주긴 하겠지만 남편은 밖으로만 나돌게 빤한 일이고 아이들만 여기에 두고 가면 십 리나 되는 장터까지 오가야 하니 여간 힘

164

든 게 아니다. 범수는 그런 속사정도 생각지 않고 한청 일에 빠져들어서 황 토주가 시키는 대로 덜컥 대답을 해버렸다. 문자는 생각다 못해 이참에 아예 시내에다 애들이 지낼 사글셋방이라도 하나 얻자고 했다. 점방에는 딸린 쪽방이 하나 있으니 두 내외는 거기서 자도 되고 애들을 위해서 부엌 달린 방 한 칸이면 제들끼리 지지고 볶고 티격태격 싸워가면서 크겠지. 청과물 가게는 열 마지기 소작농사만으로 앞날이 까마득했던 문자에겐 다행스런 일이다. 문자가 한시도 가게에서 자리를 뜨지 못하고 하루종일 지키고 앉아 장사하는 일이 몸은 고되지만, 들밭 뙤약볕 아래 김을 매거나 푸성귀를 가꾸면서 뼛골 빠지는 일보다야 한결 수월했다. 그보다 아이들의 기가 훨씬 살아났다. 아버지가 한청의 간부고 어머니가 점방에서 장사하는 어엿한 주인이니 아이들에게는 골목골목 뛰어다니면서 소리치고 놀 수 있는 힘이 났다.

삼거리에 청과상이 생겼다는 소문이 장터거리에 팽 돌자 국밥집 하는 마순이 찾아왔다. 여태껏 국밥집을 지키고 있는 마순이 반갑기보다 놀라웠다. 그때 이후로 발길을 끊었는데 마순은 친동기간 대하듯 언니, 언니하며 따랐다. 본래 대차고 다부진 줄은 알고 있었지만 야무지게 두른 앞치마 하며 땋아 올린 머리가 영락없는 망글네다. 아들 삼아 키운 망수가 벌써 국밥집 일을 돕고 있다니. 색시 같은 구석이라고는 찾아볼 수 없는 마순에게 대뜸 시집은 언제 갈 거냐고 물었던 게 무안했다. 국밥장사로 소녀 적부터 뼈가 굵어 국밥은 맛있게 끓여내는지 몰라도 언제부터인지 모르게 펑퍼짐해진 용모와 매무새를 보고 치근덕댈 사람은 없어 보였다.

문자는 요즈음 들어 너무 고단하여 점방에서 한 번 잠이 들면 세상모르게 빠져들었다. 점방에서 깊은 잠이 들었는가 싶었는데 방 안에 쳐놓은 장막 저쪽에서 귓가에 중중거리는 소리가 들린다. 누군가 죽었다는 얘기다. 가게 안쪽에 달린 쪽방에 커튼을 치고 잠이 들었으니 난데없이 일어나 얼굴을 내밀기도 민망하고, 그대로 잠든척하자니 남의 얘기를 숨어서 엿듣는 꼴이 되어 꺼림칙했다. 망설이는 사이에 이야기는 더 진지하고 심각해졌다. 한청의 박채운 단장이라는 사람의 목소리다.

"남표가 지난 초사흗날 죽었대. 새마니에 살다가 양주로 가서 선생질로 돌았는데 무슨 주의자로 움직이다가 들켜 상해로 도망쳤지. 해방되던 해에 돌아와 이쪽에서 교통인가 뭐로 한자리 하는가 싶었는데 갑자기 북으로 아주 넘어갔드랬잖아. 거기서도 꽤 높은 자리에 앉아있다가 죽었대. 우리 목이평에서도 저쪽 애들은 조문을 가겠다고 쑥덕거리고 있어, 시방."

"언제?" 귀에 익은 남편의 목소리다.

"한 패는 그쪽으로 벌써 떠나고 뒷 패가 오늘 저녁 어두우면 떠날 모양이래. 조문은 핑계일 테고 넘어가서 뭔가 받아오겠지. 숲이 우거졌으니 하늘 가린 응달 길은 때마침 안전할 테고."

"엊그제 전방에서 휴가 나온 우리 동생한테 들은 얘긴데 요즘 부대 안이 뒤숭숭하다고 하던데요. 채 뭣이라는 사람이 참모총장이 되고 나서 전방에 부대를 이리저리 뒤죽박죽 바꿔놓고 장교들도 반수 넘게 자리를 바꾸더니 한 핏줄끼리 무슨 전쟁을 하겠냐면서 숫제 먹고 놀자판이래. 전방에서 총격전이라도 벌어지면 부대에 비상을 걸어 특별경계근무를 시켜놓고 장교들은 상황실에 모여서 화투 치고 술판을 벌인다는 소문을."

"어쩌겠나. 설마 이쪽저쪽이 다 같은 혈육인데 총 쌈질이야 하겠나. 서로 합쳐보겠다고 이렇게 공을 들이는데. 그게 다 합쳤을 때를 위해서

166

서로 기선을 잡으려는 게지. 왜정 때 독립운동 할 때부터 늘 그래왔으니까."

"하지만 이번엔 달라요. 내 예감이 그래요. 얼마 전에 갈문산 쪽으로 내려왔던 공비 하날 잡았다고 떠들썩했잖아요. 그놈이 실토한 얘길 여기선 아무도 몰라요."

앞에 목소리들은 문자의 귀에 설었다. 처음 듣는 소리고 다음에 귀에 익은 남편의 목소리가 들렸다.

"저쪽 가서 출세 한 번 크게 했지 않나. 여기서 해방되자마자 조선인민위원회에 교통 자리 하나 맡았지. 그때 목이평 쪽에서 큰 인물 하나 났다고들 했지."

"인물? 예끼 이 사람, 그런 작자들 땜에 우리가 이렇게 반쪽이 됐는데. 이번에 저쪽 놈들 모조리 잡아 없애지 않으면 나중에 큰 후회하게 될 걸."

목소리만으로는 누구인지 알 수 없었지만 여기까지 듣고 보니 이렇게 숨어서 자는 척할 자리가 아니다. 방 안에 들어온 사람들은 꽤나 중요한 인물들이고 남편은 지금 그 사람들과 매우 중대한 의논을 하는 모양이다. 문자는 부스스 눈을 비비는 척하고 일어나서 커튼을 열고 어색하게나마 허리를 굽혔다.

"여보, 인사드려. 우리 박 단장 영감님. 그리고 이 쪽은 우리 단원들."

얼굴이 이제 겨우 오십 줄밖에 안 돼 보이는데 모두 그를 영감이라고 불렀다. 이 점방도 그 사람이 다리를 놓아 도움을 받았으니, 이 바닥에서는 어디를 가나 그의 손아귀 안에 있을 수밖에 없었다. 문자는 옷매무새를 고치고 깍듯하게 허리를 숙여 박 단장이라는 사람에게 인사를 올렸다. 남편 또래의 낯선 단원들에게도 다소곳이 고개 숙여 인사했다.

"거길 가서 뭔가 선물을 받아 올 테지."

"그러기 전에 얼른 서에 일러야지."

"벌써 알고 있을 테지. 경찰이 그렇게 촉이 무딜라고?"

경찰 소리가 나오면서 방 안에 불안한 기운이 감돌고 있었다. 문자가 낮에 팔다 남은 수박을 쪼개 들고 방 안으로 들어가자 모두 눈이 휘둥그레졌다. 자세히 보니 몇몇은 낮이 익었고 몇몇은 전혀 본 적이 없는 사람이다. 얼굴엔 하나같이 무거운 시름을 숨겨두고 있었다. 누군가를 잡으려고 쫓는 듯 보였지만 모두 쫓기는 자보다 더 불안해 보였다. 눈 길이 마주친 남편은 나가 있으라고 턱짓을 했다. 나가봤자 방에서 가게 로인데, 거기라고 말소리가 안 들릴 리 없다는 걸 아는데도. 그래도 단 원이 아닌 사람을 두고 자기네들끼리 살벌한 얘기를 나누기가 퍽 부담 스러웠던 모양이다.

바람이라도 쐬어야겠다고 쪽문을 열고 밖으로 나가니 때가 유월 삼일, 음력으로 사월 열여드레. 며칠 전까지 통통하던 달이 홀쭉하게 기울어 골목을 비추고 베어져 나간 달만큼 바람이 찼다. 익숙지 않은 시간이었 다. 나왔으니 오랜만에 애들이 자는 방으로 갈 수밖에. 애들은 삼거리에 서 시장 쪽으로 들어가는 길목에 중국집 홍화각의 안채 쪽방을 얻어들어 지내고 있었다. 판자문만 열면 바로 부엌이고 정자살문을 하나 더 열면 애들이 자는 방이다. 남편이 사람들을 데리고 오는 날은 가끔 그렇게 쫓 겨나와 애들 방으로 갔지만 이번엔 좀 서운한 생각이 들었다.

달빛이 싸늘하게 내리비치는 밤바람은 유월이라도 차가웠다. 다시 들 어가서 스웨터라도 걸치고 나올까 하다가 그대로 아이들 방이 있는 홍 화각 쪽을 향해 삼거리 가게 모퉁이를 돌아설 때다. 귓가로 스치던 바 람이 자연스럽지 않게 쪽머리에서 풀려난 옆머리를 흔들어 얼굴을 간질였다. 어디서 날아왔는지 축축한 수건 같은 감촉이 얼굴을 덮었다. 순간 남편의 얼굴과 아이들의 얼굴이 눈앞에 겹쳤다.

"으음."

소리를 질러야 하는데 입이 터지지 않았고 발버둥을 쳐야 하는데 사지가 여러 손에 꽉 움켜잡혀 시체처럼 그대로 들려가고 있었다. 온몸이 나른해지면서 무섭지도 않았고 걱정도 안 되었다. 점방에서 한숨을 길게 자고 났으니 밤 두 시나 세 시쯤 되었을까. 이 시간에 삼거리로 지나가는 사람이 있을 리 없었다. 눈까지 가렸으니 방향을 가늠할 수가 없었고 정신마저 희미해졌다. 사람의 목소리는 들리지 않고 발소리만 저벅거렸다. 이렇게 어디로 잡혀가는 걸까? 방에서 뒹굴며 자고 있을 아이들이 눈에 밟혔다. 버둥거려봤자 소용이 없겠지. 남편은 이야기에 열중하여 자기 아내가 잡혀가는 이 엄청난 일을 짐작이나 하고 있을까.

바람이 더 서늘해지니 강가 쪽으로 나가는 모양이다. 어딘가에 내던지다시피 내려져서 기저귀 끈 같은 고무줄로 몸이 묶였다. 서서히 정신이 맑아지자 거친 손들이 섬뜩하게 몸으로 스칠 때마다 소름이 돋았다. 바닥에 만져지는 모래와 코끝에 스치는 바람이 강변 냄새다.

"지독하게도 운이 없는 년이네. 벌리고 있는 호랑이 입속에 제 발로 걸어 들어오다니."

소리엔 칼같이 서슬 푸른 날이 섰고 말끝은 표독스러웠다. 바람은 습기를 먹어 축축했다.

"이걸 어떡할까요?"

"상하지 않게 간수해. 이 틈에 아주 쌍으로 잡아다가 그냥."

어디서 많이 듣던 목소리지만 주인을 알 수 없었다. 또 누굴 잡아오겠다고? 듣고 보니 보통 놈들이 아니다. 물에라도 처넣으려는지, 모래 속에 산 채로 파묻으려는지. 중중거리는 소리가 들리더니 누군가의 손이 귓구멍을 틀어막았다.

이런 중에도 남편이 기적처럼 나타나 구해주기를 바라고 있었다. 든든한 한청 단원들을 데리고 와서 이 자들을 잡아들이고 꽁꽁 묶인 몸을 얼른 풀어주길 바랬다. 산산한 바람이 옷을 헤집고 속살을 건드리자 혼미했던 정신은 차츰 또렷해졌다.

남편과 함께 열차를 타고 오던 날 곧바로 집에 들어가지 않고 처음 들렀던 곳이 강가였다. 열차가 석탄가루를 뒤집어쓰고 뿌연 연기를 뿜으며 멀어질 때에 남편은 가볼 곳이 있다며 손을 강변 쪽으로 잡아끌었다. 만져지는 바닥의 감촉이 그때와 같다. 그때 남편은 전사처럼 용감했다. 맨주먹으로 낯선 땅에 떨어지더라도 거침없이 세상을 살아갈 사람으로 보였다.

오빠의 자취방에서 그를 처음 만났을 때에도 그 호기에 단단히 반해 따라다녔으니 그 용감한 기세는 나무랄 데가 없었다. 그때만 해도 남편의 품은 친정 홀아버지의 포근한 가슴과도 같았다. 어린 딸을 어미도 없이 길러준 아버지는 해방이 되자마자 일본 사람을 도왔다고 정체 모를 총에 맞았다는 소식만 들었다. 평생 왜놈에게 딸을 갖다 바쳤다는 욕을 못 벗고 갔다. 어디선가 연초 냄새가 콧속으로 은은하게 풍겨오면서 중중거리는 소리가 울렸다.

남편은 지금쯤 자기 아내가 사라졌다는 사실을 알고 있기나 할까. 막내가 눈에 밟혔다. 제 형들 구박을 받고 있지나 않은지. 유난히 크고 동그란 눈으로 가게에 찾아오면 달콤한 캐러멜을 주머니에 한 줌씩 챙겨줬다. 그걸로 시장 골목에서 애들한테 기죽지 말라는 어미의 속뜻을 알기나 했을까. 제 어미가 안 보이면 그놈이 제일 섧게 울겠지.

170

담뱃진 냄새 끝에 술 냄새까지 코에 살짝 스쳤다. 떠들썩하는 인기척이 멀었고 가까이서는 가슴 위로 아슬아슬하게 스치는 손찌검이 두어 번 있었다. 얼굴에서 풍기는 화장비누 냄새를 맡고 음흉한 마음을 품는지도 모른다. 지금 이 순간 사는 게 문제가 아니라 이 수상쩍은 놈으로부터 몸을 지키는 게 더 긴했다. 죽더라도 더러운 몸으로 죽지 않기 위해서. 어떡하나 보려고 일부러 몸을 뒤척이고 버둥거렸다. 놀랐는지 녀석이 갑자기 버둥거리는 무릎을 손으로 눌렀다.

"음, 음, 으으음." 입에 재갈을 물려놨으니.

덜 묶인 팔꿈치도 흔들어보았다. 무릎을 누른 무릎이 놈의 무릎이고 팔을 누른 팔이 놈의 팔이다.

"물귀신 되지 않으려면 꼼짝 말고 있어!"

귀마개를 빼더니 톡 쏘는데 쩌들은 담배 냄새가 더 구역질 나게 뚫린 콧속으로 스몄다. 꽤나 긴 시간이 흘렀다. 남편은 왜 여태껏 못 찾고 있는 걸까? 그 지경에도 깜빡 잠이 드는가 싶었는데, 지독한 담뱃진 냄새가 또 코에 스쳤고 가슴이 섬뜩하여 정신을 차리니 놈의 손이 가슴 쪽을 더듬고 있었다. 누운 채로 몸을 요동치면서 목구멍 떨리는 소리를 코로 뿜어냈다. 놈이 아랑곳 않고 다른 한쪽 손이 샅을 더듬는다. 입을 묶은 재갈이 끊어져라 앙다물고 머리까지 흔들며 요동쳤다. 참, 못된 놈이다.

몸을 휘돌려 구르려는데 '퍽' 하는 소리에 이어 '윽' 하는 소리가 나더니 놈의 몸이 떨어져 나갔고 어설피 막았던 귀마개가 떨어졌다. 누군가 놈을 걷어찬 모양이다.

"나쁜 놈."

그게 전부인 줄 알았는데 또 다른 목소리가 들렸다.

"지키라고 했더니 네놈 혼자서 잡아먹겠다고?"

비명이 들리는 걸 보니 몇 번을 더 두들겨 패는 모양이다. 이 지경에서 어처구니없게도 때리는 자에게 고마운 생각이 들었다.

"날이 밝기 전에 서둘러야 한다. 산길이다."

나이가 들었음 직한 목소리다. 이 지경을 아무도 발견해줄 수 없는 애매한 시간이다. 두려움이 가시면서 서서히 궁금증이 더해갔다.

"서둘러."

어디로 가려는가. 남편을 위해서라도 이 자들의 정체를 알아내야 한다. 신작로를 벗어났다고 느껴질 즈음에 도랑에서 발을 헛 딛고 말았다. 일행은 풀 내 짙은 산길로 들어섰다. 이대로 한번 버텨보자며 은근한 배짱이 생겼다. 그대로 주저앉았다.

"담까 갖다 대."

들것에 놓였다는 생각이 드니 섬뜩했다. 치밀하게 준비한 모양이다. 놈들은 비탈진 곳으로 한참을 오르다가 땀을 식히는지 풀밭에 놓고 잠시 쉬었다. 깊은 밤인데도 풀벌레 소리가 들리고 짙은 풀 내가 난다고 느꼈는데 담배 연기가 콧속으로 스며들었다. 콜록거리자 어느 한 놈이 빈정거린다.

"한 대 줄까?"

뿜어대는 연기에 구역질 나는 구취가 섞여 비위를 건드렸다. 몸을 버둥거려 피할 수밖에. 이대로 노리개가 될 수도 있다고 생각하니 슬그머니 독이 올랐다. 비탈을 오르는지 꽤 오랜 시간이 흘렀다.

"묶어."

걸음이 멎고 휘파람 소리가 들리더니 몸이 꽤 높은 곳까지 떠올랐다. 들것을 잡아당기는 느낌이 왔고 차가운 바닥에 닿는 감촉이 왔다. 남편이 사람들을 데리고 이런 곳까지 와서 찾아낼 수 있으리라는 기대는 점점 희박해져 갔다. 설령 찾아낸다고 해도 이 자들과 싸워 이기기는 쉽지 않다.

"값이 꽤 나갈 거요. 한청에 부단장 마누라니까."

이럴 수가.

"석문자 아줌마. 정신이 들어?" 이름까지도 또렷이 불렀다.

"답답할 텐데 바람 좀 쐬어 줘라."

눈에 띠를 풀었고 입에 재갈도 풀었다. 팔다리가 묶인 채로 들것에 태워 나가더니 밖을 보여줬다. 달빛이 비치는 아래로는 바위 절벽이다.

굴 밖은 한 걸음도 못 되는 턱이 있었고, 주변은 까마득한 낭떠러지인데 우연히도 바위 사이에서 자라난 소나무가 굴 앞을 막고 있어서 멀리서 보면 이런 암벽에 굴이 있으리라고는 생각지 못할 절벽이다. 입구에는 쇠말뚝에 기다란 밧줄을 두 갈래로 사려놓았다.

"아줌마. 여기서 뛰어내리면 다쳐요."

밖으로 끌고 나와 절벽 아래를 보여주며 겁을 준 자는 남폿불에 비친 얼굴 나이로 보아 우두머리의 바로 아래로 보였다. 굴이라지만 입구에서 스무 걸음쯤 걸어 들어가 끝이 났다. 중간쯤에는 곡식으로 보이는 자루와 감자 바구니가 보이고 그 옆으로 올챙이를 달이던 크기의 솥단지와 밥그릇들이 제법 가지런히 놓여있었다. 안쪽에서 오싹한 기운이 풍겼다. 껍질만 벗겨 말린 네 발가지 짐승이 붉은 피딱지가 말라붙은 채 대롱대롱 매달려 있고, 그 옆에는 아무리 감춰났다고 해도 끝이 대통처럼 뭉툭하여 첫눈에도 총으로 보였다. 벽에 기대놓은 총이 둘, 그 옆에는 팔뚝 길이만한 칼 한 자루가 섬뜩하게 날이 선 채로 놓여있었다. 굴 끝에서는 물이 조록조록 흘러내려 우물 같은 바닥에 고이고 있었다.

아이들의 얼굴이 하나하나 스쳤다. 제 엄마가 없어진 걸 알면 막내가 제일 섧게 울면서 찾을 텐데. 남편은 낙담하며 허둥대겠지. 죽든 살든 여기서 나가야 한다. 시체가 되어서라도 가족에게 가야 한다.

갈문산 구름봉

일인들이 물러가고 나서 우여곡절 끝에 남북이 갈라지자 북쪽으로 섰던 사람들은 이남에서 설 땅을 잃었다. 정부에서 내놓은 대로 전향서를 쓰고 보도연맹에 들든지 북행을 감행하든지 양단간에 선택해야 했다. 보도연맹 사람들은 경찰이 부르면 모이고 돌아가라면 집으로 갔다. 모아 놓고 때로는 달래고 때로는 위협했다. 따돌림 당하지 않게 하려고 한청 단원들은 배구도 하며 어울렸다. 보도연맹 사람들은 그렇게 녹아 이쪽과 하나가 되어가는 듯했다.

나름대로 속사정이 있어 이러지도 저러지도 못하는 사람들은 갈문산 속으로 숨어들었다. 언젠가는 자기네들 세상이 오리라는 막연한 기대로 밤낮 귀를 찢는 까마귀 울음소리를 참아가며 산마와 칡뿌리를 캐 먹고 근근이 버텼다. 산세가 그리 깊지 못한 갈문산은 오래 버틸 곳이 못되었다. 위험한 곳이 오히려 안전하다고, 가파른 바위서덜 틈이나 낭떠러지 중간쯤에 생겨난 틈마다 은신처로 잡아놓고 화전민이 겨울 양식으로 간직해둔 조 알까지 알겨갔다.

일천구백오십 년 유월 십구일. 경찰서로 망태를 걸머멘 약초꾼 한 사람이 찾아들었다.

"뭐라? 갈문산에 심어놓은 앵속을 어느 놈이 깡그리 도려갔다고?"

"본론인즉슨 거기에 이런 게 떨어져 있었습죠."

"앵속이라면…. 자수, 신고?"

자수든 신고든 예삿일이 아니므로 사건을 접수한 서 순경은 고개를 갸우뚱거리며 실눈을 떴다. 약초꾼이 앵속 열매와 자루가 짤막하게 잘린 놋숟가락을 내밀었다. 산에서 주웠다고 하는데 방금 부엌에서 가져온 숟가락처럼 푸른 녹 한 점 없이 깨끗했다. 보고받은 이기우 서장은 촉이 빨랐다. 즉시 경찰과 한청 단원을 출동시켰다. 약초꾼은 혹시라도 덤터기를 쓸까 봐 죄지은 듯 조아리며 앞장섰다. 갈문산 구름봉 부근 암릉 위로 바닥이 꽤나 넓게 펼쳐져 있었다. 줄을 매고 암벽을 타거나 훈련받은 군인이 아니고는 오르기 힘든 곳에 한 뙈기 흙살 좋은 땅이다. 약초꾼의 말대로 앵속을 줄기째로 베어간 흔적은 그대로 남아있었다.

"구름봉에서 장군봉 쪽으로 가다가 혹 산삼이라도 만날까 하고 내려와 봤는데 이놈들이 보여서…."

주변을 살피던 인솔 경찰이 여느 곳과 다르게 줄지어 검붉게 엉겨 있는 흙을 한 줌 집어 코에 댔다. 비릿한 피 냄새가 흙내와 섞여 풍겼다.

"쉿, 바로 이 근처다."

옆에서 겨우 들을 정도로 일행을 침묵시킨 인솔 경찰의 손짓에 따라 모두 몸을 낮추고 주변을 살폈다. 한청의 부단장 범수가 땅을 살피며 피가 엉긴 흙을 따라갔다. 흙살이 끝나고 이어지는 바위로 핏방울이 말라붙어 있었다. 바위 둘이 비스듬하게 하늘을 가린 곳에 오싹하는 인기척이 느껴졌다. 앞장 선 부단장의 손짓에 모두 긴장하며 접근했다.

맙소사. 잔뜩 벼르고 방아쇠에 감촉을 재며 접근한 범수 앞에는 탄띠를 두른 몸에 수류탄까지 달고 품에는 총을 안은 채 두 사람이 코를 골고 있었다. 범수와 인솔 경찰의 눈이 마주쳤다. 순식간에 두 사람의 총을 낚아채고 발로 가슴을 밟은 채 총구로는 목을 눌렀다. 게슴츠레 뜨는 눈동자가 몽롱하게 풀려있었다. 뒤따라온 경찰과 단원들이 무장을 풀고 두 사람의 몸을 묶었다.

"약 먹은 놈 두 마리 잡았네. 끌고 가."

어이없는 생포라서 인솔 경찰은 싱겁게 한 마디로 끝냈다. M1소총 두 정, 실탄 일백사십오 발, 수류탄 다섯 개와 배낭 일체를 노획했다. 무장한 인민유격대원이다. 취조 결과 둘은 지난 삼월 초순경 오대산 줄기를 타고 남하하다가 갈문산에서 실족으로 부상을 입고 은신 중에 생포되었다. 이들은 주변 약초꾼들이 은밀하게 키우던 앵속을 발견하고 장기간 활동에 응급용으로 쓰기 위해 모두 베어 감춰뒀다. 모든 걸 포기했는지 남한 점령에 대비하여 목이평에 거점을 마련하고 세력을 불려나갈 계획이었다고 순순히 자백했다.

통증을 견디기 위해서였다지만 탈진상태에서 앵속을 너무 취한 게 그들에겐 화근이고 경찰에겐 다행이다. 그들이 접선하려 했던 자들의 은거지는 아직 찾아내지 못했다. 잡히지 않았다면 갈문산에 거점을 두고 끈질기게 목이평으로 내려와 우익 인사들의 거처를 습격했을 자들이다. 이들 뿐이겠는가. 한청의 박 단장은 이런 점을 걱정하고 있었다.

무장한 공비 두 명을 생포하고 경찰과 한청이 바짝 긴장하여 갈문산 산세에 밝은 단원들만 추려서 일제히 수색하기로 한 날이다. 범수는 어젯밤 단원들과 점방에 모여 밤늦게까지 이야기를 나누다가 단원들을 보내놓고 나서 이런저런 생각으로 잠을 설쳤다. 문자는 홍화각 애들 방에서 자고 있겠거니 했다. 그렇다고 해도 이 시간이면 와서 문을 열 사람인데 보이지 않았다. 지금까지 이런 적은 없었다. 아이들이 있는 홍화각으로 가봤지만 오히려 아이들이 되묻는다. 이웃 원부네 대장간에도 가봤다. 원부의 처는 자기 일처럼 걱정한다. 예전부터 가깝게 지냈다는 장안의 망글네 국밥집도 찾아가 봤지만, 마순이 더 놀라며 언제부터 안 보였느냐고 되물었다. 얼버무리고 시장거리를 헤매며 찾아다녔으나 허사다. 할 수 없이 가게로 돌아와 기다리는 중에 불쑥 어디서 본 듯한 사람이 찾아들어왔다. 서로 상대의 얼굴을 확인하는 옛 시간이 양쪽 눈에서 번개처럼 스쳐 지나갔다.

"조진창?"

"김범수?"

진창이라면 황 토주 댁에 발을 들여놓고 한때 마름 노릇을 하던 자다. 어느 날 밤 그 집에서 쌀 판 돈을 갖고 튀었다는 소문은 들었다. 소문만 돌았지 황 토주는 경찰에게조차 얘기하지 않은 사건이다. 그가 인천에서 상해로 가는 배를 탔다는 소문과 북으로 갔다는 소문이 떠돌다가 잦아들어 잊혀진 지 오래다. 삼동에서 봄부터 가을까지 얼굴 맞대고 지내므로 못 본 지 오래되었다지만, 진창은 과하다 싶을 정도로 반가워했다. 그가 목이평을 떠날 때에 저지른 짓이야 어쨌든 두 사람은 십여 년을 잊고 지내던 사이라 서로 이름을 부르며 손을 맞잡았다.

"진창이 여길 어떻게 알고."

십여 년 전 어느 날 온다간다 말도 없이 사라진 진창이 어떻게 범수의 이사한 점방까지 알아냈는지. 하필 이렇게 어수선한 때에.

"아주머닌 안 보이네?"

진창은 보이지 않는 범수 아내에 대해 관심을 보였다.

"음, 그렇게 됐네. 자넨 근 십 년 통 안 보이더니 그간 어디서 어떻게 살았나?"

"가출이로구만, 가출. 요즘에 아주머니들 가출이 많아서 조심해야 해여. 한청 일에만 미쳐 다니지 말고 안사람 단속 잘해야 해."

178

"어떻게 알고."

"내 자네 소식은 벌써부터 듣고 있었지."

"아직 아침 전이지?"

범수는 아내가 없어진 와중에도 망글네 국밥집에라도 데려가서 아침을 먹여 보내려 했다.

"내가 실은 목이평에서 사업을 해보려고 하는데 자네가 여기다 가게를 냈다는 소문을 듣고 와봤지. 가게를 보니 자네도 성공했네. 아침에 급하게 만날 사람이 있어서 오늘은 이만 가네. 또 만나세."

진창은 어른스럽게 범수의 어깨까지 툭툭 쳐놓고 가게를 나왔다. 역으로 간다고 해서 범수가 삼거리 모롱이까지 배웅을 하고 돌아서는데.

"고맙네. 내가 자네 모르게 가게에 돈통 위에 선물을 놓고 왔으니 펴보게."

그 말을 내던지고 진창은 재빠르게 목이평역 쪽으로 사라졌다. 범수가 가게로 돌아와 보니 돈통 옆에 딱지처럼 접은 쪽지가 놓여있었다. 펴보니 급하게 휘갈겨 쓴 글씨다.

범수. 반가웠네. 자네 부인은 우리가 잘 모시고 있으니 걱정 말게. 말로 못할 부탁이 있어 글로 전하고 가서 미안하네. 엊그제 경찰에 잡힌 우리 애들 둘을 보내주게. 자네라면 할 수 있을 걸세. 그러면 자네 부인을 돌려보내겠네. 오늘 저녁 해가 질 때 구름봉 줄기 끝에 있는 샘에서 만나세. 우리 단 둘 만의 약속이네. 발설하면 자네와 나, 모두 끝장나네. 자네 부인까지도. 부디 조심하게. 세상이 완전히 바뀌면 우리 편하게 만나서 함께 사세. 조진창.

편지를 한눈에 읽자마자 황급히 목이평역으로 뛰어갔으나 역 주변 어디에도 진창은 보이지 않았다. 혼자서 끙끙거릴 일이 아니다. 단장에게 급히 달려가 편지를 보여주자 단장은 놀랍고 답답하여 입맛만 다셨다. 그가 황 토주 댁 마름 자리를 던지고 사라진 뒤에 박 단장이 들어갔으니.

"안 사람이 나갔다고 누구한테 발설했나?"

대책이 서지 않는 두 사람의 침묵이 꽤나 길었다.

"어쩔 텐가."

아직까지도 어안이 벙벙해 있는 범수에게 단장이 고개를 갸우뚱거리며 잠을 깨우듯 물었다.

"가야지요. 가보면 알겠죠."

"가겠다고? 공비 두 놈은 어떡하고. 이 일은 단순히 조진창과 자네 간의 일이 아냐."

"만나서 조진창 그놈의 모가질 비틀어서라도 마누랄 구해야죠."

"쉽게 비틀릴 모가지로 보이지 않는데. 옛날에 우리가 알고 있던 조진창이 아냐. 이 정도면 그자는 벌써 거물로 커서 돌아왔어. 미끼를 낚아채서 협상하자고 덤벼드는 수법이 보통 영악한 게 아냐. 뒤에서 누가 버티고 있는지도 모르고."

단장은 고개를 흔들며 수심에 찼다. 전혀 예상치 못했던 일이다. 이 바닥에서 저쪽은 언제나 쫓기고 이쪽은 쫓는 줄로만 알았다. 보도연맹에 든 자들이야 모이라면 모이고 헤어지라면 헤어지며 관의 통제에 잘 따랐는데, 전향을 거부하고 산으로 숨어든 자들은 어디에 틀어박혀 있는지 잊을만하면 나타나 마을을 들쑤셔놓고 올라갔다. 진창은 그 패거리일지도 모른다. 그도 아니라면.

단장은 눈을 지그시 감고 있다가 마음을 정리한 듯 입을 열었다.

"오늘 갈문산 수색에 자넨 빠져. 인솔은 훈련계장 정각이에게 맡길 테

180

니. 바늘 한 땀 안 들어갈 사람이지만 서장한테는 알려야지. 돌아가서 점방이나 보고 있어. 이 일을 아무에게도 티 내지 말고."

범수는 이미 두 군데다 티를 내놓고 말았다. 곰곰이 생각에 잠기던 단장은 훈련복을 걸치고 경찰서로 들어갔다. 범수는 혼자서 점방에 앉아 있자니 온갖 상상이 다 들고 분노가 치밀어 오르면서 마음이 뒤숭숭하여 견딜 수가 없었다. 단장이 못 미더운지 점방을 들려간 후로 하루해는 희망을 품고 기울었다. 서장이 공비 둘을 범수의 부인과 맞바꾸겠다고 순순히 내줄 리 없을 텐데. 단장의 말대로 입을 다물고 있을 수밖에 별 뾰족한 수가 없었다.

진창은 갈문산 은신처를 나와 초조하게 목이평 쪽을 내려다보고 있었다. 당에서 앞질러 보낸 유격대원 둘을 구하라는 특명을 받고 이런저런 궁리로 가득 찼는데, 김범수의 마누라를 낚아오다니. 처음엔 막막했지만 뜻밖에 범수의 부인 납치로 매듭이 풀려간다고 생각했다. 어젯밤에 홍만표로부터 목이평 돌아가는 얘기를 대강 들은 진창은 날이 새기 전에 장터거리로 내려왔다.

원부가 대장간 문을 닫고 노를 덮어 풍로에 불을 끌 무렵, 낯선 사람이 대장간에 찾아들었다.

"자그마한 손도끼가 필요해서요."

손도끼라면. 원부는 내미는 남자의 손부터 살폈다.

"원부? 나 진창이여. 옛날에 연장 벼리러 많이 왔었지. 벌써 십여 년이 넘었네."

원부는 깜짝 놀라 진창을 대장간 곁방으로 밀어 넣었다.

"당이는 잘 있지?"

"잘 있으니 염려 마. 부를까?"

"지금 아일 보면 일을 그르쳐."

"그래, 고생은 안 했나?"

"고생이라니. 우리 공화국은 인민의 천국인데."

원부는 처가 내온 저녁상을 받으며 진창에게 그간의 목이평 얘기를 꺼내 놨다. 한청의 최근 움직임, 간부들의 동태, 가족 사항까지 아는 대로 얘기해줬다. 짧은 시간에 진창은 목이평에서 십여 년을 이어 살아온 사람처럼 그간의 사정과 일들을 훤하게 알아냈다. 둘이 밤새도록 얘기하다 진창은 인적이 뜸해지는 밤이 깊기를 기다려 방을 나섰다.

"잠들었겠지?"

원부는 당이가 자는 방으로 진창을 안내했다.

"불 켜지마!"

진창의 목소리가 날카로웠다. 얼굴을 만져본다. 세상모르고 잠이든 당이가 잠꼬대를 하며 뒤척인다. 진창은 쌔근거리는 당이의 숨소리만 듣다가 일어섰다.

"부탁하네. 곧 좋은 세상이 올 걸세."

진창은 무거운 발걸음을 되짚어 갈문산 은거지로 돌아갔다. 굴 안으로 들어서자 모두 그의 입으로 눈이 쏠렸다. 만표는 진창에게 결과부터 재촉했다.

"어떻게 됐어."

수염이 더부룩한 검은 뿔테 안경. 만표의 헝클어진 머릿속에는 많은 생각이 엉키는 듯했다.

"미끼는 던져놓고 왔으니 제놈들이 오지 않고는 못 배길 거요."

진창은 굴 안쪽에 묶여 누워있는 문자에게 다가갔다.

"아줌마. 나 조진창이 오늘 밤에 안전하게 모셔드릴 테니 조금만 참으슈."

강동학원 훈련에서 고래고래 내지르다 찢긴 진창의 목소리가 탁해지고 갈라졌지만 문자에게 와 닿는 전달은 명료했다. 조진창이라면 까마득히 잊어버렸던 사람이다. 그자를 여기서 만나다니. 정신 바짝 차려야 한다. 일이 잘못되면 남편과 마지막이 될지도 모른다고 생각하니 심란하고 불안했다. 여태껏 살아온 날들이 스쳐간다.

오빠의 방에 얹혀 지내던 범수는 광희문의 교회에 나가며 학생들을 가르치고 있었다. 큰 키에 훤칠한 얼굴로 흰 이를 내보이며 활짝 웃는 그의 모습은 무조건 선해 보였다. 덜컥 결혼을 약속하고 나서 범수는 문자에게 고향으로 함께 가자고 했다. 고향에 부친의 병세가 심해져서 내려가야겠단다. 문자를 며느릿감으로 보이겠다고 소원했다. 모시고 나서 다시 올라오면 되지 않겠느냐고 했다. 시아버지 자리는 가진 재산을 모두 독립운동한다는 사람들에게 털어 붓고 남겨줄 재산이 없다는데도 남편이 될 사람은 모든 걸 포기하고 내려가서 모시겠다니, 공부야 다시 와서 하면 되므로 그의 효심에 끌려 따르기로 했다. 고향을 떠나올 때에 붙잡던 친아버지를 뿌리치던 후회는 공부해서 장남 노릇 제대로 하는 오빠를 보며 다소나마 위안을 삼았다.

시부가 병고와 회복을 거듭하던 끝에 돌아가고 나서 차일피일 미루던 상경은 줄줄이 달려가는 아이들 때문에 포기로 기울고 말았다. 마음먹었던 공부를 더 이상 못할 만큼 농사꾼의 아내로 굳어가다가 가게에 주저앉았으니 애초부터 남편감에게 단단히 홀려버린 셈이다. 그런 남편이 지금도 원망스럽지 않으니 천생 반려일 수밖에 없었다. 바깥일에만 빠져있는 남편을 한 번도 말려보지 않았다. 무엇을 죽이는 일만 아니라면 남편의 일은 항상 옳았다. 지금 이렇게 잡혀왔어도 담담한 건, 다 같이 잘살자고 하는 일인데 싸우더라도 설마 상대를 죽이기야 하겠느냐는 남편의 순박한 믿음 때문이었다.

짐승이라면 그토록 쉽게 다루던 남편이 사람의 목숨을 귀히 여긴다는 걸 나중에야 알게 되었다.

'짐승은 사람이 살기 위해서 잡아먹는 거여. 목숨이야 모두 중하겠지만 걔들은 그게 타고난 운명인 거여. 사람의 손에 먹고 컸으니 기왕의 죽음에 목숨으로 갚아야지. 사람 목숨이 제일 중한 거여.'

범수는 돼지고 닭이고 잡아들일 때면 변명 비슷한 말로 혹 품고 있을지도 모르는 문자의 오해를 그렇게 미리 풀어뒀다.

해방이 되었다지만 사람들은 이쪽저쪽으로 편이 갈리고 세상이 자기 뜻대로 되지 않는다고 끈덕지게 싸웠다. 제 뜻에 맞는 나라를 세우려고 양쪽 모두 가슴 속에 단단한 응어리를 품어두고 있었다. 알게 모르게 남으로 북으로 오르락내리락하면서 합치다 갈라지다 돌아서곤 하는 나라의 꼴은 속 시원한 해결의 조짐이 보이지 않았다. 이나마 반쪽이라도 나라를 세웠으니 잘한 일이다. 그런 점에서 이쪽을 택한 남편은 훌륭하고 위대했다. 한청의 부단장이라는 자리가 어디 그리 만만한가. 지금껏 믿고 따라온 남편의 결기는 언제 봐도 믿음직스러웠다.

남편은 지금 자신을 애타게 찾고 있을까. 믿기 어려운 말이지만 조진창이라는 자가 내일 저녁때에 집으로 보내주겠다고 했으니. 그럴 거면 뭐 하러 여기까지 잡아 왔나. 정말 싱겁기 짝이 없고 알 수 없는 자들이라는 생각마저 들고 있었다.

184

평안남도 강동군 송호면 입석리 강동정치학원. 일제 때 탄광사무소와 광부들의 합숙소로 쓰던 건물을 개수하여 당원 훈련소로 만들었다. 도당과 군당위원장을 소집해 강습훈련을 하더니, 남한에 새로운 나라가 서던 해에 월북한 남로당과 좌익정당 간부들을 입교시켜 교육하고, 그 해 겨울 유격대 백팔십 명을 오대산 줄기로 침투시켰다. 이듬해 가을에는 강동학원 출신 삼백육십 명을 인민유격대 제일병단으로 편성하여 남으로 보냈고, 일천이백여 명을 더 모아 사상, 학술, 군사훈련을 시키며 게릴라 요원을 양성하고 있었다.

진창의 조원들은 모든 훈련을 마치고 기다리던 중에 상부로부터 침투하라는 명령을 받았다. 안내는 매부리코 부소장. 갈문산 구름봉 서남방 8부 능선 딱따구리가 쪼아놓은 모양의 바위 밑을 목표지역 은거지로 정하고 유사시 목이평에 뛰어들어 선전 선동하는 임무를 띠었다. 선발대가 이미 보름 전에 떠났다고 했다.

인솔을 맡은 부소장은 셋씩 3개 조로 나뉘어 춘천, 홍천에 배치하고 조진창의 조를 목이평까지 안내했다. 부소장은 한두 번 다닌 곳이 아닌 듯, 남쪽의 능선과 골짜기에 익숙했다. 축지법을 쓰는지 힘도 안 들이고, 숨도 안 차고 오르막 내리막길을 앞서가면서 가파른 비탈길도 평지처럼 쉽게 걸었다. 지친 모습을 보일 때면 부소장은 당성을 운운하며 몰아쳤다. 함께 온 박태재는 함경북도 삼수 출신이라 안내원의 뒤를 힘도 안 들이고 따랐다. 원산 바닷가에서 컸다는 김민복은 훈련을 견뎠는데 아직도 애를 못 삭이고 힘들어했다. 강동 입석리에서 출발한 지 보름여 만에 산줄기만 타고 내려와 갈문산에 당도하고 있었다.

"동무들. 힘내기요. 이 산만 넘으면 목이평이요. 조 동무는 고향이 가까워오니 반갑디 않소?"

진창은 갈문산 팔 부 능선을 타면서 가빠오는 숨을 조절하지 못하여 어둠인데도 고개만 끄덕였다. 처음에 매우 힘들어하던 김민복은 처지던 속도를 서서히 회복하더니 오히려 산길에 익숙해져 뒤따르는 진창과의 거리가 점점 더 멀어지고 있었다. 그도 바닷가에서 모래사장을 달리며 피부가 검게 타도록 단련된 신체다. 말이 진창을 도우라고 함께 보낸 조원이지 사실은 두 사람 모두 감시원이다. 당에 등을 돌리면 언제든 서로를 죽일 수 있는 권한이 주어져 있었다. 서로는 같은 동지인 줄 알았지 상대가 언제든지 다른 상대를 죽일 수 있는 권한이 있다는 사실을 서로 모른다. 아니, 모른 척해야 한다. 그걸 알아채는 순간 사살당할 수 있는 위험은 극도로 높아진다. 제 명을 못 살고 가는 사람들은 대부분 가장 가까운 자에게 목숨을 빼앗기도록 되어 있다. 그래서 가장 가까운 동지는 가장 무서운 적이다. 침투조의 암묵적 약속이고 원칙이다.

　이제 겨우 유월 중순을 넘겼는데도 살을 익히는 대낮 무더위는 좀체 식을 줄 몰랐다. 갈문산으로 불어 오르는 목이평의 밤바람은 진창의 귀향을 반겨 맞듯 시원했다. 갈문산의 지봉인 가말봉에 올라섰을 때 강물 비린내가 확 풍겨 올라오는 듯했다. 얼마 만에 밟는 땅인가. 버리고 갔던 고향의 밤바람인가. 무어라 말할 수 없는 익숙함. 이제부터 날듯 뛰듯 명령받은 과업을 수행해 내야 한다. 진창의 가슴이 뛰고 있었다.

　"자. 동무들. 여기서 작별이오. 앞으로 5km 정도만 더 전진하면 저 구름봉 아래 우리 쪽 사람들 은거지가 있으니 부디 임무를 성공적으로 완수하고 다시 만나길 바라오."

　부소장은 조진창과 김민복과 박태재의 손을 굳게 잡았다.

　"김 동무, 박 동무, 조 동지를 잘 도우시오."

　준엄하게 명령한 부소장은 시계를 보더니 입술을 오므려 휘파람을 불고 나서 대원들이 주변을 둘러보려는 사이에 숲속으로 스며들듯 사라졌다. 부소장이 가리키던 곳으로 다가가기도 전에 인기척이 나서 바짝 긴장했다.

"어디로 가는 일행이오?"

저쪽에서 먼저 물어왔다.

"바위를 쪼아 먹는다는 딱따구릴 찾고 있소."

"따라오시오."

응답을 어느새 알아채고 안내원과 작별한 곳으로부터 1km 지나온 지점 능선에 두 사람이 마중을 나와 있었다.

"나 조진창이오. 이쪽은 김민복, 박태재."

"난 홍만표요."

"홍남표 동지가 북에서 지난 3일 운명했소. 당에서는 극진히 치료했는데 노환이라 어쩔 수가 없었소. 우리 당과 인민을 위하여 몸 바친 큰 별이 졌다고 장례는 성대하게 치르고 있소. 영웅 묘소에 안장하기로 결정했소."

"알고 있소. 어제도 내게 사람이 왔다 갔소."

만표가 남표의 사망 소식을 듣는 목소리는 흔들리지 않고 담담했다. 냉정을 지키려는 모습이 역력하다. 가말봉 팔 부 능선에서 내려다보이는 목이평의 불빛은 보름을 걸어온 다리의 피곤만큼이나 힘을 잃어 껌벅껌벅 졸고 있었다. 가끔 잠에서 깬 충견들이 무엇에 놀라는지 어둠을 향해 짖어대는 소리가 가말봉까지 올라오고 있었다. 마름 전에 머슴 살던 집이나 소작을 부치던 땅 주인의 집에 낮익은 사람들을 만난다 해도, 밥 한 끼 내놓을 사람은 없어보였다. 날이 서서히 밝아오면서 애지(愛池)를 중심으로 펼쳐진 사십만여 평의 넓은 들판은 여남은밖에 안 된

다는 땅 주인만으로도 나머지 작인들이 겪어왔을 곤궁한 삶을 말해주고
있었다.

아이들은 날로 늘어나 밤낮으로 일해도 양식은 항상 모자랐다. 황 토
주네 날머슴도 하다가 소작도 부치다가 마름 자리까지 얻었지만, 황 토
주가 쌀 판 돈을 훔쳐 들고 온 가족이 북으로 야반도주했다. 당에서는
목이평으로 보낼 사람을 물색하던 중에 진창이 적임자로 선정되었다.
무산자였고 가족동반 월북을 했으니 출신성분 좋고 훈련만 받으면 당의
과업을 충실히 수행할 사람으로 판단했다. 인민 해방 선전활동을 무사
히 마치면 십여 년 만에 돌아온 목이평에서 팔자를 고쳐 살아갈 수 있을
것이다. 조진창, 조금만 더 견뎌라. 그의 가슴은 한껏 부풀어 있었다.

"조 동무. 뭘 그리 생각하오? 혹시 고향 땅에 오니끼니 감상에 젖는
게 아니오? 우리 혁명사업에 개인의 감정은 금물임을 명심하오."

김민복이 허투루 던지는 말 같았지만 분명한 깨우침을 주려는 뜻이
억센 억양에서 드러났다. 북에서 해방을 맞고 단행된 토지개혁으로 난
생처음 땅을 받아서 농사도 지었다. 노부는 거름 냄새 나는 흙을 한 움
큼 쥐고 얼굴에 비벼대며 눈물을 씻었다. 이게 모두 당으로부터 받은
은혜라고 생각했다. 날이 어두워지는지도 모르게 땅을 갈았고 밝기가
무섭게 논밭으로 나가서 김을 매고 거름을 주어 곡식과 채소를 길렀다.

추수하는 들판에서 삼분지 일쯤을 당에서 걷어갔지만 은혜를 갚아야
할 당연한 몫으로 생각했다. 내년 농사지을 땅을 걱정하지 않아도 됐
다. 이 얼마나 엄청난 기쁨이며 당에 감사할 일인가. 이제 소작인과 머
슴들의 세상이 왔다. 그때 목이평을 박차고 북으로 떠나오길 백번 잘한
일이라고 생각했다. 거기에다 당원까지 되었으니.

산에서 내려다보는 들판은 오랜 동안 딛고 다니던 발길의 흔적이야

남아있을지 모르지만 손톱만큼의 정도 붙어있지 않았다. 정들지 않은 이 땅에서 당으로부터 부여받은 막중한 과업을 수행해야 한다. 함께 할 홍만표, 김민복, 박태재와 손잡고. 옛 친구 까우기와 덴동네도 반겨 맞겠지. 두 사람은 항상 진창의 편이었으니까.

"오늘 한청 놈들이 갈문산을 수색하여 올라온다는 소문이 돌고 있어. 오늘 밤 대단한 격전을 치르게 될지도 모르지."

만표의 입에서 구슬픈 뻐꾸기의 울음소리가 나왔고 바위 절벽 위에서 밧줄이 내려왔다. 이런 곳이 있었다니. 산짐승 같은 세 명의 사내가 허리를 굽히고 굴 안으로 들어갔다. 안에는 제법 지낼만한 거처가 마련되어 있었다.

"그대로지?"

홍만표가 굴을 지키고 있던 사내에게 묻자 안쪽으로 고갯짓을 했다. 어두침침한 굴 안쪽에 사람의 느낌이 왔다.

"누구요?"

진창의 물음에 관솔불에 비치는 만표는 표정이 굳었다.

"실은 선발대가 생포됐어. 우리가 어떻게든 구해보려고 내려갔다가 그물 안에 저절로 헤엄쳐 들어온 고길 하나 잡았지. 한청에 부단장 마누라니까 우리 대원들을 구하는데 좋은 미끼가 될 걸세. 마침 낚싯대 잡아줄 사람이 없어 고민하던 중이네."

진창의 얼굴이 관솔불 앞에서 일그러졌다. 당에서 공들여 길러낸 유격대원 둘이 어처구니없게 잡혀 들다니. 진창은 그길로 바위굴을 빠져나와 목이평에 내려가 원부와 범수를 만났던 것이다.

해방이 되고 나라가 섰다지만 세상은 점점 더 뒤숭숭했다. 지난해 유월 말에 미군 칠천오백이 배를 타고 모두 떠났다. 육참총장은 강동정치학원 출신들이 속속 남파되고 있다는 정보를 입수하고 전군에 비상경계령을 내려 제법 긴장하다가, 서해안 경비를 맡고 있는 8사단장으로부터 인민유격공작대가 서해에 침투했다는 보고를 받자 경계나 잘하라고 일갈했다. 사단장은 하도 어이가 없어 사표를 내고 군을 떠났다. 대통령의 신임을 받은 총장은 사백여 회가 넘는 남침 정보가 속속 들어왔는데 끄떡도 하지 않았다. 한술 더 떠서 녹음이 짙어 위험한 시절에 전방부대 지휘관을 거지반 바꿔놓고 전후방 군부대를 이동시키기도 모자라 무장경계령까지 해제했다.

"놈들을 풀어주자고요?"

이기우 서장은 박채운 단장의 얼굴을 차근차근 뜯어봤다. 단장은 살이 베일 정도로 날카로운 눈초리를 받으면서도 태연하려고 애썼다.

"잡혀간 사람이 우리 부단장의 부인이요. 저쪽에선 이 거래의 승산이 보이지 않으면 죽일 거요."

"그렇다고 사로잡은 공비 둘을 내주면, 서장의 모가지는 모가지가 아니지요. 일을 주선한 박 단장은 또 무사할 줄 알아요?"

"그게 아주 저쪽으로 넘겨주자는 게 아니고 두 모가지를 잠깐 빌려 쓰겠다는 거지요. 잡혀간 사람을 구하고 다시 데려다 놓기로 하고요."

서장은 단호했다. 애초부터 바늘 한 땀도 못 찌를 제안이었다. 단장은 의기양양하게 서장실에 들어섰지만 무안만 당했다.

"그럼 우리 부단장의 부인을 그대로 버리자고요?"

"버리긴요. 어떻게든 구해서 살려야죠."

박 단장을 안내해 들어왔던 순경이 나가자 서장의 음성이 낮아지고 대답이 바뀌었다.

"저쪽에선 잡힌 공비 둘을 구하려고 부단장 부인을 잡아가서 양쪽의 목숨을 한줄기로 엮어 넣는지 모르지만 우린 이 일을 따로 따로 풀어야 해요. 우리 사람도 구하고 저쪽 놈들도 일망타진하고."

서장은 수하 직원들에게마저 함구했다. 엊저녁에 생포한 공비 둘을 오늘밤 방첩대에 인계하기로 되어 있었다. 호송과정에서 발생될지 모르는 기습사태에까지 대비하고 있었다.

하지가 다가오지만 구름봉으로 오르는 골짜기는 서쪽으로 가팔라서 일찌감치 그늘이 졌다. 주변이 어슴푸레해질 무렵에 구름봉으로 오르는 골짜기 입구에 까만 지프가 서더니 한 사람이 먼저 내리고 두 사람이 따라 내렸다. 두 사람은 윗몸이 묶였고 얼굴에 검은 자루가 씌워져 있었다. 지프가 떠나고 하나가 둘을 앞세워 걸었다. 뒷사람은 차양 긴 모자를 눌러썼다.

진창은 일찌감치 문자를 포박하여 구름봉 샘터 근처로 데려와 해가 지는 골짜기 아래쪽을 초조하게 내려다보고 있었다. 골짜기에 앞산 그림자가 지면서 상체를 묶인 채 느릿느릿 발더듬질을 하며 올라오는 일행이 보였다.

"아주머니. 딴생각은 마요. 이번 일만 잘되면 서방님 만나서 조용히 집으로 가는 거요."

귀만 열려있는 문자는 고개를 끄덕였다. 믿어보기로 했다.

이윽고 아래쪽에서 힘겹게 가쁜 숨을 내쉬고 들이쉬는 인기척이 들렸다. 옳거니 범수가 제 마누라는 버리지 못할 거다. 진창은 속으로 쾌재를 불렀다. 굴에서 아무도 따라오지 못하도록 했으니 대단한 모험이다.

"어이. 범수. 왔구먼. 고맙네. 우리 신사적으로 하자고"

문자는 몸이 묶여 얼굴을 가린 채로 진창에게 소고삐처럼 줄을 잡혀 있었다. 범수라는 말이 귀에 솔깃했다. 무슨 일이 벌어질지 모르는 불안으로 가슴이 쿵쿵거리며 요동쳤다. 진창은 올라오는 두 사람과 뒤따르는 차양 넓은 모자를 보고 아침에 보았던 범수려니 하며 안심했다. 양쪽의 거리가 이십여 미터로 가까워질 즈음 진창은 고개를 갸우뚱했다. 묶여 앞선 사람은 다리를 절었지만 얼굴을 검은 천으로 씌워 모르겠고 뒤에 따라오는 사람이 키만 비슷할 뿐 예전에 알던 범수의 몸짓이 아니다.

"당신 누구야!"

"어이 진창이! 안심하게. 나 장터거리에 정각이네. 범수는 지금 경찰서에 볼모로 잡혀있다네. 범수를 잡혀놓고 우리가 두 사람을 어렵게 빼내왔으니 그쪽 말대로 신사적으로 하자고. 기왕 이렇게 됐으니 양쪽 모두 포박을 풀고 교환하기로. 자네도 어차피 다 같은 목이평 사람 아닌가."

순간 진창은 생각이 복잡하게 얽혔다. 철옹성 같은 경찰서에 갇혀 있었을 대원 둘을 어떻게 빼냈단 말인가. 아무에게도 발설하지 말라고 했지만 범수가 마누라를 구하기 위해서 경찰서에 스스로 몸을 잡혀놓고 무장대원 둘을 풀어줬다는 말은 믿을 만도 했다. 범수의 부인도 못 구하고 무장대원들만 뺏기면 그야말로 낭패일 테니까, 숫제 범수를 볼모로 잡아놓았으리라고 믿었다. 그렇지 않고서야 서장이 무슨 배짱으로 생포한 대원을 순순히 내주겠는가.

서정각. 친분은 없지만 옛날에 자주 듣던 이름이다. 진창은 조심스럽게 문자의 포박을 풀었다. 서정각도 두 사람을 묶은 줄의 매듭을 풀어 뒤에서 잡아당기자 스르르 풀렸다. 팔을 흔들면서 머리에 쓴 검은 자루

를 답답한 듯 벗어 제키는 순간, 진창은 뒤로 몇 걸음 물러서면서 주저
앉았다. 본능적으로 정강이에 끼워둔 창칼로 손이 갔지만 이미 줄에서
풀려난 건장한 청년 둘이 진창을 덮치고 말았다. 절던 다리는 멀쩡했
다. 엎치락뒤치락하다가 한청 단원 두 사람이 진창에게 달려들러 포박
해버렸다. 낯이 설었다. 앞으로 목이평 해방을 위해서는 이 일부터 신
사적으로 처리해서 인민들에게 믿음을 주어야 한다고 진창이 꾸민 방법
은 그렇게 비틀어지고 말았다.

"신사적으로 하자고 했는데 이게 뭐 하는 짓거리여."

"우리 쪽 사람 납치부터 비열한 짓인데 신사적으로 하자고? 부단장이
자네 오길 고대하고 있다네. 오랜만에 찾아온 친구에게 그날 아침에 대
접이 너무 소홀했었다고. 우린 친구 아닌가. 조 진 창!"

"아주머니. 이제 안심하세요."

서정각이 문자의 눈에 묶은 천을 풀자 문자는 다리가 풀려 그 자리
에 주저앉았다. 눈앞에 남편이 보이지 않으니 재갈을 풀었지만 말을 잃
었다. 정각은 진창을 묶은 밧줄을 강하게 잡아당겼다. 구름산 골짜기로
셋이 올라왔다가 다섯이 내려가고 있었다. 어둠을 더듬어 구름봉으로
오르는 길 초입에 닿을 무렵, 위에서는 총격소리가 요란하게 골짜기를
울리고 있었다. 묶인 자가 그 소리를 듣고 멈칫 서더니 한동안 이어지
던 총소리가 멎자 포기한 듯 제 발로 걸어 내려갔다.

문자는 이곳까지 와주지 않은 남편의 야속을 참아가며 이를 악물고
걸었다. 범수는 초조하게 기다리다 밤이 이슥해서야 경찰서 마당으로
들어서는 일행을 보자 문 앞을 지키고 있는 순경을 밀치고 뛰어나가 진
창의 턱을 받쳐 들었다.

"진창! 이 새끼."

범수가 목소리에 날을 세우고 주먹으로 얼굴을 치려는데 서장이 팔을 잡아 막았지만, 범수의 발길은 이미 진창의 정강이를 까고 그 자리에서 무릎을 꿇렸다.

"십 년 만에 돌아와서 이렇게 반기기냐?"

"두 놈 넘기고 나니까 한 놈이 더 굴러들어왔군. 미끼 싸움에 우리가 이겼어. 수고들 했네. 저놈도 내일 엮어 넘기도록."

범수는 하루종일 불안하게 기다렸지만, 서장은 아무 일도 아닌 듯 퇴근했다.

"여보."

문자의 입에서 울음이 터져 나왔고, 범수는 그때서야 아내를 부둥켜안았다. 일행은 보기 민망하여 돌아섰다.

"단장님. 어떻게 그런 생각을."

아내를 홍화각으로 보내놓고 범수는 일행과 함께 단장이 기다리는 사무실로 가서 고마운 속을 감추고 다짜고짜 따지듯 물었다.

"어차피 외통수였어. 서장이 잡은 놈들을 내줄 리도 없고, 저쪽에서 자네 댁을 순순히 내줄 리도 없을 테니. 하지만 조진창 저놈, 여기 살 때처럼 순진한 면은 있구먼. 얘길 들어보니 저쪽에서 무장하고 따라온 놈들만 있었어도 그대로 당할 수밖에 없었던 일인데. 바꿈질해야 할 놈들은 벌써 방첩대로 넘어간 뒤였지. 자네 혼자 나섰다면 백 번 당했을 일이여. 서장에게 지프차만 빌려달라고 해서 단 둘만 아는 일로 꾸몄지."

그때 총을 멘 단원 하나가 허겁지겁 사무실로 들어섰다.

"단장님, 후속 조가 구름봉 바위굴 속을 수색했는데 모두 토껴버렸습니다."

"토껴다고?"

"단원과 경찰이 올라가는 걸 미리 알아챘던 모양입니다."

"음…. 만표. 이놈이."

단장은 입을 굳게 다물었다.

전방에서는 전군에 내렸던 비상경계령을 닷새 만에 해제하고 다음 날 전방 지휘관이 이동되면서 국군의 반 이상이 휴가를 떠났다. 공산군 949군 부대가 북위 39도선 부근에 집결하고 있을 때에 국군은 그들이 편안히 내려오도록 문을 활짝 열어놓은 셈이다. 낮에는 화창했으나 춘 천은 자정부터 실안개가 끼더니 궂은비가 내릴 조짐을 보이다가 오후 다섯 시부터는 폭우를 맞고 있었다. 공산군 2사단 전차는 춘정면 삼팔 선을 넘었고, 이십오일 새벽에는 강릉으로 점령해 들어왔으나, 태백준 령 너머에 목이평 사람들은 아무도 모르고 있었다.

단장은 상부로부터 한청을 해체하고 대한청년방위대를 조직하라는 통보를 받았는데, 돌아가는 낌새가 심상찮아 유월 스무이튿날 저녁에 단원들을 급히 모아놓고 일장 연설을 했다.

"이제부터 우리 한청은 청방으로 바꾼다. 공식 명칭은 대한청년방위 대. 이제부터 우리 조직은 공격적 전투체제로 바꾼다. 위에서 내려온 방침이다. 모두 그리 알도록. 청방에 입대를 원치 않으면 그만둬도 좋 다. 하지만, 하지만 나중엔 후회해도 소용없다."

"대장님. 저쪽에서 설마 불장난을 할까요?"

훈련계장 서정각이 뱃심 좋게 단장에게 질문을 던졌다.

"불장난 정도가 아니라 이 나라를 통째로 태워버리고 제 놈들 나랄 세 우려 하겠지. 그땐 여기서 웅크리고 있던 놈들이 제 세상 왔다고 날뛸 테고. 지금 잡고 있는 줄을 끌고 가는 자가 누군지도 모르고, 어디로 끌려가는 줄도 모르고 무작정 줄 따라가는 거지. 그 끝이 유토피안 줄 알고 말이야. 불쌍한 놈들. 하지만 놈들의 조직은 비상해. 한 놈이 셋을 키워내면 셋은 다시 독립하여 셋을 길러내고 또 셋은 각각 셋씩 길러내니 끈 없는 그물처럼 퍼져가는 거지. 발각되면 뿌리로 통하는 줄기는 싹둑 잘라내 버려서 본 뿌리를 절대로 못 찾아내. 중간 중간 뿌리박고 새끼쳐 나가는 칡넝쿨처럼. 아무리 싹을 잘라내도 여기저기서 움이 새로 트는 거야. 우린 그렇게 끈질긴 악성 세포조직, 야체이카들과 싸워야 해. 저자들은 겉으론 안 그런 척하면서 속으로는 딴 꿈을 꾸는 속임수가 있어. 그래서 겉만 보곤 절대로 못 알아봐. 그러니까 일망타진이 힘든 거고. 그물을 수십 개나 쳐도 모자라. 서둘러 잡아내지 않으면 우린 그자들한테 꼼짝 못 하고 당해서 모두 죽는 세상이 올 수도 있어."

대원들은 모두 긴장하고 단장의 입을 향해 눈과 귀를 모으고 있었다.

"자네도 알겠지만 갈문산을 중심으로 해방 전부터 저쪽 주의자들이 득실대던 소굴이야. 왜놈들하고 싸울 적에는 독립운동한다니까 모두 새로운 세상이 오나보다 하고 좋아만 했지, 앞장서서 떠들던 자들이 그리던 세상, 그게 도대체 어떤 모양의 나라인지는 생각해 보지도 않았던 사람들이 많았지. 해방이 돼서 이 땅에서 일본 놈들만 나가면 팔자 피는 줄 알았던 생각 짧은 사람들이 많았다고."

거기까지는 다 아는 얘기여서 단장의 말속에는 알맹이가 없었다.

"기억하나. 장터에 살던 저쪽 애들이 어젯밤에 여길 훑고 갔다는 정보가 들어왔어. 그자들의 선은 저쪽으로 넘어간 거물 김형선이라는 자에게 닿아 있어. 모두 김의 지시를 받고 있다는 거지. 어젠 여길 깐보러 왔었겠지. 저녁때 그자들 얼굴을 봤다는 사람이 둘이나 내게 왔었다니까. 요즘 들어 몇 해 동안 안보이던 얼굴들이 장안에 부쩍 늘어났다가

196

사라지는 게 아무래도 수상해."

　며칠 전 범수의 점방에 둘러앉아 단원들을 다독거리던 표정과는 딴판이다. 단장에서 청방대장으로 직함을 바꾼 박 대장의 얼굴엔 긴장한 기색이 역력했다. 다급해 보였다. 말투마저 부탁에서 지시로 바뀌었다, 어디로부터인지는 모르지만 정확한 정보통을 통해 저쪽의 낌새를 소상히 알아낸 모양이다. 모두 부산하게 움직이기 시작했다. 무슨 일인지 모르지만 한 번 크게 터지기는 터질 모양이다.

어두울 수 없는 밤

범수는 점방 옆에 방을 덧달아 홍화각에 있는 아이들을 데려왔다. 근처 제재소에서 판자때기를 얻어다 벽을 잇고 지붕을 덮어 꾸민 방이다. 겨울엔 홍화각보다 더 춥고, 여름이면 길거리보다 더 쪘다. 엄마가 없어졌던 일로 놀라 불안해하던 아이들이 차차 안정되자 가게도 다시 열었다. 국밥집 하는 마순이 소문을 듣고 제일 먼저 찾아왔다.

"언니를 다시 못 보는 줄 알았는데."

쳐다보는 문자의 눈매가 곱지 않았다.

"망글네 집에서 야밤에 저쪽 것들이 오면 요즘도 밥 먹여 보낸다면서?"

느닷없는 물음에 마순은 움찔하다가 고개를 끄덕였다.

"언니, 저쪽이든 이쪽이든 사람이 밥은 먹어야 하잖우."

"입이라고 다 같은 입이 아냐. 무슨 짓을 하는 줄이나 알고 밥을 먹여 줘? 그때 복음공부에서 빠져나가 그 작자들하고 어울릴 때부터 진작 알아봤어야 하는 건데. 여태까지 내통을 하고 있었다니."

"언니, 내통 아냐. 산 속에서 고생하는 사람들 내려와서 밥 먹여준 게 뭐 그렇게 잘못됐다고. 난 이쪽, 저쪽, 그런 거 몰라."

"고생? 그 고생이 무슨 고생인데. 어려서부터 책도 많이 읽던 백마순이가 그걸 모른다고? 레닌 공부까지 빠져들던 백마순이가?"

"이도 저도 다 버리고 국밥장수가 됐잖우. 천한 백정의 딸내미라서."

마순은 문자가 다시 돌아와서 반가웠고 청과상을 열었다니 자주 만날

198

수 있겠다고만 생각했는데 다그치고 있으니 고까웠다. 참던 마순의 목소리가 커지면서 성미 거세던 눈에 눈물이 글썽였다.

"그치들 상대 안 하겠다고 약속해. 그렇지 않으면 언니고 친구고 없어."

"언니, 미안해. 옛날 오빠들이 돌아왔는데 나도 어쩔 수가 없었어. 반갑기도 해서 밥해준 게 뭐 크게 잘못됐다고."

마순은 문자의 손을 꼭 잡았다.

"해방 전에 왜놈들하고 싸울 때는 이쪽저쪽을 안 가렸지만 지금은 달라. 총을 맞대고 있으니 이젠 이웃도 아니고 형제도 아냐."

"언니, 그렇다고 우리 사이까지 갈라질 순 없잖우."

"네가 그쪽 편이 되면 우린 갈라질 수밖에 없게 돼. 앞으로 조심하고. 그치들 오면…. 잘 알겠지?"

마순은 마지못해 고개를 끄덕이며 돌아갔다. 찬거리 사러 자주 들르는 웅이 엄마로부터 소문은 이미 다 들었다. 장터거리 망글네 국밥집에 자정쯤이면 가끔 서넛이 와서 밥을 먹고 간다고 했다. 웅이 엄마가 마실 다녀오는 길에 얼핏 봤는데 옛날에 장터거리로 몰려다니던 패거리 같다고 했다. 미심쩍어 다음날 자세히 봤는데 그 패거리가 분명하다고 했다. 십여 년 넘게 안 보이던 사람들이 밤마다 와서 밥을 먹으니 수상하고 뭔가 곡절이 있을지 모른다고 했다. 범수가 알아채고 그 뒤를 캤더니 갈문산에서 내려왔다가 갈문산으로 돌아간다는 사실을 알아냈다. 문자는 그걸 숨기고 가게에 올 때마다 내색조차 안 한 마순이 앙큼스러웠다.

문자는 저쪽 것들에게 잡혀갔던 때만 생각하면 다리가 후들거렸다. 해가 지면 일찌감치 가게 문을 닫고 밤에는 일절 밖에 나가지 않았다.

낮이라도 홍화각으로 가는 삼거리 모퉁이는 아예 피해 다녔다. 아이들은 물건이 가득한 가게로 밖으로 들락거리며 신이 났다. 정인과 두 동생은 점방 옆방에서 잔병치레 없이 지내고, 범수와 문자는 점방에서 아이들 걱정을 덜고 그렇게 지냈다.

하지가 지난 초여름 새벽. 정인은 라디오에서 들리는 임시뉴스 소리에 잠이 깨었다. 청과상을 열고 나서 돈벌이가 되자 아버지가 장만한 트랜지스터라디오다.

임시뉴스를 말씀드리겠습니다. 오늘 새벽 삼팔선 전역에 걸쳐 북한괴뢰군이 공격을 시작했습니다. 그러나 국민 여러분, 안심하십시오. 우리 국군이 건재합니다.

임시뉴스는 두어 번 더 반복되었다. 삼 형제가 일어나 신기해하며 라디오 앞에 쪼그려 앉았다.

"형, 우리 국군이 공산괴뢰군보다 더 쎄지?"

막내는 방송을 듣고 그게 궁금하다. 하루종일 시장골목을 다니며 나무총을 쏘고 죽이는 시늉을 하며 놀았다.

"아직 모른다. 한 번 붙어봐야지."

범수는 뉴스를 듣자마자 주섬주섬 옷을 입고 나갔고, 정인은 라디오에 귀를 기울여 정규뉴스를 기다렸지만 음악만 들리고 있었다. 수업시간이 임박하여 허겁지겁 뛰어 들어간 학교에서 아이들은 군데군데 책상을 깔고 앉아 수군거리고 있었다. 그 틈으로 정인이 끼어든다.

"어떻게 됐대?"

"야, 인마. 삼팔선 뚫린 거 몰라? 아무래도 이번엔 크게 터진 모양이다."

"우리 삼촌은 엊그제 휴가 나왔다가 할머니가 해준 떡도 못 먹고 새벽에 부대로 돌아갔다."

"그럼 우린 어떡해."

"걱정마라. 우리 국군이 다 무찌를 거다."

왁자지껄 떠드는 사이에 담임선생은 출석부도 없이 들어왔다.

"모두 정신 똑바로 차리고 잘 들어라. 오늘 새벽에 난리가 터졌다. 전쟁이 일어났단 말이다."

"그럼 이제 해방군이 들어와서 우리나라 통일이 되는 거죠?"

맨 앞에 앉은 조당이의 느닷없는 질문에 학생들은 모두 어안이 벙벙했다.

"누가 그래 인마!"

담임선생의 목소리가 교실을 쩌렁 울렸다.

"…"

넌 끝나고 뒈지게 터질 거다. 속으로 모두들 그렇게 생각하고 있었다.

당이 아버지가 저쪽에서 계급 높은 군인이라는 소문은 전부터 들리고 있었다. 서로 쉬쉬했지만 알 만한 사람들은 다 안다. 가끔씩 밤중에 누군가 당이네 집에 다녀간다는 소문도 도는데 담임도 알고 있을까.

"오늘부터 학교는 무기한 휴교다. 수업을 안 한단 말이다. 모두 집으로 돌아가 부모님 말씀대로 따라라. 전쟁이 끝나면 다시 연락한다. 그때까지 집에서 각자 몸조심하도록. 이상. 조당이 넌 남아있어!"

아이들이 몰려나가고 교실 뒷문이 닫히며 손바닥으로 따귀를 세차게 후려치는 소리가 들렸다. 모두 겁이 나서 뒤도 안 돌아보고 앞 다퉈 복도 끝으로 몰려나갔다. 보나 마나 당이는 교실 마룻바닥에 쓰러져 담임의 발길질에 짓밟히겠지.

"야, 이 빨갱이 새끼."

몰려나가는 학생들의 뒤통수 쪽에서 분명하게 들렸는데도 울음소린 들리지 않았다. 제 아버지를 만날 기대에 아파도 꾹 참고 있는 모양이다. 학생들이 교실마다 꾸역꾸역 쏟아져 나오고, 교문에는 예전과 다르게 학부형들이 줄지어 기다렸다. 정인은 교문에서 기다리던 어머니 손에 낚아채이듯 붙잡혀 집으로 왔다. 방 안은 이사 나갈 집처럼 세간을 모조리 들춰내서 너저분했다.

"삼팔선이라고 이쪽저쪽 편 가르는 줄만 쳐놨지 무슨 원수지간도 아니고, 그쪽도 다 같은 핏줄인데 설마 죽이기야 하겠어. 괜히 서로 기세 싸움하느라고 위협하는 거겠지. 남들처럼 덩달아 피난 갈 생각 말고 그냥 지켜봐. 곧 잠잠해질지 모르니까. 우리 국군은 허수아빈가."

말은 그렇게 했지만 범수의 얼굴도 잔뜩 굳어있었다. 정인은 아버지의 말을 철석같이 믿고 싶었다. 꼼짝 말고 집에 있으라는 어머니의 엄포에 형제들은 방 안에 갇히다시피 했다. 문자는 피란 갈 짐을 쌌다가 풀었다가, 이러지도 저러지도 못하고 대문 밖을 살피면서 들락날락, 안절부절못하는데 대장간 원부의 처가 가게로 쫄래쫄래 들어왔다.

"형님. 해방군이 들어온다는데 환영을 나가야지, 이 가게를 두고 피난이라니요. 이제 곧 통일이 될 텐데. 해방군이 싫다고 피난 간 사람들은 난리가 끝나면 엄한 처벌 받는대요."

대뜸 하는 말이 문자의 염장을 지른다.

"환영?"

문자는 당이네를 향해 눈을 동그랗게 떴다. 이웃 간에 친동기간처럼 가깝게 지내는 사인데, 문자의 남편이 한청의 부단장이라는 직함까지 알고, 청년방위대원까지 된 줄 알고 있으면서 환영이라니.

"좋겠수. 당이네나 열렬하게 환영하러 나가지."

"홍천 쪽에서 들어온다는데, 모두 환영 나간다고 야단인데, 세상이 바뀐다는데…."

문자가 어이없어 대꾸를 않자, 대장간 당이네는 무안해서 돌아갔다. 점심을 먹고 나니 점방 앞 큰길에는 벌써 손 구루마에, 지게에, 등 봇짐에 소 길마에 잔뜩 지고 싣고 지나가며 아직도 문을 열고 있는 문자의 가게를 힐끗힐끗 들여다봤다.

다음날 아침 일찍 당이가 땅뺏기 놀이를 하자고 정인을 찾아왔다. 어제 담임한테 된통 얻어맞았을 텐데도 무슨 좋은 일이 있는지 싱글벙글한다. 학교에 가지 않으니 동산에 있는 교회 뒷마당은 땅뺏기나 사방치기 하는 애들로 항상 가득했을 텐데 오늘은 단 둘뿐이다. 모두 피난을 나갔을까. 정인은 피난 생각만 하다가 당이에게 여러 판을 내리 지고 말았다. 저녁이 다 되어갈 무렵 처음 보는 누렁군인들이 갑자기 마당으로 올라와 학교의 아침 조회시간처럼 줄지어 섰다.

"아저씨 여긴 내 땅예요. 들어오지 마요. 저쪽에 금 밟은 아저씬 죽었어요. 거기 앉아요."

당이는 겁도 없이 누렁군인장교에게 명령했다. 장교는 얼결에 발을 보더니 금을 비켜났다.

"여기가 네 땅이라고?"

"여기까지 내가 따먹은 땅예요."

당이는 고개를 끄덕였다.

"어린놈이 벌써부터 지주가 되었구만. 우린 너 같은 지주놈을 잡아 벌주러 온 해방군이다."

해방군이라는 말에 당이가 손뼉을 쳤다. 장교는 당이에게 다가가서 허리를 굽혀 얼굴을 맞대고 물었다.

"넌 누구냐? 네 애빈 누구고?"

"울아버진 인민군 2사단에서 대좌래요. 울 이모부가 여기서 대장간 해요. 해방군이 들어오면 손뼉 치라고 했어요. 아저씨들 해방군 맞죠?"

"2사단? 대좌? 거 좋구나. 그래. 착하다."

누렁군인 장교가 머리를 쓰다듬자 당이는 당당해서 어깨를 으쓱했다. 어제 담임한테 된통 얻어터진 일을 생각하면 이번엔 후련한 모양이다. 당이가 갑자기 두 손을 들어 "인민해방군 만세"를 부르자 보고만 있던 누렁군인들 대열에서 박수가 터져 나왔다.

"소년 동무가 대장감이로구만."

"네, 맞아요. 우리 이모부 대장간 해요."

그 누렁군인은 다음날 아침부터 당이네 대장간에 놀러 온 아이들을 모아놓고 대추나무 가시로 잇새를 쑤시며 노래를 가르쳤다.

"동무들. 지금부터 내가 부르는 노래를 따라한다. 힘차게 불러라."

높이 들어라 붉은 깃발을
그 밑에서 굳게 맹세해
비겁한 자야 갈라면 가라
우리들은 붉은 기를 지키리라

대장간 노에서 뿜어져 나오는 황금 불빛을 보고 아이들은 붉은 깃발 노래를 따라 불렀다. 왜 붉은 깃발인지, 뭘 맹세한다는지, 누가 비겁하다는지, 붉은 기를 왜 지켜야 하는지, 도무지 아리송하기만 했다. 하지만 당이는 비겁하지 않으려고 교회 마당 쪽에 꽂힌 붉은 깃발을 쳐다보며 목이 터지라고 노래를 따라 불렀다. 무서워 입으로만 우물거리던 정인은 누렁군인한테 대장간 쇠집게로 머리를 몇 번 얻어맞고 나서야 입을 벌렸다. 붉은 노래를 부르니 차츰 얼굴이 붉어지고 있었다.

정인은 생전 처음 보는 군인들이 궁금하여 아버지에게 묻는다.

"아부지. 인민군 아저씨가 우릴 동무래요. 어른인데도."

"아저씨라고? 어딜 갔었니? 오늘."

"대장간에요. 노랠 배웠어요. 높이 들어라 붉은 깃발을….""

정인을 바라보는 범수의 낯이 금세 굳었다.

"거긴 절대 가지 마라. 인민군이 아니라 공산당의 군대 공산군이다. 우리완 동무도 아니다."

아버지가 꾹 다무는 비장한 입술을 바라보며 형제들은 민망하고 무서워 어쩔 줄 모른다.

유월 스무여드레. 누렁군인들의 행진대열이 정인의 집 앞을 지나가고 있었다. 군복이 커서 팔을 반쯤이나 걷어 올린 소년군 하나가 행군하는 대열에 끼어 따라갔다.

"너 몇 살이니?"

"열여섯이요."

문자는 혀를 차면서 진열대에서 밀크캐러멜 한 갑을 주머니에 넣어줬다. 정인도 얻어먹기 쉽지 않은 귀한 캐러멜이다.

"우리 오마니 생각이 납네다."

주변을 낯설어하는 눈빛으로 둘러보는 소년병의 목소리가 젖어 들었다. 저녁이 되자 소년병은 가게 앞으로 행군하다가 문자와 또 마주쳤다.

"오마니, 안녕히 계세요."

울먹이는 앳된 목소리와 함께 누렁군인들의 행렬은 멀어져갔다. 부대가 남으로 간다고 했다.

"저 불쌍한 어린 것이."

문자는 소년군의 뒤가 안 보일 때까지 바라보고 있었다.

아이들이 하나둘씩 장터거리로 나다니며 대장간에서 배운 군가를 부르고 다닐 때쯤 누렁군인들 대부분은 군가소리만 남기고 피란민들이 떠나간 남쪽으로 가버렸다. 그날 저녁에 낯모르는 사람 둘이 집으로 와서 범수를 찾았다. 한 사람은 머리에 개똥모자를 썼고 한 사람은 상고머리에 붉은 팔띠를 두르고 옆구리에는 대나무 몽둥이를 찼다.

"당신이 김범수요?"

"난데 왜 그러시오?"

"몇 가지 물어볼 게 있으니 내무서로 같이 갑시다. 잠깐이면 되오."

말씨가 공손하고 부드러웠다. 잠깐이면 된다고 했다. 내무서가 뭘까. 정인이 어머니에게 물어보려는데 눈을 찔끔하고는 손짓으로 뒤따라 가보란다. 송판에 까만 붓글씨로 목이평내무서라고 쓰여 있었다. 저녁인데도 안에는 불이 환했고 많은 사람이 부산하게 들락거렸다. 범수가 들어가고도 한청의 낯익은 사람들 몇몇이 팔띠 두른 사람들에게 양팔을 잡혀 들어갔다. 정인은 면사무소 앞길 건너편 느티나무 밑에 쪼그리고 앉아 아버지가 나오기만 눈이 빠지도록 기다렸다.

얼마나 지루하게 기다렸을까. 밤이 이슥해서야 범수는 빨간 팔띠를 두른 사람들에게 다시 양팔을 잡혀 나와 삼거리 쪽으로 향했다. 정인은 뒤따라가면서 '아버지'하고 소리 지르려다 꾹 참았다. 어두운 게 다행이고, 집에서 가까운 쪽으로 가고 있어 마음이 놓였다. 삼거리에서 범수는 술지게미 냄새 풍기는 양조장 안으로 끌려 들어갔다.

정인은 어머니에게 달려가 알릴까 하다가 길 건너편에서 기다리기로 했다. 누룩 냄새가 밖으로 풍겨 나왔다. 깜빡 졸다가 문 여는 소리에 깨어보니 누군가가 안에서 밖으로 내던져지고 문이 닫혔다. 팔다리를 뻗고 누웠지만 신음이 들리는 걸 보니 죽지는 않은 모양이다. 더럭 겁이 났다. 아버지도 저렇게 되나. 경찰서에 가서 도와달라고 할까. 빙신. 경찰은 벌써 죄다 떠났다는데. 정인은 제 머리를 주먹으로 쳤다. 두 시간쯤 더 지났을까. 또 한 사람이 끙끙거리며 기다시피 나왔다. 술을 너무 마셔서 그런 게 아니고 그도 한바탕 얻어맞은 모양으로 불빛 밑에 온몸이 피투성이다. 정인은 더럭 겁이나 집으로 뛰어와서 어머니에게 일렀더니 밤새도록 한숨만 내쉬었다. 빛을 기다리는 아침은 유난히 더디 왔다.

"양조장에 김범수 데려가쇼."

밤을 지키다 새벽녘에서야 모자가 깜박 잠이 들었는데 누군지 문 앞에서 소리를 지르고 사라졌다. 모자가 부리나케 양조장 쪽으로 뛰어나가니 어젯밤에 쓰러져 있던 사람은 보이지 않고 범수가 문 앞에 쓰러져 있었다. 얼굴과 눈이 퉁퉁 붓고 멍이 들어 사람을 알아보지도 못하고 끙끙거리며 신음하고 있었다. 문자와 정인이 부축해도 일어나지 못했다.

"정인아. 여기서 아버지 꼭 지키고 기다려."

문자는 부랴부랴 이웃에서 구루마를 얻어 끌고 와서 범수를 부축해 태웠다. 하룻밤 사이 온몸이 멍과 피투성이가 된 범수는 아픔을 참으면서 분에 못이겨 밤새도록 **빠드득빠드득** 이를 갈았다.

목이평인민위원회로 바뀐 면사무소 사무실. 면장 자리에는 개똥모자를 쓴 인민위원장이 앉았다. 그 앞에서 누군가 범수를 알은 체한다.

"어이, 범수. 자네 마누랄 구해주려고 했는데, 옛 친구한테 뒤통수를

쳐? 내가 붙들려가서 죽어버리고 평생 느이들 세상일 줄 알았겠지."

"조진창?"

끌려간 양조장에는 뜻밖에 진창이 기다리고 있었다.

"네 놈이 어떻게."

그때 잡혀갔으니 어디든 갇혀 있어야 할 조진창이다.

"범수. 이렇게 다시 만나니 반갑구먼. 아주머닌 안녕하신가."

진창이 손을 내밀자 범수가 뿌리쳤다.

"기왕 이렇게 된 마당에 우리한테 협조해. 그래야 살 수 있어."

"협조라."

"우선 느이들 한청 단원 이름을 다 적어놓고, 넌 여기 입당원서에 손도장을 꾹 눌러. 그래야 살아."

범수는 머리를 흔들었다.

"어이. 갈 동무. 이 친구 세상 바뀐 줄 모르고 아직 깜깜이네. 친구라서 특별히 생각해주면 고마운 줄 알아야지."

갈 동무라면 나루터 그 갈막생? 우물에다 망글네를 죽여 놓고 도망쳤다는 소문으로만 듣던 갈막생이다. 그자가 저쪽으로 넘어갔다니. 순간 침묵의 주먹이 명치로 파고들었다. 숨이 턱 막혔다. 아무 말도 할 수 없었다. 또 한 놈이 부축하여 일으키는 척하다가 발꿈치로 범수의 무릎을 짓이겼다. 딱히 묻고 답을 요구하지도 않았다. 무조건 발길질과 주먹질이 오뉴월 개 패듯 이어졌다. 범수는 의자에 묶인 채로 바닥에 쓰러지면서 정신을 잃어버렸다. 희미한 불빛 밑에서 범수를 내려다보며 진창이 웃고 있었다. 물인지 술인지 차가운 기운에 놀라 희미하게 정신이 들면서 문이 열리고 몸이 밖으로 끌려 나왔다. 눈이 퉁퉁 부어 떠지지 않았다. 날이 밝은데도 세상이 보이지 않았다.

며칠이 지나면서 범수는 문자의 극진한 간호로 회복이 되어갔지만 언제 또 잡혀갈지 모르는 불안한 나날이 계속되었다. 시도 때도 없이 밖에서 서성거리는 낯선 남자 둘이 눈에 거슬렸다. 언제 또 집을 뒤져 끌고 갈지 모른다.

"여기선 도저히 안 되겠다."

밖에 지키고 있던 자들이 저녁을 먹으러 갔는지, 잠시 보이지 않는 틈을 타서 범수는 성치 못한 몸으로 가족을 데리고 삼거리에 피란 나간 남의 빈 집으로 옮겨갔다. 그곳마저도 불안하여 울타리를 뚫고 옆집 벽장에 올라가 낮 동안 숨어 지내면서 밤이면 집으로 내려와서 자고 아침을 먹으면 벽장으로 다시 올라갔다. 이따금씩 비행기에서 쏘아대는 풋소리와 총소리는 잊을만하면 집을 흔들었다.

벽장 안의 시간은 불안하고 답답했다. 범수는 쪽창에서 창호지를 뚫고 들어오는 빛만으로 무료한 시간을 견뎠다. 벽장 구석에 먼지가 두텁게 쌓이도록 두었던 책이 눈에 들어왔다. 결혼하면서 혼수처럼 갖고 온 아내의 복음서다. 범수는 조심스럽게 먼지를 털어내고 표지를 넘겼다.

곳곳에 덧쓴 글이 깨알같이 보였다. 아내가 이토록 복음서를 열독했다니. 범수는 광희문교회 시절을 떠올렸다. 친구의 자취방에서 만났던 문자를 교회에서 다시 만났으니 인연이다 싶었다. 다소곳이 앉아 기도하다 예배를 마치고 돌아가려던 문자의 앞을 범수가 먼저 막아섰다. 문자는 범수를 오빠의 자취방에서 처음 만났을 뿐인데 반색하며 다가왔다. 그리고 헤어질 뻔했다.

범수는 부친의 병환으로 고향에 가기 위해 교회를 떠나기로 작심하고 인사차 갔었는데 문자를 만나자 귀향을 보름이나 더 늦췄다. 범수가 부친의 병환으로 고향에 간다고 하자 문자는 자기도 가겠다고 선뜻 따라나섰다. 양쪽 모두 이게 다 인연인가 싶었다. 부친이 편안히 눈을 감도록 그 앞에서 덜컥 혼례까지 올렸다. 장례까지 치르고 서울로 다시 갈 생각이었는데 그대로 눌러앉았으니. 간호기술을 배워 학교나 병원에 있어야 할 문자를 농사꾼에서 장사꾼으로 만들어버리고 말았다. 범수는 문자가 때론 안쓰럽고 딱해보였다. 벽장에 숨어서 지내는 동안 복음서를 펼치고 문자가 공부했던 흔적들을 읽어나가며 답답한 시간을 버티고 있었다.

"항공이오!"

비행기 소리가 들리면 누군가 목청껏 외치며 거리로 뛰어다녔고, 사람들은 임시로 파놓은 예배당 밑 동산 기슭에 방공호 구덩이로 숨어들었다. 바깥소식은 방공호에 잠시 숨는 사이로 모이고 항공이 해제되어 밖으로 흩어지면 소문도 장안으로 퍼져나갔다. 대낮 방공호의 어둠 속에서 서로의 옷을 붙잡고 속삭였다. 이번에는 누구누구가 내무서에 잡혀가서 된통 맞고 돌아왔고, 누구는 일찌감치 갈문산으로 몸을 피해 봉변을 면했다고 했다. 언제 어찌될지 모르면서 모두 바뀐 세상을 초조하게 살아가고 있었다.

"어떻게든 살아남아야 해여. 싸움은 끝까지 살아남는 사람이 이기는 거여. 죽으면 지는 거여."

누군가의 목소리에 모두 고개를 끄덕이며 비행기가 지나갔다는 호각소리를 듣고 방공호에서 몰려나와 각자의 집으로 돌아갔다. 집들이 한두 곳씩 주저앉았고, 방공호로 드나드는 일이 빈번해지면서 모이는 소문이 변하고 있었다. 불안이 가득 차서 모였던 사람들은 이따금씩 들려오는 쌕쌕이 소리에 실낱같은 희망을 걸고 흩어졌다.

처음에 목이평으로 들어올 때만 해도 기고만장하여 나다니던 누렁군인과 내무서원들은 알게 모르게 허둥대며 무엇엔가 쫓기고 있었다. 눈치 빠른 사람들은 벌써 양식을 챙겨가지고 갈문산으로 피신했다. 면에서 사람들을 잡아다 군청 뒤에 있는 금융조합 창고에 가둔다고 했다. 내무서 유치장은 벌써 꽉 찼다. 자정 무렵이면 줄에 묶인 사람들이 밖으로 끌려나간다고 했다. 어디로 가는지 알 만한 사람들은 다 알고 있었다. 자정이면 독산 모래사장에서 드르륵거리는 짧은 총성이 울렸다. 강변 근처 사람들에게는 매일 밤 비명까지 들린다고 했다. 정인은 몹시 궁금했지만 가볼 엄두가 나지 않았다. 작년까지만 해도 아이들이 몰려가 미역 감던 곳이다.

유월의 강물은 아직 차가운데도 정인은 학교만 다녀오면 가방을 내던지고 강가로 내달렸다. 강가엔 봉긋한 바위산이 있었다. 사람들은 독산이라고도 하고 멀리 충주서 홍수에 떠내려온 산이라고도 했다. 꼭대기에 기어오르면 으레 옷을 훌러덩 벗어놓고 강으로 내리꽂혔다. 눈은 뜨고 숨은 참아야 한다. 물방울에 휩싸여 치솟아 오르면 지켜보던 친구들의 손뼉 소리를 들어야 한다. 들이쉰 숨으로 힘을 채워 강물을 가른다. 아득하던 건너편 모래사장이 가까워오면 숨은 턱밑까지 차오르고 팔다리가 흐느적거릴 때쯤 돼서야 발밑에 겨우 모래를 밟을 수가 있었다. 정인은 오늘도 가뿐하게 건넜다.

"헤엄만 치면 어디서든 살 수 있다."

뒤따라온 이웃 친구 민웅이 숨을 헐떡이며 자기도 해냈다고 안도한다. 정인은 모래에 벌렁 누워 하늘로 알몸을 드러내고 눈을 떴다. 그 옆으로 민웅이 누웠다. 건너편에 아이들은 건너올 엄두도 못 내고 물장구만 친다.

"정인아. 오늘 우리 반 생물 선생 말이야. 좀 이상하더라. 바이러스를 비루스라 하잖아. 브이 아이 알 유 에스. 수업시간 내내 비루스라고 했어. 영어시간에 물어봤더니 바이러스가 맞는다는데."

생물 과목을 맡은 정인의 반 담임, 박정엽 선생의 잘못된 발음을 옆 반 웅이가 정확히 지적했다.

"우리 반에서도 그랬어. 그런데 비루스는 어디 사투리지?"

"사투리가 아냐. 그 선생은 서울 말씬걸."

지난 주 월요일이었다. 청과상을 해서 먹고 살 만큼 살고 있는 정인은 그날따라 도시락을 가져가지 않아 가난한 아이로 몰렸다. 점심을 앞둔 넷째 시간이 생물시간이다. 담임은 생뚱맞게 커다란 함지를 들고 들어왔다. 모두 그 함지로 눈이 쏠렸다. 생물 시간에 필요한 교보재인 줄 알았으나 수업이 끝나기까지 그 함지는 그대로 있었다. 수업이 끝나는 종이 울리자 점심시간.

"모두 도시락을 여기다 쏟아라."

담임은 함지를 교단에 놓았지만 영문을 몰라 아무도 도시락을 가져다 쏟지 않았다.

"어서."

회초리를 들지도 모를 인상이다.

"이 의리 없는 녀석들아. 옆에 친구가 점심을 굶는데 너희들끼리만 밥이 넘어가냐?"

호통을 듣고 나서야 아이들은 마지못해 도시락을 들고 나와 함지에 쏟았다.

212

"반장은 나와서 비비고, 부반장은 배식해."

도시락은 쉰, 학생들은 쉰셋이다. 보리밥 쌀밥이 섞이고 김치와 고기 반찬이 뒤섞였다.

"친구라면 한 알 남은 콩이라도 두 쪽으로 갈라 한 쪽씩 나눠 먹는 의리가 있어야 한다. 다음부터는 도시락을 못 가져오는 사람이 있으면 꼭 이렇게 비벼서 나눠 먹도록. 반장은 이 그릇을 깨끗이 씻어 잘 보관하도록."

담임은 배식을 끝까지 지켜보다 나갔다. 정인은 집으로 돌아와 저녁 상에서 비빔 도시락을 얻어먹었다는 얘기와 담임이 콩 한 알도 나눠 먹으라고 했다는 얘기까지 아버지에게 했다.

"한 알 남은 콩을 두 쪽으로 나눠 먹으면 이듬해 심을 씨마저 없어진다. 꾹 참았다가 그걸 심어 수십 배, 수백 배를 더 얻어야 배불리 나눠 먹을 수 있지. 똑같이 나눠 먹는 것만 능사가 아냐."

범수는 밥상머리에서 무겁게 가르쳤다. 그 후로 정인의 담임이 보이지 않았고 새로운 담임이 왔다. 아이들 사이에선 담임이 잡혀갔다는 소문이 무성했다.

밤마다 자정만 되면 따발총 소리가 정인의 잠결에도 들려왔다. 어떤 때는 길게 어떤 때는 짧게 들리고 끊어졌다. 오늘 밤엔 또 누구를 죽이고 있을까. 어둠 속에서 들려오는 소리는 방향을 종잡을 수 없었다. 하루는 잠을 참아보기로 했다. 자정이 가까워지면서 정인은 슬그머니 밖으로 나와 불빛을 살폈다. 총소리든 대포 소리든 어둠 속에선 불빛을 감추지 못했다. 어느 쪽 하늘일까. 갈문산 쪽이어야 할 불빛은 멀리 강쪽에서 허공을 비추고 있었다.

이튿날 오후에는 비행기가 목이평 하늘을 가로질러 갈문산 쪽으로 몰려가고 있었다.

'항공이오.'라는 소리가 들리자 사람들은 또 방공호로 몰려 들어갔다. 곧 끝나겠지. 폭격기 굉음이 사라지고 숨죽이던 사람들이 흩어졌다. 방공호에서 나오는 당이가 정인의 귀에 대고 소곤거렸다.

"정인아 오늘 밤에 구경 갈까? 독산에 기똥찬 구경거리가 있다. 웅이도 간다고 했다."

그렇지 않아도 밤에 들리는 총소리가 궁금하던 김에 당이의 말이 귀에 솔깃했다. 밤이면 울타리 밑에서 기웃거리며 총소리가 들리는 쪽을 알아보려 했지만 소리만 요란할 뿐 방향은 막연했다. 정인은 저녁을 먹고 신문 쪽지와 성냥을 챙겨 변소에 가는 척하면서 당이를 기다렸다.

"웅이는?"

"나오다가 제 엄마한테 붙들렸다. 우리끼리 가자."

당이는 당당하게 앞장섰다. 골목은 집집마다 일찌감치 불빛을 감췄다. 어둠을 더듬어 기차역 앞을 지나는 개울길에 들어섰는데.

"누구야. 손들어."

당이는 "인민해방군 만세!" 하며 두 손을 번쩍 들었다.

"너는."

"…만세."

정인은 얼떨결에 우물쭈물하다 손을 들어 만세를 부를 수밖에 없었다.

"아저씨, 저 대장간에 당이예요. 이모부 심부름 가요."

"그래? 조심해라."

당이는 앞장서서 어두운 길을 잘도 달렸다. 어느새 누렁군인과 사귀

214

었을까.

"저 아저씨 우리 집에서 밥 먹었다. 칼도 만들어가고."

당이는 으쓱하며 무섬도 타지 않고 강가에 홀로 솟은 독산 쪽으로 향했다.

"저길 어떻게…."

낮이면 가뿐히 오르겠지만 밤이라서 하는 걱정이다.

"저길 올라가야 보인다. 나만 따라와라."

기왕에 나선 걸음이니 따라갈 수밖에 없었다.

"우리 아부지가 올지도 모른다. 하늘이 밉다. 여태 아부지도 안 보내주고."

독산 위로 앞장서서 기어오른 당이는 묻지도 않은 말을 하며 주머니에서 봉지에 든 송편을 꺼내 정인에게 쥐어줬다. 그러고 보니 내일이 추석이다. 당이네는 이 난리통에도 추석을 쇠는 모양이다.

"여기서 구경한다고?"

아직 주위는 적막했다. 멀리 민가의 불빛은 노란 달이 떠오를 때까지 한두 군데씩 깜박였다.

"좀 더 기다려 보자."

쪼그려 앉은 다리가 저려올 때쯤 되어 멀리 경찰서 쪽에서 횃불덩이가 움직였다. 자정쯤 되었을 것이다.

"온다! 울 아부지가 저기서 올지도 모른다."

불빛이 보이자 당이는 경찰서 쪽을 바라보며 침을 삼켰다.

"오늘 밤엔 꼭 올 거다. 이모부가 꼭 온다고 했다."

불빛이 가까워 오면서 웅성거리는 사람 소리가 들리고 손을 맞잡은 사람들이 두 줄로 서서 따발총을 멘 사람들에게 둘러싸여 걸어오고 있었다. 꽉 찬 달이 중천에서 이들을 비췄다.

"무섭지 않니?"

"아부지가 무섭니? 조금만 더 기다려봐라. 울 아부지 올 때까지."

기다릴 수밖에 없었다. 웅성거리는 소리가 가까워졌다. 대열이 모래
사장 가운데에 서더니 횃불이 높이 올라갔다. 정인과 당이는 혹시라도
들킬까 봐 바닥에 엎드렸다.

"항공이오."

비행기도 안 떴는데 항공이라니. 독산 봉우리에는 뛰어들만한 방공호
가 없었다. 몸을 숨길만 한 나무조차 없었다. 이대로 하늘에서 조명탄
이라도 터진다면 낭패다. 독산 봉우리에서 사람들이 모여 있는 모래사
장까지는 높고 낮을 뿐 거리는 지척 간이다. 모래사장에는 군데군데 도
랑 같은 구덩이가 파여 있었다. 십여 명씩 묶인 대열은 그 구덩이 옆에
멈춰 섰다.

"무섭다. 그냥 가자."

잔뜩 낀 구름 속으로 달마저 숨어들었다.

"조금만 더 기다려봐라. 저기에 아부지가 있을 거다."

둘은 바위에 납작 엎드렸다.

"동무들 항공이란 말이오."

달밤에 항공이라니. 묶여온 사람들이 위협적인 고성에도 깊숙한 구덩
이 안으로 뛰어들지 않고 머뭇거렸다. 하늘이 그대로 보이는 저곳이 방
공호라니. 비행기도 안 떴는데 항공이라니. 머뭇거리던 사람들은 뒤에
서 등을 떠밀려 앞으로 고꾸라지면서 비명을 질러댔다.

"따따따당. 땅, 땅."

"으윽. *끄응*."

216

순식간에 총성이 퍼졌다. 갑자기 잠잠해지더니 횃불 하나가 구덩이 안으로 떨어졌고 불길이 치솟았다. 불길도 잠시. 삽인지 괭이인지 덜그럭거리는 소리가 들리고 모래를 퍼 끼얹으면서 불도 꺼졌다. 그때서야 석유 냄새와 노린내가 독산 꼭대기로 풍겨왔다. 정인은 당이에게 얻어먹은 송편이 목까지 올라왔지만 꾹 참았다. 총잡이와 삽, 괭이꾼들이 돌아가고 모래벌에는 구름 속에서 빠져나온 달이 무서운 어둠을 걷어냈다.

"오늘 밤에도 안 왔다."

언제나 당당했던 당이가 그렇게 기운 없어 보이기는 처음이다.

"오늘 밤에 반동들을 처형하러 온다 했는데."

"반동? 지금 끌려와서 죽은 사람들이 반동이라고?"

"그래. 저이들은 반동이다."

어둠 속에 시무룩한 당이가 측은하여 되물었지만 고개를 끄덕였다. 정인은 순간적으로 분기가 치솟았다.

"이 빨갱이 새끼. 저기서 죽은 사람들이 반동이면 느이 아부진 빨갱이지? 넌 새끼 빨갱이고."

정인은 내무서원에게 몰매 맞은 아버지의 분을 주먹에 실어 당이에게 날렸다. 몸이 만신창이가 된 아버지가 어른거린다. 횃불 아래서 순식간에 총에 맞아 쓰러지는 광경을 보고 태연하게 반동이라는 당이를 짓밟고 짓밟아도 정인은 온몸이 부르르 떨렸다.

당이는 힘으로 맞장을 뜰 만도 한데 그대로 당했다. 분을 누르며 바닥에 쓰러진 당이를 두고 집으로 내달렸다. 다음날 부모에게는 아무 말도 못 했다. 더욱 불안하고 답답한 날들이 지루하게 지나갔다. 폭격기가 한바탕 폭음을 울리고 지나갈 때면 정인은 밖이 궁금하여 견딜 수가 없었다. 어머니가 꼼짝 말고 있으라고 했는데도 몰래 밖으로 나가 포탄 맞는 역 쪽을 향해 뛰어갔다.

　망글네 국밥집에는 팔띠 두른 사람들과 개똥모자 쓴 사람들이 고기 몇 점에 이를 쑤시며 들락거렸다. 총을 메고 긴 장화를 신은 군인도 보였다. 바삐 국밥을 나르는 마순 아줌마, 돕는 갈망수도 보였다. 망수는 학교에 나오지 않는다. 지나다 기웃거리는 정인과 눈이 마주치자 망수가 씽긋 웃는다. 망수는 그 밤중에 그 일이 신나는가 보다. 정인이 역으로 뛰려는 순간 길옆 가게에서 유리창이 와장창 깨지는 소리에 놀라 근처 처마 밑으로 피했다. 우글거리던 국밥집 사람들이 순식간에 흩어져 골목으로 숨어들었다. 정인은 다시 집으로 뛰어왔지만 집이라고 안전하지 않았다. 파편이 부엌에 떨어져 솥 테두리가 깨지는 아찔한 순간에 정인은 뛰어 들어오다 어머니와 마주쳐버렸다.

　"엄마, 국밥집에 포탄 맞을 뻔했어. 빨간 팔띠 아저씨들이 많아. 누렁 군인들도 많고."

　"너 죽으려고 환장했니? 거긴 왜 갔어."

　장터거리는 더 이상 버틸 곳이 못 되었다. 식구들 모두에게 숨 막히는 시간이 흐르고 있었다.

　"여기서 이대론 안 되겠다. 인적 드문 동종 강가에 가서 움막이라도 치고 지내야겠다."

　마음을 정한 범수는 작정하고 때를 기다렸다. 적기와 유엔기가 번갈아 폭격을 퍼붓더니 유엔군의 폭격이 늘어났다. 활개 치고 다니던 내무서원도, 개똥모자를 쓴 보위부원도, 따발총을 든 공산군도, 팔띠 두른 사람들도 드문드문 나타나는가 싶더니 어느 날부턴가 적당들이 골목마다 설치고 다니는 소리가 더 요란해졌다. 범수는 벽장 안에서 전세가 어떻게 돌아가는지 종잡을 수가 없었다. 식구들 모두 집에만 숨어 있으니 바깥에서 돌아가는 소식을 도저히 알 수가 없었다. 애지중지 간직하는 라디오도 방송이 없으니 소용없다. 언제 급작스런 집뒤짐을 당할지 모르는 불안한 나날이 계속되었다. 저녁이 되어 범수가 이웃에서 낡은 손수레를 빌려다 바퀴에 바람을 넣고 있을 때, 문자는 수레에 실을 솥단지와 그릇과 이불을 챙기고 삼 형제가 따라나설 채비를 하고 있었다. 바로 그때 발길이 뜸하던 대장간 원배가 불쑥 앞장서 들어오면서 그 뒤로 따발총을 멘 누런 인민 복장의 두 사람이 들이닥쳤다.

"이 사람이 김범수요!"

원배는 놀라 쳐다보는 범수를 외면하고 대문 밖으로 내뛰었다.

"당신이 김범수요?"

범수는 다리가 휘청거리고 어안이 벙벙하여 대답도 못 하고 낭패한 얼굴로 서 있었다. 하필이면 이때.

"아! 우린 보위부에서 나왔소. 잠깐 할 얘기가 있으니 같이 갑시다."

몸은 거의 회복되었지만 도망칠 겨를도 없게 들이닥치고 말았다. 보위부원 하나는 앞장서고 하나는 뒤에서 범수의 등을 밀었다.

"살려줘요."

문자는 순식간에 끌려가는 범수 뒤에서 보위부원의 팔을 붙들고 늘어졌다. 정인의 얼굴이 새파랗게 질리고 두 동생은 아버지를 부르며 울음을 터뜨렸다.

"잠깐 갔다 올 테니까 집에 있으쇼."

뒤따르는 보위부원은 문자를 밀치고 골목을 돌아 사라졌다.

"이제 우린 어떡하니. 지금 잡혀가면 다 죽는다는데…."

정인은 밤마다 들리던 총소리가 귀에 뜨끔거리는데, 문자는 삼 형제를 붙들고 솟는 눈물을 꾹꾹 참았다. 문자가 부엌으로 들어가 지어놓은 저녁밥을 퍼서 양은밥통에 담았지만 먹을 수가 없었다. 바깥바람이 찼다. 화롯불을 방 안에 들여놓고 모여앉아 보위부원이 물속에 지푸라기처럼 남기고 간 '잠깐'을 믿어보려고 했다. 밤이 깊어가면서 정인의 동생 둘은 몰려오는 잠을 못 참고 쓰러졌다. 오늘 밤에는 총소리가 들리지 않기만 바랬다. 모자가 화롯불을 가운데 두고 교대로 졸다 깨기를 반복하면서 밤을 지키고 있을 때에 시계추가 네 번 울렸다. 이대로 날이 밝는가. 총소리를 들었든가 못 들었든가. 잠결에 들렸을지도 모르는 불안이 문자의 가슴을 들볶았다. 다시 졸음에 지쳐갈 때쯤 밖에서 세차게 문을 두드리는 소리가 들렸다.

"아주머니. 문 좀 열어주세요. 빨리요."

식구들 모두 잠이 확 달아나면서 가슴이 덜컥 내려앉았다. 문자는 작심하고 정인과 다듬이방망이를 하나씩 나눠 쥐었다.

"정인아. 저 빨갱이놈들이 이제 우리까지 잡으러 왔나 보다. 죽을 때 죽더라도 우리 둘이 한 놈이라도 때려죽이고 죽자. 머리부터 쳐야 한다."

다듬이방망이를 움켜쥔 문자의 작은 목소리가 비장했다. 두 사람은 조심스럽게 대문으로 다가갔다.

"아주머니. 빨리 문 좀 여세요."

다행히 어른의 목소리가 아니다. 그렇다고 마음을 놓을 수가 없었다.

"누구요? 뭣 때문에 이 새벽에?"

"아주머니 저예요. 저 영식이예요."

대문 밖에 목소리는 다급했다. 영식이라면 동종 강가로 먼저 피신한 이웃 조영록 씨의 아들이다. 정인네와는 가깝게 지내는 사이다. 그러나 모를 일이다. 엊저녁에 놈들이 원부를 앞세워 온 걸 보면 뒤에 누가 따라왔는지 모른다. 문을 열게 하려고 아이까지 이용했을지도 모른다. 잠시 망설이는 동안 밖에선 문을 두드리며 열라고 재촉했다.

"글쎄, 아저씨 일 때문이라니까요. 빨리 좀."

바로 어젯밤에 범수가 보위부원에게 잡혀갔는데 아는 사람이 누가 있다고. 영식이네가 어떻게 알고. 믿을 수 없는 일이다. 문자는 정인의 귀에 대고 강다짐시켰다.

"방망이 단단히 잡아라. 뒤에 빨갱이 놈들이 있으면 이걸로 사정없이 대가리를 후려쳐라. 알았지." 하면서 대문 빗장을 풀었다. 뒤를 살필 사이도 없이 영식이 문을 밀고 안으로 뛰어 들어왔다. 다행히 혼자다. 영식은 가쁜 숨을 몰아쉬며 소식을 전했다.

"아주머니. 아저씨가 총살장에서 도망쳐서 동종에 있는 우리 움막에 들리셨다가 여울 건너 산속으로 들어가셨어요. 내무서 놈들이 언제 집에 들이닥칠지 모르니까 빨리 피하시래요. 밝기 전에 빨리요. 그럼 저는 가요."

되물을 틈도 없이 영식은 골목 어귀로 사라졌다. 귀를 의심했다.

"어린 것이 이 새벽에 어떻게…." 영식은 올해 열두 살이다.

끌려가면 모두 죽는다는 소문이 도는 판국에 살아나다니. 모두 저녁을 굶고 밤을 꼬박 새웠지만 힘이 솟았다. 잠시도 지체할 수 없다. 급히 떠나야 한다. 문자는 대문 빗장부터 채우고 애들을 깨워 급한 대로 옷가지와 당장 먹을 쌀을 챙겨 나섰다. 막상 나왔지만 어디로 간담.

가까운 철길을 따라 떠나기로 했다. 근처 원덕역까지 십여 리를 걸어 범수가 수양어머니로 삼고 지내는 집에 도착했다. 오랫동안 묵어야 할지도 모른다. 문자는 아이들을 그곳에서 꼼짝 말도록 당부해놓고 집으로 다시 가서 필요한 살림과 옷가지를 더 챙겨왔다. 낮이 되면서 유엔군 비행기가 편대를 이루어 갈문산 골짜기로 날아가 폭격을 반복했다. 전세는 이미 기울고 있었다. 유엔군의 폭격은 다음날도 계속되었다.

집을 떠나온 지 삼 일째 되는 날 오후 무렵, 어디서 몰려왔는지 수많은 사람이 개울을 따라 추읍산 쪽을 웅성거리며 뛰어오르고 있었다. 구경삼아 바라보는 마을 사람들은 도망치는 저들이 미처 후퇴하지 못한 공산 잔당 빨갱이들이라고 했다. 총을 멘 자, 목총을 든 자, 곡괭이 같은 연장을 멘 자들이 오합지졸로 몰려가며 허둥대는 모습이 가관이었다. 집을 떠나온 지 삼 일째, 마을 앞 추읍산에서는 밤새도록 들리는 총소리가 새벽까지 그치지 않았다.

"오늘 아침에 우리 애 아버지가 목이평역에 갔다 왔는데, 국군이 들어와서 빨갱이들이 죄다 도망쳤대. 애들도 이젠 집에 갈 수 있겠네."

세상이 뒤바뀌었다고 소식을 전하는 수양어머니의 목소리가 밝았다.

문자는 집 떠난 지 나흘 만에 아이들을 데리고 다시 돌아왔다. 범수는 어느새 돌아와서 청방대원들과 감찰대를 조직하여 누렁군인과 보위부원 앞잡이 했던 자들을 잡으러 다녔고, 재빠르게 들어온 헌병들은 삼거리에서 교통정리와 검문을 했다. 역 앞에 주둔한 국군은 시내를 돌아다니며 적의 잔당 색출에 주력했다.

"빨갱이가 어디에 숨어있는지 말씀만 해주세요."

불과 닷새 전만 해도 저쪽 것들 세상이었던 목이평은 석 달여 만에 다시 바뀌었다. 군인과 청방대원이 잔당을 색출해내는데 동분서주하면서 목이평의 분위기는 다시 살벌하고 어수선하게 돌아갔다.

청년방위대원들은 경찰이 없는 거리에서 치안활동을 하느라 여념이 없었다. 대원들은 이를 갈며 점찍어두었던 집을 찾아 급습했다. 제발이 저린 자들은 이미 후퇴하는 적의 무리에 휩쓸려갔다. 미련이 남은 자들

222

은 지은 죄도 모르고 아둔하게 집을 지키다 붙잡히고, 붉은 팔띠를 아궁이에 불사르고 서둘러 들판에 알곡을 거두러 나가려던 자들도 잡혀왔다. 범수가 장안을 온통 다 뒤져도 조진창은 보이지 않았다. 갈막생도 보이지 않았다. 정인은 대장간으로 뛰어갔으나 당이도 보이지 않았다. 그렇지. 이제부터 당이는 친구도 아니다. 그때 그날 밤 일을 잠시 잊고 있었다.

그 무렵 가말봉 밑 황 토주 댁에는 한 씨가 열 살배기 아들 재평을 홀로 지키고 있었다. 시부가 끌려가 팔띠들에게 몰매 맞아 죽는 변을 당하자 시모 신 씨도 스스로 시부의 뒤를 따라갔다. 그 집 아들 재평은 정인과 같은 또래였다. 범수는 걱정이 되어 수시로 드나들며 황 토주 댁을 지켰다. 재평은 빈번히 드나들며 안부를 묻는 정인네 아저씨가 미더웠다.

"우리 집 아저씬 살았을까요."

한 씨는 범수에게 집 떠난 감수의 안부를 묻는다. 부질없는 일이다.

날뛰던 좌익분자들에게 국밥을 말아대던 망글네 집에 마순은 망수를 데리고 청방대원들에게 국밥을 차려냈다. 청방대원들은 국밥을 달게 먹으면서도 마순을 잡아들일지 말지 왈가왈부했다. 원부네 대장간은 국군이 돌아왔는데도 불 피울 기미가 보이지 않았다.

"아무래도 저 마순이 수상해. 저쪽 것들 밥해주다 태연하게 남아 밥장사를 하고 있으니. 해방 전까지 공부한답시고 저쪽 애들하고 붙어 다녔잖아."

장터거리 마당에 쭈그려 앉아 망글네 국밥집 쪽으로 의심을 품는 사람은 서정각이었다. 범수는 입맛을 다시며 혀만 찼다.

"일단 잡아다 족쳐봐야지. 내통하고 있는 게 분명해."

"우리가 저쪽한테 당했다고 애먼 사람 억울하게 하는 일은 없어야 해여. 지금까지 잡아 가둔 자들이나 경찰에 넘기도록 해."

"그러기 전에 분이 뭉친 이 주먹부터 풀어야 하지 않겠어? 위원장이랍시고 꺼떡대던 덕보가 그대로 마을에 숨어 있다는 소문이 돌던데. 잡히면 그냥 콱, 죽지 않을 만큼 두들겨 패서라도 병신 만들어 넘겨야지."

정각이 하늘 향해 치켜든 주먹을 범수가 꽉 잡았다.

"아서. 저쪽하고 똑같은 놈이 되지 말고. 놈들이 갇혀 있는 창고에 오늘 밤 보초 교대나 잘 챙겨."

정각은 주먹으로 상 바닥을 내리쳤다.

범수가 텅 빈 경찰서를 지키며 꾸벅꾸벅 졸고 있을 때 밖에서 웅성거리는 소리가 들렸다. 나와 보니 왁자지껄하며 누군가를 묶은 채로 끌고 가는데 가둬야 할 창고 쪽이 아니고 빈산 쪽이다. 누굴까. 범수는 졸음이 확 달아나면서 급히 뒤를 쫓았다. 끌고 간 사람들을 얕은 동산 숲 참나무에 묶고 있었다.

범수가 대원들을 제치고 다가가 얼굴을 살폈다. 하나는 망글네집에 마순이고, 하나는 분명 조진창이다. 옆에는 어린 갈망수까지 셋이다. 조진창이 잡혔다니. 범수는 정각을 다그쳤다.

"죽이려고?"

"죽여야지."

범수는 정각이 들고 있는 총을 낚아챘다.

"죽일 때 죽이더라도 이러면 안 돼."

"안된다고? 조진창, 저놈은 부단장이 먼저 나서서 죽일 줄 알았는데. 도망친 줄 알았더니 배짱 좋게 망글네 집에 숨어 있었잖아. 숨겨준 마순이, 망수란 놈도 같은 패거리지. 마순이 저년이 놈들의 밥줄이라는

224

걸 우리만 까마득히 모르고 있었어."

일이 이렇게 되었던가.

"언제 죽어도 죽어야 할 조진창이 아닌가. 보기 언짢으면 자넨 빠져."

범수가 진창을 위협하는 정각을 막아섰다.

"우리 손으로 우리 이웃을 죽인다고? 대한청년단, 아니 우리 청년방
위대가 지키려던 건 이게 아니잖아."

마순과 망수가 총구 앞에서 새파랗게 질려 파르르 떨고 있었다. 진창
은 범수까지 나타난 마당에 눈을 감고 아예 포기한 듯하다.

"죄는 저울에 달듯이 정확하게 따져보고 벌을 줘야 하는 거여. 죽일 만
큼 무거운지, 살려둘 만큼 덜 무거운지. 살려둔 놈은 묵은 죄가 드러나면
다시 죽일 수 있지만, 죽인 것들은 죄가 잘못됐다고 해도 다시 살려낼 수
가 없는 거여. 내 말이 무슨 말인지 알아듣겠어? 경찰이 들어오면 처분을
맡겨야지. 얼른 창고로 끌고 가. 이건 청방대 부대장 명령이여."

범수의 목소리가 악을 쓰듯 커졌다. 부대장인지라 그 기세에 정각이
수그러들고 단원들은 나무에 묶인 자들을 풀었다. 마순이 새파랗게 질
려 달달 떨다가 묶은 끈이 풀리자 그 자리에 주저앉았다.

"천렵할 땐 돼지고 닭이고 잘도 때려잡던 자네가 이럴 줄 몰랐네."

"사람의 목숨이여."

정각은 의아해하고 범수는 착잡했다.

다음날 아침 범수의 집에서 웃지 못할 일이 벌어졌다. 대장간 원배네
부부가 마루에 올라와 범수의 양다리를 하나씩 잡고 살려달라며 사정
하고 있었다. 며칠 전 보위부원에게 '저 사람이 김범수요.' 하며 일러주고
내뺐던 이원부였다. 범수는 눈을 감고 입을 꾹 다물었다. 수십 년 쌓았
던 이웃 간에 정은 이미 무너졌다. 형으로 삼고 지내던 이웃 원부가 이

런 사람이었다니.

"내가 죽을죄를 지었네. 용서해 주게. 그땐 나도 살기 위해 어쩔 수 없었다네."

보다 못해 문자가 나섰다.

"용서? 사람을 죽을 지경으로 몰아넣었는데. 저이가 죽어버렸으면 이럴 일이 없을 텐데 구사일생 돌아온 게 그쪽은 한이 되겠지요."

범수가 마땅한 답을 찾지 못하고 있는데 문자는 고까운 생각에 한마디 더 쏘아붙였다.

"난 도저히 용서할 수가 없네요. 벌 받으세요."

"내 목숨은 자네 말 한마디에 달렸으니 제발 살려만 주게." 하면서 부부가 통곡한다.

원배 부부에게 다리를 잡히고 한동안 서 있던 범수는 오랫동안 감고 있던 눈을 뜨고 입을 열었다.

"내 아무 말도 안 할 테니 이 손 놓고 돌아가요. 제발."

"정말? 믿어도 되겠나."

"걱정 마요. 아무 일 없을 테니까."

"믿겠네. 살려만 주면 은혜는 평생 잊지 않겠네."

문자도 말은 매몰차게 했지만 어쨌든 살아 돌아왔으니 다행이라며 범수의 용서를 수긍했다. 그때가 시월 초. 오랫동안 비어 있던 가게는 허룩하게 털렸고 푸성귀는 곰팡내가 나도록 누렇게 떠서 나뒹굴었다. 문자는 길거리 좌판에서 감자, 호박, 옥수수, 고구마, 열무 등속을 사다가 저녁상을 차려냈다. 오랜만에 다섯 식구가 둘러앉았다.

"아부지, 이젠 우리 편이 괴뢰군들 무찌를 수 있지?"

막내가 심각하게 묻는다.

"아부지 이젠 잡혀가지 마요."

둘째 정용이가 걱정스럽게 제 아버지를 바라보며 눈치를 살핀다.

"이젠 그럴 일 없을 거다. 오늘도 숨어 있는 놈들 잡으러 다녀야지."

문자는 정용의 등을 토닥이며 안심시켰다.

"남들은 끌려가서 다 죽었다는데…."

문자는 수저를 들다 말고 울컥하며 고개를 돌렸다. 애들 앞이라도 엉엉 울고 싶었다. 어떻게 살아났는지 가족들 앞으로 돌아온 남편이 고마워서 끌어안고 실컷 울고 싶었다. 범수는 어젯밤에도 군경을 도와 밤새도록 돌아다니다가 새벽녘에야 들어와 겨우 단잠을 잤으니. 한청에서 백일 동안 간부 훈련을 받고 돌아왔을 때처럼 몰골이 말이 아니다. 문자는 슬그머니 귀한 생선살을 발려서 범수의 밥숟가락에 올려놓는다. 그걸 보고 막내가 밥을 뜬 숟가락을 제 엄마에게 내밀자 정용이 눈을 흘긴다. 막내는 그 눈길을 피하며 아버지에게 묻는다.

"아부지가 괴뢰군하고 싸워서 이긴 거지?"

막내는 그날 밤 끌려간 아버지를 기억하며 아침을 먹는 내내 그 일이 궁금했던 모양이다. 이겨야 한다. 사방치기든 싸움이든 이겨야 살아난다. 범수의 다짐이 양쪽 어금니를 힘차게 맞물고 있었다.

범수는 그날 저녁에 따발총을 멘 보위부원 두 사람에게 장터거리 뒤에 있는 가마니창고로 끌려갔다.

"신 벗고 허리띠 끌러!"

총구가 등을 찌르는 섬뜩함에 질려 맨발에 허리띠 없는 바지 차림이 되었다. 위에는 긴팔 남방, 아래는 허리가 꼭 끼는 당꼬바지(기마복)다. 갇혔구나. 초저녁 막막한 시간이 지나가면서 컴컴하던 창고 안이 차츰 보이기 시작했다. 한쪽 편으로 가마니가 쌓여있었고, 구석에는 먼저 잡혀 온 사람들이 여기저기 늘어져 있었다. 그동안 나라를 구한다고 앞장섰던 사람들이다. 낯선 사람 틈에 눈에 익은 얼굴들이 간혹 보였다.

"자네도 잡혀왔구먼."

맥 빠진 목소리만으로도 강 건너 유 씨였다. 자세히 보니 누운 채로 지푸라기를 질겅질겅 씹고 있었다. 범수는 그의 손을 잡아 일으키려고 했다.

"이 빨갱이 놈들이 우릴 굶겨 죽이려고 여태 물 한 모금 안 줬어."

힘없이 내쉬는 한숨 끝에 풍겨오는 지린내와 쿠린내가 지독했다.

"이제 우릴 어떻게 하려는지."

일말의 기대 섞인 불안과 포기가 창고 안에 분분했다.

"가둬놓고 여태 굶기는 걸 보면 살려주진 않을 거야. 잡혀 오기 전에 유엔군이 인천에 상륙했다는 소문을 얼핏 들었으니, 전세가 우리 쪽으로 유리해지기는 하는 모양인데."

"우리 쪽이 이기고 있는데 지금 죽으면 너무 억울하지. 국군이 올 때까지는 어떻게든 목숨이 붙어 있어야 해여."

누군가의 목소리는 포기하지 않고 있었다. 그렇다. 이 싸움이 죽고 죽는 싸움이라면 어떻게든 살아남아야 이기는 것이다. 범수는 몇몇 사람에게 기회가 되면 사방으로 흩어져 도망치자고 했다. 몇몇은 희생되더라도 몰살을 면할 테니까. 혹자는 주먹이든 돌멩이든 집어 들고 달려들어 싸우자고 했다. 총을 잡았더라도 저들은 서넛, 이쪽은 사오십이니 죽고 살기로 하나씩만 잡고 늘어지면 나머지는 살 수 있지 않겠느냐고.

"자정마다 강변 쪽에서 따발총 소리가 드르륵거리던데, 우리가 그때까지 살 수가 있을른지."

228

안 되겠다 싶어 범수가 나섰다.

"여러분. 우린 어떻게든 여기서 살아나가야 해요. 저놈들이 우릴 잡아온 걸 보니 살려두지 않을 텐데, 어차피 죽을 목숨이면 죽을 때 죽더라도 한 놈이라도 죽이고 죽든지, 죽을힘을 다해 사방천지로 뛰든지."

"그쪽은 아직 쌩쌩하구만. 사흘만 굶어봐. 그런 말이 나오나. 일어서기도 힘든데 뛰라고?"

어둠 속에서 누군가 한마디 던지면 누군가 받았다.

곧 국군이 들어온다는 소문이 파다한데 여기서 빨갱이 놈들 손에 죽고 만다면 너무 억울하다. 가족들은 또 어떡하고. 착잡한 마음으로 서로의 생각만 무성할 뿐, 모두 하늘이 보이지 않는 가마니 창고의 천정을 무기력하게 바라보고 있을 수밖에 없었다. 두런거리는 소리로 밤이 깊었을 때 창고 문이 열리면서 보위부원 둘이 허리에 따발총을 겨누고 안으로 들어왔다.

"동무들. 오늘 저녁에 서울로 수송하는데, 배로 가겠소? 비행기로 가겠소? 여러분 소원대로 해주겠소."

의외로 친절하게 물었다. 서울로 수송하다니. 아무도 대답하지 않고 잠시 침묵이 흘렀다. 이때 범수는 머리에 스치는 생각이 있어 재빨리 나섰다.

"배를 타고 가겠소."

보위부원의 답도 흔쾌했다.

"좋소. 그럼 강변으로 가서 배를 타고 서울로 갑시다. 모두 떠날 준비하시오."

그럴듯하게 들렸지만 잡혀 온 사람들은 대부분 한복 바지저고리였고, 신발, 양말, 대님, 허리띠를 다 빼앗겼는데 어디로 수송한단 말인가. 반

신반의할 수밖에 없었다. 자정이 임박한 시간에 다시 창고 문이 열렸다.

"동무들! 다 밖으로 나와 두 줄로 서쇼."

모두 나와서 비실비실 줄을 서는데 범수는 맨 끝에 섰다. 보위부원은 두 사람씩 손을 고무줄로 묶었다.

"동무들, 일체 앞으로 가."

약 사십 명쯤 되는 사람들이 일렬로 묶여 서서 한 손으로는 끈 없는 바지의 허리춤을 붙잡고 엉거주춤 걷기 시작했다. 행렬은 시장 골목을 나와 경찰서 앞 사거리에서 우측으로 돌아 군청 쪽으로 향했다. 범수는 몸에 꼭 끼는 당꼬바지를 입었으므로 왼손은 바지를 잡는 흉내만 냈지 손이 자유로웠다. 일렬로 줄에 묶여 따라가면서 보위부원 눈을 피해 묶인 오른쪽 고무줄을 왼손으로 풀었다. 보름 쪽으로 커가는 달이 구름 속에 들어 범수를 도왔다. 거의 다 풀어갈 즈음에 보위부원이 따발총을 겨누면서 소리를 질렀다.

"동무들 조용히 해! 다들 한쪽 손 들엇."

모두 묶인 손으로 바지 허리춤을 움켜잡고 다른 손을 하늘 쪽으로 올린 채 불편한 걸음을 걸었다. 범수는 푼 고무줄을 오른 손목에 걸친 채 왼손을 번쩍 들고 맨 뒤에서 따라갔다. 다행히 달은 아직 구름 속에 있었다. 한복 바지를 붙잡고 걷는 바로 앞 사람은 강 건너 유 씨였다. 범수는 앞 친구의 등을 쿡 찌르며 속삭였다.

"여보게. 이놈들이 우릴 죽이러 가는 건데 고스란히 따라가서 죽을 필요가 뭐 있어. 죽더라도 내뛰어봐야지."

"난 이틀 동안 물 한 모금 못 먹어 걸을 기운도 없어, 이 바지춤을 잡고 몇 발짝이나 뛰겠나."

"죽을 때 죽더라도 고무줄 풀고 같이 한 번 뛰어나 보세."

"아무래도 난 힘이 없어 못 뛰어. 이놈들이 우릴 서울로 데려간다면 다행이고, 만약 죽는다면 자네가 꼭 살아서 내 시체나 가족들한테 찾아주게."

위험 직전에 여럿이 한꺼번에 흩어져 뛰어야 하는데. 그래야 한 사람이라도 더 살아날 수 있는데. 모두 포기하고 있으니 안타까웠다. 어차피 죽는데 고이 걸어가 줄 필요가 있겠나.

대열의 선두는 목이평국민학교를 지나고 빈말다리 못미처 갑자기 왼쪽 개천 둑길로 방향을 틀었다. 배를 타고 가려면 강변 쪽으로 가야 하는데 역 쪽에서 흘러내려와 만나는 샛강으로 들어가고 있지 않는가.

"어, 여긴 강변이 아닌데?"

범수는 자신도 모르게 입에서 의문이 튀어나왔다. 예상은 했지만 놈들의 속셈이 드러났다. 창고에서 떠날 때에 비행기를 타고 가겠느냐, 배를 타고 가겠느냐 물은 속셈이, 비행기를 타고 가겠다면 비행장으로 끌고 가서 독산 앞 백사장에서 죽이고, 배를 타고 가겠다면 이 샛강 둑에 와서 죽일 계획이었다. 강둑에는 옆으로 길게 한 길쯤 깊이로 파놓은 교통호 같은 구덩이가 나타났다. 넓이는 1m쯤, 길이는 20m쯤, 깊이는 어른의 키로 한 길쯤 돼 보였다.

비탈 아래는 샛강이 흐르고 그 옆에 낮은 둑 너머가 강이다. 주변에는 온통 잡초가 무성했다. 범수는 '아! 마지막이다.'라는 생각이 퍼뜩 들자 뛰는 가슴을 진정시켰다. 의외로 마음은 침착해졌다. 정신을 차려야지. 앞에 가던 보위부원 둘이 뒤로 돌더니 소리쳤다.

"동무들, 여기서 대피 훈련을 하고 간다. 모두 방공호 앞에 일렬로 서!" 하더니 양쪽에서 둘이 동시에 "항공이요!" 하고 소리쳤다. 적 치하에서 백여 일을 견디는 동안 계속되는 폭격으로 이미 대피구호에 익숙하게 훈련이 되었다. 구덩이 속으로 몰아넣으려는 수작이 분명하다. 그 자리에서 구호가 대피 훈련이라는 걸 믿는 사람들은 아무도 없었다. 그러면서도 항공이요, 한마디에 포기한 몸들은 자신도 모르게 구덩이에 뛰어들고 있었다. 훈련된 죽음의 연습이었을까. 죽이는 순간에 도망치지 못하도록 하기 위해 며칠을 가둬놓고 굶겨 힘을 빼놓은 속셈을 알아챈 사람은 많지 않았다. 범수는 "항공이요" 하고 복창하면서 있는 힘을 다해 구덩이를 훌쩍 뛰어넘어 둑 밑 풀숲으로 내달렸다.

"저놈 뛴다!"

따발총 소리가 귓가로 스치고 뒤에서는 비명이 들렸다. 우거진 풀숲과 구름에 든 달빛이 탈출을 도왔다. '핑핑' 하는 총알이 귓전을 스쳤지만 정신 없이 내달렸다. 얼마나 달렸을까. 강으로 뛰어들어 건너갈까 망설였다. 평소 같으면 너끈히 헤엄쳐 건너던 강이었지만 숨이 목까지 차오르는 지금 자신이 없었다. 숨어야 한다. 살아야 한다. 총소리로부터 더 멀리 달아나야 한다. 개울 쪽으로 방향을 돌려 오르는데 다리가 보이자 안도하며 숨을 돌리고 총 맞은 곳이 없는지 온몸을 살폈다. 오른쪽 발목이 시큰거렸다. 접질린 모양이다.

이대로 집으로 간다면 곳곳에 보초들이 있을 테니 위험한 일이고, 일단 수양어머니가 사는 평말에 돌다리로 가려고 개울에서 올라섰다. 저만치 어두침침한 다리 건너에서 누군가 소리친다.

"거 누구야? 거기 서."

다리 위에 초병이 있으리라고 미처 생각을 못 했다.

"야 인마. 지금 총소리가 나서 확인하러 간다."

태연한 목소리를 내려고 애썼다.

"네, 그렇습니까?"

232

재빨리 시내 쪽 길 건너 전매서의 낮은 철조망 울타리를 넘고 개울을 건너 공동묘지를 지나 돌다리로 갔다. 범수는 한밤중에 느닷없이 들이닥친 사람을 보고 놀라는 수양어머니를 밀치다시피 방 안으로 들어갔다. 수양어머니의 집도 피난을 못 가고 삼 형제가 숨죽이다시피 숨어 지내고 있었다.

"끌려가서 총살당할 직전에 도망쳤어요. 맨 뒤에서 도망쳤으니 난 줄 알 거요. 우리 집으로 들이닥칠지 몰라요. 얼른 집에 알려야 해요. 누구든 집에 전해주세요. 우리 식구들 속히 피하라고."

범수는 동생들 중에 하나를 빨리 집으로 보내 알려달라고 재촉했으나 생각처럼 간단한 문제가 아니었다.

"형님. 지금 빨갱이들에게 잡히면 죽거나 의용군으로 끌려가는데 형편은 딱하지만 누구든 목숨 걸고 집에까지 무사히 갔다 올 사람이 있겠수?"

다른 방도를 찾을 수밖에 없었다. 맨발이니 신발 한 켤레 얻어 신고 나서 동중 쪽을 향했다. 적들의 눈을 피해 가말봉 밑자락 산길로 돌아 새벽녘이 되어서야 동중 강가에 다 달았다. 강가에는 공습을 피해 흩어져 움막을 치고 지내던 집들이 여럿 있었다. 범수는 이웃집에 살던 조영록의 움막을 찾아 들어가 영록의 어머니에게 도망쳐 온 사정을 얘기하고 부탁했다.

"하늘이 자네를 도우셨네. 대단한 일을 했어."

"아주머니. 집에 식구들은 아직 몰라요. 날이 밝기 전에 피신시켜야 해요."

영록의 어머니는 막내 영식을 내세웠다.

"넌, 어리니까 빨갱이를 만나도 괜찮을 거다. 맘 단단히 먹고 아저씨 댁에 좀 다녀오너라."

열두 살 영식은 새벽에 동종에서 장터거리까지 십 리나 떨어져 있는 정인의 집으로 와서 알려주었으니 큰일을 했다. 범수는 동종 강변도 미심쩍어 쪽배를 얻어 타고 강을 건넜다. 전쟁은 군인들끼리만 하는 줄 알았는데 그자들은 오로지 남한의 민간인만을 죽이러 온 것 같았다. 기필코 살아남아야 한다. 마을로 가면 어디든 적들이 활개 치고 다닐 테니 무조건 산으로 들어갈 수밖에 없었다. 산에서 무얼 주워 먹든지 캐 먹든지 저들이 물러갈 때까지는 굶어 죽지는 않겠지. 숲으로 들자 동편에 해가 뜨고 있었다. 옳거니, 반드시 밝은 세상이 오리라는 느낌이 들고 있었다.

　원배 내외는 범수네 식구만 보면 슬금슬금 피해 다녔다. 용서는 했다지만 그때 그 일로 척이 져서 오가던 발길도 끊어졌다. 정인을 찾아오던 당이도 독산에 갔다가 혼 내준 일이 있은 후로 사람들 눈에 보이지 않았다. 적당들이 후퇴할 때에 누군가 데려가는 당이를 보았다고 했다. 두 부부만 남은 대장간에서도 풀무질은 계속되었다. 이웃이라도 오가는 발길 없이 서로 잊고 지낼 무렵 문자는 아침상을 들여오면서 원배네 소식을 전했다.

　"원배 씨가 포탄 껍데기 주우러 갔다가 군 트럭에 깔려 죽었대요. 가 봐야겠죠? 그래도 이웃인데."

　원배의 처는 범수와 문자를 보자 고개를 못 들고 어깨만 들먹였다. 대장간에 풍로불은 타다 남은 숯덩이만 남긴 채 싸늘하여 더 이상 불이 붙지 못했다. 그 후로 원배의 처는 망글네를 드나들며 날마다 술에 취해 거리로 나다녔다.

　"여보. 원배네가 술이 취해 철길로 걸어가다 기차에 받혔대요. 죽지는 않았는데 걷지를 못한대요."

　머잖아 휴전할 것이라는 소식이 들리고 있었다.

마른 뼈들의 숨소리

애지 밑으로 펼쳐진 빈들에는 난리가 터지기 직전에 꽂아놓은 벼들이 풀과 함께 제멋대로 익어갔다. 들판 군데군데에 포탄 맞은 구덩이가 푹푹 파였다. 추석을 앞두고 있었지만 명절을 쇠기는커녕 매일같이 불려 나가는 통에 벼조차 거둬들일 엄두를 못 냈다. 땟거리가 떨어진 집에서는 으스름한 저녁을 틈타 내 논이든 남의 논이든 실하게 영근 벼 이삭을 몰래 몰래 훑어다 뒤란에서 조심스런 절구질로 쌀을 마련했다. 송편은커녕 차례상도 못 차린 채 달이 차더니 이내 기울어갔다.

삼동 사람들은 어느 날부턴가 빈번해지는 폭격을 반겼다. 붉은 팔띠들의 불안한 기색과 허둥대는 몸짓을 보고 은근히 기대에 부풀었다. 저들의 뻗쳤던 기세가 보름달보다 먼저 기울기를 바라고 있었다.

유엔군이 인천에서 전장의 허리를 잘라 들어온다는 소문이 목이평 바닥에 퍼지고 전세가 기울면서 사람들이 희망을 더해 갈 무렵, 기대에 부풀던 목이평에는 살벌한 기운이 감돌기 시작했다.

一, 적들이 인천을 통한 중부전선으로 침공하여 전세가 불리하므로 후퇴한다.

一, 지방당을 비합법적인 지하당으로 개편하라.

一, 유엔군 상륙 때 지주(支柱)가 되는 모든 요소를 제거하라.

一, 군사시설로 이용될 수 있는 것은 파괴하라.

一, 산간지대 부락을 접수하여 식량을 비축하라.

一, 입산경험자 및 입산활동이 가능한 자는 입산시키고, 기타 간부들은 일시 남강원도까지 후퇴케 하라.

경기도당인민위원회에서 내려온 전통문이다. 전세가 심상치 않았다. 그토록 기세가 등등하던 내무서원과 인민위원들이 기울어가는 낌새를 채고 있었다. 군데군데 모여서 수군거리는 얼굴에 불안한 기색이 역력했다. 전화통신문에 지주, 즉 기둥이 될 만한 것은 모두 없애라고 했다. 지역의 거물로 쳐놓고 나름대로 쓸모가 있다고 생각하여 미루어두던 사람들이 있었다.

머리에 개똥모자를 눌러쓴 보위부원 앞에는 검정색 책표지를 구두끈으로 묶은 두툼한 명부가 놓여있었다. 면인민위원회에서 적어 보낸 명부들을 모아 묶은 서류철이다. 경찰, 공무원, 교사, 한청단원, 국민회의 당원은 기관에서 입수한 명단이고 나머지는 지역별로 날뛰며 붉은 팔띠를 차고 다니는 자들의 눈에 나서 더 적어 넣은 이름이다. 이미 사살한 사람은 붉은 줄이 그어져 있었다. 개똥모자는 인민위원 전원을 긴급 소집하여 일장 연설을 했다.

"우린 앞으로 보름 안에 여길 떠나 입산한다. 남쪽 전선에 전세가 불리하여 당분간 후퇴하지만 반드시 돌아온다. 이 땅이 적의 손에 넘어갔을 때에 적들이 유리하게 이용할 수 있는 요소들은 모두 제거한다. 지금까지 처형을 미뤄뒀던 반당분자들도 앞으로 열흘 안에 모두 처단한다. 아직 잡아 오지 못한 반당분자들은 오늘까지 각 면위원장 책임 하에 모두 잡아들여 창고에 가둬라. 놓치지 않고 잡아들이는 일은 각 위원장 수단 여하에 달려있다. 만일 한 놈이라도 빼돌리거나 놓치는 날에는."

책상에 엉덩이를 붙이고 의자를 장화로 툭툭 차던 군관은 전문 내용을 위원들에게 전달하고 나서 권총을 꺼내더니 꽁꽁 묶여 바닥에 쓰러져있는 사람의 머리에 총구를 대고 방아쇠를 당겼다.

"이렇게 될 거다."

피가 튀었고 쏜 자의 얼굴은 태연했다. 처형자 명부에서 자기 삼촌을 몰래 빼냈다는 사람이다. 그 자리에서 피를 쏟으며 고꾸라지는 광경을 본 사람들은 속을 바르르 떨면서 숨조차 참고 있었다.

"모두 신속히 돌아가 맡은 과업에 열중하도록."

"옛."

새마니 박대운의 집으로 팔띠 두른 인민위원장 박덕보와 인민위원 조방순이 찾아왔다. 대운의 친형이 한청의 면 단장이고 둘째인 대운도 함께 한청에 들었으므로 인민위원장 박덕보가 항상 주목하고 있던 집이다.

"동무. 위원회에서 긴급히 알릴 게 있으니 공회당으로 나오시오. 복구사업도 할 테니 삽이나 괭이를 준비하고."

이미 부친도 부역에 나가고 형이 불려 나가서 둘째인 대운은 집에 남아 버렸다. 지난 칠월부터 박덕보가 들락거리며 우익에 섰던 지난 일을 자복하고 입당원서에 도장을 찍으라고 했지만 이리저리 핑계를 대고 피했다. 이미 쫓기는 기색이 역력한 저들은 이제 입당원서 받기를 포기하고 삼부자를 모두 부역에 불러내려고만 힘을 썼다.

"박 동무. 이번에도 안 나오면 재미없소. 오늘 밤 복구사업엔 꼭 협조해야 하오."

덕보의 독촉에 대운은 마지못해 끌려나갔다. 힘으로야 얼마든지 그들을 이겨낼 수 있었지만 언제 어느 때 들이댈지 모르는 총은 이길 수가 없었다. 조방순은 사람들을 불러오고 덕보는 공회당 책상 앞에 앉아 오는 사람들을 확인했다. 당의 명령을 요리조리 피하면서 사상을 의심받고 있는 사람들만 이제야 불려나와 모였다. 총을 든 내무서원이 공회당 문 앞을 지켰으니 모두 꼼짝 못 하고 그의 말에 따라야 했다. 그 짓을 석 달이나 하는 동안 덕보의 입에서는 팔띠 찬 위원답게 동무라는 말이 익숙하게 튀어나왔다. 공회당에 모두 불러내서 개똥모자 쓴 덕보가 일장 연설을 해댔다.

"동무들에게 명예를 회복할 좋은 기회가 왔소. 모두 복구사업에 나가 협조하면 그동안 동무들의 죄과는 불문에 붙이라는 당의 명령이오. 자, 여기 모인 삼십 명 모두 조 동무 뒤를 따라가시오."

행렬 양 옆에는 총잡이가 따르고, 앞뒤에는 덕보와 방순이 걸었다. 복구 작업을 한다는데 저녁 무렵이 되어서야 걸어 들어간 곳이 내무서 마당이다. 모두 예감이 좋지 않다고 느끼면서 안으로 들어갔는데, 그들 외에도 다른 지역에서 끌려온 사람들이 손이 묶인 채 서 있었다. 새마니에서 온 삼십여 명이 열을 지어 들어가자 총을 메고 기다리던 자들이 정렬시키고 앞에서부터 끈으로 손을 묶기 시작했다. 대운은 슬금슬금 맨 뒤로 물러났다. 복구 작업하러 간다는데 왜 손을 묶나. 부쩍 의심이 들어 냅다 울타리 쪽으로 도망쳤지만 철조망에 걸려 넘어지고 말았다. 쫓아온 총잡이에게 붙잡혀 발길에 걷어차이고 짓밟히고 호되게 얻어맞았다. 날이 점점 더 어두워 오고 있었다.

어차피 죽으러 가는 몸 도망치다 죽든 끌려가 죽든 마찬가지니 기왕이면 도망이라도 치다 죽자, 하고 기회를 엿봤다. 내무서원들은 허리띠며 밧줄이며 혁대까지 끌러서 손을 묶고 있었다. 한 손은 묶이고 한 손은 흘러내리는 바지를 잡았다. 바로 앞에까지 묶어오자 끈이 떨어졌다. 내무서원이 어둑어둑한 주변을 더듬거리며 끈을 찾는 틈을 타서 대운은 냅다 강 쪽 울타리를 향해 내달려 뛰어넘었다. 어느새 알아채고 쫓아오며 총질을 하는데도 대운은 모래사장으로 달려가다가 그대로 물속에 뛰어들었다. 뒤에선 빗발치듯 총소리가 들렸다. 대운은 물속에서 가쁜 숨을 참으며 하류를 향해 있는 힘을 다해 헤엄쳤다. 물속까지 총알이 빗발처럼 떨어진다. 숨을 참자. 지금 물 밖으로 나가면 죽는다. 그렇게 얼마나 물속에서 있는 힘을 다해 헤엄쳐 내려왔는지 모른다. 서서히 물밖으로 고개를 내미는데 주변이 조용하여 돌아보니 멀리 내무서 쪽으로 불빛이 보일 뿐, 시내 전체가 적막이다. 강가로 나와 빈산 쪽으로 내리뛰어 빈말 다리 밑으로 조심스럽게 걸어갔다. 도망을 쳤으니 집으로는 돌아갈 수가 없었다. 다리 위로 나오려는데.

"손 들엇."

같은 동네 바닥빨갱이의 목소리다. 총을 빼앗아 부러뜨리고 도망하려는데 다시 쫓아오자 돌멩이를 집어 들고 위협하여 쫓아 보냈다. 대운은 그길로 인근 민가에 가서 대궁밥을 얻어먹고 갈문산 속으로 들어가 며칠간 숨어 있다가 누렁군인들이 완전히 후퇴했다는 소문을 듣고서야 내려왔다. 예상은 했지만 먼저 잡혀간 형은 이미 죽어 시신으로 돌아와 있었다. 아버지는 떠드렁산 강변에서 아직도 못 찾았다고 했다. 근 닷새 만에 돌아온 대운은 형수가 차려준 아침상을 받으면서 끌려간 아버지를 아직도 못 찾았다는 소식을 듣고 분기가 치솟았다.

밖은 술렁대며 읍내에 국군이 들어왔다는 소문이 퍼지고 적당들이 미친 듯이 날뛰던 마을 분위기는 하루아침에 뒤바뀌었다. 붉은 팔띠를 둘렀던 사람들은 문밖에 나오지 못하거나 벌써부터 갈문산으로 도망쳤고, 혈육이 모두 끌려가서 돌아오지 않는 가족들은 이를 갈며 꼭꼭 숨은 바닥빨갱이들을 찾아내러 다녔다. 갈문산으로 도망치지 못한 자들은 집

안에 숨어 있다가 돌아온 청년들 손에 붙잡혀 공회당으로 끌려 나왔다. 덕보와 방순은 보이지 않았다. 대운은 분을 삭이지 못하고 그들에게 몽둥이를 휘둘렀다.

빨갱이로 지목된 부역자들은 청방대원과 헌병들에게 속속 연행되어 가서 즉결처분되거나 재판에 넘겨졌다. 자기들 세상이 온 줄 알고 날뛰던 사람, 앞장서서 이쪽 사람들을 잡으러 다니던 저쪽 사람, 선량한 주민을 잡아다 개 잡듯 매질을 해서 죽게 만든 자들은 모두 잡혀가서 처형되었다. 이쪽 사람들을 무참히 죽여 묻던 독산 밑 모래사장에서 그들도 그렇게 죽었다. 아무도 그곳에 가지 않았다. 그 근처를 지나칠 일이 있어도 모두 피해 다녔다.

횡성에서 도둑고개를 넘은 8사단 21연대는 날이 저물자 용두리와 여물리를 가르는 개울가에서 숙영하고, 이튿날 저녁에 목이평에 도착했다. 폭격으로 건물이 거의 다 파괴된 마을을 정찰한 군수참모 허강호 소령은 강변 모래사장에서 차마 눈 뜨고 볼 수 없는 비참한 광경을 목도했다. 드넓은 백사장이 시체로 즐비하고 그 사이로 유족들이 다니며 시신을 찾아낼 때마다 여기저기서 통곡이 터져 나왔다. 적들이 쫓겨 가기 직전에 우익으로 지목한 사람들을 끌고 와서 살육을 자행한 강변이다. 허 소령이 군수장교와 함께 현장에서 개략 조사한 시신은 무려 육백 오십 구.

강변 모래사장은 치열한 전투가 벌어졌던 곳도 아니고 폭격을 맞은 곳도 아니었다. 피살자는 근처 목이평 면내 사람들뿐 아니었다. 목이평군의 전 지역에서 잡아 왔으니 적들은 후퇴를 예상한 시점부터 상당 기간 시간을 두고 조직적으로 자행한 짓이 틀림없었다. 시신 한 구, 한 구가 처참했다. 난사한 총에 맞은 총상 흔적, 둔기에 맞아 함몰된 두개골, 칼에 찢긴 상처, 불에 탄 옷, 아직 가시지 않은 석유 냄새, 자루가 타고 남은 삽날, 벗겨져 나뒹구는 신발 등으로 이루 말할 수 없는 아수라장이었다.

목이펑에서 하룻밤 숙영하고 북진할 예정이었던 연대는 하루를 지연키로 상부에 보고하여 허락을 받아냈다. 연대는 목이펑역 앞 천변 우시장 터에 지휘부를 설치하고, 허 소령은 정보장교와 함께 인근 마을로 돌아다니며 지금까지 적 치하에서 저질러졌던 상황을 탐문하기 시작했다. 사건의 전말을 보고받은 연대장은 적의 잔악한 만행에 분노가 치밀었다. 더욱이 이러한 일이 마을마다 박혀있던 소위 빨갱이들이 앞장섰다는 점에서, 부대가 떠나고 상황이 바뀌면 언제든 저들이 일어나 활개치고 돌아다니며 다시 저지를지 모르는 악행을 우려했다. 적의 정규군은 모두 달아났지만 마을에 숨어 있는 잔당들도 전세가 바뀐다면 언제든지 무장하고 최후 발악으로 덤벼들 수 있는 적과 다름없었다. 혼란스런 상황에서 색출이 난제였다. 총살당한 가족들의 하소연을 들으니 대부분의 동조자는 적군을 따라 북으로 도망쳤고, 일부는 마을에 버젓이 남아있었다. 연대 지휘부에서 지휘관들이 대책을 숙의하던 시월 초이튿날 아침, 한 농부가 겁도 없이 연대 지휘부로 걸어 들어왔다. 초병이 첩자일지도 모른다는 생각에 총을 겨눴다.

"누구야? 들어오면 쏴 죽인다."

섬뜩한 총구 앞에서 농부는 태연하게 대꾸했다.

"난 빨갱이가 아니오. 부탁하러 왔소."

총을 겨눴던 사병이 농부를 붙잡아다 지휘관 앞에 꿇어 앉혔다.

"여기가 어딘 줄 알고 함부로 들어와!"

다가와서 무릎을 꿇은 농부에게 별을 단 지휘관은 호통을 쳤다.

"새마니에 농사꾼 박대운이오. 삼부자가 인민군에게 붙잡혀 총살장으로 가다가 나만 도망쳐서 살았는데, 아버지와 형님은 죽고 말았소. 어제는 형님 시신만 찾아 거두었고 오늘은 아버지 시신을 찾아 거두러 왔소. 날 좀 도와주시오."

경계하던 지휘관의 표정이 바뀌었다.

"일어서시요. 우리 병사를 붙여줄 테니 가서 찾아보시오."

대운은 붙여준 두 병사와 함께 강변으로 가서 산더미 같이 쌓인 시신을 들췄지만 피에 엉기고 불에 타고 얼굴이 부패하여 알아볼 수가 없었다. 총으로 마구 쏘아 죽이고, 총알이 떨어지면 창으로 찔러 죽이고, 몽둥이로 개 패듯 때려죽이고, 석유를 뿌려 불을 질러 죽인 흔적들이 역력하여 당시의 비참했던 모습들을 눈앞에서 보는 듯했다.

"우리 아버진 옷에 담뱃불 구멍이 있소. 어금니가 없고 엄지발톱이 반만 남았어요."

함께 도우러 간 사병이 시신을 뒤치며 찾았다. 심한 냄새가 코를 찌르는 중에도 대운은 엄지발톱을 확인하여 부친의 시신을 찾아냈다. 인분 냄새보다 더 역겹게 풍겨오던 시신의 냄새가 부친의 시신으로 확인되는 순간 씻은 듯이 없어졌다. 대운은 광목 한 통과 삼베 두 필을 갖고 와서 시신을 거두고 병사들의 도움으로 마을까지 운구했지만, 마을엔 아직도 적의 잔당들이 득실거리는데 도저히 다시 들어갈 수가 없었다. 아침에 나오면서 이웃 사람과 함께 몽둥이질을 실컷 해놨으니 언제 또다시 해코지할지 모른다. 대운은 다시 지휘부로 가서 장교에게 매달리다시피 애원했다.

"동네에 빨갱이가 멀쩡하게 살아있으니 언제 또 죽이려들지 몰라 불안해서 못 들어가겠소. 적당들은 죄다 도망갔는데도 그대로 남아 기회를 노리는 놈들은 정말로 독종들이오."

장교는 대운에게 소총을 아홉 자루나 내줬다. 혼자 메고 가기는 버거운 무게다.

"난 총도 쏠 줄 몰라요."

장교는 그 자리에서 총을 쏘아 보이며 대운에게 총 쏘는 법을 가르쳐 주고 병사들을 붙여줬다.

"죽여야 할 놈은 손가락을 펴고 살려야 할 사람은 접으세요. 눈치채고 도망치기 전에 재빨리 해야 하오."

대운이 앞장서서 마을로 들어갔다. 국군이 총을 들고 들어온다는 소문이 언제 퍼졌는지 부역자들 집안에서는 가말봉 쪽으로 치뛰려고 여기저기서 뛰어나왔다. 부역자들이 보이면 대운은 함께 간 병사가 보도록 손가락을 펴 보였다. 붉은 팔띠를 차고 앞장서서 날뛰던 자들은 사태를 직감하고 낫이든 도끼든 집어 들어 덤비려 했지만 총이 더 빨랐다. 이제 안심해도 되겠다고 생각될 쯤에서 대운은 병사들을 데리고 공회당으로 가서 물을 한 대접 받아주었다. 그동안에 겪은 일들이 하도 기가 막혀 마을에 들어온 군인들에게 말해 두지 않고는 배길 수가 없었다. 아직 장례도 치르지 못한 부친과 형의 시신 앞에서 사병이 묻는다.

"어쩌다 이렇게까지 당하셨어요. 가족이 모두."

대운은 병사에게 저녁을 대접하며 공회당에서 내무서로 끌려가고, 총살장으로 끌려가려다 도망쳐서 살아나온 얘기를 밤새도록 늘어놨다.

"이제는 걱정마세요."

"고맙소."

울컥 솟는 울음을 등지고 병사들은 떠났다.

숨어 있던 사람들을 청방대원들이 잡아내 경찰에 인계하는 일이 끝나 갈 때쯤 웅이가 정인을 찾아왔다.

"삼거리 쌀집 아저씨가 강가 둑방에서 죽었대. 죽은 사람은 어떤지 가 보자. 빨갱이한테 쌀을 거저로 대줬대. 전쟁 때는 쌀도 총알이나 마찬가지라는데."

쌀집 아저씨는 펼쳐진 가마니에 덮여 있었다. 저쪽 편에 앞장섰던 사람들을 누군가 잡아다 하나둘씩 죽인다는 소문이 돌았다. 멀리 강변 백사장에는 시신을 찾는 사람들로 허옇게 덮여 있었다.

"송장 처음 본다. 우리 저기도 가 보자."

정인은 슬금슬금 뒤로 물러섰다. 멀리 강변 쪽에서 이따금씩 통곡이 들렸다. 정인은 당이와 함께 독산에 올라가 불 뿜는 총소리 끝에 보이던 광경을 떠올렸다. 자신이 저지른 죄처럼 떨려왔다. 정말로 가기 싫은 곳, 웅이가 그곳을 가자 한다. 정인은 구토증을 참고 집으로 내달렸다.

"아버진요?"

"강변에 가셨다."

범수는 국군과 경찰이 들어오고 치안 질서가 잡혀가자 강변에 시신 수습을 도우러 나갔다. 그날 밤 잡혀가던 그 길로 걸었다. 강변 둑에 자신이 탈출하던 곳에 멎었다. 기다랗게 파인 호는 흙으로 대충 덮여 있었고 군데군데 팔다리와 머리와 옷깃이 드러났다. 길이 15m, 폭 2m 정도 구덩이에 총 맞은 머리는 미처 묻히지도 못한 채 검은 피가 엉겨 붙어 있었다. 함께 도망치자고 했으나 포기했던 강 건너 친구 유 씨의 옷깃도 보였다. 유족에게 먼저 알리기로 했다.

범수는 유족들의 시신 수습을 도우러 더 많은 시신이 있는 강변으로 내려갔다. 싸우다 죽은 군인이 아니다. 모두 무방비의 민간인들이었다. 자기네들 편이 아니었다는 이유로 붙들려 와서 죽었다. 범수는 시신이 발견될 때마다 터지는 통곡의 아수라장 속에서 집단묘지가 되다시피 한 시신 더미를 비집고 다니며 단원들의 얼굴을 찾아냈다. 그때 탈출하지 못했다면 자신도 이렇게 썩어가고 있겠지, 하는 생각이 미치자 온몸에 오싹하는 소름이 끼쳤지만 코를 손으로 틀어막고 얼굴을 하나하나 확인 했다.

살아야 한다. 끝까지 살아남아야 한다. 개죽음 당하지 않고 끝까지 살아남아야 이기는 거다. 기꺼이 잡혀 죽으면 이적이고 파멸이다. 범수는 자신도 모르게 문득 이를 갈았다. 이렇게까지 되리라고는 생각지도 못했다. 서너너덧 사람만 건너면 모두 일가친척이고 혈육인 땅에서 그들은 대적하지 않는 민간인들을 기어이 죽이고 떠났다. 동조하지 않는 사람들을 미래의 적으로 단정하여 무참히 죽였다. 한 핏줄이라고 생각했던 저들은 적이 틀림없었다.

단원들의 낯익은 얼굴이 발견될 때마다 울분을 참으며 있는 힘을 다해 끌어내 수습하고 있는데 누군가 범수를 알아봤다.

"이보게. 범수 아닌가. 한청 부단장. 총살 직전에 탈출해서 살아났다고 소문은 들었네."

"아니. 면장님이 어떻게."

목이평의 이종준 면장이었다. 일순 반가웠지만 손을 맞잡은 상대의 눈에선 참았던 눈물이 쏟아졌다.

"나 하나 살려고 갈문산으로 피신했다가 아버지, 아들 모두 잃었네. 놈들이 이렇게까지 저지를 줄 몰랐지. 이럴 줄 알았으면 나 하나 죽고 마는 건데."

246

잡히면 죽을 게 빤했던 그는 적들이 목이평에 들어오자마자 직원 몇 몇이서 먹을 것을 챙겨 갈문산으로 들어가 숨어 지내다가 국군이 들어 왔다는 소문을 듣고 내려왔다. 자신이 피신한 후 팔띠 두른 자와 보위 부원이 와서 면장 이종준이 간 곳을 대라며 갖은 행패를 다 부렸다고 했다. 본때를 보인다고 아버지를 끌어가고 소문을 퍼뜨렸다. 이종준이 돌아올 기미가 없자 아들마저 데려다 가두었다가 후퇴할 무렵에 한꺼번에 총살했다. 이종준은 다리에 힘을 잃고 그 자리에 주저앉았다.

"실은 자넬 찾으러 왔네."

종준이 옆쪽으로 턱짓을 하여 돌아보니 무장군인 두 명이 다가왔다.

"김범수 씨 맞죠?"

"그렇소만."

"조사에 협조해 주셔야겠습니다."

이 무시무시한 기시감은 또 무엇인가. 두 번이나 그렇게 붙들리어 갔 었는데 또 무슨 조사란 말인가. 그것도 아군이. 범수의 굳은 표정을 보 고 장교가 안심시켰다.

"난 2군단 군사고문단 통역관 장홍식 대위요."

이름은 왼쪽 가슴 심장부에 붙어있었다.

"이젠 염려 안 하셔도 돼요. 보위부원이 민간인을 총살하는 현장에서 탈출해 살아나셨다고 들었어요. 학살 현장에서 있었던 일 그대로 전범 사건 조사에 협조해달라는 부탁이오."

강변 임시 주둔지에는 미군으로 보이는 장교가 기다리고 있었다. 장 대위는 범수를 조사관에게 소개했다.

"이쪽은 우리 2군단 군사고문을 맡고 있는 질레트 대령이요."

군사고문 질레트 대령이 전범 사건 조사를 위하여 범수에게 묻고 장

대위가 통역했다.

"우리가 조사해 보니 무려 육백여 명이나 되는 민간인이 강변에서 학살당했소. 가해자들의 인상착의나 소속, 직책, 이름 중에 알고 있는 것이 있으면 말해보시오."

대령이 묻고 범수가 통역 질문에 답하면서 일은 점점 더 미궁으로 빠져들었다.

"놈들은 보위부원과 북한인민군이오. 뒤를 도운 자들은 인민위원들이고. 소속, 계급, 직책, 성명 모두 알 수가 없소. 이북 사투리에 인민복, 인민군 복장을 했고 보위부원은 지도원 동무, 다른 사람들은 동무로 통했으니 이름은 알 수가 없소."

대령은 난감해했다.

"이 사건은 진상을 반드시 밝혀서 전쟁이 끝나면 전범들에게 책임을 물어야 하오. 우리가 적들을 추격해 올라오면서 목격한 민간인 학살 사건 중에 제일 큰 사건이오. 목격자의 증언은 매우 중요한 증거가 될 것이오."

대령의 목소리는 상기되어 있었고 통역관은 그 기분까지 전하려고 애를 썼다. 하지만 범수는 학살한 자들의 신상을 한 사람도 알지 못했다. 참으로 난감했다.

"저어~. 아직도 이 바닥에 깔려 있는 놈들을 잡아 족친다면 혹시 단서가 나올 수도…. 아, 아니오. 그들도 모를 거요."

국군과 유엔군은 적들이 이미 도망친 후에 무적지대를 거침없이 들어왔으니 잡힌 포로도 없었다. 통역장교는 이미 많은 민간인 시체를 보아왔기에 시큰둥하게 대답했다.

"적들은 이 바닥 빨갱이한테도 신분을 절대 안 알려줬어요. 이름, 계급, 직책, 소속조차도. 김 동무, 이 동무, 군관 동무, 지도원 동무, 이게 전부요."

질레트 대령은 범수의 탈출기만 듣고 조사를 끝낼 수밖에 없었다. 통역장교 장 대위는 의미심장한 끝말을 남겼다.

"김범수 씨. 귀하는 이 사건을 증언한 소중한 증인이오. 전모가 밝혀질 때까지 꼭 살아남으셔야 합니다."

일행은 강변 모래사장을 둘러봤다. 이미 유족들이 시신을 수습해갔는데도 남은 희생자들의 시신이 백사장을 뒤덮고 있어 당시의 참혹했던 상황을 알 수 있었다. 현장을 보고 후퇴하는 적들이 양민을 무참히 학살한, 중대한 전쟁범죄로 판단한 질레트 대령은 적들이 후퇴를 시작한 9월 중순부터 말경까지 자행한 목이평의 우익 인사 학살사건을 조사하여 미8군 전범조사과에 전문으로 송신했다.

경찰이 들어오기 전까지 청방대원들은 자치대를 조직하여 치안 활동을 계속하며 적에 부역한 자들을 잡아들였다. 이미 누구네 집 누구, 누구로 지목이 되어 있었던 터라 논란의 여지가 없는 자들이다. 대원들은 그들이 도피하기 전에 집을 덮쳐 약 200여 명을 잡아다 금융조합 양곡창고에 가두었다.

경찰이 들어와서 부역자심사위원회를 조직했다. 이들은 사찰계의 조사를 기초로 부역한 정도에 따라 처벌 수위를 달리하여 상부 지침에 따라 A, B, C로 부역한 혐의의 등급을 매겼다. 혐의가 경미한 C급은 훈방 조치하고, B급은 재판을 받도록 송치했다. 조사결과에 따라 주민을 직접 살상하거나 체포에 가담한 악질적 적대행위자는 A급으로 분류하여 경찰서장의 결재로 총살 처형하였다. 때가 전시였다.

전선에서 총포 소리가 뜸해지면서 휴전한다는 말들이 오갈 무렵, 목이평경찰서장은 도경국장으로부터 떠드렁산 모래벌에 민간인집단학살 매몰사건을 조사 보고하라는 지시를 받았다. 사건을 맡은 강일구 경사는 방 순경과 함께 독산 강변 모래사장으로 나갔다. 사건 당시로부터 수개월이 지났는지라 군데군데 널브러진 뼛조각이 보였고 커다란 모래 무덤은 바람에 깎여 묻힌 시신들의 옷이 드러났다.

"여기서 무얼 더 조사하라는 건지 모르겠네."

강 경사는 방 순경을 옆에 두고 혼자서 중얼거렸다.

"피해자들의 원한을 풀기 위해서라도 사건의 원인과 결과를 명백히 정리해야죠. 죄를 저지른 세력도 더 확인해야 하고."

"글쎄, 모두 죽은 마당에 그걸 어떻게 밝혀. 저 뼈들이 너무 억울해서 되살아나 준다면 모를까. 내 꿈에서라도."

"신관 사또가 억울하게 죽은 처녀 귀신의 원한 풀어주듯이 말예요? 아, 참. 죽은 사람이 살아나길 바랄 것이 아니라, 그때 죽지 않고 살아난 사람을 찾아보는 게 빠를 거요."

"당시 현장에 있었던 사람들은 모두 죽었잖아."

"아뇨. 있어요. 청년단에 들어있던 김범수라는 사람. 당시 미군들 보고서철에서 그 사람의 진술서를 봤어요."

두 사람은 사무실로 돌아와 당시 현장에서 탈출하여 구사일생으로 유일하게 살아났다는 대한청년단 간부 김범석에게 참고인 조사를 위하여 경찰서로 출두하라고 연락했다.

살아났어도 죄인가. 범석이 총살당하기 직전에 탈출하던 기억을 떠올리며 편찮은 마음으로 경찰서에 들어서자 강 경사는 대번에 알아보고 반갑게 맞는다.

"빨갱이들한테 붙들려가서 총살당할 뻔했다가 살려고 탈출한 게 죄란 말이요? 뭘 또 조사하자는 거요."

"부단장을 나오시라고 해서 미안해요. 위에서 조사 지시가 떨어져서."

"이제는 뭐 다들 알고 있는 거 아니요."

"두 가지 문제가 남아있어요. 이 사건의 피의자 신상이 정확히 밝혀지지 않았고, 희생자 중에서 신원이 확인되지 않은 사람들이 어떠한 신분이었는지."

강 경사는 형식적인 신상정보 확인과 사건 당시 정황을 준비된 조서에 따라 묻고 답변을 정리해 나갔다.

"그날 오후 네 시에 정치보위부원에게 연행되어 가서 금융창고에 사십여 명과 함께 밤 11시 반까지 갇혀 있었죠? 일곱 시간 넘게 창고 안에 있는 동안 함께 감금된 사람들과 오랫동안 얘기를 나눴을 텐데요."

"이미 삼 일 전에 잡혀온 사람들도 있어서 거의 모두 지쳐 있었어요. 모두 꼬박 굶었죠. 물 한 모금커녕 용변조차 볼 수 없게 가둬놔서 그대로 쌌어요. 희망을 버리고 죽을 때만 기다리는 사람들이었지요. 죽든 살든 밤에 문이 열리면 한꺼번에 도망치자고 했죠. 사방으로 흩어져 튀면 반이라도 살 게 아니냐고. 어차피 죽을 텐데 죽이려는 데까지 우리가 제 발로 걸어가 줄 필요가 없잖아요. 한 놈의 모가지라도 깨물어 죽이고 죽든가. 나야 제일 늦게 잡혀들어가서 힘이 남아있었지만 탈진된 사람들이라서. 먼저 갇힌 사람들은 도망치지 못하도록 미리 힘을 빼려고 가둬놓고 굶겼던 거죠."

"잡아간 자들의 이름이나 얼굴을 아는 사람이 있었나요?"

"없어요. 안다고 해도 깜깜한 밤중인데, 억센 이북 사투리라서 귀에 설었어요."

"다음은 칠백여 명이라는 사망자의 숫자 규명인데, 마지막으로 신원이 확인된 사람이 338명이니 미확인 시신은 360여구나 되는 셈이죠. 물론 추정치라고 해도 약 삼백여 명이 어떤 사람들이냐는 굉장히 중요한 문제예요."

"옷이 불에 타서 유족이 알아볼 수 없는 시신들이 대부분이었죠. 나중에 가해자와 피해자를 확인하지 못하도록 증거가 될 만한 것들은 모두 없애려고 시신에 불을 질러놔서요."

"자, 그럼 이제부터 심문조서를 작성하죠." 1952년 5월 31일이었다.

"이름은?"

"김범석이오."

"김범수가 아니고?"

"개명했지요. 죽을 뻔했다가 살아났으니 새 이름으로 살려고."

김범석과 목이평 면장이던 이종준, 창대리 농사꾼 박창민 등 세 사람의 증인 심문을 마친 강 경사는 조사결과를 정리하여 보고서를 작성했다.

진술인 김범석은 현재 목이평의 창대리 거주자로 나이는 33세, 전쟁 전에는 농사를 지었으며 전쟁 당시에는 대한청년단의 건설부 부단장으로 있었다.

1950년 9월 28일 16시경에 주거지에서 정치보위부원 2명에게 체포되었고, 정치보위부 조사를 거쳐 그날 밤 23시에 내무서로 이송되었다. 자정쯤에 내무서 유치장에 갇혀 있던 약 40명과 함께 강변으로 끌려갔다. 공산군 자위대와 정치보위부원 13명이 끌고 간 40명을 강변에 미리 파놓은 구덩이에 밀어 넣고 총살하려는 순간 구덩이를 건너뛰어 강변 풀숲으로 도망쳤다. 보위부원들이 그에게 총격을 가했고 김범석은 강 건너로 피신하여 10월 1일 국군이 목이평에 들어올 때까지 숨어 있었다. 총살당한 40명 중에는 이름 모를 여성과 두 아이도 있었다. 김범석이 소문으로 듣기에 9월 29일에도 같은 사건이 있었으며, 1950년 9월 26일부터 열 번 정도 총살이 자행되었다. 1950년 10월 1일 연합군이 목이평을 수복했을 때, 김범석은 피해자 유족들과 함께 처형장으로 가서 희생자들의 시신 수습을 도왔다.

당시 희생자는 모두 칠백여 명으로 추정된다. 그들 중 338명의 신원이 확인되었으며 나머지는 아직도 신원을 모른다. 희생자들 구별은 입고 있던 옷뿐이었으므로 확인이 더욱 어려웠다. 총살에 가담한 자들의 소속과 성명과 계급은 알 수 없으나 후퇴 직전까지 목이평에 머물던 자위대, 북한군 정치보위부 노동당원이 분명하다. 사건 후에 그들은 북으로 갔다. 당시 이백여 명의 유족들이 희생자의 시신을 찾아 수습하였고, 유족이 없는 시신들은 그 자리에 묻었다.

강 경사는 경찰에서 재조사한 338명의 희생자 명부를 작성하여 보고서에 첨부했다. 사건 현장을 초기에 조사한 군사고문 질레트 대령은 신원이 확인되지 않은 희생자들은 일반 묘에 수습되었다 하고, 그들은 '먼 곳으로부터 온 사람들이 틀림없으므로 신원 확인의 가능성이 없다'고 보았다. 보고서의 결론을 맺기가 난감했다.

공산군의 성원에 의해 전쟁범죄가 저질러졌다는 충분한 근거가 있으나, 피의자들을 체포하지 못하여 유엔 지휘의 군사위원회 전범 재판 소

송자료로 이송하기는 어렵다. 하지만 이 사건 조사결과는 전쟁범죄가 저질러졌다는 충분한 증거이므로, 보충 조사를 통하여 북한군 지도자들에게 그들의 군대에 의해 남한 민간인을 임의로 총살한 사실을 인정토록 해야 한다.

보고서에는 1950년 10월 3일 국군 2군단 고문이 주한군사고문단장에게 보낸 무선통신문과 1951년 3월 9일 떠드렁산 강변 희생 시신 목격 사진, 1951년 3월 15일 24보병사단이 전범조사단에게 보낸 조사보고, 1951년 4월 5일 질레트 대령의 진술이 덧붙여 있었다.

미 육군 대령 질레트는 미 오하이오주 출신으로 참전하여 한국군 2군단 군사고문으로 복무 중 찰스 ○○ 소령 앞에서 정식으로 선서하고 목이평 강변에 민간인 학살사건에 관하여 당시 상황을 진술하다.

목이평에 공산군 점령기, 공산주의 청년동맹과 북조선노동당원이 유엔동조자, 전 공무원과 경찰을 체포하여 그들이 떠나기 전에 강둑에서 죽였다. 또한 북한의 큰 집단이 군소재지에서 2~3마일 떨어진 언덕에 있다는 보고를 받고, 그들을 공중 폭격하였다. 대령은 강둑으로 내려갔고, 거의 칠백 명에 이르는 시신을 보았다. 그들 중 많은 사람은 분명히 태워졌으며 산 채로 가솔린에 태워졌다고 들었다. 모든 사람은 총상과 자상이 있었다. 대령이 그곳에 도착했을 때 가족들이 시신을 수습해 갔고, 남편을 잃은 부인들은 옷 바느질을 솜씨를 보고 자기 가족의 시신을 찾아냈다.

목이평은 한강 중류 동남방에 접한 도시다. 물이 빠지는 건기 동안에는 강둑이 사분지 일 마일에 이르는 커다란 모래사장이 생긴다. 모래사장은 도시의 끝에서 한강 물이 닿는 곳까지 이른다. 시신들은 모래사장의 남쪽에서 발견되었다. 몇몇 시신들은 신원이 확인되었으므로 구분이 되어 있었고, 다른 시신들은 수습되지 않고 무더기로 쌓여있었다. 그들은 모두 후퇴하는 공산집단에게 처형당했다고 했다.

다음날 미군 조사단이 도착하여 더 이상 조사를 하지 않았고, 몇 장의 사진을 찍어 로우 소장의 부관인 알버트 ○○ 소령(당시 대위)에게 넘겼다.

당시 학살을 목격했다고 주장하는 한국인이 있었는데 다음날 조사단에게 넘겼으므로 이름은 기억하지 못한다. 이 외에 현장을 목격한 사람은 찰스 ○○ 대위와 램 ○○ 하사가 있다.

여기까지 질레트 대령의 진술서를 읽고 난 강 경사는 1951년 3월 15일 24보병사단에서 전쟁범죄조사단으로 보낸 조사보고서를 훑어 나갔다.

1951년 3월 7일 밤, 24보병사단 5보병연대 M중대의 해리스 중사가 지도상 63번 언덕의 적군과 교전하고 있는 아군 지원을 위해 81mm 박격포 설치장소를 수색하다가 언덕에 적당한 위치를 발견하고 화기를 설치했다. 다음날 아침이 되자 경계구역 근처에서 인골과 옷 조각이 보였다. 자세히 살펴보니 인골과 옷 조각은 세 개의 큰 무덤처럼 조성된 곳에 있었다. 중사는 관계 기관에 보고했고, 3월 9일 기관에서 조사관이 찾아와 무덤과 시신, 옷자락이 노출된 사진을 찍었다. 조사관은 시신의 부패 정도로 보아 노출된 약 삼십여 구가 죽은 지 4~5개월 정도가 되었다고 추정했다. 노출된 시신은 동양인으로 민간인 옷을 입고 있었고, 조사관이 검사한 시신들 모두 유엔군 성원이라는 표식은 없었다. 무덤 크기로 보아 많은 사람이 희생되었으며 근접 조사해 보니 희생자 중 일부가 손과 발이 묶인 상태였다.

이 보고서에는 노출된 무덤과 시신의 사진 일곱 장이 붙어있었다. 노출된 시신 이십여 구가 있는 사진에는 24보병사단의 엘리사 ○○ 대위와 M중대, 5보병연대의 에드가 ○○ 중사가 있었다. 또 하나의 사진에는 무덤에서 노출된 시신과 배경에 탄흔이 보이는 바위가 있었다. 사진 속 왼쪽 시신의 손은 밧줄로 묶여 있었다. 또 다른 사진에는 모래사장에 시신 일부가 노출된 사진인데, 사진 속에는 아모스 대위와 ○○ 중사로 추정되는 군인이 나와 있었다.

조사에 따라 피해자에 상당하는 가해자가 있을 테고 이들이 생존해 있거나 신분이 확인된다면 실로 엄청난 규모의 시시비비가 생기게 되는 사건이다. 휴전선을 중심으로 밀고 밀리는 격전이 계속되고 있었지만, 후방은 안정을 되찾아 전란은 거의 끝나가는 듯했다. 연고자가 확인되지 않아 신원을 알 수 없는 삼백여 명. 강 경사와 함께 조사를 맡은 방 순경은 아직도 시신이 매몰되어 있는 강변 백사장으로 다시 나갔다.

드넓은 강변 모래벌 군데군데 수북한 무덤이 보였고 날씨마저 흐려 바람이 스산했다. 이미 사건기록을 훑어봤기 때문이기도 했지만 때가 저녁인지라 불어오는 강바람에 온몸이 으스스하기까지 했다. 연고자가 수습하지 않은 시신은 몇 군데 커다란 무덤 속에 묻혀 있었다. 현장 조사를 맡은 방 순경은 혹시 조그마한 단서라도 더 건질 수 있을까, 하는 기대로 몇 군데 무덤을 파서 시신 한 구씩을 표본 발굴해보기로 했다. 모래땅에 습의도 안 하고 묻혀서 이미 수개월이 지나가는 시신은 차마 그대로 보기 어려울 정도로 탈골이 되고 훼손이 되어 잠든 혼을 깨워낸다는 죄책감이 들었다. 참으로 못할 일이었지만 평상 옷 그대로 묻힌 사람들의 입성을 유심히 살펴봤다. 양복은 삭아서 헤어지고, 가죽구두는 벗겨지지 않은 채 발끝에 걸렸다. 한복 바지저고리를 입은 채로 손이 묶여 죽은 사람도 있었다. 이 정도 식별이면 유족이 있어 찾았을 법도 한데 그대로 묻혀 있다니. 방 순경은 나름대로 발굴한 시신의 사진을 찍고 특이점을 메모해나갔다.

또 다른 무덤을 파보니 흰 천에 흙물이 누렇게 들어 변한 무명옷이다. 모두 옷에 나 있는 총상 흔적이 일정치 않았다. 머리, 가슴, 배, 팔, 다리에 보이는 상흔은 마구잡이로 총격을 당한 형상이다. 이들의 신원을 어떻게 확인한단 말인가.

마지막으로 한 구만 더 발굴해보려고 무덤 아랫부분을 파는데 삽날 끝에 송판이 긁혀졌다. 혹시 목관인 줄 알고 조심스럽게 주변에 모래를 긁어내 보니 서류 상자가 나왔다. 붉은 글씨로 비밀(秘密)이라고 쓰여 있었다. 어느 쪽의 비밀일까. 조심스럽게 뚜껑에 박혀 있는 못을 삽날로 뽑았다. 검은 표지에 철끈으로 묶은 장부다. 축축한 장부를 꺼내 들춰보니 군당과 면당인민위원회 간부들의 명부다. 분명히 적이 버리고 간 문서다. 방 순경은 떨리는 손으로 훼손될까 봐 조심스럽게 넘겼다. 이럴 수가.

목이평인민위원회 위원 명부.

이름만 봐도 목이평에서 알 만한 사람들이 대부분이다. 이걸 어쩌나. 방 순경은 본능적으로 주변에 보는 사람이 있는지 둘러봤다. 상자는 배낭에 넣어 이동할 때에 등에 지고 다니기 좋게 만들어져 있었다. 이걸 왜 여기 묻고 갔을까. 그중에는 이미 부역자로 처벌된 사람도 있었고 아직 버젓이 생존해 있는 사람들도 있었다. 명부에는 개인마다 신상

들이 상세하게 적혀있었다. 우익인사로 알려진 유지들, 부호들도 있었고 상업, 노동, 농업, 뱃사공, 대장간, 양조장, 쌀가게, 제재소, 방앗간 같은 생업도 기재되어 있었다. 심지어 교사와 공무원까지 있었다. 무려 백여 명이 넘는 인원을 한 사람, 한 사람 확인 조사해야 하는 사안이다. 이 사람들을 모두 조사한다면 또 다시 참살의 회오리가 몰아칠 수밖에 없었다. 빨갱이를 잡겠다고 휘돌아 치던 사람들이 인민위원이었다니.

방 순경은 시신의 표본 발굴조사를 마치고 경찰서로 돌아오면서 걷잡을 수 없는 의문이 머릿속에 휘감겨 엉키고 있었다. 그대로 묻어두기에는 너무 무겁고 세상에 드러내기에는 너무 파문이 큰 문제인데, 멀쩡하게 생존하여 점잔 빼고 지내는 그들이 왜 여태껏 처벌 받지 않고 있는가. 한 편으로는 공명심에 이 증거를 상부에 보고하여 대대적인 조사를 벌이도록 할까 하는 생각도 들었다. 서류의 아랫부분에 목이평인민위원회라고 또렷하게 적혀있고 개인별 신상까지 상세하게 기록이 되어있으니 적들이 이들의 신상을 관리하기 위한 서류가 분명해 보였다. 당시의 전술정황으로 보아 공산군들이 급하게 퇴각하면서 북으로 끌고 가려는 인민위원들의 신상 명부를 함께 가져가려다가 일부러 매장하였다고밖에 볼 수 없었다. 부역한 죄로 판결을 받고 모래사장에서 처형된 사람, 도망친 사람, 월북이든 납북이든 북으로 간 사람들은 이해가 되지만, 명부에 있는 사람들 중 아무 일도 없었던 것처럼 살아남아있는 사람들은 또 무엇인가.

방 순경은 경찰서로 돌아와 당직을 하면서 명부 중에 현재 생존하고 있는 사람들만 수첩에 옮겨 적었다. 일단 위로 보고하지 않고 비공식으로라도 탐문해 보기로 했다. 그도 잘 알고 있는 황감수라는 이름에 주목했다. 상식적으로라면 목이평이 적들에게 점령당하자마자 처형되었던 사람의 아들이 인민위원이라니. 부친 황 토주가 전란 초기에 죄목도 불분명하게 보위부에 끌려가 처형되었다는 사실은 이 바닥 사람들이 다 알고 있는 일이고, 그의 아들 황감수는 난리가 터지자 국군에 자원입대 하여 싸운 반공의 대표 인물인데 인민위원회의 간부라니.

　방 순경은 추석을 앞두고 벼가 익어가는 달밤에 새마니로 찾아들었다. 저녁을 먹고 나서 사뭇 걸었으니 밤이 늦은 시간이다. 새마니에 이르자 제법 밤이 깊었는데도 집집마다 불이 밝혀져 있었다. 다들 잠들 시간에 웬일들일까. 솟을대문이 있는 기와집이 먼저 눈에 들어왔다. 반쯤 열려있는 대문을 열고 들어가니 문소리를 들었는지 방문이 열렸다. 제법 산다는 집이다. 대청에 호롱불이 걸려있었다.

　"어디서 온 누구시우?"

　"여기가 황 씨 댁인가요?"

　"황 씨들은 모두 죽고, 떠나고 한 가만 혼자 남았지. 그런데 웬 일이 우. 이 밤중에."

　대답하는 노파 외에는 아무도 보이지 않았다. 이 큰집을 혼자 지키고 사는 모양이다.

　"이 밤중에 불은 왜 이렇게 환하게."

　"모르고 오셨구먼. 이 동네 스물한 집이 오늘 제삿날이우. 팔월 열나 흘 밤에 빨갱이들한테 잡혀가서 죄다 죽었지. 저 아래 강변 백사장에 서."

　바로 찾아왔다.

　"그렇다면 이 댁 어른도."

　"아냐. 우리 집 시어른은 그보다 일찍 돌아갔지. 처음에 이북 애들이 들어와 재판입네 뭐네 한다고 그랬잖아. 농토가 많다는 죄로 그때 끌어다 먼저 죽었어. 광에 양식은 작인들 모가치라나 뭐라나 하면서 죄다 실어갔고"

"그랬군요. 그런데 왜 이렇게 불을 켜놓고."

"이 동네가 그래. 오늘 억울하게 끌려가 죽은 혼들이 제삿밥 자시러 쉬이 찾아오시라고 제삿집이든 아니든 집집마다 모두 불을 밝혀 길 안내하려는 게지."

"그러고 끝인가요?"

"아니 또 있지. 팔월 스무날. 그날은 저쪽 놈들 죽은 날이야. 빨갱이 세상 됐다고 날뛰다가 국군이 들어와 몰매 맞아 죽고 총 맞아 죽었지. 그때도 꽤 많이 죽었는데 그날은 불 켜는 집이 없어. 제사도 몰래 지내고. 손가락질이 무서워 죄다 떠났으니 이젠 제사 지낼 집이 남아있는지 몰라."

방 순경은 기와집을 나와 사람이 제법 있어 보이는 집으로 조심스럽게 들어갔다. 머리가 허연 남자의 얼굴은 등불 아래서도 아직 팽팽했다.

"혹시 황감수라는 사람을 아시는지요."

방 순경은 인민위원회 명부를 옆에 끼고 있었으나 새마니 사람들 이름을 모두 외워두고 있었다.

"왜 찾소. 바로 옆에 기와집 사람인데 오래전에 나갔어요. 지금은 할머니 혼자요."

방금 지나온 그 집이다.

"그 사람이 육이오 때 인민위원이었나요?"

"인민위원이라니! 그 사람 빨갱이라면 눈이 뒤집히던 사람이오. 황씨네 머슴 살다 빨갱이들이 주인 황 토주 죽이는 걸 보고 그 길로 도망쳐서 국군에 들어가 싸웠어요."

"황 씨 댁 머슴을 살았다고요? 성이 같은 게 우연일까요?"

"그 사람 성도 없었어요. 황 토주가 만들어 준 거지."

"만들어주다니요?"

"평생 머슴으로 두기 위해서 성을 주고 아들 삼아 일을 부려먹은 거지요."

"머슴의 신분으로 불만이 있었으면 완장을 찼을 법도 한데요."

"빨간 팔띠? 처음엔 멋모르고 잠깐 찼지요. 인위에서 동네 사람들 봐 놓고 사람 하나를 멍석말이해서 잡아다 놓더니 팔띠 찬 사람들에게 패 죽이라는 거요. 악질 반동이라면서. 감쇠하고 저 아래 사는 백 도수가 미적거리니까 나루터 갈막생이라는 자가 나서서 작대기로 패 죽였지요. 멍석을 펼쳐보니 황 토주였어요. 입에 재갈을 물렸으니 비명도 못 지르고 죽었지요. 모두 경악했지요. 감쇠나 도수나 토주 어른의 은혜 입고 살던 사람들이었으니. 그길로 팔띠 벗어 던지고 도망쳐 군대로 갔다우. 실은 내가 보냈어요. 여기 있다가는 이래도 죽고 저래도 죽으니까. 죽어도 군대 가서 원 없이 싸우다 죽으라고. 감쇠나 백 도수나 토주 어른이 얼마나 아끼던 사람들인데. 제 아비 같은 사람이 죽었으니 기절하도록 놀라서 정신을 차리고 팔띠를 벗어 던진 거지요."

"감쇠라니요. 백 도수는 또 누구고요?"

"감쇠는 황감수, 그러니까 황 씨 성을 얻기 전에 부른 이름이고 백 도수는 백 백정이요. 소 돼지 잡는 백정. 내 얼마 전 그 사람들 소식을 듣자니 군대 가서 쌈을 그렇게 잘하고 있대요. 백 도수 그 사람은 소를 잡아봐서 그런지 적군 죽이는 데는 군에서 일등이래요."

방 순경은 명부에 알 만한 사람들의 이름을 하나씩 대며 물었다.

"그 사람도 그럴 리가 없어요. 청방대원 훈련비를 도맡아 대주던 사람이요. 어디서 들은 소문인지는 모르지만 잘못들은 얘기요."

그날 명부에 있는 몇몇을 더 알아봤지만 머리 흰 노인은 모두 사실무근이라며 펄쩍 뛰었다. 방 순경은 사무실로 돌아와 강 경사와 상의했다.

"이 서류 가짜야."

강 경사는 서류를 뒤적이다가 대뜸 결론부터 내렸다.

"가짜라니요. 이렇게 비밀이라 쓰고 못을 쳐서 봉하기까지 했는데."

"비밀은 사실을 감출 때도 쓰지만 거짓을 감출 때도 쓰는 수법이야. 여기서 도저히 인민위원으로 볼 수 없다고 의심 가는 사람들은 모두 살아있는 사람들이잖아. 저쪽에서 죽이려다 못 죽인 사람들이지. 이렇게 중요한 서류를 빠뜨리고 달아날 놈들이 아냐."

"이게 가짜라면 굳이 이런 걸 만들 필요가 있었을까요. 쫓기는 급박한 때에."

"처음엔 필요가 있었지. 잡아다 죽이기 위해서. 그런데 살아있는 사람 이름은 모두 이쪽 사람들이잖아. 명부를 자세히 봐. 먹지를 대고 작성한 다음에 사본의 인민위원 직함 난에는 직접 썼지. 원본은 그자들 수중에 다음을 위한 살생부로 따로 표시해서 갖고 있을 거야. 뒤에 빈칸도 나중에 쓴 거야. 그러니까 명부를 먹지 끼고 두 부 작성해서 한 부는 자기들이 갖고, 한 부는 분실을 가장해서 여기 묻었는데, 직함 난에는 자기네들 식의 감투를 멋대로 씌워놓았다는 얘기지. 오른쪽 빈칸에는 자기네들을 도운 공적을 적고. 물자 제공, 무슨 협조, 이런 내용들이 적혀 있잖아. 이곳을 국군이 점령하면 이 명부를 근거로 국군이나 경찰이 이 사람들을 잡아다 처형하게끔 꾸민 거지. 그렇게 되면 저쪽에서는 손도 안 대고 코 푸는 일이 될 테고."

"참 교활한 자들이네요. 이걸 남겨서 자중지란을 일으키려고 했었군

262

요."

"이를테면 찾아내지 못해서 아직 죽이지 못한 사람들은 이름만 적고 인민위원이라는 감투 씌워 묻어놓은 셈이지."

방 순경은 섬뜩했다. 깊숙이 보관했던 서류 상자를 태워버릴까 하다가 아무도 모르게 모래 무덤에 깊숙이 묻었다. 숨어서 언젠가는 시신과 함께 썩을 것이다. 돌아와 도경에서 받은 조사서류를 들추다 신원이 확인되지 않은 사람들의 정체에 대해 의문이 생겼다. 300여 명이 넘는 희생자들은 도대체 누구인데 유족도 나타나지 않는다는 말인가.

"이상하지 않아요. 발견된 시신이 칠백이고 신원이 확인된 시신이 삼백삼십팔이라면 나머지 삼백육십이나 되는 시신이 연고자 없이 한꺼번에 묻혔다는 게."

방 순경은 생존자 명부를 꼼꼼히 확인하고 있는 강 경사에게 칠백이라는 숫자에 손가락을 짚어 들이댔다. 그 점은 강 경사도 의문을 갖고 있던 중이다. 고개를 갸우뚱거리며 서류를 뒤적이던 강 경사가 자신도 모르게 책상을 쳤다.

"여기 이걸 보게. KWC33(미군의 한국전쟁범죄 조사단 보고서) 말미에 단서가 보이네. '신원이 확인되지 않은 희생자들은 일반 묘에 수습되었고, 그들은 먼 곳으로부터 온 사람들이 틀림없으므로 신원 확인의 가능성이 없다고 느낀다.'고 했지."

"국군이 반격할 때에 들어와서 북으로 넘어가지 않은 잔당들을 잡아 경찰에 넘겨 처형한 시신들이 아닐까요?"

"당시에 부역자나 살상에 앞장섰던 소위 '바닥빨갱이'들은 목이평까지 잡아오지 않고 대부분 현지에서 처형되었지."

"그렇다고 하더라도 팔띠 차고 앞장서서 우익인사를 잡아다 죽이던

부역행위자를 A급으로 분류하여 강변에서 직접 처형한 사람의 숫자에
는 못 미쳐. 기록을 보면 이들은 모두 이백여 명도 못되잖아. 그렇다면
나머지 일백 칠십여 명은 신원 확인이 안 되는 사람들이지. 이 문서는
사건 발생 당시로부터 가장 근접한 시기에 작성된 보고서야. 현장 조사
뿐 아니라 현지의 주민들 목격담도 참고가 되었을 테지. 주변에서 통역
관으로부터 전해들은 얘기를 자기 의견처럼 적었다고밖에 볼 수 없어.
이렇게 봐야 신원미상 시신의 실체가 당시 정황상 들어맞는다고. 이러
한 사실을 뒷받침하는 또 다른 실마리가 있어."

강 경사는 강변 백사장 주변 마을을 돌아다니면서 주민들을 상대로
탐문한 수첩의 기록을 내보였다.

"우리 경찰은 전쟁이 나자마자 당국의 명령을 받고 남하했기 때문에
여기 사정을 잘 모르지만, 이쪽저쪽에도 붙지 않았던 노인들은 적 치하
백일을 고스란히 겪었지. 서울에는 공산군이 전쟁 발발 삼일 만에 들어
왔다지만 목이평엔 더 빠른 이틀 만에 들어왔어. 보고서에 신원미상자
들이 먼 곳으로부터 온 사람들이라는 부분을 주목해봐. 북쪽 사람들이
피란 내려오다가 목이평으로 앞질러 들어온 공산군에게 길이 막혀버린
거야. 북쪽 전방에서 내려오는 목이평 길목 마을 어느 노인에게 들은
얘긴데 밤이면 동네 앞길이 피란민으로 가득 찼다니까. 피란 나간 빈집
에 피란 내려온 사람들이 자고 가는 일이 빈번했대. 그때 공산군들 주
둔지가 삼태골 근처였다니까 빤히 보이는 새마니 앞길로 피란민이 지나
가는데 그대로 둘 리가 있었겠나. 밀려 내려오던 피란민들이 강 쪽으로
끌려가서 희생당했다고 추정할 수밖에 없어. 피란은 곧 침략자들에 대
한 부정이니까, 놈들 눈에도 거슬려 목이평을 그대로 통과하도록 놔두
지는 않았겠지. 고향에서는 피란을 떠났으니 행방불명되었거나 길에서

죽었거니 하고 찾아낼 엄두도 못 냈을 테고. 질레트 보고서에 보면 '신
원불명자가 멀리서 온 사람들'이라는 기록이 이러한 추정을 뒷받침하
지."

방 순경은 고개를 내저었다.

"신원 미상자는 아마 부역자들일 거요. 가족까지 죽은 사람도 있고,
북으로 간 사람도 있으니 연고자가 나타날 리가 없지요. 핏줄의 시신을
찾겠다고 거기 가서 얼쩡댔다가는 대번에 손가락질을 받았을 테고. 이
쪽에 붙었건, 저쪽에 붙었건 결국 죽어서 한 구덩이에 묻힌 거죠."

"그렇다면 그들이 이 명부에 없을 리가 없지."

고개를 갸우뚱거리는 강 경사의 손에는 조사결과를 모은 보고서가 점
점 두껍고 무거워졌다.

3^부

달나라 바 씨

무턱대고 아버지만 찾아다니다가 수입이 끊어진 지랑의 통장에 찍힌 숫자는 일곱 자리에서 여섯 자리로 줄어들었다. 이대로는 더 살아갈 앞이 막막하여 변두리 인력사무실을 찾아갔다. 구직신청을 했지만 당장은 마땅한 곳이 없다니 연락을 기다릴 수밖에 없었다. 사무실에서 나와 버스 타는 곳으로 가려다 무심코 뒤를 돌아보니 웬 여자가 멀찌감치 떨어져서 걸어오고 있었다. 어깨까지 흘러내린 생머리에 검정색 블라우스와 철 지난 검정색 판탈롱 차림으로 사무실에서 신청서를 써내던 그 여자다. 우연히 같은 방향이겠거니 하다가 혹시나 해서 버스정류장을 일부러 지나쳤는데도 계속 따라온다. 행인이 뜸한 주택가 골목으로 들어섰는데도 계속 같은 쪽이다. 급히 길가 만둣집에서 서리는 김 속으로 숨어들어 오른쪽 모롱이로 돌았다. 한 블록 더 가서 세탁소를 끼고 오른쪽으로 한 번 더 돌아서 오던 쪽으로 방향을 꺾었다. 이쯤 되면 이쪽에서 미행당하는지 알고 있다는 경고를 눈치챘을 텐데도 한 블록 간격을 두고 뒤떨어져서 계속 따라온다. 지랑의 걸음이 늦으면 그쪽도 늦었고 빨라지면 그쪽도 빨랐다.

미행이든 유인이든 앞뒤에서 서로를 속이는 짓이다. 둘 다 착각에 빠지면 동시에 미행과 유인이 될 법도 하다. 지랑은 그 여자를 유인해보기로 했다. 굽어 도는 골목에 주차한 차의 백미러로 얼굴을 보는 척, 뒤를 유심히 보았다. 지랑이 멈추자 그 여자도 멀찌감치 떨어져 딴청을 부린다. 더욱 분명해졌다. 몸을 돌려 그쪽으로 다가가자 여자는 재빠르게 오던 길을 되돌아 바삐 걷기 시작한다. 등에는 꽤나 큼직한 가방을 메었다. 유인이 미행으로 바뀌어 쫓던 쪽은 쫓기고 있었다. 지랑이 뛰자 그쪽도 냅다 도망치듯 뛰어 달아난다. 묵직한 가방을 멘 여자와 맨손 남자의 뜀박질 승부가 빤하지 않은가. 지랑은 얼마 못 가 그 여자를 앞지르면서 몸을 홱 돌려 얼굴을 노려봤다. 인력사무실에서 마주쳤던 그 여자가 맞다. 화장기 없는 얼굴에 얇은 입술이 찌들어 보였고 머리는 평생 미장원에도 못 가봤는지 모자 속에서만 잠자던 모양이다. 지랑이 그녀의 나이를 자기보다 이십여 년 아래로 낮춰보고 거친 숨을 섞어 다짜고짜 윽박지르는 바람에 돌아오는 말도 거칠었다.

"죽고 싶어?"

"죽긴 싫어."

"근데 왜 따라와?"

"내 전화기."

전화기라니. 지랑은 주머니에서 휴대폰을 꺼내 버튼을 눌렀다. 액정화면에 깔린 앱이 낯설다.

"그럼 내 건?"

지랑이 갑자기 황당해졌다. 난감해하며 주머니 여기저기를 뒤지자 그쪽에서 휴대폰 하나를 건네주어 받아보니 같은 기종인데 화면에 깔린 앱이 눈에 익었다. 휴대폰을 꺼내놓고 같은 필기대에서 구직신청서를 썼으니 일이 이렇게 된 건가. 멋쩍은 얼굴을 지우고 갑자기 궁금해져 또 물었다.

"그럼 왜 도망가?"

"집이 어디예요?"

여자는 묻는 말을 삼키고 되묻는다. 꼬박꼬박 반말이더니 이번엔 존대다. 용무가 끝났으면 서로 등 돌려 멀어져갈 일이지, 그걸 왜 물었는지.

"어디로 가야 할지 막막해서~요."

당당하던 여자의 기세가 수그러들었다. 일자리중개소에서 나와 골목을 우로 두 번, 좌로 한 번 돌아 꽤 멀리 쫓고 쫓겨 왔으니 그쪽이나 지랑이나 버스를 타려면 어느 쪽으로 찾아가야 할지도 헷갈렸다.

"방향을 모른다고?"

"방향 잡아도 갈 집이 없어요. 마땅히."

"집이 없다고? 그럼 방은?"

서울 바닥에서 각자 날일로 전전하면서도 대개 전세건 월세건 반지하건 옥탑이건 빌려 쓰는 방은 쪽방이라도 하나씩 갖고 있었다.

"방도요."

"그래 어쩌려고."

"그쪽 바 씨 맞죠?" 또 대답을 삼키고 되묻는다.

"아니 내 성을 어떻게."

"신청서 살짝 봤어요."

지랑은 상대가 낯설지 않아 혹시 어디서 봤을까 하고 얼굴을 뜯어봤다. 그 여잔 어색한지 고개를 돌렸다.

"그쪽은?"

"바구니."

"박 운이라고?"

"바, 구, 니."

희귀 성이니 핏줄로도 멀지 않을 텐데, 웃음이 터져 나왔다.

"바지랑은 더 낫나요? 지렁이라고 놀림깨나 받았겠네요." 이름까지 정확히 알고 있었다.

"이런 젠장, 그럼 고향은?" 성이 같다니 고향은 꼭 물어야 했다.

"몰라요. 어려서부터 이집 저집 다니면서 밥 얻어먹은 값으로 청소하고 빨래하고 잤으니까."

"그럼 가정부네."

"요즘 식으로 입주가사도우미라고 해줘요."

"옛날엔 가정교사도 괜찮았을 텐데."

알게 모르게 촌티가 났지만 얼굴 속에 든 뇌가 그 정도는 돼보였다.

"도우미가 훨씬 편해요. 멋모르고 남의 애들 가르치다 성적 안 오르면 미쳐버려요."

해보긴 해본 모양이다. 둘은 골목에서 벗어나려고 큰길 쪽으로 사뭇 걸었다. 그렇게도 희귀한 성을 이런데서 만나다니. 양쪽 모두 남의 물건처럼 빌려 쓰고 있는 이름도 그렇고.

"가사도우미 자리라면 굳이 거길 가지 않아도 될 텐데."

"마땅한 자리 찾기가 어려워서 장례도우미로 바꿨어요. 거긴 먹고 자고 입는 게 저절로 해결돼요." 큼직한 가방에 그 정도 얼굴만으로도 그녀의 떠돌이 생활은 알만했다.

"어디로 가지?" 버스 타는 곳 앞에서 묻자 대답을 못 하고 머뭇거리다 정류장으로 달려오는 버스를 보고 다시 입을 열었다.

"갈 곳이 없다고요."

"퇴짜 맞고 나왔군. 나처럼."

구니가 고개를 끄덕이는 사이에 버스가 섰다.

"타지." 구니를 앞세웠다.

"저어. 그쪽 장례지도사 맞죠?"

구니는 버스 천정에 흔들거리는 손잡이를 하나 움켜잡더니 고개를 갸우뚱거리면서 들릴락 말락 하는 목소리로 확인하듯 물어왔다. 대답보다 몸에서 시체 냄새가 풍기는지 몰래 코를 킁킁거리는 모양이다. 지랑은 혼자 사는 냄새 때문에 외출할 때면 편백나무 향이 나는 방향제를 짙게 뿌리지만 점심때를 못 가서 날아갔다.

"어쩜 우린 하는 일까지 그렇게 닮았어요."

언제 우리가 됐다고 제멋대로 우리란다. 다음 정류장에서 앞자리가 나자 구니가 지랑더러 앉으란다. 지랑은 못 이기는 척하고 앉아서 한사코 사양하는 그녀의 묵직한 가방을 뺏다시피 받아 무릎에 올려놨다. 호의도 호의지만 당분간이라도 우리라고 했으니.

지랑은 요즈음 넘쳐나는 요양보호사를 하다말고 장례지도사 자격을 따길 잘했다고 생각했다. 아버지가 아직 어느 요양원에라도 있으리라는 기대는 점점 희미해졌다. 혹시 모르는 아버지의 죽음보다 앞질러 가서 무턱대고 장례식장을 지키기로 했다.

"여기서 내려야죠?"

"꼼꼼하게도 알아뒀군."

내릴 정류장까지도 알고 있으니 지랑은 갈수록 내장까지 도둑맞은 기분이 되어갔다. 관심이 기억을 도왔을까. 아무리 정신이 좋아도 신청서 내용을 잠깐 사이에 다 외우다니 놀라운 기억력이다. 내릴 때가 되어 구니에게 가방을 건네주며 앉으라고 해도 따라 내렸다.

"여기서 내리면 갈 곳이 마땅치 않을 텐데. 갈아탈 버스도 뜨막하고."

"당분간만이라도 댁에서."

다 봤을 텐데 겁도 없이 남자 혼자 사는 곳에 빌붙으려고 한다. 난감했다. 이러니 지랑은 여태껏 나일 먹었어도 둔할 수밖에.

"여태껏 헛늙고 있는 홀아비 냄새가 줄줄 날 텐데."

"일거리 날 때까지 만이라도요. 곧 된다고 했으니까 전화가 올 거예요."

여자는 그놈의 전화기를 또 만지작거리면서 같이 가자고 하지도 않았는데 가방을 둘러메고 따라온다. 별 게 다 험악해지는 세상이니 지랑은 혹시라도 정체 모를 여자에게 무슨 일을 당할지 몰라 조심하면서 진지하게 물어봤다.

"부모님은?"

"엄만 하늘에, 아버진 땅에. 두 분이 오래전에 갈라졌대요. 엄마 찾으러 하늘로 올라가긴 아직 이르고, 행여 땅에 남아계실지 모르는 아버지만 찾고 있어요."

지랑의 신상은 몽땅 털렸는데 그녀의 정체는 감질나게도 야금야금 드러났다. 삼층 연립주택 벽에 오지벽돌은 군데군데 껍질이 드러나 붉은 속을 드러내고 있었다. 열한 평짜리라도 다행히 방은 둘이다. 구니는 방에 들어서자마자 팔을 걷어붙이고 주방 쪽으로 가서 밥솥을 열어보더니 싱크대 문을 열었다. 꽤 출출한 모양이다.

"그냥 두지. 쥔이 하게."

"밥값에 잠자는 값이라도 해야죠."

"하긴 아예 며칠 묵을 작정을 하고 따라왔을 테니. 그럼 그러든지."

같이 오는 동안에 이만큼 가까워졌다. 지랑은 혼자 살면서 찌든 사내 냄새가 부끄러워 우선 편백나무 향이 나는 방향제를 찾아다 방구석 여기저기 뿌렸다. 골방은 창고처럼 잡동사니가 너저분했다. 대강 거듬거듬 해서 비좁은 발코니로 내놓고 나자 구니가 팔을 걷어붙이더니 걸레를 빨아들고 들어왔다. 무릎을 꿇고 엉덩이를 치켜올린 채 걸레질하는 모습이 평생 해본 솜씨다. 어느새 안방에도 물걸레질 흔적이 질축하다.

밥 해주고 청소까지 해주고 이런 호강도 있나. 지랑이 씻는 사이에 구니는 냉장고를 뒤져서 식탁에 밥을 차려냈다. 급한 대로 계란까지 찾아 내 풀고 파를 썰어 넣어 국으로 끓여 냈다. 냉장고를 열어주면서 파랗게 곰팡이 핀 어묵은 얼른 꺼내서 버렸지만 오랜만에 성찬이다.

"같이 먹지."

"전 나중에요."

지랑이 수저를 들자 구니는 서슴없이 화장실로 들어갔다. 벗어놓은 속옷에, 양말에, 씻고 난 수건이 그대로인데. 급히 밀치고 들어가서 치우려하자 오히려 지랑을 밀어내고 문을 잠근다. 못 이기는 척하고 혼자서 밥을 떴다. 내 집에서 남이 차려주는 밥을 먹는 게 얼마 만인가. 화장실에서 한동안 물소리가 나고 문이 열리더니 구니는 젖은 머리로 욕실 바닥에 널려있던 옷가지들을 말끔하게 빨아 들고 나왔다.

"세탁기가 우는데."

"전 이게 편해요."

빨래를 받아들려고 해도 한사코 뿌리치며 안주인 행세를 한다. 두리번거리는 구니를 보고 발코니 쪽 건조대를 가리키자 익숙하게 다가가서 제집처럼 빨래를 툭툭 털어 널었다.

"가정부 들어왔네."

"도우미요."

"그, 그래. 우아한 가사도우미. 요즘엔 입주아줌마라고도 하던데."

구니는 그릇에 반찬 몇 가지를 담고 상을 치우더니 개수대 앞에 서서 밥을 떠먹었다.

"식탁이 우네."

"전 이게 편해요."

궁금한 게 있어서 먹고 있는 뒤에 대고 물었다.

"이렇게 올 걸 거기선 왜 뒤돌아서 도망치려고 했지?"

"당장 갈 데가 없었어요. 중간에 들켜 떨어지면 당장 잠을 잘 방이 없을까 봐서요."

"그래서 내 집을 노렸군."

"네."

"요망하네. 그 속엔 꽃 같은 뱀이 똬리 틀고 앉았겠구먼. 내 서류에 혼자 산다는 가족사항까지 다 훔쳐봤지?"

짐작했던 구니의 속을 다시 한 번 확인하면서 잠시 잊고 있던 나이를 되찾아 무겁고 점잖게 묻자 고개를 끄덕인다.

"뱃속에 그 뱀은 일찌감치 게워내는 게 좋을 걸. 여기 잠시 동안이라도 머물러 있으려면."

"꼭 잠시라야만 하나요?"

"그럼 여기 눌러 살라고 할 줄 알았나?"

"그냥 친오빠 같아서요. 우린 충분히 함께 지내도 괜찮을 만한데. 바씨 성이 귀엽기도 하고요."

감정 끈적거리게 함부로 또 우리란다.

"성이 귀엽다고? 그거. 우리 아버지가 성 없다고 서러워서 길 가다가 주워 붙였을 거야."

지랑은 밥을 다 먹고 돌아서는 그의 얼굴에다 정색을 했다.

"걱정 안 하셔도 돼요. 사흘 안에 연락이 올 테니까. 오라는 덴 널렸어요. 내가 이리저리 고르고 재서 걱정이지."

"일당을 재고 있군."

"틀렸어요. 사람예요. 사람들이 많은 곳으로요."

"그런덴 힘이 더 들 텐데."

"꼭 찾아야 할 사람이 있거든요."

"아버지?"

구니는 고개를 끄덕였다. 지랑을 바라보는 눈이 어느새 질축하다.

"지랑 오~빠."

"떼끼. 어른한테."

구니는 나이를 겉으로만 먹어 보였고 지랑은 속으로만 늙었다. 아무리 서로의 나이를 늘리고 줄여본다고 해도 오빠라고 부를 만큼 구니와 지랑이 십여 년 터울 안쪽에서 같은 세대로 살아왔다고 보기는 어려웠다. 지랑은 서로 살아온 기억을 더듬어 아리송한 그녀의 정체를 더 벗겨보기로 했다.

"언제부터지? 이렇게 떠돌아다닌 게."

"어려서부터요. 그 집 딸인 줄 알고 컸는데 나만 학굘 안 보내요. 그때서야 엄만 줄 알았던 그 집 아줌마가 내 엄만 하늘로 가고 진짜 내 아버진 따로 있다고 말해줬어요. 학교 갈 나이가 되니까 청소하고 빨래하래요. 나중엔 밥도 하래고. 내 또래쯤 되는 그 집 딸의 방에 몰래 들어가서 학교 책을 훔쳐보다가 뒈지게 얻어터지고 보따리 들려 쫓겨났어요. 그때부터죠. 식모살이 다니면서 남의 집 빨래와 밥을 숱하게 해댔어요. 웬만한 집은 가정부에 가정교사 모두 두고 살았어요. 열여섯 적이었지요. 그 집에서 먹고 자고 대학에 다니는 가정교사가 있었어요. 그 방에다 몰래 몰래 간식을 챙겨 넣어주다가 가정부와 가정교사 사이가 어마어마하다는 걸 알았어요. 처음엔 더끔더끔 잘도 받아먹더니 어느 날 갑자기 밀어내더라고요. 다 같이 남의 집에 얹혀서 밥 먹는 처진 데도요. 앙큼한 그 집 딸애가 제 엄마한테 일러바쳤나 봐요. 자기가 잔뜩 마음에 두

276

고 있는데 가정부 주제에 가정교사 방을 들락거리는 게 눈에 걸렸나 봐요. 쥔 여자한테 된통 야단맞고 조심하라는 걸 내살 꼬집어 실컷 울어주고 그냥 나왔죠. 밤마다 가슴이 울렁거리고, 하마터면 그 학생 방에 뛰어 들어가 매달려서 사고 치겠더라고요. 한동안 그 얼굴이 눈에 어른거려서 죽을 뻔했어요. 몇 푼 쥐었던 돈으로 책 사서 공부했죠. 학교라곤 검정고시 볼 때 빼곤 가본 적이 없어요. 대학까지 가보려고 덤벼들어 봤죠. 오빠, 아니 아저씬 어쩌다 이렇게 혼자 사세요?"

구니가 이만큼 밝혔으니 지랑에게도 과거를 더 벗어보라는 얘기다.

"내 아버진 푸줏간 칼잡이였지. 한 때는 백정질도 했고. 사람들이 점잖게 백 도수라고 불러줬다나 봐. 때론 박 도수라고도 했다 하고. 백 씨나 박 씨나 성은 별로 중요치 않아. 도수라고 부르는 호칭이 문제지. 아버진 내 머리가 커지면서 면사무소 호적에 올리러 갔다가 호되게 야단맞았대. 백정이 양반 성을 훔쳤다고. 성을 묻기에 박 가라고 했고, 본이 어디냐고 해서 달이라고 했대. 달나라 박가. 백정이 본이라고 붙일만한 곳이 없었어. 양반네들이 죄다 써버려 놔서. 사람들이 하도 천대하니까 할아버진 조상이 아마 달에서 왔을 거라고 했대. 낮에는 있어도 해한테 맥을 못 추고 밤에만 살아나는 달. 그 호적담임이 백정 주제에 양반 성을 쓸 수 없다고 받침을 뺐대. 본은 달이고 성은 바. 그래서 달나라 바 씨가 된 거야. 근본이 누구의 핏줄긴지도 모르는 우리 식구가 달에서 왔다고 우겨대던 아버지는 내가 어려서 쇠가죽을 넣어 말리던 줄에 바지랑대를 잘 받치니까 날 지랑이라고 불렀대. 바 지 랑. 호적에도 그렇게 올려서 그냥 이름이 돼버린 거지 뭐."

"이름이 슬프네요."

"그래, 그 슬픔이 자라나서 지금 이 모양이지. 애비는 소를 잡더니 아들은 사람 송장을 치우고 있잖아. 팔자려니 해야지. 이게 다 내 발로 택한 길인데, 뭐."

삼 일 안에 취업이 된다던 구니는 세 달 넘게 한 집에서 어색한 동거를 하고 있었다. 그대로 놀 수가 없어 장례식장 도우미로 일당 알바는 계속하고 있는 모양이다. 그녀는 밤에 일하고 지랑은 낮에 나갔다. 나가고 들어오면서 아침저녁으로 잠시 잠깐 만나지만 집에 들어오면 안살림을 제집처럼 깔끔하게 해냈다.

"어려서 처음 집을 나올 때 기억이 나?"

지랑은 구니와의 어색한 생활이 이럭저럭 세 달쯤 지나면서 슬금슬금 구니의 과거를 더 깊이 파기 시작했다.

"전혀 안나요. 제겐 있지도 않은 고향을 떠나는 꿈만 자주 꿔요. 멀리 강이 보이고 집 앞에는 넓은 들이 있고, 뒤에는 낮은 산, 더 뒤에는 더 높은 산이 있고. 아! 또 하나 보여요. 집 앞에는 넓은 저수지가 있었어요. 이런 시골 모습이 보여요. 한 번도 가본 적이 없는데 언젠가 가보았던 곳처럼 꿈에 자주 보여요. 혹시 내가 살던 곳이 아닐까요. 어렸을 때에 엄마 줄 알았던 그 집 아줌마가 정신 똑바로 차리라고 얘기해줬어요."

"그랬었군. 외로울 땐 생시보다 꿈이 차라리 낫지."

"아저씬 언제부터 이렇게 혼자 사셨어요? 집 안에 아주머니 흔적이 보이는데요."

구니는 자신의 과거를 알려준 만큼 지랑을 더 알기 위해 파고들었다.

"죽었어. 오래 전에."

지랑은 오래 전에 말없이 사라진 아내를 구니 앞에서 그렇게 죽여버렸다. 죽었다는 말에 뭔가 한마디 할 듯도 한데 복잡한 사연을 단번에 알아들었는지 고개만 끄덕인다. 넉넉지는 않았지만 조그만 연립주택

278

을 마련해서 이사하면서 미뤄뒀던 혼인신고를 할 때에 아내가 따져 물었다. 왜 박 씨가 아니고, 바 씨냐고. 바 씨라는 성이 이 세상에 있기나 하냐고. 혹시 잘못 되지 않았냐고. 지랑은 아내가 태생에 대해 부쩍 의심하며 꼬치꼬치 물어 대서 견디다 못해 가슴 속에만 품고 있던 조상의 칼잡이 내력을 다 토해냈다.

그 후부터 아내는 며칠 밤을 설치더니 알게 모르게 주방에서 칼이란 칼은 모두 감춰두고 썼다. 어쩌다가 혼자 있을 때 과일이라도 깎으려고 찾을 때면 주방 곳곳을 샅샅이 뒤져도 조그만 과도 하나마저 찾을 수가 없었다. 처음에는 찾기를 포기했는데 사과 깎을 칼조차 보이지 않을 때면 난감했다. 지랑은 칼을 내놓으라고 말을 할까 하다가 할 수 없이 서랍에 깊숙이 감춰뒀던 아버지의 창칼을 꺼내 쓰고 책꽂이 사이에 꽂아놨다. 가끔은 아쉬운 대로 그렇게 썼는데 지랑이 없는 사이에 아내가 무얼 찾으려고 했었는지 방을 뒤진 흔적이 보였다. 칼이 보이지 않았다. 어려서 집을 떠나올 때에 몰래 숨겨갖고 나왔던 칼이다. 그 칼이 아니면 나중에라도 영영 부모와 만나지 못할까 봐 보관하던 칼이다. 지랑에게 아내가 왜 이런 칼을 거기 숨겨두었느냐고 얼굴에 핏발을 올리든, 눈에 불을 켜든, 덤벼들기만 했어도 한바탕 전쟁을 치르고 서로의 속을 털어 놨을 텐데. 아내는 그 섬뜩한 칼날에 대해서 한 마디도 묻지 않았다.

창칼은 얼마나 갈았던지 날이 닳아 반쯤 밖에 남아있지 않았다. 자루에 쩌든 기름때만 봐도 어디서 무엇에 쓰던 칼이라는 걸 금방 알아챌 수 있었다. 날카로운 끝이 뼈를 발리는 데는 요긴했지만 칼자루를 쥔 손의 마음에 따라 끔찍한 일을 저지를 수도 있었기에 그걸 본 아내는 소름이 끼쳤겠지. 그 칼마저 사라졌다. 모른 체할까 하다가 조심스럽게 칼을 못 봤냐고 물었다. 아내는 대답도 않고 자신의 영역인 주방 서랍에서 그 칼을 꺼내 지랑의 앞에 던지다시피 갖다 놨다. 순간, 그동안 서로 조심스럽게나마 지켜온 부부 사이의 믿음이 얼음 깨지듯 갈라지고 말았다. 난데없이 책 커버 안에서 나온 식칼을 보고서 적잖이 당황하고 오해하고 의심하고 고민도 했을 테지. 지랑이 소 돼지를 잡던 조상의 핏줄을 타고났다는 걸 알았을 때, 집 안에 칼을 모두 치워버린 아내로서는 충분히 그럴만한 이유가 있었고, 지랑도 그쯤은 이해했기 때문에 불편한 감정을 드러내지 않으려고 무던히 애를 썼던 터다. 그런 칼을 숨겨두고 있었다니. 도대체 어느 때 어디에 쓰려고. 아내는 그 칼을 보는 순간 섬뜩했겠지. 섣불리 다루면 금세 베어버릴 만큼 날이 시퍼렇게 선 채로였으니까.

그날의 일로 벽이 생겨 서먹하게 지내면서도 아버지를 찾겠다는 마음은 버리지 않았다. 지랑이 요양보호사만으로는 부족하다 싶어 장례지도사라는 자격을 얻게 되면서부터 아내의 결벽과 경계는 심각한 상태로 치달았다. 몸에 손조차 대지 못하게 했다. 밖에서 들어오면 화장실 문부터 열어놓고 들어가서 씻으라고 했다. 점점 심해지더니 아예 밥을 따로 먹다가 지랑이 일을 나간 사이에 말 한마디 없이 자기 옷가지만 챙겨서 나가버렸다. 메모 한 장 남기지 않았다. 서로의 간담이 서늘하게 지내다가 벌어진 일이었기에 찾으려고도 하지 않았다. 지랑은 그때 일을 지금에 와서 구니에게 미주알고주알 얘기해주고 싶은 생각은 없었다.

구니에게 백정의 아들이라고 밝혔을 때에 아무렇지도 않은 걸 보면 세상의 모든 여자들이 떠나간 아내와 같지는 않은가보다. 지랑이 아내와 사별했다고 둘러댄 다음날 구니는 안 하던 머리 손질까지 하고 옅은 화장기를 풍기며 저녁상을 푸짐하게 차렸다. 저녁을 먹고 나면 여전히 가정부처럼 개수대 앞에 서서 혼자 끼니를 해결하던 구니는 모처럼 마주 앉아서 공손하게 반찬을 이것저것 챙겨주며 함께 저녁을 먹었다. 저녁만 먹으면 부지런히 설거지를 끝내고 밖으로 나가던 구니가 생경스럽게 찻잔을 들고 소파로 다가와 앉았다. 평소 붙임성이 있어 보이면서도 행동거지가 퍽 조신하고 엄격했던 구니로서는 뜻밖에 일이었다.

"오늘 저녁은 안 나가?" 모처럼 오붓한 시간이 어색하게 길어졌다.

"오늘은 쉬어요. 특별히 예약해놓은 데가 있었는데 죽을 사람이 아직 안 죽었대요. 지금도 생각하고 계신 거죠? 저 세상으로 떠난 그분을."

지랑은 고개를 흔들었다.

"이 가슴속에서 그분이 보이는 데요, 뭘."

얼음같이 차가웠던 아내에게 질려버린 지랑은 구니에게도 맨살에 얼음 닿듯 했지만, 구니는 그게 사별한 아내를 못 잊기 때문이라고 믿고 있었던 모양이다. 조심스러워졌던 말투가 인력사무실에서 만나 배짱 좋게 따라오던 때와 같이 변했다. 지랑은 고개를 강하게 흔들었다. 살얼음판 같았던 아내와의 생활을 더 이상 떠올리고 싶지 않았다. 구니는 가벼운 화장기를 보이며 평소보다 달라진 얼굴로 속에 품고 있던 말을 대신하고 있었다.

"저도 이제 떠날 때가 됐죠? 너무 오래 폐를 끼쳤고요. 그런데 궁금한 게 있어요. 그분이 왜 돌아가셨어요?"

"병으로."

"그 병이 무슨 병이냐고요."

달리 둘러댈 병도 없었다.

"그냥, 병으로."

"아마 목석병이었을 거예요. 얼음처럼 차가운 목석과 함께 살다가 걸리는 무서운 병."

처녀라던 구니가 별걸 다 안다. 지랑과 아내 사이가 얼음장같이 차갑다가 얼음마저 깨져버린 건 맞다.

"좀 더 뜨거우셨으면 그분이 돌아가시지 않으셨을 텐데요. 말 안 해도 빤하죠."

"내가 왜 차가워. 지금도 이렇게 열이 나는데."

"가슴 말예요, 가슴. 몸만 뜨거우면 뭐해요. 가슴이 이렇게 얼음장 같은데요. 매일 차가운 시신만 만지셔서 그랬나요." 시신을 만지고부터 아내가 더 싸늘하게 대했던 건 맞다. 얼떨결에인지 그녀의 손이 지랑의 가슴을 짚었다.

지랑이 말로는 "어, 어." 했지만 그대로 두었다.

"이제 좀 뜨거워지시는군요."

떠나간 아내의 손도 이랬던가. 아니다. 아내의 손은 항상 얼음장 같이 차가웠었다. 그렇다면 지랑의 가슴이라도 뜨거웠어야 했는데 서로 냉랭했었으니 애시부터 둘은 뜨거울 수 없는 사이였다. 구니가 뜨거운 손을 지랑의 가슴에 청진기처럼 대고 지금 그걸 가르치고 있었다. 서로 노력하려는 시도가 없었던 건 아니다. 아내는 지랑만 보면 닳아빠진 창칼을 생각하며 소름이 돋았을 테고, 지랑은 냉동실에서 갓 나온 시신이 떠올라 서로 뜨겁지 못했다. 유별나게 예민한 아내의 결벽과 칼을 향한 경계가 둘 사이를 더 이상 뜨겁게 나아가지 못하게 했다.

"가슴만 뜨거워지면 돼요. 그러면 세상이 모두 따뜻하게 보이고 훈훈해져요. 결코 외롭지 않을 거예요."

나이답지 않게 가르치는 구니가 지랑의 얼굴을 그렇게 가까이서 오랫동안 쳐다본 건 처음이다. 구니의 눈이 유리알처럼 이렇게 맑았던가. 그걸 여태껏 못보고 한 둥지 안에서 석 달씩이나 지내왔나.

"지랑 오빠. 또 한 사람 죽이지 마세요."

구니는 숫제 지랑의 무릎 위에 쓰러지면서 허리를 감싸 안았다. 세상에 태어나고 나서 구니로 인해 처음으로 심장이 뛰고 있는 걸 느끼고 있었다. 남의 심장을 뛰게 하다니, 독한 여자다. 지랑이야 나이와 체면으로 자제했지만 구니는 이럴 걸 참으면서 흐트러지지 않으려고 얼마나 독하게 견뎌왔을까. 오히려 그런 구니가 감탄스러울 정도로 기특했다. 둘은 아무런 말도 없이 저녁시간을 오랫동안 흘려보냈다.

"오늘은 따뜻한 방에서 자고 싶어요."

"그쪽 방에 보일러가 고장이 난 모양이군."

지랑이 방으로 들자 구니는 지랑의 팔을 꼬집어 비틀더니 너무도 태연하게 베개를 가슴에 안고 지랑의 방으로 따라 들어와 이불 속을 파고들었다. 구니의 불덩이 같은 몸은 오랫동안 서로 부딪고 지내왔었던 사이처럼 익숙하게 지랑에게 닿아오면서 귀에다 그동안 숨겨두었던 자기 속마음을 실컷 쏟아냈다. 그날 왜 뒤따라왔는지 자신도 모르겠다고 했다. 인상이 전혀 낯설지 않았고 어디서 많이 본 듯한 얼굴인데 언제 어디서 봤는지는 모르니 그걸 알아내려고 따라 왔나보다고 했다. 아버지를 찾으려고 사십이 넘도록 홀로 견뎌왔던 지겨운 밤을 이제 더는 맞고 싶지 않다고 했다.

"우리가 찾는 아버지는 어디 있을까요?"

"우리?"

"네, 우리요."

처음 둘이서 만나던 날부터 우리라고 하던 구니는 지금도 여전히 우리란다.

"이 품이 아버지 품이라면 좋겠어요. 내 아버진 어디 있을까요."

구니는 심장이라도 후벼 팔듯이 이불 속에서 지랑의 가슴팍을 파고들었다. 지랑은 이제 뱀 같은 건 잊기로 했다. 아니다. 예쁜 뱀도 있지 않은가. 뱀들이 모두 사람을 물고 독을 뿜는 건 아니지 않는가. 손가락으로 구니의 입술을 벌려 이빨을 더듬었다. 뱀이라면 이빨에 독이 나오겠지. 구니가 지랑의 손가락을 지그시 깨물었다. 점점 더 아프도록, 피가 맺히도록 깨물어 들어왔다. 그렇지, 구니의 독이 지랑에게 깊숙이 박히도록 깨물어봐라. 그 독기 서린 이빨로 여태껏 깨물지 못해서 얼마나 주렸겠니. 귀여운 독사. 그동안 데면데면하기만 했던 구니가 지랑에게 언제부터 이토록 딸같이 귀여워졌나. 구니는 그동안 살아온 몸을 모두 바치듯이 지랑에게 덤벼들었다. 손가락을 깨물려 몸에 독이 퍼지는 보복으로 지랑은 구니의 몸에 더 진한 독을 깊게 쏟아 넣었다. 이 독을 맞으면 구니는 오늘 밤 황홀한 죽음을 맞이하겠지. 구니야, 바구니야. 이 독을 맞고 깊이 잠들어라. 여태껏 제대로 따뜻하게 잠들어보지도 못했을 불쌍한 사람.

지랑은 그렇게 얼마나 오랫동안 독을 쏟아부었는지 모른다. 그러고 나서 죽음으로 넘어갔다가 다시 돌아온 기분으로 깊은 잠을 자고 깨어났다. 아마 이젠 죽어있겠지, 하고 더듬어 구니의 몸을 다시 찾는데 푹신한 베개만 손에 잡혔다. 덜컹하는 마음에 눈을 부비고 일어나 주방 옆으로 나오는데 구니는 잠이 안 오는지 텔레비전 앞에 쪼그려 앉아서 철지난 영화를 보고 있었다. '해골공원'이라는 공포물이다. 자세히 보니 사람들이 모두 뒷걸음질을 치고 있었다.

쌓이고 쌓여 더미를 이룬 뼈들은 바싹 마른 채 잠들어 있었다. 모두들 그 뼈가 어떻게 해서 생겨났는지, 누구의 뼈인지 알지 못했다. 사람들이 모여들어 그 뼈의 진상을 알아내기 위해 커다란 시계를 세워놓고 회의를 했다. 시간이 답이라고 한 남자가 말한다. 모두 영문을 몰라 의아해하자 한 남자는 커다란 시계의 바늘을 거꾸로 돌리기 시작한다. 어, 어 하는 사이에 하늘로 오르던 회오리 기둥이 땅으로 세찬 바람이 되다가 가라앉고 폭포수가 위로 솟구쳐 상류로 거슬러 올라가고 있었다. 포탄이 땅에서 위로 올라가고 부서졌던 건물이 되살아났다. 부서진 건물더미를 뒤지던 노인의 머리는 까매졌고 젊은이는 소년이 되어가고 있었다. 남자는 더 신나서 자기 팔의 불끈 솟은 힘을 자랑하며 사정없이 무거운 시계 바늘을 거꾸로 돌렸다. 거리에 모든 사람이 뒷걸음을 치고 있었다. 모든 차가 후진하고 있었다. 거리는 조용했다. 하늘로 치솟던 빌딩은 사라지고 초가집만 남았다. 땅을 적셨던 빗방울이 하늘로 솟아오르고 땅은 뽀얗게 말라갔다.

남자는 더욱 세차게 시계의 바늘을 돌렸다. 눈앞에는 거대한 뼈들의 무덤. 부서져 흩어졌던 뼈들이 제 조각을 찾아 붙었다. 등뼈에 골반이 붙고 다리와 발이 붙었다. 가슴과 어깨가 붙고 팔이 붙더니 목과 머리가 붙어 머리카락이 살아나면서 앙상한 사람의 몰골이 되어갔다. 뼈에 붙었던 썩은 살이 깨끗이 치유되어 옷을 입었다. 뼈들이 살아나 열 배 속도로 알아듣지 못할 말을 하기 시작한다. 상복을 입고 울던 사람들은 아무 일도 없었던 듯 뒷걸음질 치며 살아난 뼈들과 말을 하고 자기들 세상을 살아갔다. 뼈에서 살아난 사람들 앞에 총잡이들이 뒷걸음질 치면서 물러서고 있었다. 총 맞아 쓰러졌던 사람들이 모두 살아서 일어난다. 모두들 젊어지더니 모두들 어려지고 있었다. 젖을 빨더니 제 어미 뱃속으로 들어가고 홀쭉하던 여자들의 배는 볼록하게 솟아올랐다. 살아난 뼈들은 그렇게 죽음과 똑같은 삶의 이전으로 되돌아가 갔다. 죽음 쪽으로 가든 출생 이전으로 가든 세상의 삶은 거기부터 거기까지다. 남녀의 쌍들이 모두 눈물 한 방울도 흘리지 않고, 아무 일도 없었던 듯 뒷걸음질 치며 헤어져 각자 자기 모부의 몸으로 돌아가며 영화가 끝나고 있었다. 구니가 어떻게 그 영화를 찾아냈는지 모른다. 지랑이 뒤에 서 있는 줄도 모르고 구니는 영화가 끝난 화면을 오랫동안 바라보고 앉아 있었다. 무슨 생각을 할까. 지랑은 서서히 구니에게 다가가 뒤에서 두 손으로 눈을 가렸다.

"영화를 보려면 테이프를 바로 돌려야지. 거꾸로 보면 제대로 돌던 세상까지 어지러워져."

구니는 지랑이 손으로 가린 눈을 풀려고 하지 않았다.

"그래야 어머니를 볼 수 있겠죠."

"아버지가 아니고?"

"우린 옛날 쪽으로 뒷걸음쳐 갈 수 있을까요? 젊어져서 어려지는 쪽으로요. 그래야만 어머닐 만날 수 있어요."

"그런 시계가 내 집엔 없어."

날이 밝아오는데 어제 저녁으로 되돌아가는지, 내일 새벽 쪽으로 밝아오는지 아리송하게도 정지된 여명이 창밖을 밝히고 있었다. 구니는 익숙하게 냉장고를 털어서 모처럼만에 근사한 아침상을 차려냈다. 낯선 반찬들이 오른 걸 보니 어제 단단히 마음먹고 시장을 봐온 모양이다.

"오늘이 오빠 생일이잖아요."

"그랬던가. 내게도 생일이란 게 있었던가."

떠나간 지랑의 아내는 살아가는 내내 차가웠으므로 한 번도 생일상을 차려준 적이 없었다. 혼자서도 생일을 기억해냈던 날조차 없었다. 그걸 어떻게 알아냈는지 구니가 끓여낸 미역국은 어젯밤 그녀의 몸속처럼 따끈했다. 지랑은 시계가 멎든 해가 멎든 오늘이 끝나지 않기를 바라며

286

천천히 아침을 먹고 있었다. 구니는 물끄러미 지랑이 먹는 모습을 보며 조기를 발려 지랑의 수저에 살갑게 얹어주었다.

"오빠 생일은 주민등록증에서 잠만 자고 있었나 봐요."

"번호까지 외워뒀다고? 요망하네."

"네. 더 요망해지려고요."

지랑은 생일을 찾았으니 다시 태어난 기분이었고, 어젯밤에 같은 방 속에서 자고 난 구니는 새로워보였다. 벽에 바늘 없는 전자시계를 바라봤다. 영화 속에서처럼 거꾸로 돌릴 수 있는 시계바늘이 지랑의 방벽에는 없었다. 그게 오히려 차가운 과거로 돌아갈 수 없어 다행이라 생각했다. 따뜻한 기운이 식지 않도록 이대로 매일 매일 어제를 지우면서 앞으로만 가고 싶었다. 지랑이 밖으로 나가는데 구니는 오늘도 연락 오기를 기다리며 집에서 쉬겠다고 했다.

출근한 장례식장은 곧 나갈 운구 준비로 이른 아침부터 부산하게 움직이고 있었다. 살림 보따리를 챙겨들고 왔던 상주들은 장례절차보다 각자의 짐을 챙기기에 더 바빴다.

"입관 시간입니다."

상주들이 영안실 앞에 도열했다. 시신을 잠들기 직전의 모습으로 되돌려 놓고 상주들이 돌아가며 인사하고 있었다. 임종을 지켰다면 그때 이미 마지막 인사는 했을 터인데. 못 지킨 자녀들의 인사의식을 위하여 수습한 시신인가. 구니가 되돌려보던 영상이 떠올랐다. 되도는 영화는 서서히 시작 쪽으로 끝나가고 있었다. 어어. 이러면 안 되는데. 죽을 사람은 죽어야 하는데. 수습한 시신이 눈을 감은 채 상주들과 인사하고 있었다. 살아나려 한다. 어어. 저러면 안 되는데. 새벽에 구니와 함께 집에서 보았던 영화가 하루종일 눈에 어른거렸다. 장례식장에도 바늘을 거꾸로 돌릴만한 괘종시계는 없었다. 디지털벽시계가 벽에 붙어 빨간 숫자로 살아버린 어제의 시간들을 밀어내고 있었다. 지랑은 자신이 태어난 생일날 남의 죽은 몸을 수습하고 있었다.

저녁에 집으로 돌아오면서 붉은 장미를 한 송이 샀다. 멋쩍더라도 구니에게 주면서 집 나간 아내에게조차 안 하던 짓을 한 번 해보겠다는 거다. 어젯밤에 잠자리에 남긴 진한 장밋빛을 보았기 때문이다. 문을 열고 들어선 방 안은 따뜻하던 어제와 달리 서늘했다. 집에서 저녁을 해놓고 기다릴지도 모른다고 기대했던 구니가 보이지 않는다. 화장실에 있겠거니 하고 얼마를 기다려도 인기척이 없다. 구니의 방문을 열어봤지만 없었다. 그럼 어디로 갔단 말인가. 미적거리고 있다던 사람이 완전하게 죽었다는 연락을 받아 장례식장에 나갔거니 했다. 아니면 집에 들어왔다가 잠시 볼일이 있어서 밖에 나갔거니 했다. 기다리다 못해 전화를 했지만 받지 않는다. 날이 어두워지면서 없을 게 빤한 방과 화장실과 발코니까지 다시 찾아봤다. 옷가지와 가방이 없어지고 이불만 얌전하게 개켜진 채로다. 지랑은 이불을 개놓고 붉은 얼룩이 남은 자리에 장미를 놓았다.

그대로 밤을 지새우고 하루종일 시내를 헤매다가 저녁에 들어와 봐도 구니는 들어오지 않았다. 석 달 전에 집에 들어왔던 그대로 자기 짐만 챙겨 나갔다. 전화는커녕 메모도 문자메시지 한 줄도 없었다. 저녁내내 전화를 걸었지만 받지 않았고, 그렇게 사흘을 더 기다려봤지만 구니는 돌아오지 않았다. 이렇게 가다니 참으로 어처구니없고 맹랑한 여자다. 그렇다면 지난밤에 무슨 생각으로 지랑에게 그렇게 다가왔을까. 아내가 나갔을 때에는 무덤덤하던 마음이 지금은 왜 이렇게 휑한 걸까. 그렇게 허탈하고 서운할 수가 없었다.

구니가 전화 한 통 없이 내리 열흘 째 집에도 안 들어오면서 지랑은 그녀가 완전히 나갔다는 허전을 실감했다. 별의별 생각을 다하며 며칠을 더 멍하게 보냈다. 집에는 구니와 가방만 없어졌을 뿐 생활은 다시 홀로의 예전으로 돌아갔다. 생각을 지우려고 해도 구니가 남기고 간 텅 빈 방을 보면 허전해서 미쳐버릴 지경이다. 언젠가는 홀연히 나가겠다고 가끔 귀띔해놓긴 했어도 얹혀 지내기가 미안해서 하는 말이려니 했지, 이렇게 말도 없이 갑자기 떠날 줄은 몰랐다.

전화조차 받지 않는 걸 보면 아무래도 무슨 사정이 있는 게 분명하다. 지랑에게 무슨 오해를 했거나 밖에서 납치 같은 사고를 당했거나 피치 못할 사정이 있을지도 모른다. 어느 경우로든 구니를 두둔하는 편에서 좋은 쪽으로 생각하자고 했다. 그렇다고 전혀 관심을 갖지 않고 자신의 일에만 몰두하기는 그렇게 떠난 구니에게 너무 몰인정하지 않은가. 만일 불행한 일이 닥쳐서 누군가의 도움이 필요한데 경찰에 연락조차 안 해주었다면. 그래서 나중에 더 심한 일을 당했다면. 떠난 구니에 대해 안타까운 생각보다 이런 후회를 안 하려고 전화기를 들었다. 구니를 향해 뜨거웠던 가슴이 서서히 냉랭해지고 있었다.

"사람이 열흘째 안 들어온다고요? 이름이 바구니? 본명인가요? 신고하신 분과는 어떻게 되시지요?"

여기서 말문이 막혔다. "신고하는 분 성함을 말씀해주세요." 바지랑이라는 이름을 듣고 저쪽에선 장난전화로 확신한 모양이다. "본명 세 글자를 또박또박 대주세요."

이때부터 저쪽에서 이 일을 소중하게 취급하지 않으리라는 느낌이 확 들었다.

"그럼, 집을 나간 분의 나이는요."

구니와 지랑은 어떤 관계인가. 아무 관계도 아니라면 지랑이 왜 신고를 해야 하나. 세 달 동안 한집에서 지내던 사이라면 전화 받는 경찰에서 어떻게 생각할까. 상상은 꼬리를 물고 불길한 쪽으로 미끄러져갔다. 처음부터 그녀에 대해 알고 있는 게 별로 없었다. 굳이 알 필요가 없었다. 그때 왜 더 자세하게 물어두지 않았던가. 오히려 조사받는 기분이 되어 궁색한 답변을 할 수밖에 없었다.

"나이는 서른에서 쉰 사이….." 어쩔 수 없었지만 너무 넓게 잡았다.

"장난하지 마세요. 무거운 처벌 받습니다. 장난이 아니라면 며칠 더 찾아보시고 그때까지 안 들어오실 경우에 정식으로 실종신고를 해주세요."

구니는 지랑의 생일까지 알고 떠났는데 안타깝게도 지랑은 구니의 정확한 나이조차 모른다. 그의 외모와 행동으로 보아 어떤 때는 서른 초반, 어떤 때는 사십 중반, 어른 노릇을 할 때는 오십 초반으로까지도 보였으니 말이다. 양쪽 이름을 모두 댔으니 별난 이름에 보기 드문 성이어서 저쪽에서는 부쩍 의심을 할만도 했다. 다행스럽게도 전화는 저쪽에서 먼저 끊었다. 더 추궁당할 곤란에서 벗어났지만 막막했다.

모처럼 일자리라고 얻은 장례식장에 출근을 시작한지 한 달도 못 돼 이틀 휴가를 내겠다는 지랑에게 사장은 '아예 나오지 않아도 되니 편하게 일을 보시라'며 악질적인 친절을 베풀었다. 평생 시체를 염해 왔다는 사장이 이제 더는 손을 안 대려던 게 문제지, 자격 있는 보조 직원도 하나 있으니 지랑이 잠시 비운다 해도 별 문제는 없었다. 그렇다고 그의 전화에 겁을 먹고 전철역으로 나오던 발길을 되돌려 다시 출근할 마음은 없었다.

어디선가 구니를 만날 수 있으리라는 까마득한 희망은 목이평으로 향하는 차창 밖에 서산으로 스며드는 햇덩이처럼 막연해지고 있었다. 열차를 타고 가다 무작정 목이평역에 내려 어렸을 적 기억을 떠올리면서 무조건 논길을 따라 사뭇 걸었다. 여길 떠난 지가 벌써 언제 적인가.

쇠장거리에서 그리 멀지 않은 곳에 골안 쪽으로 도축장이 있었다. 쇠장에 나오는 소들은 매번 삶과 죽음 사이에 섰다가 팔려가고 되돌아갔다. 푸줏간 주인의 눈에 들면 아침에 먹은 여물이 마지막이고 일소로 팔려 가면 그나마 다행으로 바뀐 외양간과 여물통과 멍에와 또 다른 채찍이 기다렸다. 어디인지는 모르지만 넓은 들 끝에 강이 보이고 뒤에는 큰 산 작은 산이 있다던 구니의 말에 지랑은 어려서 떠나온 목이평을 생각했다. 구니가 여러 번 꿈을 꾸었다는 곳과 맞아떨어지는 곳이다. 그렇다고 구니가 그곳 어딘가에 있으리라는 기대는 하지 않기로 했다. 자신도 모르게 불현듯 찾은 발걸음이다.

역에서 꽤 먼 거리지만 일부러 걷기로 했다. 애지 밑으로 목이평의 평들과 빈들, 새마니들, 삼동의 들판은 어른이 된 지금도 여전히 넓어보였다. 저수지 밑 못자리에 나이 지긋한 농부가 엎드리다시피 하여 무언가 골라내고 있었다.

"할아버지 뭘 하시요?"

지랑은 자기 머리 희끗한 줄은 모르고 고개 숙인 허연 머리만 보며 얼떨결에 할아버지라고 해버렸다. 고개를 든 얼굴은 팽팽하여 지랑보다 훨씬 아래로 보인다. 그쪽도 지랑의 얼굴을 보더니 할아버지라는 말이 어색했는지, 민망했는지 허리를 펴고 지랑을 향해 고개 숙여 눈인사를 하는 듯 보였는데 말투는 퉁명스럽다.

"보면 몰라요. 피 뽑잖아요."

"내 눈엔 모두 벼 같은데요."

머쓱해하면서도 주제넘게 시비 붙는 지랑을 다시 흘끗 보더니 그쪽에서 가르친다.

 "이놈들이 다 같아 보여도 피라는 놈은 끝이 야들야들해서 다 크면 씨 맺을 때 배신을 해요. 바로 이런 놈들은 키만 우뚝 자라서 맺을 때는 조 알만도 못한 피 알갱이만 열리죠. 어려서 싹을 뽑지 않으면 올 농사 내 내 논에서 남의 거름 빨아먹고 자라요. 몹쓸 놈들이죠. 어려선 벼 같지만 자라면서 서서히 제 놈의 속을 드러내니 애시부터 없애줘야지요. 고양인 줄 알고 키웠더니 호랑이새끼였더라고 후회해봤자 소용없는 일이죠."

 그는 주먹에 한 줌 쥐고 있던 어린 피 싹을 못자리 밖으로 내던졌다. 호기심에 버린 싹을 들고 못자리에 벼와 비교해보니 농사꾼 눈에 거슬 릴 만도 했다.

 "이건 벼잖아요."

 지랑은 그가 버린 피 뭉텅이에서 이파리가 빳빳하고 까슬까슬한 몇 올을 뽑아내 보여줬다. 성가시게 군다고 신경질을 낼 줄 알았는데 받아 들어 자세히 보더니 도로 내던졌다.

 "이건 잡종예요. 잎이 넓잖아요. 옛날엔 이놈이 최고였지만 지금은 추청에 섞여 잡초 취급받아요. 다른 놈들 자랄 때 꾸물거리다가 작달막 한 키에 일찌감치 입맛 깔깔한 벼 알갱이만 잔뜩 열려요."

 "아 그 통일이요? 그게 한때는 우리 구세주였는데."

 지랑도 도회지와 농촌으로 떠돌며 별일을 다 겪고 살아온 덕에 고픈 배를 채우던 통일벼쯤은 안다.

 "아무리 잘났어도 추청 틈에 통일은 잡초밖에 안 돼요. 지금은 양 많 은 통일보다 밥맛 좋은 추청이죠. 그런데 뉘 집을 찾아오셨수?"

 동네 어귀로 들어오는 낯선 지랑을 보고 그도 궁금했던 모양이다.

 "혹시 이 동네에 바 씨라는 성 가진 사람이 사나요? 아님, 살았던 적이라도."

"박 씨라면 모두 이 동네 토박이들인데."

"박 씨가 아니고, 바 씨요."

"그런 성이 어딨수. 어느 다리 밑에서 주워왔거나 난봉꾼이 옆구리로
내지른 상것들이겠지."

공손히 대하던 태도가 거지나 뉘 집 종을 대하는 표정으로 돌변했다.

"혹시 그런 성을 들어본 적이라도."

"여긴 없수. 찾을 만한데서 찾아야지. 우리 동네가 대대로 어떻게 내
려오는 동넨데."

아무래도 이 자가 박 씨 양반인 모양이다. 그는 다시 피 뽑기에 열중
했다.

"이 근처에 쇠장거리가 있었다고 들었는데⋯."

대답을 듣자고 던진 말이 아닌데 반응이 의외였다.

"쇠장거릴 알아요?"

"알다마다요. 근처에 있던 도살장은 없어졌네요. 그 터가 긴가민가해
서요."

바라지도 않았는데 그는 논에서 나와 앞장섰다.

"날 따라와요."

이런 친절은 뜻밖이다.

"혹시 그쪽이 바 씨요?"

앞장서 걷는 그가 묻는 걸 보니 기실 바 씨라는 성을 알기는 아는가
보다. 지랑은 다음에 나올 말이 불안하여 대답을 안 했다. 함께 찾아간
도살간 터는 골 안에 있었고 쇠장거리는 골 밖에 있었다. 골 안은 어릴
적 실낱같은 추억을 짓이기고 냄새 고약한 돼지우리로 가득 들어차 있

었다. 앞장선 흰머리는 지랑이 바 씨라는 걸 눈치채고 상것이라며 몰아
붙인 게 켕기는 모양이다.

"바 씨가 성이기나 한가요?"

지랑은 상대가 덜 민망하라고 스스로 폄하하여 이렇게 답해줬다. 말
은 그렇게 흘리고 눈은 그가 가리키는 대로 발아래 깔린 돈사 지붕을
더듬었다. 너무도 오래되어서 도살간 터가 어디쯤인지 도통 짐작하기가
어려웠다.

"거길 찾아내서 어쩌려고요."

그때서야 정신이 퍼뜩 들었다. 지랑이 왜 이곳을 찾았으며 왜 도살간
터를 찾고 있는지. 자신도 모르는 짓을 애먼 사람까지 데려와서 하고
있으니. 그래서 어쩌겠다는 건가. 구니같이 깔끔하게 방을 치우는 여자
가 이런 곳에서 태어났다고 하기엔 너무 지저분해 보였다.

"이 동네서 제일 연세가 많으신 어르신을 뵙고 싶은데요."

"어디서 오셨수?"

만난 지가 벌써 언젠데 빨리도 묻는다. 여태껏 친절하게 앞장서 알려
주고 나니 그게 궁금했다. 아니면 실컷 베풀어주고 나서 지랑의 정체가
슬슬 의심이 들기 시작하는 모양인가.

"내 아버지가 예전에 여기서 소를 잡았어요."

알고 있으리라 예상은 했었는지 흰머리는 고개를 끄덕인다.

"아하. 백 도수. 여기선 다 알죠. 그런데 어떻게 그쪽이 바 씨가 돼
요."

"백이나 박이나 양반 댁 성이여야잖소. 백정이 감히 양반 성을 도둑질
해서 쓸 수는 없으니 밑다리 받침을 떼놓고 쓸 수밖에요."

그는 반가운 과거를 만난 듯 옛 기억을 떠올리는 모양이다.

294

"그래서 백 도수가 난리 때 면사무소 호적부에다 불 지르고 도망쳤다면서요. 그일 땜에 여기 사람들 호적이 홀라당 다 타고, 여기선 모두 백 도수라는 사람을 그렇게들 알고 있어요."

그가 어디서 어떻게 들은 얘긴지 모르지만 지랑과 비슷한 과거를 알고 있었다.

"그건 아뇨. 면사무소에 인민위원회가 들어서니까 미군이 거기다 폭격을 때린 거지. 그때 아버지가 도망쳤던 거고요."

"에이. 도망을 치다니요. 그때 도살장 백 도수라는 사람이 빨간 팔띠 두르고 빨간 깃발 흔들면서 앞장섰다는데."

그 얘기까지 알고 있다니. 이제 모든 걸 들켜버렸다. 여태껏 조각조각 모아왔던 이야기를 잇는데 백발의 남자가 거들어주었다.

"나도 그때를 못 겪었으니 지금껏 살아오면서 돌아간 어른들로부터 들어온 얘기요."

마을로 돌아오는 길에 긴 이야기를 끝낸 농부는 흰머리를 들고 갑자기 지랑의 얼굴을 또렷이 바라보다가 몸을 아래위로 훑었다.

"바 씨를 찾는다고 했죠. 사실은 요 며칠 전에도 바 씨를 찾는 사람이 오긴 했었는데."

귀가 번쩍 뜨였다. 이름이 박운이라나, 바구니라나.

"남잔가요. 여잔가요?"

"여자였어요. 동네서 여기저기 묻고 다니다가 그냥 갔어요. 희한한 성을 찾아서 별 이상한 사람이 왔다고 생각했는데."

또렷이 기억하고 있었으면서 이제야 실토한다. 그녀를 찾아야겠다는 마음이 더 간절해졌다. 지랑은 고맙다는 인사를 남기고 시내 쪽으로 바삐 걸었지만 몸만 앞섰다. 왜 연락을 안 했을까. 그토록 오랫동안 함께 지내면서 이곳 얘기는 왜 없었을까. 지랑은 집으로 돌아와서 혹시 구니가 무엇이라도 남겼을까 하는 기대로 집 안 곳곳에 있을지도 모르는 그녀의 흔적을 뒤졌다. 옷장에는 가지런히 개킨 빨래가 그대로 있었고, 구니가 지내면서 말끔히 치워놓은 방, 책상 서랍, 싱크대, 신발장을 모두 뒤졌지만 구니의 흔적은 없었다.

바 구 니. 바 지 랑. 이름 짓는 수법이 똑같았는데 왜 그토록 무심했나. 아버지를 찾는 데만 정신이 팔렸지 이 땅에서 자기와 똑같은 구니의 성을 인정하고 싶지 않았다. 바 씨는 잘못된 성이고 지랑의 아버지는 백 도수이므로 애초부터 백 씨였어야 했다. 생각은 점점 뒤죽박죽으로 꼬여갔다.

돼지수용소

반년을 허비하고 모처럼 일자리라고 잡았던 장례식장에 다시 나갔더니 이미 낯선 사람이 지랑의 자리에 앉아 누구시냐고 물어왔다. 예상은 했던 일이다. 다시 인력사무실에 구직을 신청하자 그쪽에서 큰 기대는 하지 말라고 했다. 혹시나 하는 마음에 구니가 일할 만한 장례식장을 찾아다니던 중에 인력사무실에서 연락이 왔다.

"목이평 쪽에서 일할 곳을 구하신다고 하셨죠? 저~어. 내키지 않을지 모르지만 시체와 관련된 일을 하는 분이라서 혹시나 하고 연락드렸어요. 사람의 시신이 아니고 동물 사첸데 괜찮을까요?"

아무래도 구니가 그쪽에 가 있을지도 모른다는 예감이 들었기 때문에 목이평 쪽으로 자리를 알아봐달라고 했다. 저쪽의 여자 목소리는 생각보다 상냥했다. 구인 쪽에서 더 다급했던 모양으로, 아마 그쪽 바닥에서도 사람 구하기가 꽤나 어려웠던 모양이다. 선뜻 대답을 못 하고 머뭇거리자 저쪽에서 재촉한다.

"이런 얘기하면 어떻게 들리실지 모르지만 장례지도사가 사람의 시체를 만지나 동물 사체를 만지나 그게 그거 아닌가요? 요즘같이 일감 구하기 어려운 때에는 마음 잡숫기 나름이지요. 거기도 일당은 꽤 쎄요."

그쪽으로 가면 아버지를 찾을 수 있는 우연은 기대할 수 없겠지만 한 달이라도 더 버틸 수 있으려면 벌어놔야 했다.

"병들어 죽은 사체가 꽤 많대요. 그걸 치우는데 애를 먹는대요."

전화 저쪽에서 은근히 애원하다시피 나오자 도대체 뭐하는 일인지,

어떤 곳인지 부쩍 궁금해졌다. 동물이라면 가축이나 애완용일 텐데 그들의 죽음이 결국 어찌 되는지. 지랑은 아버지 찾는 일을 조금 미뤄두더라도 해보기로 했다. 몇 달 헤매고 다니면서 잔고가 여섯 자리 숫자로 홀쭉해진 채 늘어날 줄 모르니 입맛대로 마냥 기다릴 처지가 못 된다. 알려준 전화번호를 갖고 찾아간 곳은 목이평에서 가까운 갈문산 줄기 아래 회장골이다. 버스에서 내려 전화를 걸자 기다리라고 하더니 반 시간이나 지나서야 조그만 트럭이 와서 버스정류장 앞에 멎었다.

"바지랑 씨 맞죠? 난 회장골에 수용소장 황이요."

성만 밝히고 이름은 얼버무렸다.

"수용소장이라고요?"

"겁내지 말아요. 우리끼린 돼지들이 갇혀 있는 농장을 그렇게들 불러요. 돼지수용소라고."

그러면서 그가 차를 몰고 인적도 없는 깊은 산속 비포장길로 들어서서 한없이 올라가자 부쩍 의심부터 들어 물었다.

"어디로 가는 거죠?"

"수용소에 간수가 셋인데 돼지고기도 잘 먹고, 돼지 똥까지도 잘들 치우면서 죽은 돼지는 아무도 안 만지려고 해요. 인력사무실에 사체처리 전문가가 있다고 해서 혹시나 했는데 다행히 와줬네요."

"난 장례지도사예요."

"사람이나 돼지나 이름값, 고기 값도 못 하고 죽으면 그게 그거죠 뭐. 여하튼 기왕 왔으니 잘 해봐요. 수용소에 갇혀 있는 돼지가 이천쯤 되는데 매일 죽고 태어나니까 정확한 숫자는 몰라요. 인력 쪽에다 죽은 돼지 치울 사람 하나 구해달라고 했죠. 산 놈을 제 발로 걸려 내보내기보다 죽은 놈 끌어내기가 열 배는 더 힘들어요."

그러고 보니 지랑은 지금 죽어 나가는 돼지의 장례를 맡으러 가는 중이다. 병이든 사고든 제풀에 죽으면 폐사체가 되고 사람의 손에 죽으면 밥상에 오를 고기다. 버림받은 돼지 사체를 장례지도사가 치우라고? 입맛대로만 고르려던 일자리가 이렇게 비틀어지다니. 존엄한 사람의 시신을 숭고한 의식으로 처리해야 할 지랑을 이런 곳에 소개한 인력사무소 소장은 지랑의 성스런 직업을 이미 모독했다. 그게 아니라면 동물의 격을 높여 돼지의 죽음도 사람들의 장례처럼 의식을 갖춰 치러주라는 뜻인지. 그러자고 했다가는 콧방귀도 안 뀌겠지만. 돼지가 병사했으니 법대로 화장해야 하는데, 태우는 화장비도 아까워서 그대로 묻으라고 하면 그만이다. 그런 일을 하라니.

 "여기서 분무소독하고 옷을 갈아입어요. 작업복 먼저 입고, 그 위에 방역복, 방진마스크는 꼭 두 겹으로 껴야 해요. 그렇잖으면 냄새가 창자까지 들어갔다가 숨 쉴 때마다 올라와서 첨엔 반 죽어요."

 멀리 수용소가 올려다보이는 입구에 이르러 컨테이너박스 앞에 차를 세우자 지랑은 소장의 요구대로 방역복을 덧입었다.

 "여기 소독터널로 통과해요. 지금 나라 안에 온통 역병이 돌아서 여기도 위태위태해요."

 그가 수용소라 부르는 건물은 약물이 분사되는 터널을 지나서 땅이 꾸불텅하게 생긴 대로 회장골 안막에 길쭉하게 잠들듯 누워있었다.

 "왜 하필이면 이름이 회장골이죠? 죽은 사람 장사지내는 게 회장(會葬)인데?"

 "맞아요. 여기가 옛날 사람들이 회장 다니던 골짜기죠. 공동묘지였어요. 축산단지를 조성한다고 묘지를 폐할 때에 우리 사장이 이걸 불하받아 얘네들 수용소를 지었죠. 돼지, 이게 본래 돈이라 그런지 냄새는 좀

심하게 나도 돈이 꽤 돼요."

지랑은 일당이든 월급이든 넉넉히 주겠다는 얘기로 알아들었다. 건물 안은 터널같이 길게 뚫렸고 가운데는 통로인데, 양 옆으로는 검정 돼지들이 칸마다 십여 마리씩 들어있었다. 새로운 일꾼이 들어왔다고 소장은 수용소 안으로 안내한다.

"여기 초입부터 출소가 임박한 성돈들이 보름 간격으로 안쪽 끝까지 기다리죠."

"출소요?"

"네, 출소요. 정상 절차로 밖에 나가는 출소. 우리에서 도망치면 탈출, 병들어 쫓겨나면 퇴출, 죽어가는 놈을 살려내면 구출이지만 살려낸 적은 없어요."

기다렸던 듯 방역복 차림의 일꾼들이 다가와 손을 내밀었다.

"나 간수장 오단중이요. 그쪽은 사체처리전문가라고 했죠? 앞으로 잘해봐요. 이쪽은 둘째 간수 명판석, 저쪽은 막내 강진달. 이렇게 넷이 일해요."

수용소라는 돼지우리 안에 조직이 이렇게 되는 모양인가보다. 지랑은 사체처리전문가라는 말이 어이없었지만 웃으면서 악수를 받아줬다.

"혹시 박제할 거라도 있나요. 미라를 만든다거나."

"예에? 박제라니요. 미라는 또 뭐고. 육포 말인가요?"

다행히도 말의 속뜻을 못 알아들은 듯 지랑의 얼굴을 똑바로 쳐다보며 정색한다. 적어도 지랑이 정도의 사체처리전문가를 불러왔다면 돼지의 사체를 박제하거나 미라로 특수 처리하는 주문 정도는 했어야 해서 슬쩍 던져봤던 말인데.

"정상 출소하는 애들은 신경 쓸 필요 없어요. 바로 저런 애들만 치우면 돼요. 끌어내요."

출소를 못 하고 지레 죽는 놈들만 지랑의 차지다. 중간 정도로 큰놈 하나가 우리 안에서 옆으로 누워 다리가 들린 채 움직이지 않았다.

"이걸 어디다 묻죠? 소각은 안 할 테고."

"땅에 묻기 전에 수의사를 불러서 진단부터 받아야 해요. 여기 법이 그래요."

"매화장용 사망진단서를 받아야 하나요?"

"아뇨. 병산지 사고산지만 알면 돼요. 병사면 무슨 병으로 죽었는지. 그걸 알아야 땅에 묻어요. 먼저 여기로 연락해 봐요. 귀찮으면 그냥 끌어다 묻기도 하지만 이번엔 돌림병이 워낙 심해 놔서."

지랑은 소장으로부터 연락하라는 공수의의 전화번호를 받았다.

"돌림병이라뇨?"

"발굽부터 보세요. 피가 나오면 영락없는 구제역예요. 구, 제, 역."

다행히 피는 보이지 않았다. 전화를 받은 공수의는 가까운 곳에서 일을 보고 있었던 듯 금방 도착하여 사체를 이리저리 뒤집고 살피더니 매장이나 화장을 하라고 했다. 곧 돌아갈 줄 알았던 공수의는 주사기를 들고 우리 안을 몇 군데 더 돌면서 돼지들의 목덜미를 여러 번씩 헛 찌르다 겨우 채혈을 해 가지고 돌아갔다.

"구제역이 터지고부터 사흘들이로 와요."

"그 구제역이라는 거, 사람한테는 괜찮나요?"

공수의는 묻는 지랑을 낯설어하며 힐끗 보더니 그게 그렇게도 겁나냐면서 비웃는 표정이다. 간수들이 기거하는 방 옆 칸에는 젖먹이 돼지들이 줄줄이 어미젖을 빨고 있었고, 또 다른 칸에는 씨돼지와 어미돼지 대여섯 마리가 각각 독방을 하나씩 차지하고 있었다. 간수장은 초저녁부터 출산이 임박해 보이는 암퇘지의 방을 들락거리며 이제나저제나 초조하게 기다리고 있었다. 꼬리 밑에서 미끈거리며 양수가 터져 흐르는 걸 보니 오늘 밤 안으로 모두 쏟아낼 모양이다. 간수들은 저녁먹이를 주고 나서 불을 밝혀 기다란 막대기로 돼지들을 몰며 발톱을 하나하나 눈여겨보았다. 그 수가 무려 이천여 두. 간수장은 눈도 못 뜬 채 젖을 빨고 있는 녀석 중에 밀려나는 무녀리들을 들어다 공평하게 가운데쪽의 젖꼭지로 골고루 물려줬다. 밀려난 놈은 토실토실하니 제일 끝에 있는 젖을 물리고 불그레한 등을 토닥거리며 쓰다듬었다.

지랑은 달나라에서 지구로 갓 날아든 이방인처럼 신기하게 돼지들을 관찰했다. 죽은 놈을 손수레에 실어다 구덩이에 넣고 묻으면 끝나는 일인데 왜 굳이 장례지도사를 일꾼으로 받았을까. 무턱대고 찾아온 지랑이도 무슨 마음을 먹고 여기까지 왔는지 알 수 없었다. 막내 간수가 방에다 차려낸 저녁은 시래기 된장국에 배추김치, 묵나물 두어 가지가 전부였다. 둘러앉아 저녁을 먹기 시작하는 중에 전화벨이 요란하게 울리자 간수장은 입안을 물로 헹궈 먹던 밥을 대강 삼키고 황급히 수화기를 들었다.

"네, 회장골 수용솝니다. 아니, 회장골 양돈장예요."

"검사 결과 양성입니다."

모두 밥을 먹다 말고 송수화기에서 들려오는 말소리에 집중했다.

"양성이라면…."

간수장은 저쪽에서 전화를 먼저 끊을까 봐 다급하게 되물었다.

"내일 아침에 살처분 조가 올라갈 겁니다. 저녁까지는 마쳐야 해요."

모두들 전화에서 새어 나온 저쪽의 말을 듣고 밥 먹던 몸짓이 정지된 동영상처럼 간수장을 향하여 멎었다.

302

"살처분이라고요? 그럼 몽땅 사형선고네." 둘째 명판석의 말이다.

"억울하고 불쌍하게 병이 걸렸는데, 그 죄로 몽땅 사형이라고요? 그런 법이 어딨어요."

저쪽에서 전화를 끊었는가 본데도 여전히 송수화기를 놓지 못하고 있는 간수장 앞에 막내는 잔뜩 열이 올랐다. 어차피 자라서 때가 되면 모두 죽겠지만 이렇게 죽는다면 정말로 값없는 죽음이다. 여태껏 헛먹고 헛자란 셈이다. 밤낮으로 보살피며 공들여 키웠는데 모두 헛것이 되는가. 지랑은 아버지 찾기만이라도 헛것이 안 되었으면 하고 기원한다.

"병든 놈, 성한 놈 가리지 말고 죄다 쥑이라고? 망할 놈들."

망연자실하던 간수장이 겨우 입을 열었지만 넋은 이미 빠졌다.

"얘들을 죽이지 않으면 나라 안에 모두 퍼져서 돼지들 씨가 마른다는데. 아직 안 걸린 놈들이라도 건져야지."

둘째인 명판석은 이렇게 싸늘했지만 막내는 뜨거웠다.

"그래도 그렇지 성한 애들까지 모두 죽인다면 천벌 받지."

천벌이 어떤 죄인지는 모르지만 죄 없는 돼지들에게 이미 내려진 것 같았다.

"그놈의 바이라쓰라는 게 눈엔 뵈질 않는데 어떻게 막아. 그냥 두면 성한 놈까지 옮겨붙어 다 죽인다는데, 십 년 근속 돼지 간수가 여태 그것도 몰라?"

진달은 그러는 판석이 고까워 일어서려는 눈치다. 본래 수용소 안에서 돼지들에게 인정머리가 없는 줄은 이미 알고 있었지만 죽을 날을 앞두고 불쌍타는 말은 못 해 줄지언정 몰살에 동조하는 판석을 진달이 꼬나보고 있다가 어깃장을 쳤다.

"형, 얘들 산에서 제멋대로 살게 그냥 모두 탈옥시켜버릴까. 그럼 죽을 애들은 죽고 살아난 애들은 산돼지로라도 사는 거지 뭐."

"하, 말귀 꽤 못 알아듣네. 누군 죽이고 싶어 죽이나. 돌림병이라니까 그렇지. 풀어놓고 더 퍼지면 나라 안에 돼지들을 몰살시키자고? 우리가 졸업한 국립교도대학에서도 죄가 세상에 전염될까 봐 가둬두는 건데, 애들이 세상 휘젓게 놔둔다면 그게 더 잔인한 짓이지. 육 년 동안 교도 대학에서 뭘 배웠어. 먹을 건 저 혼자 다 챙겨 먹더니 인정 많은 척하기는. 이건 나라의 명이야, 명령! 내일 살처분 들어가려면 이거나 한 컵 쭉 마시고 일찌감치 잠이나 푹 자둬."

판석이 마치 기관원처럼 어깨에 힘을 주고 으름장을 놓는데 막내 진달은 씩씩대면서도 차마 더 덤비지 못하고 물러앉았다. 판석은 거칠게 나무란 게 걸리는지 진달을 의젓하게 구슬리고 방구석에 검은 비닐봉지에서 소주병을 꺼내더니 한 컵을 따랐다. 표정이 여태 굳어있는 간수장에게도 능글맞게 한 컵 권한다.

"간수장도 한잔 할 텨? 안주가 부실해서 어린놈이라도 한 마리 삶아서 소금 찍어야겠네. 고기가 득실거리는 바닷물에 빠져도 배는 고프고 물이 목까지 차올라도 갈증은 난다고. 요즘엔 고깃덩어리를 앞에 두고도 몸에 기름기가 빠져놔서 얼굴이 까칠한 게 찬바람에 버짐까지 피고 있으니."

판석은 손바닥으로 얼굴을 쓱쓱 쓸어댔다. 간수장은 잔을 피해 손사래 치며 일어나 출산이 임박한 어미돼지 우리로 가서 꽁무니 쪽을 살폈다. 어미는 우리 안에서 일어서려다가 바닥에 끌리다시피 늘어지는 배를 못 이기고 다시 쓰러져 몹시 힘에 겨운 모양으로 그르렁거렸다. 옆 칸에는 내일쯤 낳을 어미가 누워서 숨을 몰아쉰다. 눈치 빠른 막내 진달이 더운물을 양동이에 담아 물수건과 함께 들여와 간수장을 도왔다.

간수장은 물수건을 뜨거운 물에 적셔 불어 오른 젖을 닦아내고 마사지했다. 그때 판석이 남의 일처럼 한 마디 던지며 우리 안으로 들어섰다.

"형, 내버려 둬. 내일이면 모두 헛일이 될 텐데. 안줏거리로 딱 한 놈만 갖다 푹 삶읍시다."

판석은 젖을 빨고 있는 붉은 덩어리 하나를 슬쩍 집어 들었다.

"거기 못 놔? 죽을 때 죽더라도 세상 볼 놈은 보게 해줘야지."

"혼자서 정 많은 척하지마요. 어차피 내일이면 죽어 묻힐 텐데, 돼지답게 고기나 내놓고 가면 그나마 보람 있게 죽는 거 아뇨?"

간수장이 우리 안으로 들어온 판석의 등을 밀어내는데, 판석의 손에는 벌써 갓난이 하나가 두 다리를 잡혀 꽥꽥거리고 있었다. 간수장이 기겁하여 잡으려 했지만, 판석은 이미 취사실로 들어섰다. 지랑은 안쪽에 자리를 따로 마련해 주는 잠자리에 누웠지만 잠이 오지 않아 두어 시간이나 뒤치락거렸다. 아버지를 찾든지 구니를 찾든지 해야 할 자신이 어쩌다 돼지수용소까지 와서 간수들과 함께 자고 있는가. 자식에게 절대로 칼잡이는 안 시키겠다던 아버지는 지랑이 열 살 무렵, 소 장수에게 옷보따리 하나 안겨서 내보냈다. 뭘 하든지 '가'자 뒷다리라도 깨우치게 해달라고 비굴하게 굽실거렸다. 아래로 줄줄이 넷이었으니 하루하루 대책 없이 커가는 맏이를 보고 수심도 깊었으리라. 아버지는 떠나는 지랑에게 '잘 살라'고 한마디 했었다. 팔려가는 돼지 새끼처럼, 강아지처럼, 트럭에 실려 떠난 게 아버지와의 마지막이다. 살녀는 얼굴도 못 보게 하고 떠나보냈다. 붙잡고 울고불고할까 봐서 그랬는지도 모른다. 독하게 정을 떼겠다며 방문을 꼭 닫고 내다보지도 않았을지 모른다.

명판석과 강진달은 어느새 돼지 새끼를 삶아다 소금을 찍어 뜯으면서 술에 젖은 혀가 배배 꼬이도록 이기죽거렸다.

"형, 그놈의 바이라쓰라는 죄가 돼지 몸속에 들어가서 이 지경이 된 거지, 돼지 그놈이 죌 지은 게 아니잖아. 그런데 왜 애꿎은 돼지한테 사형을 때리느냐고. 그대로 둬도 평생 여기서 갇혀 살아야 할 종신형인데. 돼지 판사가 어떤 상판대긴지 한번 보고 싶네. 따알꾹."

"이 자식아, 사형이 아니라 살처분이다, 돼지 고깃살을 먹지 않고 그냥 묻어버리는 살, 처, 분. 알겠냐."

"형, 그럼 낼이 우리 돼지들 합동장삿날이네. 우리가 명태포하구 약주라도 한 병 사와야 하는 거 아녀? 못 사오면 이거라도 한 잔 부어야지. 다 마시지 말고 무덤에라도 뿌리게 좀 남겨."

강진달이 반쯤 남은 술병에 뚜껑을 덮어 이불 속으로 밀어 넣자 명판석이 그걸 뺏느라고 엎치락뒤치락하다가 발로 안주 접시를 걷어차서 방 안이 난장판이 되었다. 판석이 흩어진 고기가 아까워 컹컹대다가 입으로 물면서 스스로 개가 되고 말았다. 이대로 잠이 들기는 글러버렸다. 답답하여 자정 녘에 밖으로 나오니 출산할 돼지우리에 환하게 불이 밝혀졌고 그 옆에서 간수장이 초조하게 바라보고 있었다. 오래도록 기다린 꼬리 밑에서 새끼의 머리와 다리가 보이면서 통통한 유돈들이 이따금씩 쑥 쑥 빠져나와 비틀거리다 일어선다.

"옳지. 오올치."

전화를 받고 저녁 내내 굳어있던 간수장의 얼굴에 모처럼만에 화색이 돌았다. 두 사람이 방 안에서 술에 취해 세상모르고 잠들어 있는 사이에 간수장은 혼자 불을 밝히고 밤새도록 기다리며 한 마리, 한 마리씩 익숙하게 받아내고 있었다. 지랑이 처음 보는 일이라 신기하기도 하여 옆에서 지켜보는데 간수장은 측은한지 몇 번이나 혀를 찬다. 새끼가 한 마리씩 나올수록 어미는 배가 유난히 더 늘어지고 힘겨워 보였다. 그렇게 새벽녘까지 줄줄이 아홉이나 더 쏟아냈다. 밤을 꼬박 새워가며 피곤한 줄도 모르고 대견해 하며 한 마리, 한 마리씩 젖을 찾아 물려주던 간수장은 새삼스럽게 도움을 청했다.

"바 씨. 얘들만이라도 살립시다."

간수장은 철망 상자를 가져다 갓 출산한 어미와 새끼 밴 어미를 따로따로 몰아넣었다. 이렇게 순할 수가. 간수장의 손길에 오랫동안 익숙해졌기 때문일까. 간수장과 지랑이 방 앞을 부산하게 오가고 돼지들이 꿀꿀거렸지만, 간수 둘은 뒹구는 소주병을 발로 차다가 세상모르고 코까지 드르렁거리며 곯아떨어져 자고 있었다. 간수장은 그들 틈을 비집고 들어가 이불 한 채를 꺼내다 차에 실었다.

차가 수용소 건물 뒤로 난 좁은 산길을 조심스럽게 올라가다가 멎은 곳은 좁다란 공터 옆에 제법 깊고 넓은 토굴이다. 굴 안으로 새끼 밴 어미까지 모두 들여놓자 아기 돼지들은 반갑게 또 다시 젖을 찾아 몰려든다. 한 배에서 나온 형제 아홉 마리. 내일쯤 또 한 배를 낳을 어미도 걱정이다.

간수장은 언제 어떻게 챙겼는지 속이 뜨뜻해질 거라며 주머니에서 소주를 꺼내 병째 마셔보라고 지랑에게 권한다. 요양보호사로 다니기 시작한 이래로 술을 마시거나 담배를 피운 기억이 없었지만 사양 못하고 억지로 한 모금 마셔줬다. 속이 짜르르 더워 오는 기운이 술을 끊고 나서 얼마 만인가.

"여기 간수들 모두 교도대학에서 몇 년씩 살다 왔어요. 죄수에서 간수가 됐으니 돼지우리에 갇혀 살아도 한은 풀은 셈이죠. 얘들에겐 안됐지만."

"돼지라도 교화는 해야죠? 죄짓지 말고 바르게 살라고요."

지랑도 이 해괴한 돼지수용소 놀음에 점점 물들어 가고 있었다.

"늦었어요. 몇 놈이 돌림병 걸린 죄로 성한 놈들까지 내일 한꺼번에 처형해야 한다는데."

달이 중천에 올 때까지 그는 손에 든 소주를 찔끔찔끔 마셔대며 내려가기가 아쉬운 모양으로 옛 얘기를 했다. 우리 모두 갈 곳 없는 혈혈단신이라고. 돼지들을 없애고 나면 또 어디로 가야 할지 걱정이라고. 간수장은 패싸움에 휩쓸려 다니다가 싸잡혀서 교도대학을 3년 이수했고, 둘째 명판석은 고시공부 끝에 번번이 낙방하여 변호사 행세하다 2년, 막내 진달은 수용소장의 죄를 뒤집어쓰고 들어가 살다 나와 여태껏 소장의 보살핌을 받는다고 했다. 소장은 어떤 사람이냐 하면 목이평의 평들에서 머슴살이를 했었는데 자수성가하여 한때 이천여 명이 넘는 커다란 조직을 거느리던 사람이고, 막내 진달을 대신 옥살이 시킨 게 들통 나서 기어이 몇 해 살고 나왔지만, 지금도 이천이 넘는 돼지들을 거느리고 있지 않느냐며 훌륭한 인물이라고 추켜세웠다. 그러면서 지랑을 가리켜 소장이 이런 곳에 왜 당신 같은 순종을 구해왔는지 도무지 알 수 없다고 했다. 이들의 밤을 지키던 달이 서쪽으로 기울고 있었다.

"너희만이라도 꼭 살아나라."

간수장은 포대에 사료를 굴 바닥에다 쏟아붓고 옆에 이불을 깔았다. 굴 입구 철문을 닫으며 돼지들에게 신신당부하고 억새 단으로 쌓아 가렸다.

"무사해야 할 텐데."

내려오면서 간수장은 지랑에게 걱정스럽게 재우쳐 물었다.

"바 씨. 우리만 알기요. 허투루 입 벌리면 재미없어요."

간수장은 그래도 못 미더운지 지랑의 팔을 툭툭 치고 입다짐을 해뒀다.

다음날이 밝자마자 공수의가 트럭을 몰고 수용소 안으로 들어왔고, 맞은 편 산비탈에서는 굴삭기가 벌써 굉음을 내며 구덩이를 파기 시작했다.

"지금 뭐해!"

판석이 언제 일어났는지 칸마다 사료를 넣는 진달을 보고 호통쳤다.

"보면 몰라요? 애들 밥 주잖아요."

"사잣밥이라면 모를까, 애들한테다 아침을 먹이자고? 놔두고 네 밥이나 얼른 챙겨 먹어."

"사형수도 아침밥은 먹이고 죽이잖아요."

진달이 간수장과 사료를 주고 나오려는데 공수의가 들어서면서 더 험악해졌다.

"뒤 칸에 있는 애들을 모두 앞쪽으로 몰아놔요. 자, 자 빨리요."

간수들은 초상 치르는 상주 꼴이 되어 칸마다 문을 열고 돼지들을 출입구 쪽 칸으로 몰아댔다. 뒤 칸이 비어갈수록 앞 칸은 서로 몸을 비비도록 초만원이 되어갔다. 지랑은 뜨내기손님처럼 물끄러미 바라보고만 있었다.

"여기 있던 모돈하고 유돈은 어디로 치웠어요?"

"어젯밤에 술을 좀 과하게 마시고 취해서 잤는데, 밖에서 차 소리가 들리더니 뭔가 실어내는 소리가 들리데요. 도둑이고 뭐고 어차피 죽을 놈들이니까 가져가든 말든 그대로 뒀죠. 술이 너무 취해서 일어날 수도 없었고요."

명판석은 공수의에게 아무렇지도 않게 둘러댔다.

"당장 찾아내요."

"지금쯤 뉘 집 불판에 올라앉았을지도 모르는데, 기다렸다 뒷간에 가서나 찾을 수 있을는지."

빈정거리는 판석을 뒤로 한 채 공수의는 메모판을 들고 큰놈들이 있는 칸으로 가서 돼지 등을 세면서 스탬프로 붉은 도장을 찍어대는 중에 언제 올라왔는지 수용소장이 숨을 헐떡거리며 들이닥쳤다.

"얘들을 죄다 파묻는다고?"

허둥지둥 올라온 소장은 공수의의 멱살이라도 잡을 기세로 덤벼들었다.

"멀쩡하다니요. 사장님, 저 발톱 좀 봐요."

엊저녁까지도 멀쩡하던 몇몇이 발톱에 피가 비치고 있었다. 어떤 놈은 코가 헐고, 어떤 놈을 엉덩이가 헐고, 자세히 살피니 한두 마리가 아니다. 한 칸에 서너 마리씩 피를 보이며 꿀꿀대고 있었다. 소장은 그걸 보고 낙심하여 바닥에 털퍼덕 주저앉았다.

"이보오, 공 선생."

무슨 생각을 했는지 소장이 공수의를 부르는 말투가 섬뜩할 정도로 날이 섰다. 공수의는 대답도 않고 고개를 돌려 소장과 눈만 마주쳤다.

"이 깊은 골짜기에 돌림병이라는 그놈이 어떻게 돼지가 있는 줄 알고 날아 들어와요. 오늘 새벽 텔레비전에 봤더니 수의사들이 소독도 제대로 안 하고 돼지우리에 뻗질나게 드나들어서 돌림병을 퍼뜨린 걸로 판명이 났다는데. 수의사라면 돼지들 병을 고쳐야지 외려 옮기고 다녀? 우리까지 벌써 한 달째 갇혀 있고, 밖에서 드나드는 사람은 당신 하나뿐이잖아!"

소장은 불만을 잔뜩 품고 뭔가 작정한 듯하다.

"공기 감염이요. 이놈들 바이러스가 하늘로 바람 타고 오십 킬로까지 날아다닌다고 했잖아요."

"글쎄, 그 바이라쓰라는 놈들이 얼마나 날아가는지는 당신네들 편하

310

라고 그렇게 멀찌감치 날아가는 걸로 만들어 놓은 거고. 우리 애들 병은 공 선생한테 전염된 게 분명하니 모두 책임져요. 난 애들 절대로 못 죽여요."

"살처분 거부하면 엄한 처벌 받는다는 거 몰라요. 동의서에 서명까지 해놓고 이제와서 무슨 짓이요."

"좋소. 어차피 망가지는 몸인데, 나까지 한꺼번에 쓸어다 묻든지 날 잡아다 처벌하든지 하쇼."

소장은 우리 안으로 뛰어넘더니 돼지들이 우글거리는 바닥에 털퍼덕 주저앉았다. 당황한 간수 둘이 쫓아 들어가서 팔을 잡고 겨우 끌어내 방으로 데려갔다. 밤을 꼬박 설친 듯 소장의 붉은 눈은 이미 뒤집혀 있었다. 소란을 듣고 올라온 집행관이 따라 들어가 소장을 주저앉혔다.

"황 소장. 진정해요. 이 처분명령서 봐요. 이대로 두면 돼지들 씨를 말릴지도 모르는 중차대한 일이란 말이오."

수용소 맞은편 산비탈에는 나무를 베어내고 널찍하게 터를 잡아 벌써 깊이가 한 길이나 넘게 거대한 구덩이가 만들어지고 있었다. 한쪽에는 베어낸 나무를 쌓아놓고 불을 질러 치솟는 열기로 서릿발을 녹이고 있었다. 지랑은 수용소 안에 돼지몰이에서 슬그머니 빠져나와 구덩이 파는 곳으로 내려갔다. 몇몇 인부들이 둘러서고 몇몇은 하늘로 치솟는 불가에 둘러서서 언 손을 녹이고 있었다. 굴삭기는 연실 흙을 퍼 올리고 한쪽에서는 구덩이 안에 들어갈 포장을 준비했다.

"돼지들 장사지낼 광중이네. 호강이지. 암, 이렇게 죽는 마당에 장례라도 성대하게 치러줘야지."

일꾼 중 하나가 몇 마디 하자 대뜸 반격한다.

"호강? 병들어 떼죽음을 당하는데 호강이라고?"

"어차피 죽을 놈들 제 몸 갈기갈기 찢기지 않고 온전히 보전하여 묻히니 호강 아닌가. 어서 이 부직포나 단단히 잡아. 바닥에 깔 가빠하고 비닐 가져오고."

몰이꾼 선발대가 돼지들 죽으러 가는 길 양옆으로 얇은 검은색 부직포를 둘렀다.

"돼지가 이까짓 걸 못 뚫어요?"

몰이꾼 반장으로 보이는 자의 대답이 명쾌하다.

"이놈들은 두께를 모르기 땜에 절대로 못 뚫어. 먹으라면 먹고, 살라면 살고, 병들어서 죽으라니 이젠 죽을 차례."

매몰지 구덩이에서부터 수용소 쪽으로 길을 내고 양옆으로 부직포를 세워 두르는데 굴삭기 엔진이 멎었다. 구경하던 일꾼들이 웅성거리며 퍼낸 흙더미에 모여들었다.

"인골 맞아. 꽤 여럿인데. 이쪽이 공동묘지긴 했지만 모두 이장하고 양돈 단지가 들어섰는데. 주인이 못 찾아낸 무연묘겠지."

작업반장으로 보이는 자가 대수롭지 않게 드러난 뼈를 발끝으로 툭툭 차면서 눈앞에 심각한 상황에다 맹물을 타고 있었다. 팔, 다리, 갈비, 대퇴부와 골반 뼈들이 퍼낸 흙 위로 널려있어 무연분묘라고 보기에는 둥그런 두개골이 너무 많았다.

"무연묘. 아냐. 순장 시대도 아니고 사람을 이렇게 무더기로 묻을 수가 있어? 아예 척척 쌓아놓고 흙을 덮었구먼. 한 길이나 넘게."

"보상금은 다 받아 처먹고 무연묘 파내서 여기다 쓸어 묻었네. 망할 놈들. 최 기사, 이쪽에 파고 묻어버려."

결론은 슬그머니 무연분묘 유골 임시매장 쪽으로 몰아갔다. 구경꾼으로 끼어든 지랑은 개운치 않았다. 명령하는 사람은 모두 흰색 방역복을 입었는데 혼자서 쥐색 방역복을 입은 집행관은 노란 월계수 잎이 차양에 묵직하게 올라앉은 모자까지 썼다. 지랑이 유골을 자세히 보니 옷 같은 천 쪼가리가 그대로 묻어나는 게 보였다. 정상적인 장례절차를 거친 유골이 아니다. 바가지 같은 머리뼈만 어림잡아도 이십여 구. 저걸 그냥 다시 쓸어 묻겠다고.

"저, 잠깐만요. 그건 따로 수습해야죠."

지랑은 자신도 모르게 집행관으로 보이는 자에게 한 걸음 다가서서 작업을 제지했다.

"당신 뭐야?"

난데없는 제지에 주변의 눈이 모두 지랑에게 쏠렸다. 모두 방역복은 입었지만 지랑 혼자만 작업복이니 첫눈에도 이질적으로 보였다. 구덩이를 내려다보던 인부들이 수군거리며 서서히 지랑의 주변을 둘러싸고 밀어냈다. 굴삭기 기사는 그 틈을 이용해서 인골을 파내던 구덩이에 다시 묻었다.

"한때는 하늘로 머리 두고 똑바로 걸어 다녔던 사람인데 죽은 뼈라고 해서 그렇게 막 묻는 게 아니지요."

지랑은 떨리지만 집행관의 반말이 괘씸해서 목소리에 무게를 주어 나잇값을 했다.

"당신 도대체 누군데 여기서 선생노릇해?"

지랑은 이런 때를 위해 대답하려고 자신이 누구라는 걸 생각해 둔 적이 없었다. 뭐라고 둘러대야 할지 대답을 못 찾고 머뭇거리는데, 주변에 있던 사람 둘이 지랑의 양쪽에서 팔을 잡아끌었다. 지랑은 있는 힘을 다해 그들의 팔을 거세게 뿌리치고 몸을 흔들어 홀로 섰다.

"이거 놓지 못해!"

기세 좋은 뿌리침도 잠시다. 휘두르는 지랑의 팔에 맞았는지, 팔을 잡았던 사람이 뒤로 나자빠지더니 길옆 도랑에 처박혔다. 지랑이 당황하여 일으켜주려고 다가가는 걸 그쪽에서는 발로 짓뭉개려는 몸짓으로 알았던 모양이다. 순간 어느 주먹에 머리를 맞았는지 가슴을 맞았는지 모른다. 지랑은 그 자리에서 고꾸라졌다. 발길질이 한 번 더 가슴팍을 차고 들어왔다. 아마도 도랑에 처박힌 자가 지랑의 주먹에 맞아 쓰러졌다고 보복하려 했겠지만 결단코 실수였다. 급소를 맞았는지 숨이 탁 막혀오면서 더 이상 움직일 수가 없어 주저앉는데 등과 뒤통수로 주먹이 마구 들어온다. 코에 물이 들어간 듯 매캐하고 뒤통수가 찌릿해지면서 번개 치는 전율을 느낀 게 그때 기억의 끝이다.

정신을 차려 눈을 떴을 때는 방이었고 수용소장이 옆에서 측은해하는 얼굴로 내려다보고 있었다. 이 상황에서 분노가 치밀어 급한 마음에 주머니를 뒤져 휴대폰부터 찾았으나 없다. 어디로 갔을까. 설마 휴대폰까지. 방 안을 둘러봤지만 없었다. 일어나 기억이 있던 마지막 장소에 가보려다. 우선 방 안에 놓인 유선전화기를 잡으려니 소장이 손목을 잡고 눌렀다. 어디서 나오는지 그 힘이 장사다.

"괜히 일 크게 만들지 말고 참아요. 이런데 와서 그러면 내 몸만 축가지. 나이도 먹을 만큼 먹은 양반이 웬 주먹이 그렇게 세시우. 사람 하나가 죽을 뻔했잖아요. 지금 병원으로 실려 갔어요."

그러면서 생수병을 내밀었다.

"주먹이라니요? 분명히 내가 먼저 맞았어요. 이 가슴을요."

"그래요. 먼저 맞아 화가 나서 못 참고 그렇게 한 거 다 알아요. 싸우고 나면 다 그렇게들 말한다고요. 맞은 쪽 얼굴에 멍이 시퍼렇게 들었던데요, 뭘. 저쪽에서 고소하겠다고 나오면 나까지 복잡해져요. 내가

314

수습할 테니 참아요."

어느 주먹엔지 급소를 맞아 정신을 잃은 사이에 일이 이렇게 꼬인 모양이다.

"구덩이에서 시체가 무더기로 나왔어요. 그 유골을 수습해야 하는데 막아서."

"아, 알아요. 거긴 우리가 예전부터 돼지 사체 묻던 곳예요."

"돼지 뼈가 아니고 분명히 사람 뼈라고요. 무더기로. 옷까지 입은 채로. 장례를 제대로 치른 유골이 아니라니까요."

"아하 참, 장례지도사라고 했지요. 앞으로 돼지 죽으면 코에다 쇠주나 한 잔씩 뭐 주고 묻어요."

소장과의 대화는 이렇게 겉돌았다. 돼지를 절대로 못 죽이겠다고 공수의 앞에서 어린애처럼 청승 떨던 양반이 이렇게 다를 수가. 지랑은 어디를 찔러대야 따끔할까 궁리하다가 다가앉아 귀에 대고 속삭였다.

"돼지를 살리는 딱 한 가지 방법이 있어요. 손해도 건지고요."

귀가 솔깃하여 듣고 있던 소장은 고개를 끄덕였다. 그때서야 소장은 누르고 있던 지랑의 손을 났다. 송수화기에 대고 사람의 유골이 무더기로 발견됐다며 소리치는데, 이쪽의 다급한 목소리에는 아랑곳없이 저쪽에서 들리는 말소리는 한없이 늘어졌다.

"알았어요. 작업 중지시키고 기다려요."

"잘 안 들리는데 다시 한 번 말씀해주시면." 하고 나서 재빠르게 소장에게 송수화기를 넘겼고 소장은 "예, 그러죠." 하면서 일어섰다. 작업은 소장의 요청으로 중지되었다.

경찰이 반 시간도 못 되어 도착하자 소장은 앞장서서 매몰지로 안내했다. 매몰지는 벌써 바닥부터 밖에까지 넘칠 정도로 널찍한 가빠를 깔고 그 위로 비닐, 그 위에 보온덮개를 세 겹이나 덮은 위에 생석회가 뿌려져 있었다. 방역복으로 무장한 몰이꾼들이 들어와 길 중간 중간에서 굽은 목을 지키고 매몰지와 수용소 입구에서도 지켰다.

"모두 작업 중지. 여기 덮은 흙을 다 걷어내요."

경찰의 요구대로 매몰구덩이에 덮은 포장과 비닐을 모두 걷어내고 굴삭기로 바닥에 흙을 더 파냈지만 아무것도 나오지 않았다. 이럴 수가. 바닥에 흙을 더 긁어내도 흙만 나왔다. 쓸어 묻은 인골은 모두 어디로 갔나. 도깨비가 사람에게 홀릴 노릇이다.

"신고한 사람이 누구요?"

잔뜩 기대를 갖고 왔던 소장은 턱을 지랑 쪽으로 돌렸다.

"왜 허위신고 했어요. 아무것도 없잖소."

그토록 많은 일꾼이 모두 고개를 좌우로 흔들었다.

"그럴 리가 없어요. 더 깊이 파 봐요. 더 깊이."

"소용없어요. 지금 생땅이 나오잖아요."

경찰의 핀잔이다. 애원하다시피 퍼낸 흙을 손으로 뒤집어봤지만 아무것도 잡히지 않았다. 이게 어찌된 일인가.

"저 사람 제풀에 제 머리를 깨더니 실성했나. 데리고 병원에나 가 봐요. 일만 더디게 훼방 말고."

검은 모자를 쓴 집행관이 남의 말 하듯 태연하게 지랑을 실성한 사람으로 몰았다. 거기에 민망해하던 소장까지 안면을 바꿔 가세했다.

"바 씨. 사람 뼈를 정말 봤어요? 설마 나까지 속이려고?"

아무리 사람의 뼈를 봤다고 해도 거들어줄 사람이 없었다. 한 사람도 지랑의 편이 아니었다. 경찰이 돌아가자 수용소 문이 열렸다. 돼지들은 죽으러 가는 길인 줄도 모르고 해방을 맞은 듯 몰려나와 줄줄이 따라나선다. 평생 갇혀 살아온 돼지들은 신이 난 모양이지만, 매몰구덩이까지 제 발로 걸어가기에는 꽤나 멀고 비참한 길이다. 일찌감치 포기한 돈사는 청소를 하지 않아서 길가로 나선 돼지들의 등에 똥 덩어리가 덕지덕지 묻어 있고, 발이 짓물러 피가 흐르는 놈, 코가 헌 놈, 엉덩이에 진물이 나오는 놈들이 몇 마리씩 섞여 있었다. 좁은 길을 가득 메우며 죽을 구덩이로 향하는 돼지 사형수들의 억울한 행렬이 이어졌다.

구덩이에 다다른 돼지들은 하나둘씩 떨어지면서 온몸에 허연 생석회 범벅이 되어 꽥꽥거렸다. 약아빠진 놈들은 구덩이 앞에 와서 갑자기 방향을 돌려 부직포 밑으로 빠져나가더니 산으로 냅다 도망치지만 얼마 못 가 쫓아간 몰이꾼에게 잡혀 구덩이 안으로 내던져졌다. 하나도 빠짐없는 몰살이다.

꾸역꾸역 나오는 돼지들이 구덩이를 향해 수월하게 잘도 걸어 나온다고 생각될 즈음에 성한 놈 하나가 무슨 생각을 했는지 우글거리는 틈을 헤치고 머리를 홱 돌려 수용소 쪽으로 역행한다. 몰이꾼이 되돌아서는 놈의 등덜미를 몽둥이로 후려쳤지만 모진 매를 맞으면서도 끄떡없이 제 고집대로 가겠다고 용을 썼다. 이미 죽으러 가는 길을 알아챈 모양이다. 꿀꿀대는 돼지들의 언어로 그걸 알아들었는지 뒤따라오던 놈들이 하나둘씩 수용소 쪽으로 몸을 되돌린다. 당황한 몰이꾼 서넛이 길을 막아서고 돌아서는 돼지들의 머리를 몽둥이로 사정없이 후려치며 방향을 구덩이 쪽으로 되돌리려 애쓴다. 저쪽으로, 저쪽으로, 돌려, 돌려, 철썩, 철썩. 몰이꾼들은 이리 뛰고 저리 뛰며 꾸역꾸역 쏟아져 나오는 돼지들을 매몰지 쪽으로 밀어낸다. 보다 못한 간수장이 몰이꾼에게 다가가더니 몽둥이를 빼앗아 길 밖으로 내던졌다.

"그걸로 들입다 패지 말고 이걸로 살살 달래면서 몰아요. 얘들도 아프다니까. 무신 죄가 있다고 그리 패누."

간수장의 끝소리가 울음을 머금고 몹시 떨리며 싸릿가지를 나눠주려 하자 몰이꾼 중 하나가 내던지면서 저리 비키라고 밀어낸다. 간수장이 기우뚱하더니 길바닥에서 뒤로 넘어졌다. 죽을 날을 미리 받아놓고 태어나는 새끼를 받느라고 어젯밤을 꼬박 새웠으니 지쳐 피곤한 몸이다.

"돼지 죽이러 와서 사람을 쳐. 어이구 나 죽네. 돼지 살리려다 사람이 죽네. 돼질 잡겠다고 사람을 쳐? 네놈들 오늘 잘 만났다."

간수장은 무거운 몸을 일으키더니 하늘을 향해 주먹을 불끈 쥐고 흔들었다. 두 사람이 붙어 싸우려는 걸 보고 몰이꾼과 간수들이 각각 제 편 사람을 뜯어말렸다. 그 사이에 돼지들은 방향으로 잃고 부직포 장막이 쳐진 길에서 어디로 가야할지 몰라 허둥거리는 통에 좁은 길바닥이 아수라장이 되었다. 몰이꾼들은 흩어지는 돼지를 잡으려고 사방으로 퍼져 아우성인데, 수용소 쪽에서 쏟아져 나오던 돼지들의 행렬이 갑자기 끊어졌다. 벌써 이천여 마리가 다 나왔을 리는 없을 텐데. 몰이꾼이 수용소 입구로 뛰어 가보니 벌써 철문이 굳게 닫혔다.

"그 문 어서 열지 못해요."

지켜보고 있던 공수의가 소리쳤지만 막내 강진달은 끄떡도 않고 돌아섰다. 강제로 문을 열려고 몰이꾼 몇이 다가가는데 뒤에서 비명 같은 소리가 들린다. 그러는 사이에.

"반장님 저쪽이 터졌어요. 여기도."

그 틈을 이용해서 간수장은 길에 쳐놨던 부직포를 칼로 죽죽 그어대고 있었다. 매몰지로 밀려가던 돼지들이 갈라진 부직포 사이로 빠져나가 산 쪽으로 몰려 오른다. 가는 길이 죽음의 길인 줄 눈치라도 챘는지, 힘센 놈들은 벌써 길을 벗어나 산 능선 쪽을 향하고 있었다.

318

"집단 탈옥이다."

명판석이 소리친다.

"살려면 뛰어라. 산돼지가 되든지, 집돼지가 되든지 죽지만 말고 살아남아라. 더는 몹쓸 병 걸리지 말고."

간수장이 매몰지로 통하는 길을 오락가락하면서 돼지들을 능선 쪽으로 몰아내자 몰이꾼들 몇이 덤벼들어 그의 팔을 포박하듯 잡아끌어다 방 안에 밀어 넣었다.

"나가라. 나가. 죽든 살든 밖으로 나가라."

우리 안에서는 소장이 돼지들에게 명령하듯 외치면서 몰아내고 막내 간수 강진달이 가세했다.

"뒷벽이 뚫렸네! 돼지가 탈출한다."

몰이꾼 하나가 매몰지 쪽으로 내려가려다 말고 어느새 터진 뒷벽으로 달아나는 돼지들을 보더니 소리친다. 뛰어올라온 집행관이 아연실색하며 할 말을 잃었다.

"아저씨도 얼른 내몰아요. 쟤들 좀 살리게."

막내가 멍하니 서 있는 지랑에게 다급하게 재촉한다. 그래, 살려야 한다. 살아남아야 한다. 어떻게든 하나라도 더 살려내야 한다. 앞쪽에서 갈팡질팡하던 돼지들이 터진 벽 쪽으로 몰려 산 속으로 흩어지고 있었다. 어차피 살 놈은 살고 죽을 놈은 죽는다. 한꺼번에 떼죽음을 당하느니 죽더라도 달아나는 편이 낫다. 병이라면 모두 사람의 죄고, 급습해온 돌림병이 죄지, 돼지가 무슨 죄가 있다고 몰살이냐. 지랑은 얼떨결에 소장을 도와 돼지들을 뒷산 쪽으로 몰아냈다.

훈수하던 지랑보다 소장이 한 수 위다. 단순히 매몰지 구덩이에서 발견된 인골 조사를 빌미로 작업을 막으면 시간을 벌 수 있겠다고 귀띔만

했는데, 소장은 어느새 막내 간수를 시켜 수용소 뒤쪽에 산으로 통하는 벽을 모두 터버렸다. 벌써 반이 넘는 수가 수용소에서 매몰지로 가지 않고 해방되어 온 산으로 흩어져 달아나고 있었다.

"올라가는 놈들은 모조리 잡아내려."

집행관이 수용소 안으로 들어와서 몰이꾼들을 불러댔지만 이미 길바닥에서 산으로 흩어진 돼지들을 잡으려고 퍼져 나가서 그의 말을 듣고 올 사람은 없었다. 지랑은 수용소 안의 몇몇 군데서 일어나지 못하고 끙끙거리는 놈들과 뻣뻣하게 다리를 뻗고 누운 놈들은 혼자서 밧줄을 걸어 낑낑대며 끌어내서 수용소 안을 완전하게 비웠다.

날이 저물고 있었다. 온 산에 퍼진 몰이꾼들이 몰려다니는 돼지 떼를 찾아다니며 내리 모느라고 씨름한다. 지랑은 어제 피신시킨 그놈들이 궁금해 주위를 살피며 굴 쪽으로 천천히 올라갔다. 동쪽에 하얀 달이 떠오르고 서산에는 붉은 햇덩이가 반쯤 잠겨들며 피 같은 빛을 하늘에 흘리고 있었다. 수용소를 도망쳐 나온 돼지들은 군데군데 몰려서 주둥이로 땅을 파며 흙냄새에 취하는지 꿀꿀거린다.

길이 끝나는 곳에 토굴을 찾았다. 억새 단을 제치고 들어간 굴에는 어미가 그대로 누워있고 돼지들은 지친 어미의 빈 젖을 나란히 물고 있었다. 한쪽에선 그르렁거리는 신음이 났다. 어미의 꼬리 쪽을 살펴보니 벌써 무녀리가 나왔다. 양막을 벗고 질축한 몸으로 일어나려고 애를 쓰는 걸 보니 금방 뱃속에서 나온 모양이다. 탯줄도 그대로다. 젖이 있는 곳을 향해 일어나려다 쓰러지고, 다시 일어나려다 쓰러지고 하다가 탯줄에 걸려 더 나아가지 못하고 또 쓰러진다. 저걸 잘라줘야 하는데. 지랑이 주머니에 뭐가 없을까 찾는 사이에 놈은 어느새 제 탯줄을 입으로 물어 끊었다. 비틀거리며 제 어미와 상면하러 젖을 향해 끼룩끼룩 다가간다.

또 한 마리가 떨어진다. 장례식장에서 시신만 처리하던 손이라 선뜻 손이 가지 않았다. 조금 뜸하다가 떨어져 나온 놈이 움직이지 않는다. 무심결에 번쩍 집어 들었는데 축 늘어진다. 엊저녁에 간수장이 하던 대로 옷으로 얼굴을 씻고 입을 벌려봤지만 소용이 없다. 지랑은 팔을 걷고 달려들어 나오는 애들마다 받아서 몸을 닦아주고 탯줄을 끊었다. 시신 만지던 손으로 난생처음 해보는 일이 어제 하룻밤 간수장의 손을 눈여겨 봐뒀다고 이렇게 능숙할까.

"젖을 물려줘야지요."

몸을 닦아 이불에 놓으려다 인기척에 놀라 돌아보니 어느새 올라왔는지 간수장이 뒤에서 훈수한다. 자식 같은 돼지들이 못 미더워서 올라온 모양이다.

"나가요. 어서. 들키면 쟤들도 쓸어 묻혀요."

지랑은 밖으로 끌려나왔다. 간수장이 면박을 주면서 억새 묶음을 가져다 굴 입구를 다시 막았을 때, 눈앞에 트럭의 헤드라이트가 어둠에 숨겨진 그들을 발가벗기다시피 비췄다. 집행관이 앞서고 차에서 몇 명이 내리더니 억새를 제치고 안으로 들어간다. 몰이꾼 넷이 모여들어 어미돼지 다리를 하나씩 잡고 영치기하더니 트럭 적재함으로 던져 올렸다. 어제 나온 젖먹이와 오늘 나와 눈도 안 뜬 아기 돼지들까지 모조리 적재함으로 돌멩이처럼 집어던졌다. 아직 나오지 않은 새끼 몇이 뱃속에 더 있다. 간수장은 일꾼들에게 양팔이 잡혀 다리만 버둥거렸다.

"차라리 날 묻어라."

간수장은 내려가는 트럭 뒤에 대고 고래고래 소리를 질렀지만 어느새 세상은 어둡고 있었다. 달빛만으로 온 산을 깊이 밝히기는 부족했다. 곳곳에 꿀꿀거리는 소리와 몰이꾼들 소리가 산 속에 퍼지면서 불빛이 하나둘씩 늘어나기 시작했다. 밤을 새우더라도 몰아들일 모양이다.

"멀리, 더 멀리 떠나가거라."

지랑이 돼지들을 보면서 입으로 중얼거렸지만 군데군데 흩어졌던 불빛이 모이고, 비탈로 흐르듯 내려갔다. 달아났던 돼지들이 저 죽는 불인지도 모르고 줄을 이어 뭉치는 불빛을 따라오고 따라 내려간다. 치솟는 화톳불 빛을 향해 모여드는 돼지들은 집행관의 지휘로 매몰구덩이에 던져져 쌓이고 있었다. 횃불을 밝힌 구덩이 안에는 돼지의 등이 벌레처럼 우글거린다.

굴에서 내려온 트럭이 덤프를 들어 우글거리는 돼지들을 구덩이에 쏟아부었다. 새끼들이 한꺼번에 범벅이 되어 쓰러진 어미의 젖을 물려고 찾아 헤맨다. 그 위로 하얀 가루가 뿌려지자 새끼들은 가루를 털고 다시 어미젖을 찾는다. 살아야 하는데, 살아야 하는데. 그걸 본 소장이 독한 술 냄새를 풍기면서 구덩이 안으로 뛰어들었다. 소용없는 일이다. 그의 몸은 사다리를 타고 급히 내려간 일꾼들 손에 붙들렸고, 굴삭기 버킷에 담겨 올라왔다. 소장은 목 놓아 울부짖다 그 자리에 쓰러졌다. 비명 같은 집행관의 고함이 들리자 인부 몇이 소장을 질질 끌며 매몰 작업장에서 사라졌다. 간수장의 눈물이 불빛에 번쩍이며 얼굴을 타고 주르르 흐른다. 어제 태어나 젖을 먹던 유돈을 오늘 죽이다니, 모두 헛것이다.

그 틈바구니에서도 불빛에 비친 새끼돼지들은 하얗게 뿌려지는 생석회를 맞으며 어미젖을 찾아 물었다. 몇몇은 차마 볼 수 없어 고개를 돌리고 굴삭기는 사정없이 흙을 퍼 덮는다. 개구리울음 같은 돼지들의 울음소리가 그쳐갈 무렵 화톳불이 사위고 커다란 봉분이 만들어졌다. 작업반원은 군데군데 박아놓았던 가스 배출용 파이프에 바람개비를 달았다.

322

"그러니까 저 구멍이, 쟤들의 영혼이라도 하늘로 가라고 저렇게 뚫어 놓는 거지요?"

일꾼 하나가 진지하게 바라보며 지랑에게 물었다.

"그래요. 혼이라도 하늘로 가야죠. 하늘로요. 만약에 쟤들도 혼이라는 게 있다면 말예요."

"에이, 쟤들은 주둥이로 평생 땅만 파먹고 살아서 하늘을 몰라요."

누군가 하늘로 가려는 돼지들의 영혼에다 초를 치는데 달은 아직 중천에 있었다. 달은 차는데 수용소에 돼지들은 완전하게 묻히고 처절하던 개구리 울음소리도 덮는 흙에 묻혀 차츰 사라지고 있었다.

"쟤들도 하늘로 갈 혼이라는 게 있을까. 쟤들은 목이 땅 쪽으로 달려서 평생 밖으로 나와 쏘다닌다고 해도 하늘은 절대로 못 봐. 이 세상에 하늘이 있는지조차도 몰라."

누군가 어긋나는 대화에 끼어들어 난 체하고 있었다. 거의 새벽 무렵에야 매몰이 끝나고 집행관을 따라 모두 빠져나갔다.

"사형집행이 끝났네."

강진달이 제일 허망해한다.

"바 씨는 안 갈 거요?"

침울했던 간수장과 간수들은 어느새 짐을 챙겼는지 커다란 가방을 메고 트럭 적재함에 오르면서 물었다. 누군가는 이 어마어마한 밤을 지켜야한다.

"난 아직."

밝은 낮에 이 빈 곳을 꼭 다시 봐두고 싶어서다. 자동차와 굴삭기 조명이 산 아래로 사라지고 화톳불마저 사위어버린 산 속에는 텅 빈 수용소만 남았다.

애연카페

숙소 냉장고 안에 남아있던 술을 빈속에 냉수처럼 들이켜고 잠이든 탓인지 선잠을 깬 지랑은 목이 탔다. 밖이 희붐하게 밝는 중이다. 어젯밤 소장은 이불을 쓴 채 잠들어 있었고, 지랑은 냉장고를 뒤져서 먹다 남은 소주 반병쯤을 털어 마신 기억까지 살아났다. 소장은 어젯밤에 숙소로 내려갔어야 할 사람이다. 옆에 봉긋한 이불을 보고 어제 일로 속이 상하여 그렇게 자는 줄로만 알았다. 그래도 간수들 방에서 자고 있는 게 이상하여 지랑은 조심스럽게 이불을 들췄다. 이게 웬일인가. 소장의 입에서 거품 섞인 침이 흥건하게 흘렀고 농약 냄새가 진동했다. 살충제 병이 방바닥에 구르면서 남은 약물이 질펀했다. 어젯밤 비몽사몽간에 어디선가 독한 냄새가 난다고 느끼긴 했다. 순간 온몸의 털이 쭈뼛쭈뼛하면서 곤추섰다. 뒤친 사지는 이미 늘어졌다. 평생 죽음과 맞닥뜨려 왔는데 지금 눈앞에 죽음이 왜 이토록 오싹할까. 탁자에 송수화기를 들고 떨리는 손으로 버튼을 눌렀다.

"사람이 죽었어요. 우리 수용소장이 죽었어요. 빨리 와보세요."

"수용소라고요? 장난치지 마세요. 무거운 처벌 받아요."

더 말할 사이도 없이 송수화기에서 뚜뚜 소리가 들렸다. 떠난 간수들도 수인사만 했지 전화번호 하나 갖고 있지 않았다. 단숨에 소장의 숙소로 달려 내려갔지만 텅 비어있었다. 확 풍기는 찌든 냄새하며 방 안에 널려진 옷가지들이 첫눈에도 혼자 지내는 살림 티가 났다. 벽에 걸린 재킷 주머니를 뒤지니 명함 하나가 손에 잡힌다. 인력사무실이다.

"여긴 인력사무실예요. 그런 일이라면 장례식장에 연락해야죠."

저쪽에서는 아침 일찍부터 재수 없다는 말투다. 휴대폰이 없으니 전화번호도 더 이상 알 수 없었다. 119로 연락했지만 사망자는 구조대상이 아니란다. 가족이 있다고 했으니 어떻게든 찾아야 한다. 다시 올라와 소장의 몸을 뒤치고 주머니를 뒤졌다. 있어야 할 자동차 키는 없고, 지갑에서 얼굴 사진 한 장이 나왔다. 어디서 많이 본 듯한 여자다. 마른 체형의 갸름한 얼굴로 얇은 입술이 빈곤해 보이는 여자. 어디서 봤던 누구였더라.

얄팍한 입술이 구니와 닮았다는 기억을 떠올리기까지는 퍽 오랜 시간이 걸렸다. 그래, 맞아, 구니. 나이보다 훨씬 더 어리게 보이는 오래된 흑백사진이었지만 웃으려다 멈춘 채, 붙임성 있어 보이는 얇은 입술이 틀림없는 구니다. 별의별 상상이 다 꼬리를 물고 이어졌다. 소장과는 어떤 관계인가. 옷마다 주머니를 뒤져 외출복에서 겨우 찾아낸 주민등록증에는 황감수라고 적혀있었다. 황 소장, 황감수를 번갈아 뇌며 연락처를 찾았지만 허사다. 구니가 이런 데를 왔었나. 잃어버린 휴대전화 속에 들어있을 구니의 전화번호가 간절했다. 소장의 전화기는 패턴암호가 걸려있었다. 가족의 연락처가 나올만한 곳을 모두 뒤졌지만 없다. 숙소로 다시 내려와 우편함까지 뒤졌지만 빛바랜 전기요금 고지서와 건강보험 고지서뿐이다. 일부러 치웠을 리는 없다. 이 정도의 거대한 농장을 지키는 사람이 어쩌면 이리도 홀가분하게 혼자 살았을까. 주먹에 맞아 쓰러지던 매몰구덩이 근처를 뒤졌지만 지랑의 전화기는 보이지 않았다.

갈팡질팡하다가 올라와서 이불을 들추고 소장의 몸을 바르게 뉘었다. 농약 냄새에 차츰 익숙해지자 판자를 구해다 바닥에 깔았다. 그 위에 시신을 겨우 옮기고 전화기 탁자 밑에 눅은 모기향을 꺼내 불을 붙였다. 짐을 챙기려고 사물 상자를 열었는데 손바닥만 한 수첩을 찢어 쓴 메모가 나왔다.

바 씨. 나를 돼지 무덤 옆에 묻어줘요.

손을 떨면서 쓴 글씨를 보는 순간 지랑의 손이 부르르 떨렸다. 메모 지를 접어 지갑 속 구니의 사진 옆에다 꼭꼭 묻듯이 밀어 넣었다. 해가 중천 가까이 떠오를 때쯤 되어 지랑은 삽을 찾아들고 퍼지는 햇살을 받으며 매몰지로 갔다. 소장의 메모가 아니라도 매몰지 외에는 땅이 꽁꽁 얼어서 삽날 들어갈 틈이 없었다. 작업반이 어젯밤에 베어낸 참나무 등걸을 모두 태우고 쌓인 검정 숯덩이는 살아있던 나무를 화장하여 묻어 놓은 봉분처럼 흉해보였다. 옳지 저곳이다. 화톳불을 피우던 곳에 흙을 삽날로 긁어내자 녹은 흙이 질척하게 걷힌다.

타다 남은 검정 숯덩이 사이로 지글지글 오그라든 플라스틱 도시락 용기와 빵 포장 비닐들이 뒤죽박죽 엉겨 붙은 채 삽날 끝에 흩어진다. 참나무 잔해를 걷어내자 뼛조각이 긁혔다. 길쭉하여 부러진 다리뼈, 부서진 무릎뼈, 조각난 등뼈, 갈라진 갈빗대 부스러기가 검게 타다가 말고 삽날에 걸려 나왔다.

아!

지랑은 자신도 모르게 비명 같은 탄성을 질렀다. 조금 더 파 들어가자 아직 타지 않은 뼈들이 무더기로 나왔다. 어떤 뼈에는 천 쪼가리가 그대로 묻어져 나왔다. 옷이 다 삭고 단추가 녹아 뭉치고 시신은 탈골이 되었으니 족히 오십여 년은 된 듯싶었다. 정상적인 장례절차를 거친 시신이 아니라는 게 더욱 분명해졌다. 지랑은 다시 방으로 가서 경찰을 부르려다가 포기했다. 우선 소장의 죽음부터 다그쳐 물을 테고 같은 방에서 함께 잤다면 의심부터 하겠지. 더욱이 지랑이 장례지도사라는 사실이 드러나면 왜 전혀 관계도 없는 이런 곳에 일하러 왔느냐고 따져 물을지도 모른다. 그 물음에 마땅히 대답할 구실이 지랑에겐 없다. 뼈들을 하나하나씩 추려내서 머리, 목, 흐트러진 갈비뼈, 골반과 다리에 붙은 발, 팔과 손을 연결해서 제 뼈가 아니더라도 한 구씩 짝지어나갔다. 두개골까지 맞아 나란히 놓인 시신이 무려 열일곱 구. 언제 누구에게 당했는지 모르지만 모두 한꺼번에 몰살당해 묻혔다. 직업적인 버릇으로 한동안 눈을 감고 이들이 죽어갔을 순간을 상상했다. 이 깊은 골짜기까지 와서 왜, 어떻게 죽었을까.

돼지 무덤 옆에 구덩이를 광중처럼 넓게 파놓고 부직포와 천 쪼가리를 걷어다 깔았다. 빈속에 머리가 핑 도는 어지럼증을 참고 한 구, 한 구씩 천에 싸서 구덩이 안에 나란히 뉘었다. 그 위로 이불보를 덮었다. 미친 듯 흙을 퍼서 덮는 삽질에 지쳐 몸은 땀으로 뒤범벅이 되면서도 기다란 합장 봉분을 만들었다. 옆에 거대한 산처럼 덮은 돼지들 매몰무덤에 비하면 보잘 것 없이 왜소하다. 지랑은 뼈들에게 이제는 편히 잠들라고 주문처럼 읊조렸다.

어젯밤 귀에 맴돌던 돼지들의 비명이 골짜기에 가득 차서 개구리울음으로 사라진 이 낯선 아침에 이름 모를 뼈들의 장례를 치르고 나자 해가 높다랗게 떠올랐다. 허기가 몰려오고 눈앞이 노래진다. 숙소로 돌아와 이불보를 찢어 만든 끈으로 소장의 시신을 묶어나갔다. 소장의 연고를 찾든 못 찾든, 조문객이 오든 안 오든, 장례는 격식을 갖춰 치러줘야 하겠다는 생각에서다. 수용소가 폐쇄되었다는 소문을 들으면 망인의 피붙이든 누구든 찾아오겠지. 홀로라도 자리를 지켜보기로 했다.

전화로 어딘가에 연락을 하긴 해야 하는데, 알 수 있는 전화번호도 없고 딱히 전화할 곳도 없었다. 이름 모를 짐승의 울음이 곡소리처럼 들리고 모기향은 나선의 재를 남기며 사위어갔다. 무언가 해야 하는 데 아무것도 할 수 없었다. 어미와 새끼들이 트럭에서 한꺼번에 구덩이로 쏟아질 때 울부짖던 소장이 눈에 어른거렸다. 굴속에 있던 놈들만이라도 살렸어야하는데, 돼지들을 해방시킨다고 뒷문을 뚫어 산으로 몰아낸 게 결국 더 화근이었다.

대책도 없이 방 안에서 꾸벅꾸벅 졸고 있는데 난데없이 인기척이 들렸다. 이 밤중에 누굴까. 이 깊은 곳까지 자동차도 없이 찾아왔다면…. 부쩍 의심이 들어 조립식 옷장 뒤로 몸부터 숨기고 살폈는데 어젯밤 휑하니 떠나갔던 간수장이다. 얼굴에 땀을 팔로 훔치며 지고 온 배낭을 내려놓더니 지랑을 알아보고 민망하게 더 놀란다.

"막차를 탔기에 망정이지."

버스정류장에서 내려 숲속에 묻힌 길을 파고 들어왔다는 간수장은 태연하게 배낭에서 만수향과 초를 꺼내 불을 붙였다. 라면 몇 봉과 함께 사과 배도 한 알씩 꺼냈다. 아직도 가시지 않은 농약 냄새로 그는 이미 어젯밤의 일을 짐작했던 모양이다.

"어떻게 아시고서."

"어젯밤에 나가서 술로 속을 달래고 곯아떨어졌는데 깨어보니 여기 묻어달라는 전화 문자가 와 있더라고요. 그래도 혹시나 했었는데. 아니라면 소장하고 이거나 같이 먹고 내려가자고 하려 했는데."

간수장은 긴 한숨을 내쉬었다.

"돼지 무덤 옆에서 인골이 열일곱 구나 나왔어요. 그걸 묻느라고."

지랑은 소장의 주검보다 돼지 무덤 옆에 인골들의 정체가 더 궁금하여 묻지도 않는 말을 했으나 간수장의 대답이 시큰둥했다.

"거긴 빨갱이 무덤이요."

"그래도 그렇지 처자식이나 피붙이가 있을 텐데."

"그때 넘어가고 죽고 피하고 했으니 연고자가 나설 리 없죠. 나타나면 앞길이 막히니까 모른 체 버려두고 살 수밖에요. 그때 빨간 팔띠 차고 그 짓거리 하던 사람들은 아무렇지도 않게 잡아다 그렇게 죽였잖아요. 난리 때 자기들 세상이라고 천방지축으로 날뛰다 저지른 대로 받은 자기네들 업보죠. 어렴풋이 짐작만 할 뿐이지 누구 짓인지는 몰라요. 그러니 누가 그걸 곱게 묻어줬겠어요. 여기가 공동묘지였으니까 그땐 하늘 보고 누운 송장 꼴 보기 사나워서 흙으로 대충 덮어줬겠지요."

"그럼, 간수장도 그때."

"나도 여기 와서 들었어요. 수용소 공사 시작하면서 이 바닥 인부들한테요."

"어제 아침에 화톳불 피우던 자리에 가보니 그 뼈들이 굴러다녀서 제대로 수습해 사람답게 묻어줬어요. 팔다리가 서로 뒤바뀌었는지는 모르지만 온전하게 살아난다면 사지는 모두 멀쩡하겠죠."

"온전하게 살아나다니요?"

"만일 시간이 거꾸로 흘러간다면 그렇게 될지도 몰라서요."

지랑은 구니가 그날 밤 영화를 거꾸로 돌리던 기억을 떠올렸고, 간수장은 고개를 갸우뚱하면서 자기 말만 했다.

"사실은 그걸 지키러 여기 들어온 셈인데 이젠 나도 출소를 해야죠. 못된 사촌 때문에 평생 의심받고 잡혀 다니면서 고생 좀 했죠. 난 이쪽, 사촌 형은 저쪽이었죠. 넉넉해서 살만했는데 무슨 귀신에 씌었는지 빨간 팔띠 두르고 혁명한다며 날뛰고 다녔어요. 그 손에 애먼 사람 많이 죽었죠. 국군이 들어오고 세상이 뒤바뀌자마자 미쳐 날뛰던 팔띠들 몇 놈을 이 손으로 때려눕혔죠. 그땐 눈에 뵈는 게 없었어요. 난리 끝나고 결국 사람을 생으로 죽였다고 잡혀 들어갔지만 죽이지는 않더군요. 가다밥 몇 년 먹이다가 내보내주더라고요. 출소해서 여기에 취직까지 시켜줬고요.”

맥이 탁 풀어졌다. 소장은 돼지 사체를 치우라고 지랑을 데려왔는데, 지랑은 소장의 시체를 치우게 생겼다. 어차피 죽은 몸을 치워야할 팔자다. 얼른 끝내고 아버지든 구니든 찾아나서야 한다. 주머니에 든 사진을 만지작거리다가 꺼내 간수장에게 보여줬다.

“옛날에 소장 밥해주던 애예요.”

“어떻게 구니가.”

“맞아요. 이름이 구미. 어떻게 이름을 아오? 곁두리 얻어먹으러 내려갈 때에 바구니라고 하길래 우리가 쌀에서 나오는 바구미라고 많이 놀려댔죠.”

소름 끼치는 우연이었다.

“꽤 오랫동안 있었는데 밥하고 빨래만 했겠어요?”

“그럼 또 뭘 할 게 있다고.”

지랑은 어린 사진을 떠올리며 머리를 흔들었다. 더는 듣고 싶지 않아 간수장 입막음으로 지갑 속에 접어 넣었던 메모를 보여줬었다. 한참 굳은 얼굴로 뜯어보던 간수장이 힘들게 입을 떼는데.

“내게 온 문자하고 똑같아요. 글씨가 오른쪽으로 누워 흔들린 걸 보니 소장이 쓴 게 맞네요. 그런데 어떻게 그쪽에다가 이런 부탁을.”

자기한테도 연락이 왔다고 했지만 섭섭해하는 얼굴이 역력했다. 오랫동안 수용소를 함께 지켜온 간수장인 자신에게 뒷일을 부탁했어야지,

330

엊그제 갓 들어온 낯선 사람에게 제 몸의 뒤처리를 맡기다니. 하루 사이에 만리장성을 쌓은 사이도 아닌데, 지랑도 그 점은 의문스러웠다. 어떻게 지랑이 마지막까지 여기 남을 줄을 알고서.

"우리 식구들한테 죄다 보냈을 거요."

그렇다고 간수장은 이렇게까지 철저하게 준비해왔을까.

"누가 더 찾아올 사람도 없을 텐데 날이 밝으면 매장을 해야겠죠? 이렇게 부탁도 해놨으니."

조심스럽게 간수장의 눈치를 살피는데 간수장은 정색하고 지랑의 얼굴을 쳐다봤다. 피곤해서 풀어져 보이던 눈에 빛이 났다.

"이대로 매장을 하겠다고? 당신이 뭔데? 이깟 종이쪽지 한 장 갖고서 상주 노릇 하겠다고? 당신 정체가 도대체 뭐야? 어떻게 해서 여기까지 기어들어온 거냐고?"

어젯밤 혼자 남겠다고 했던 지랑에게 대해 뭔가 대단한 오해를 하고 있는 모양이다. 나이는 지랑보다 더 들어 보였어도 서로 서먹하여 존대해주는 줄 알았는데 속에는 차가운 의심을 품고 있었다. 지랑이 용모로 보나 말투로 보나 절대로 이런 곳에서 궂은일을 할 사람 같지 않아서였다. 거기다가 어제 드러난 뼈들을 수습해서 다시 묻어주었다고 하니까 더욱 의심이 가는 표정이다. 간수장은 주머니에서 손바닥만 한 수첩을 꺼내더니 송수화기를 들고 숫자를 눌렀다.

"장례식장이죠? 여긴 갈문리 회장골수용소, 아니 회장골 돼지농장인데요. 초상이 났어요. 운구차 좀 들여보내 주세요."

간수장의 행동은 익숙하고 태연했다.

"우리 소장을 돼지나 빨갱이처럼 묻을 순 없지요."

지랑은 자신에게 메모 하나 남겼다고 아무런 생각도 없이 주장을 내

세워 매장하려던 경솔이 부끄러웠다. 간수장이 느닷없이 지랑에게 정체가 뭐냐고 물을 만도 했다.

"가족이 없다면 굳이 장례식장까지 갈 필요가 있을까요?"

지랑은 간수장에게 떠맡기고 얼른 이곳을 벗어나고 싶은 마음에 물었다.

"묻어도 사람답게 묻어야지요. 묻히기 전에 이별해야 할 사람도 있을 테고."

"가족은 있었군요."

"떠나기 전에 만나볼 사람이 있을 거요."

무언가 알고 있는 듯했지만 또 다시 눈을 부릅뜨고 '당신' 하며 목소리가 높아질까 해서 더 이상 묻지 않고 그대로 따라나서기로 했다. 운구차는 거의 자정이 돼서야 들어왔는데 들것을 갖고 내리는 두 사람은 길이 험하다고 투덜거리며 신을 신은 채 방으로 들어왔다.

"음독사네요. 경찰에는 알리셨나요?"

앞서 들어온 사람이 들것을 놓자마자 코를 막으며 방바닥에 구르던 살충제 약병을 집어 들었다. 또 한 사람은 코를 쥐고 밖으로 뛰다시피 나갔다.

"누가 이렇게 염을 했죠?"

덮어놓은 이불보를 들추자 메모지를 보여주며 지랑이 나섰다.

"매장해달라고 해서요."

"많이 해본 솜씨예요."

아차, 했다. 장례지도사라는 신분은 감추기로 했다.

"예전에 눈썰미 있게 보았던 기억으로요."

뒷머리를 긁적이며 그들이 옮기는 대로 따랐다. 지랑이 함께 운구차에 오르는데 갑자기 간수장이 수용소에 남겠단다.

"바 씨가 먼저 나가요. 난 여기서 미리 해둘 일이 있어요."

지랑은 운구차를 타고 장례식장으로 나왔다. 영안실로 운구하는데 입구에 서 있던 여자가 지랑을 보더니 화들짝 놀란다.

"어머! 지랑 오빠."

첫눈에도 영락없는 구니였다. 그렇게 떠나놓고 나서 스스럼없이 또 오빠란다. 얼굴만 자세히 안 봤다면 그냥 지나칠 뻔했다.

"아니, 구니가 여길 어떻게."

그 소릴 듣고 운구하던 기사가 흘끗 본다. 구니가 영안실로 따라 들어오면서 눈물을 보였다. 홀로인 줄 알았던 소장의 죽음에 이렇게 울어줄 사람이 있었던가. 그게 바로 구니라니. 혼란스런 이 시간이 구니와 함께 있었던 옛 기억을 참담하게 짓이기고 있었다. 시신이 냉동고에 들어가는 모습을 구니와 지랑이 끝까지 지켜봤다.

"그냥 황 소장이라고 쓰세요."

알루미늄 들것을 냉동실로 밀어 넣고 마구리 표찰에 이름을 쓰려는 걸 지랑이 도왔는데 직원이 되묻자 황 씨라고만 했다.

"이름을 모른다고요?"

"황감수." 보기만 하던 구니가 짤막하게 이름만 댔다.

"가족인가요?"

운구해온 직원이 묻자 구니는 도리질을 했다. 안내원을 따라 빈소 쪽으로 가면서 구니는 회장골 황 소장 숙소에서 일을 한 적이 있다고 했다. 오히려 지랑이 어떻게 여길 따라왔는지 의문스런 표정이다. 인력사무실 소개로 병들어 죽은 돼지 치우러 갔다고 해도 믿기지 않는 눈치다. 오히려 이곳 장례식장에 출근하게 된 게 아니냐고 물어왔다.

"오단중 아저씨한테서 연락을 받고 처음엔 저도 놀랐어요. 어제 운명했고, 빈소는 여기라고. 더는 몰라요. 오 아저씨는 왜 안 보여요?"

"수용소, 아니 농장을 정리하고 나오겠다고 해서."

구니와 지랑은 손님도 없는 빈소를 밤새 지켰다. 경찰에서 음독사로 처리하고 연고자를 찾았지만 피붙이는 아무도 찾아오지 않았다. 구니의 말이 황 소장은 이미 오래전부터 홀로였다고 했다. 지랑은 무심코 들어넘기면서 무료한 시간을 깨려고 주머니에서 꺼낸 구니의 사진을 앞에 놓았다.

"수용소장 주머니에 이게 왜 있지?"

눈빛으로 구니에게 어떤 관계냐고 묻는데도 태연하다.

"왜 말을 못 해."

"왜 내가 그걸 말해야 하죠?"

구니의 대답이 차가웠다. 무슨 뜻인가. 적어도 지랑의 집에서 떠나던 날 밤의 구니가 아니었다. 지랑은 잠시 복잡한 생각이 뒤섞였다. 구니가 자신에게 무엇인가?

"영안실에 가서 소장님 깨워서 물어보세요. 내가 왜 거기서 나왔는지."

이렇게 당돌할 수가. 더 이상 할 말을 잃고 있는데 구니가 정색하던 얼굴을 풀고 컵에 물을 따라주면서 차분하게 이야기를 시작했다.

"이력서에 붙어있던 옛날 사진일 거예요. 인력사무실에서 연락이 왔기에 가봤더니 깊은 산골짜기에 돼지농장이었어요. 농장 책임자라는 분 숙소에서 밥해주는 일이래요. 왜 그랬는지 모르지만 꼭 장례식장 도우미 하는 아줌마를 구해달라고 했대요. 처음에 들어올 때는 이런 골짜기에 화장터나 묘원을 겸한 장례식장이 있나보다 했죠. 구직센터에다 장례식장 도우미 자리를 구한다고 신청해놨으니까요. 밥만 해서 차려내면 된다는 데야 기왕 들어간 걸 뿌리치고 혼자서 빠져나올 길도 막막하고, 그대로 눌러앉아 밥을 해줬죠. 지독한 돼지 냄새 때문에 그냥 나오고 싶었지만 어려서부터 남의 집에서 밥해주는 일로 잔뼈가 굵었는데 이까짓 일 못하랴, 참고 해냈죠. 빨래도 해주고 청소도 해주고."

구니는 아직 새워야 할 밤이 너무 길어서 야금야금 뜸을 들이려는 모양이다. 이야기는 구니가 하고 있는데 듣고 있는 지랑의 목이 탔다.

"바구니라는 이름으로는 아무 일도 할 수 없었어요. 뉘 집 강아지 이름이냐고 되물어요. 이름이 원망스러웠죠."

지랑이 뜨악하여 물을 한 컵 부어 마시는데, 간수장 오단중이 배낭을 메고 얼굴이 수척하여 빈소로 들어섰다. 어떻게 알았는지 뒤로 막내 강진달까지 따라 들어와 상주처럼 빈소를 지켰다.

"왜 연락을 안했지. 전화가 수십 번이나 찍혔을 텐데."

지랑은 구니에게 가출한 사람 추궁하듯 물었다.

"자신이 없었어요."

"자신? 무슨 자신."

"전화를 하기가."

"요망한…."

"그렇죠? 제가 좀 요망하죠?" 구니는 무슨 생각을 하는지 민망스럽게 웃었다. 간수장이 두 사람의 말 사이를 비집고 들어왔다.

"바구미도 왔군. 여기서 하룻밤 향불 피워주고 갔다 묻어야지. 그래 누가 왔었수?"

간수장은 갖고 온 술을 종이컵에 따라 제단 앞에 놓고 만수향을 꽂았다. 어제까지만 해도 선해 보이더니 술을 몇 잔 마시자 얼굴이 일그러지며 변하기 시작했다.

"평생 죽이는 일만 했다고 여생은 살리는 일만 하래나. 출소하자마자 거기다 넣어주더군. 소장이 날더러 간수장을 한 번 해보래. 평생 간수들한테 시달림을 받았으니까 그게 어떤 건지 네가 간수 노릇 한 번 해보라나."

그는 혼자서 중얼거리는 말인지 남 들으라는 말인지 알 수 없게 중중거리고 스스로 대답했다.

"수용돈을 몰살시킨 놈이 무슨 간수장이야."

조문객도 없는 빈소는 늦게야 소식을 듣고 부랴부랴 찾아온 강진달까지 다섯이서 지켰다. 구니는 장례식장 도우미 차림으로도 안주인 노릇을 하며 안주거리를 가져다 상을 차렸다. 간수장이 연거푸 소주를 들이켜고 중얼거린다.

"저 사람, 돼지를 제 새끼처럼 끔찍이도 위하더니."

"후사가 없었나요?"

지랑을 향하는 눈동자가 어느새 풀려 아래위로 훑더니 느닷없이 '넌 누구야' 하고 덤벼든다. 어리둥절해하는데 구니가 눈을 꿈적이며 지랑의 팔을 끌어 다른 자리로 옮겨 앉혔다.

"오 아저씨 보통 때는 얌전한데 술이 조금 넘치면 저래요."

"소장을 얼마나 알아?"

지랑은 구니와 소장과의 관계가 더 궁금했다.

"내가 딸 같아 보인대요. 딸 하나 낳아본 적도 없으면서. 어느 땅 많은 부잣집에서 머슴살이하다 난리 때 거길 떠났대요. 혼자라 찾아올 사람도 없을 거라면서도 항상 누군가 기다리는 눈치였어요. 저한테는 딸처럼 잘해줬어요. 혈육이 있을 만도 한데 일절 말하지 않았어요."

"그런데 왜 나왔지?"

336

"아버지를 찾아서요."

"찾았다고?"

뜸을 들이는 구니에게 태연한 척하던 지랑의 조급증이 터지고 말았다.

"소장님은 내가 바 씨라는 걸 알고 나서 꼭 만나볼 사람이 있다고 요양병원 한 군데를 알려줬어요. 깊은 산골짜긴데, 오 아저씨가 거기까지 태워다 줬어요. 얼굴도 모르는 사람이 '네가 구니냐?' 하면서 손을 이렇게 꼭 잡더라고요. 뼈와 가죽뿐이지만 따뜻했어요. 오빠 손처럼."

구니는 어색하지 않게 지랑을 오빠라고 부르며 손을 잡았다.

"그 길로 돌아와서 짐을 챙겨 요양병원으로 갔죠. 소장님은 아버지와 친형제나 다름없는 분이니 가서 잘 모시라고 보냈어요. 아버지가 어머니를 물으시기에 목이 메어 손가락으로 하늘을 찔러댔죠. 당신도 이젠 그리로 가고 싶대요."

오단중이 어떻게 알고 연락했는지 생전에 지인 몇몇이 조문을 하고 갔을 뿐 빈소는 밤새도록 썰렁했다. 끝내 상주로 설만한 피붙이는 보이지 않았다.

"결국 안 왔구먼."

다음날 아침, 운구차가 회장골에 들어가자 돼지무덤과 무연고 인골을 안장했던 사이로 구덩이가 하나가 더 파여 있었다.

"이젠 묻어야지."

오단중은 흙일을 하는 내내 누구를 기다리는지 수용소 아래 길을 내려다보았으나 매장이 완전히 끝나기까지 아무도 오지 않았다. 모두 내려오고 오단중만 삼우까지 지키겠다고 했다.

장례를 마치고 나서 구니는 지랑에게 요양병원을 가보자고 했다. 시내에서 병원 셔틀버스로 삼십여 분 걸리는 갈매골의 골짜기는 회장골처럼 깊었다.

"갈매골은 살아있는 골짜기고 회장골은 죽어서 가는 골짜기래요."

갈문산을 중심으로 요양병원은 북향의 회장골과 달리 남향의 깊숙한 산 속이다. 지랑이 익숙하게 병실로 들어섰다.

"이름이 뭐라고?"

"바 지 랑."

노인은 겨우 알아듣고 침대에서 일어나더니 눈자위가 붉어지면서 눈물을 찔끔 짜냈다. 맞잡는 손에 뼈가 툭 불거지면서 아프게 죄여왔다. 쥔 손을 놓을 줄 모른다. 지랑의 얼굴을 찬찬히 뜯어보더니 구니의 얼굴과 번갈아 보았다. 지랑은 작정하고 품속에 넣어 가져간 칼에 신문지를 풀어 보여줬다. 노인은 눈이 동그래지면서 지랑의 얼굴을 또렷이 쳐다본다. 오랜 세월이 지났지만 사각의 우직한 얼굴에서 어렸을 적 기억이 어렴풋이 떠올랐다. 노인은 칼의 손잡이를 꽉 쥐어보더니 고개를 끄덕였다.

"아 버 지."

"살았구나. 이렇게."

지랑이 더듬었고 노인의 목소리는 울음이 섞여 바르르 떨었다.

"이~젠 죽~어~도 되겠구나."

아버지.

이 한 마디 부르기가 이토록 어려웠던가. 지랑의 손을 으스러지도록 움켜잡고 속에서 뿜어져 나오는 노인의 흐느끼는 숨이 세찼다. 지랑은 침대에 걸터앉아 환자복 속으로 만져지는 앙상한 뼈의 마디들을 더듬었다. 노인은 몸을 지랑에게 기대어 어깨를 들먹이며 참지 못하고 흐느끼는데 지랑은 왜 이렇게 덤덤할까. 어려서 떠날 때 기억은 짧고 희미했지만 이런 아버지가 아니었는데. 여전히 자신 있고 꼿꼿하게 뿔 달린 황소도 너끈히 때려눕혔는데. 그토록 힘도 장사였던 아버지가.

각자 살아온 과거는 천천히 듣기로 했다. 오랫동안 그렇게 앉아있다가 밤이 이슥해서야 병실을 나오려는데 노인은 병실 사물함에서 보따리 하나를 꺼냈다. 풀어보니 낡은 군복이다. 오랫동안 입어서 풀기가 죽었지만 중사 계급장과 육각별 마크는 그대로 달려있었다.

백 도 수.

명찰이 달린 옷을 유심히 살피고 있는 지랑에게 노인은 사물함에서 훈장이라며 꺼내보였다.

충무무공훈장.

창밖을 향해 눈물을 닦고 있던 구니가 백 도수의 군복을 받아들었다.
"아버지, 내일 올게요."
구니가 백 도수의 손을 쓰다듬는데다가 지랑이 손을 덮었다.
"이제 편안하게 주무세요. 아버지."
간병인이 만류하는데도 백 도수는 어린애처럼 활짝 핀 얼굴로 지팡이에 의지해 슬리퍼를 신고 엘리베이터 앞까지 배웅을 나왔다. 엘리베이터 문이 닫히면서 돌아서는 등은 아직도 꼿꼿했다.
"우린 이제 어쩌죠? 오빠가 진짜 오빠잖아요."
구니가 병원 현관에서 품에 안은 보따리를 어쩌지 못하고 지랑에게 심각하게 물었다. 이토록 서슴없이 우리라고 하는 데 뭐라고 대답해야 할까.

"구니 아버지가 내 아버지네."

불빛이 희미한 현관에서 서로의 몸이 으스러지도록 껴안았다. 구니의 어깨가 들먹이고 있었다.

"설마 했었는데….'"

안았던 손을 풀자 구니는 눈물을 닦으며 여전히 훌쩍였다.

"우린 이제 어쩌죠?" 또 물었다.

"살아야지. 늙은 남매로."

"우리가 왜 하필 바 씨였는지 이제 알겠네요."

"아버지를 찾았다고만 생각해."

"이 옷을 빨아드려야겠어요."

지랑은 구니와 함께 병원순환버스를 타고 시내까지 나와 걸으면서 가까운 세탁소를 찾았다.

"빨아서 풀 먹여 빳빳하게 기 좀 살려주세요."

아버지가 앞으로 얼마나 더 이 옷을 입어볼지 모르지만 아무래도 그러고 싶어서다. 지랑이 알 수 없는 아버지의 시간을 회복시키기 위해서라도. 빳빳하게 풀까지 먹여 다린 군복을 병실에 걸어놓자 백 도수는 다리마저 불편한 몸에다 그걸 입었다.

지랑은 먼저 살던 집을 정리하고 세탁소를 아예 인수해버렸다. 구니는 자신의 손으로 직접 아버지의 군복을 빨아 풀 먹여 다리고 싶다고 했다. 편안하게 잠들 수 있는 곳이 생겼으니 장례식장 도우미 생활도 접겠다고 했다. 지랑도 이제 요양병원마다 다니며 병실의 환자 이름을 살피거나 장례식장을 전전하는 일은 그만둘 때가 되었기에 세탁 일을 배워 시작했다. 구니는 자기 손으로 직접 정성들여 아버지의 군복을 빨고 풀 먹여 다려서 가져갔다.

백 도수는 그 옷을 입고 화장실로 들어가 용변 보조기에 의지해 거울 속을 향해 **빳빳**하게 거수경례를 붙였다. 지랑이 그 모습을 물끄러미 바라본다. 마치 거울 속에 서 있는 자신과 이별을 고하는 의식처럼. 계급장이 달린 낯선 아버지의 군복은 지랑에게 전혀 떠올릴 수 없었던 기억의 빈 시간을 채워갔다. 백정이나 군인이나, 짐승이든 사람이든, 타의 목숨을 끊어야 자기가 산다는 이치를 평생 익혀온 아버지가 이제 당신 스스로의 목숨이 언제 어떻게 끊어질지 기다리고 있는 듯 보였다. 죽을 무렵에서야 겨우 만난 외로운 아들의 모습을 보고 다시 살 욕심이 솟아나는지도 모른다. 아들을 만났다는 안도감에 긴장을 놓아서이기도 했겠지만, 아무도 모르게 품 안에 감추고 있던 흑백사진 한 장을 지랑에게 쥐어준 다음부터다. 지랑은 어떻게든 아버지와 떨어져 살았던 빈 기억을 차곡차곡 채워두고 싶었다. 도살하던 아버지가 목이평을 점령했던 적군에게 부역했다는데 국군에 가서 무공훈장까지 타다니.

"군대는 어떻게 가셨어요."

"내가 죽으면 이 사람을 찾아봐라."

대답 대신 쥐어준 사진 뒤에는 갈막생이라는 이름과 전화번호가 적혀 있었다. 사진 속에 사람과 언젠가 서로 연락이 되긴 되었던 모양이다. 누굴까. 백 도수는 늦게야 만난 지랑과 많은 이야기를 했지만 당신의 옛 얘기는 결코 들려주지 않았다. 불과 몇 년 전에야 받았다는 훈장을 사물함에서 꺼내 지랑에게 보여주자 저간의 일들이 대강 짐작이 갔다. 훈장의 무공만으로 대답이 되었다고 생각했는지 백 도수는 더 긴 말을 하지 않았다.

세상이 뒤집히자 얼토당토않은 이유로 그게 취소되고 말았다. 대적하여 싸웠던 이쪽과 저쪽이 친하게 통하기 시작했다. 그때부터 백 도수는 명을 재촉했다. 무공훈장은 이쪽에서 보기엔 명예스럽지만 저쪽에서 보면 원한의 증표다. 오랫동안 병원에서 더 지내리라고 생각했던 백 도수는 무공훈장이 취소되고 두 달 만에 낭떠러지에서 붙잡고 있던 줄을 놓듯, 꼭 쥐었던 손을 펼치고 당신의 생명 줄을 놓아버렸다. 짧은 시간이었지만 아버지의 손으로부터 전해 받았던 체온은 지랑과 구니에게 여전히 따스하게 남아있었다.

백 도수의 유골은 평장한 조부의 옆에 묻었다. 구니가 평장했던 조부의 무덤에 봉분을 돋우자고 했지만 지랑은 그대로 두었다. 혼인 잔치를 한다며 동네 사람들을 불러 고깃국을 먹이다가 잘렸다던 상투를 버리고 묘도 평장묘도 되찾았다.

세탁물을 통에 넣다 말고 아버지로부터 받은 낯선 사진을 만지작거리는 지랑에게 구니가 물었다.

"그 사람을 찾아서 어쩌겠다는 거예요?"

"아버지의 빈 곳을 찾아내야지."

"어느 하늘 아래 있는 줄 알고요."

"아직 땅 속은 아닌 느낌?"

여태껏 망설이기만 하고 전화 한 번 해본 적이 없지만 이번에는 단단히 마음먹고 전화번호를 눌렀다. 꾸물거리다가 받는 전화 목소리는 누구냐고 이쪽으로 느릿느릿 물어왔다.

"자네가 백 도수네 아들이라고? 도수한테 아들이 아직 살아있었나?

후퇴할 때 모조리 찾아내서 죽였다고 들었는데."

목소리에 당황한 기색이 역력했다. 한동안 대답이 없더니 무슨 결심을 했는지 저쪽에서 만나주겠다고 했다. 아버지가 그토록 전화를 해댔다는데 안 받았다는 사람이 아들까지 대를 이어 찾는다니 버티지 못하겠던 모양이다. 지랑은 어디서부터 어떻게, 무엇부터 물어야 할지 생각도 안 하고 약속한 식당으로 나갔다. 갈막생이라는 노인은 다리 하나가 부족하여 겨드랑이에 의지한 목발을 짚고 들어와 등받이 없는 손바닥만 한 의자에 넓은 엉덩이를 꽂다시피 붙이며 첫마디를 내뱉었다.

"앉으니까 겨드랑인 편하군. 어서 죽어얄 텐데."

백 도수는 지랑에게 이름 석 자 적어주고 만나보라고만 했지, 이 사람과의 원한에 대해서 한 마디도 안 해줬다.

"자네가 백 가?, 아니 백 도수네 아들인가."

고개를 꾸벅하고 나서 지랑은 아버지에게 받은 사진을 보여줬다.

"자네가 이걸 어떻게 갖고 있나. 백 도수가 주든가?"

"…"

"속 시원하게 날 죽여 버리라고 했겠지? 철천지원술 테니까."

"아뇨."

지랑은 당황하여 고개를 흔들었다. 눈앞에 갈막생이라는 사람에 대해 아무것도 아는 게 없었다. 수소문하여 거처를 알아냈고 백 도수의 아들이라고 하면서 만나자고 했으니 지랑의 추측이 맞는다면 각오를 하고 나왔으리라. 얘기는 천천히 듣기로 했다.

"언젠가는 자네 같은 사람이 날 찾을 줄 알았지."

그는 사방 벽에 금연이라는 붉은 글씨가 붙어 있는데도 담배부터 꺼내 불을 붙였다.

"이걸 빨아야 빨리 죽는대. 그래서….”

"돌아가시다니요. 오래 오래 사셔야죠.”

"아무것도 모르고 왔군. 알고 왔다면 날 비꼬는 말일 테고. 이제 죽는 구나, 기대하고 나왔는데 또 실망이네.”

이미 그는 담배에 불을 붙였다.

"얼른 죽어야 해. 테레비에 보니까 죽는 덴 이게 즉효래. 숨통부터 새까맣게 죽는다던데 이렇게 피워대도 여태껏 안 죽어. 왜 이렇게 모가지가 질긴지. 밥을 끊든지 숨만 끝까지 쉬지 않으면 죽는 건데, 그게 그렇게도 어렵네.”

그가 왼손으로 숨 쉬는 목덜미를 쓰다듬고 있을 때 종업원이 급히 오더니 난처한 표정을 지었다.

"난 이거 읎음 아무 얘기도 못 해.”

그는 아랑곳하지 않고 양 볼에 보조개가 지도록 한 모금 쭉 빨았다. 종업원의 시선이 지랑에게로 왔다. 앞 사람과 얘기했다가는 씨알도 안 먹힐 테니 도움을 청하는 눈치다. 깨끗한 양복 차림에다 옆에 놓인 가방을 보고 당신쯤이면 알 만할 테니 함께 나가달라는 뜻일 게다.

"벌금? 얼만데.”

그는 벽에 쓰인 붉은색 ‘금연’을 노려보다가 종업원을 향해 얼굴을 찌그리며 눈치 빠르게 넘겨짚었다. 베이지색 점퍼 안에 입은 청 조끼 주머니에 손을 넣더니 만 원짜리 지폐 한 장을 꺼내 탁자에 올려놨다.

"자, 이거면 됐지? 벌금 냈으니 피워도 되지?”

종업원이 어이없어하며 무슨 말인가 꺼내려는 걸 지랑이 밀치는 손짓으로 막았다.

"됐어. 나가믄 되지. 내 목숨도 빨리 못 죽게 하는 저 웨엔수들. 퉤.”

그는 탁자에 있던 지폐를 다시 주머니에 넣고 일어나 타일 바닥에 가래침을 내뱉어 목발에 의지한 발로 쓱쓱 비볐다.

"오늘은 그만두세. 내가 내일도 안 죽으면 그때 보세."

여기서 헤어지면 낭패다. 어렵게 찾아왔는데 언제 또 만나겠는가. 앞장서서 나오는 그의 뒤를 따라 밖으로 나오니 길 건너편에 애연카페라는 간판이 우연찮게 눈에 확 들어왔다. 애련(愛戀)의 뜻으로 읽었는데 밑에 붙은 한자는 애연(愛煙)이다. 애연카페라는 곳이 있었던가. 그도 간판에 피어오르는 담배 연기 그림을 봤는지 구정물벼락을 맞은 듯 보이던 얼굴이 환해졌다.

"저기가 좋겠군. 요즘엔 이걸 피우면 사람 취급도 안하니."

간판 그대로 연기가 자욱한 카페 안에서 그는 좋은데 지랑은 꾹 참아야 했다. 테이블마다 고기 굽는 집처럼 연기 흡입구가 있어 연실 빨아들이는데도 뿜어대는 연기가 워낙 많으니 홀에 자욱했다. 팔뚝 굵기의 양초도 테이블마다 하나씩 놓여 가느다란 심지를 태우고 있었다. 그는 아무렇지도 않게 앉았는데 따라간 지랑은 숨이 막혀 즉사할 지경이다. 바지랑. 무슨 일이 있어도 넌 참아야 한다. 아버지의 천상훈계는 귀를 때리고 머리로 울렸다. 미세먼지 때문에 주머니에 넣고 다니던 마스크를 쓸까말까 몇 번이나 만지작거렸다. 종업원이 가져온 메뉴판 왼쪽에는 영문과 한글로 된 이름, 오른쪽에는 한글 이름이다. 담배의 종류가 이렇게 많았던가. 애연카페라는 데가 이런 데로구나.

"외연으로 하실래요? 한연으로 하실래요?

"난 한이 좋아. 자넨. 뭘로 하겠나?"

막생이 눈에 익은 국산 쪽으로 손가락을 폈다.

"저는…." 지랑은 왼손을 흔들어 사양했다.

"비연이세요?"

난감한 표정을 짓자 얼굴에 마흔쯤의 나이가 들어앉은 여자는 생수통을 엎어놓은 냉온수기를 손가락으로 가리켰다. 물은 셀프. 네 글자는 짙고 굵은 고딕으로 단호하고 명백했다. 지랑이 물을 종이컵에 받아오는 사이에 종업원은 사각쟁반에 주문한 담배와 일회용 라이터를 받쳐 들고 왔다.

"맞불입니다." 막생이나 지랑이나 못 알아들었다. 둘이 맞불을 댕겨 맞담배를 피우라는 뜻인지.

"맞불 몰라요?"

종업원은 마흔 얼굴에 열 살쯤 더 얹어 주름을 늘렸다. 바로 너 같은 객들 때문에 내 얼굴 주름이 늘어난다는 뜻일 게다.

"후불이 아니고 맞불이라니까요. 물건 주고 돈 받는 맞불!"

앙칼졌다. 어른을 모시고 왔으니 담뱃값은 손아래로 보이는 지랑의 주머니에서 나올 게 뻔해 보이고, 이런 곳에 다시는 오지 않을 너 같은 사람에겐 더 길게 설명해줄 필요도 없다는 표정. 여자는 속으로 말하고 지랑은 그녀가 얼굴을 찡그려 곤두서는 미간에서 입에 다물고 내뱉지 못하는 말뜻을 솎아냈다. 내민 계산서는 편의점 계산대에서 얼핏 보던 가격의 두 배다.

"비싸네."

"이게 비싸담 우린 연기만 먹고 사나요?"

무심코 나온 말인데 이번엔 칼처럼 날을 세워 대들었다. 자리만 차지하고 매상을 못 올리는 너 같은 건 이런 데 올 필요도 없다. 여자의 얼굴에서 그렇게 읽혀졌다. 쩨쩨하다는 취급을 받을까 봐 잔돈은 필요 없다며 푸른 돈 한 장을 빈 쟁반에 더 올려놓으니 여자는 얼굴이 환해지며 꾸벅하고 돌아선다. 근엄한 세종대왕 얼굴에다 절했겠지만 잡쳤던 기분이 조금은 살아났다. 막생은 지랑의 기분에 아랑곳 않고 벌써 짙은 연기를 내뿜으며 편안해하고 있었다.

"날 만나라는 게 아버지의 유언이었다고?" 전화로 했던 얘기다. 지랑은 대답 대신 고개를 끄덕이며 가방에서 노트를 꺼내 탁자에 펼쳤다.

"이랬었지. 거기가."

머리에 팔다리, 꼬리까지 모두 잘라버린 그의 몸뚱이화법에 조금 익숙해졌다.

"연기라면 화약연기였겠죠?"

"아니. 사람 타는 연기."

아차, 했다. 정신 바짝 차리고 들어야 한다. 대충 들어 넘길 말이 아니다. 갑자기 그의 얼굴에서 아버지와 비슷한 모습이 보였다. 기다란 이빨을 덮은 아래 위의 입술이 넉넉한, 그래서 한마디씩 할 때마다 그 입술을 다 움직이느라고 말이 느리며, 끈적끈적한 몇 마디만으로도 열 마디는 더 알아들을 솔깃하고 후련한 이해가 아버지를 닮았다. 처음에 전화를 받았을 때 그는 떨떠름해하며 미적거리다가 백 도수의 아들이라는 말에 쾌히 만나겠다는 약속을 했다. 왜 진작 그리 말하지 않았느냐고 핀잔까지 주었다.

"백가한테 자네 같은 아들이 있었구먼. 그러고 보니 백가가 세상은 잘 살았어."

수화기를 놓기 전에 '~잘 살았어' 하던 묘한 뒤끝이 떠올랐다.

"오늘은 안 되겠어. 난 이 맛이 너무 좋아. 이렇게 단 맛에다 쓴 얘길 하면 담배 맛 베려. 오늘은 이 맛에 취해놓고 내일 여기서 또 만나지."

잠시 생각에 잠겨 뜸 들이는 사이를 틈타 그는 얘기를 꺼내려던 마음을 홱 돌려버렸다. 무겁게 작정하고 나온 지랑의 앞에서 그는 이토록 경우도 없는 엉터리였다. 어쩔 수 없이 그렇게 헤어져야 했다.

이튿날 지랑이 연락을 기다리다 지쳐 전화했을 때, 지루하게 가던 신호가 음성안내로 바뀌기 직전, 수화기에서 젊은 여자의 목소리가 들렸다.

"돌아가셨어요."

"돌아가시다니요? 어제도 뵈었는데요."

"오늘 새벽에 가셨어요."

바로 오늘 만나자고 약속했던 사람이 무턱대고 그렇게 죽다니. 버릇처럼 죽는다는 말을 흘려들은 게 후회스럽고 허탈했다. 그러면서도 그가 갑자기 죽었다는 사실에 의문이 부쩍 들었다. 어제 보았던 그는 죽는다는 말은 그렇게 쉽게 했어도 절대로 죽을 사람으로 보이지 않았다. 다리 하나만 부족할 뿐, 요즘 같은 세상에 팔십도 고령이라면 고령이겠지만 목발에 의지해 걷는 모습으로는 백 세까지도 더 넘겨 살 사람 같이 당당했고, 담배 연기를 빨아들였다가 후련하게 내뿜는 표정이 절대로 자기 목숨을 스스로 끊을 사람으로는 보이지 않았다. 그에게 알아내려던 아버지 얘기보다 어떻게, 왜 죽었는지가 더 궁금해졌다. 장례를 치를 테니 그가 알고 지냈던 사람들은 다 오겠지. 절호의 기회다. 단 한 번, 처음으로 만나본 사람이지만 정식으로 조문하기로 했다.

세상마저 뒤집힌 지가 언젠데 백 도수는 지랑이 찾아가면 국군이 이기는 싸움 얘기만 하다가 무공훈장을 받고 나서 반 년 만에 민족의 반역자가 되어 저세상으로 돌아갔다. 적군을 최고로 많이 죽인 위대한 군인이라고 했었는데, 세상이 바뀌자 적은 동족으로 뒤집혔고 백 도수는 동족의 학살자가 되어버렸다. 운명하기 며칠 전까지만 해도 백 도수는

348

불편한 몸으로 신이 나서 지랑에게 얘기했다.

"말도 마라. 꾸역꾸역 몰려오던 놈들이 내 앞에서 개구리 자빠지듯 하는데 사람인지 버러지 뗀지 구분이 안 가는 거야."

백 도수는 그때의 얘기만 꺼내면 오줌 줄 늘어지는지도 모르고 침대 위에서 발길질을 해댔다.

"그걸 내가 못 막아냈으면 지금쯤 여기도 걔네들 혓바닥에 질질 흐르는 침으로 녹아나겠지. 생각만 해도 끔찍해."

갈수록 침대에서 꼼짝 못 하는 백 도수는 그때의 상상보다 지금이 더 끔찍해 보였다. 그러나 여기까지다. 머리맡에는 그때 입었다는 옷과 모자가 깨끗하게 다림질된 채로 준비된 수의처럼 투명비닐에 싸여 걸려 있었다. 풀을 먹여 칼날같이 줄을 세운 다림질도 모두 짧은 기간이나마 세탁소에서 단련된 지랑의 솜씨였다. 오랫동안 요양원 사물함에 눌려있던 군복은 무공훈장을 받고부터 백 도수의 기상처럼 빳빳하게 되살아났다. 백 도수는 가끔 그 옷을 입어보고 싶어서 몇 번이나 내려 비닐을 벗겼다. 소용없는 일이다. 지랑과 구니 뿐만 아니라 아무도 백 도수에게 훈장이 취소되고 민족을 죽인 반역자가 되었다고 얘기하지 않았는데도 어떻게 알았는지 백 도수는 그걸 알았다.

"으음. 세상이 뒤집히면 공이 죄가 되고 죄가 공이 되는 거여. 상은 벌이 되고 벌은 상이 되고. 그때 내가 그걸 알고 싸웠겠니. 나중에 알고 보니 세상이 이렇게 뒤집혀 있는 거지. 뒤집히기 전에 끝까지 지켜내지 못한 죄도 큰 죄지. 저걸 멍에처럼 저승까지 뒤집어 입고 가야지."

그 후로 백 도수는 당신의 온전한 정신을 잃었다. 신문과 방송에서 왈가왈부하다가 기관에서 결국 백 도수의 훈장이 취소되었다는 사실을 통지하러 왔을 때, 벌써 군복을 뒤집어 입고 부르르 떨며 병원 침대 위에 반듯하게 앉아있었다. 전후 오십오 년 만에 훈장을 받을 때도 수상식장에 섰던 백 도수는 그렇게 빳빳했었다. 계급장도 부대 마크도 전승의 영광도 뒤집힌 속으로 숨었고 숨을 거두기까지 끝내 바로 입지 않았다.

"이 옷을 입은 채로 묻어줘."

편안하게 말했다. 백 도수는 지랑과 구니 앞에서 그날 밤 그걸로 끝이었다. 지랑과 구니는 아버지의 암묵적 유언 때문에 빈소에서 조문을 받으며 검은 상복마저 뒤집어 입었다. 신문엔 '뒤집힌 상주들'이라고 큼지막하게 났다. 백 도수가 죽였던 적들은 세상이 뒤집히고 나서 애매하게 동족으로 바뀌어버렸다. 그들의 방식으로 참전유공자에서 동족의 학살자가 된 백 도수의 상례를 어떻게 치르나 보려고 왔던 기자들이 한 컷씩 잡아다가 자기네들 신문에 실었다. 백 도수의 명예를 흔드는 유명세는 그걸로 끝나지 않았다.

장례를 치르고 며칠 후 이웃의 귀띔으로 해골공원에 나갔는데 가운데 서 있던 까만 전사자 추모탑이 중간쯤에서 깨져 엎어져 있었다. 적을 무찌른 공으로 남겼던 비석의 수많은 이름이 숨 막히도록 땅에 코를 박은 채 엎어지고 말았다. 엎어진 비석의 등 쪽에는 흰색 스프레이로 '학살자들'이라고 낙서를 뿌려놓았다. 갈문산 전투에서 몰려오는 적을 수천이나 무찔렀다고 적혀진 공적에는 흰색 스프레이로 가위표가 그려져 있었다. 총을 들고 진격하는 동상도 그 옆에 전사한 시체처럼 쓰러졌다. 이상한 일이다. 이토록 어마어마한 사건에 대해 아무도 반응하지 않는다. 공원을 산책하는 사람들은 아무렇지도 않게 힐끗힐끗 쳐다보고 지나갈 뿐이다. 지랑은 이 엄청난 일을 아버지에게 얘기하지 않을 수가 없었다. 그때에 아버진 너무 담담했다.

"그렇게 많은 목숨을 끊어놨으니 이 숨도 그만 쉴 때가 됐다. 세상이 뒤집히면 훈장도 멍에가 되는 거여. 내가 싸우면서 적을 죽이긴 많이 죽였지. 적군을."

어느 날부턴가 나약해 보이기 시작한 백 도수는 이러한 일을 미리부터 예상하고 있었던 듯하다. 무공훈장 취소 통지를 받고 나서 뒤에 전화번호가 적힌 사진 한 장을 지랑의 앞에 꺼내 놨다.

"명줄이 질겨서 아직 살아있을 거다. 내가 죽거든 이놈이 어떤 꼴로 사는지 한번 찾아봐라."

지랑이나 구니가 세탁할 때도 못 봤는데 백 도수는 언제 그런 사진을 챙겨 군복 안주머니에 넣어뒀는지 모른다. 사진의 주인과 뭔가 더 할 얘기가 더 있는 게 분명해 보였다. 유언이나 다름없으니 기어이 찾아내야 했다. 만나서 아버지에게 못들은 얘기를 영정사진의 입으로 들어야 했다. 상례를 치르고 난 지금에 와서 뒤집힌 속을 감출 필요도 없었다.

지랑은 예를 갖추느라 까만 양복을 꺼내 바지까지 뒤집어 입고 나섰다. 구니가 걱정스런 눈으로 너덜거리는 옷 솔기를 바라본다. 주머니 안감이 상주의 굴건제복에 달린 삼베 쪼가리처럼 매달려 흐늘거렸다. 담배 타는 애연카페 굴속에서 사람 타는 연기로 시작하다 만 그의 얘기를 이제 더 들어볼 길이 없어도 무작정 가보기로 했다. 장례식장에 들어서자마자 문 앞에서 조폭 같은 검정 양복의 짧은 머리가 묻는다. 피둥피둥하게 살진 얼굴이 망인의 손자쯤으로 보였다.

"어떻게 오셨어요?"

조문객한테 어떻게 왔냐고 묻다니. 입구 안내판에는 고인 갈막생, 상주 갈망수라고 붙어있었다. 지랑은 대답 대신 사진을 보여줬다.

"고인이 이분 맞죠."

짧은 머리는 고개를 갸우뚱하다가 끄덕이며 아래위를 흘끗 보더니 빈소로 안내했다. 입을 덮은 입술이 푸짐하여 낯설지 않은 영정 앞에 섰다.

"뒤집혔네."

등 뒤에서 수군거린다. 지랑은 멍하게 사진을 쳐다보다가 아버지의 얼굴로 보여 깜짝 놀랐다. 사람 타는 연기까지만 얘기했던 이 사람도 이제 그 연기 속으로 돌아가겠지. 눈을 몇 번이나 껌벅거리며 앞에 겹쳐서 어른거리는 아버지의 얼굴을 씻어냈다. 빈소 제단 위에는 평생 태웠을 담배가 한 가치 놓여서 향불처럼 타고 있었다.

"바로 어제 뵈었는데 이렇게 가셨네요. 사곤가요?"

맏상제의 눈이 동그래졌다.

"저희 아버님을 어떻게 아세요."

"바로 어제 초면이었습니다. 옛 얘기를 들으려다가 내일 다시 보자고 하시기에 헤어졌는데."

"엊저녁 상도 차려드렸는데 안 드시고, 자진하셨어요."

상주는 덤덤했다. 지랑이 고인을 만난 마지막 사람이 되고 말았다. 상주는 지랑을 빈 탁자로 안내하고 마주앉았다.

"어떻게 알게 되셨어요?"

묻고 싶은 게 많은 쪽은 오히려 지랑인데도 상주는 부쩍 궁금증을 보이며 물어오자 사진을 보여줬다.

"누구에겐가 전화를 받고부터 전혀 안 드셨어요. 무슨 고민이 있으신가 했는데 얘기도 안 하시고요. 뭐 아시는 게 있나요?"

지랑은 고개를 흔들었다. 상주는 눈치 빠르게 지랑을 고인과 같은 연배쯤 되는 사람끼리 모여 앉은 식탁으로 안내했다. 뉘냐고, 묻는 노인에게 지랑은 사진을 내보였다.

"막생이 맞구먼. 어떻게 이걸."

"혹시 백 도 자 수 자 되시는 분을 아세요?"

"아~ 백 도수. 백 백정이라고 이 근방에서 소 잘 잡기로 유명했었지. 그 어른 손에 들어가면 이 바닥에 소라는 소는 모두 맥 못 추고 갔어. 도가 있었지. 어린 소나 병든 놈은 누가 끌어와도 잡지 않았어. 단번에 숨을 끊어주는 기술, 각 뜨는 솜씨, 고기 한 점도 가로채지 않은 정직, 발톱과 뿔을 잘라 고이 묻어주는 의리. 이 근방에 소들은 죽을 때 백 도 수 손에 죽으면 복으로 알았다는 얘기가 나돌 정도였어."

술이 얼큰하게 오른 노인은 목마른 소처럼 벌컥벌컥 물을 마셨다.

"돌아가신 분한테 사람 타는 연기까지 들었어요."

지랑은 노인이 고인의 모든 일을 알고 있을지도 모른다는 생각에 넘겨짚어 물었다.

"어디서 다 알고 왔구먼." 하면서 노인은 고개를 끄덕였다.

형광 불빛 밑에서도 노인의 얼굴은 갑자기 돌덩이처럼 굳어지는 모습이 역력했다.

"맞아. 막생이 이 친구, 새까만 시체 더미에서 삼일 만에 저 혼자 살아났어. 죽었다 살아났으니 모두들 오래 살 거라고 했는데 저 혼자 살아난 게 죄라고 평생 죄인처럼 숨어 다녔어. 누가 자길 죽여줘야 한다고. 날마다 얼른 죽고 싶다고 그러더니 이젠 소원 이뤘지 뭐."

'사람 타는 냄새'와 '새까만 시체 더미'가 이어지면서 노인의 이야기는 처음부터 신빙성이 있어 보였다.

"육니오 사변 때 얘기지. 여긴 이틀 만에 저쪽 것들 세상이 됐지. 적 치하 백일밖에 안 되지만 말하자면 길어. 그때만 해도 갈문산 구름봉 밑자락에 깔려있는 동네는 해방 전부터 뻘건 물이 들어있었어. 그땐 그게 살길인 줄 알고 모두 그쪽으로 붙어 시뻘건 세상이 되기를 바라고 있었던 거야."

지랑은 침을 삼키면서 다가앉아 물었다.

"그럼 저희 아버지와 고인하고는 무슨 관계로⋯."

"도수 어른이 먼저 소 한 마리 잡아 저쪽에다 바치더니 막생이, 이 사람도 빨간 팔띠를 얻어 찼어. 뒤에서 모두 손가락질했지. 도장골 백 도수하고 나루터 갈막생이가 팔띠 하나 얻어 차더니 눈깔이 뒤집혔다고. 이거 초상집에서 상주에겐 미안하네만 그때 일은 사실이야."

노인은 눈을 지그시 감았다.

"그때까지만 해도 두 사람이 팔띠 차고 단짝으로 붙어 다녔어. 한 사람은 도살간 칼잽이, 한 사람은 나루터 지게꾼. 저쪽 것들이 들어오자마자 도수 어른이 칼잡이라는 걸 알고 그날로 데려다가 빨간 팔띠를 채워줬던 거여. 막생이 이 사람이 먼저 설레발 치고 댕기면서 이쪽 사정을 저쪽에다 소상하게 까발렸지. 도륙이 따로 없었어. 머리 허연 이 박사네 사람이라고 점 찍혔던 사람들은 모두 다 끌어다가 처음부터 반씩 죽여 놓다시피 했지. 나도 끌려갔다가 죽지 않을 만큼 맞았고. 그때 맞은 다리가 지금도 이래."

노인은 반쯤 편 다리를 불편한 듯 흔들어보였다.

"이놈들이 쫓기는 막판에 붙잡혀 가서 총살당할 뻔했다가 탈출해 살아났으니까. 구사일생 김범수, 하면 이 바닥에선 다 알아. 지금은 개명해서 김범석으로 통하고 있지만. 사람 잡아가는 일은 백 도수와 갈막생이가 앞장서서 다했다고 이 바닥에 소문이 쫙 퍼졌어."

처음 듣는 얘기다. 그때까지만 해도 상주와 지랑의 얼굴은 동질감을 느끼며 마주쳤다.

"그때 동네에서 사람들 뫄놓고 인민재판이라는 거, 그거 했잖아. 가말봉 밑 새마니에 사는 황 토주 어른도 잡혀왔어. 저쪽 애들이 짓궂게 도수 어른한테 황 토주 목숨을 맡겼지. 그 힘센 황소도 단번에 보낸다던 백 도수가 사람의 목숨은 차마 못 끊더군. 지게질하던 막생인 결국 그걸 했어. 단숨에. 오늘 고인한테는 미안한 얘기지만 이건 사실이야."

모여앉아 듣던 사람들이 모두 진저리를 쳤다. 옆에 상주 갈망수의 부담스런 눈초리가 지랑에게로 쏠려 그만 일어나려고 했다.

"기왕 왔으니 더 들어봐. 여기서 끝이 아냐. 저쪽 것들이 막생을 칭찬하면서 나머지 사람들 처형할 때도 백 도수더러 그렇게 해보라고 시켰던 거야. 그때 도수는 칼을 던졌어. 여러 사람들 보는 앞에서 실컷 두드려 맞았지."

범석은 물을 마시고 눈을 지그시 감았다. 듣고 있던 사람들이 고개를 끄덕였다.

"끝이 아냐. 도수 어른은 저쪽 것들한테 잡혀갈 만한 사람들을 밤마다 찾아댕기면서 미리 알려줬지. 해뜨기 전에 도망치라고. 도망친 사람들은 살았어. 황 토주처럼 잘못이 없다고 버티던 사람들은 끌려가 그 지경을 당했고. 그땐 잡으러 오려는 기미가 보이면 무조건 튀는 게 상책이었는데. 언제부턴가 도수 어른이 보이지 않았어. 간 곳을 아무도 몰랐지. 저쪽 것들한테 죽었을 거라고 했지. 막생인 남아서 저쪽 것들 물러갈 때까지 붙어 다녔고."

문상객들은 노인을 중심으로 사랑방처럼 빙 둘러앉아 얘기에 빠져들었다. 망자인 갈막생의 얘기가 나오자 느릿느릿 열리는 노인의 입만 바라봤다. 느릿느릿 무겁게 열리는 입 앞에서 또 무슨 섬뜩한 얘기가 나올지 몰라 아무도 재촉하지 못했다.

"막생이, 이 사람 남아서 더 큰일 저질렀어. 저쪽 사람들을 등에 업고 위세가 대단하더니 알게 모르게 저쪽 사람들이 야밤을 틈타 도망치자마자 어디서 구했는지 태극기를 한 아름 가지고 다니며 집집마다 나눠줬지. 자기가 본심으로 팔띠 차고 그랬겠느냐고. 어쩔 수 없이 마을 사람들을 살리려고 그랬던 거라고. 저쪽에서 잡아들일 이름을 몰래 빼다가 백 도수에게 주었던 거라고. 그러니 이제부터 진짜 우리 편을 환영해보자고 해서 사람들이 그대로 믿고 따라갔지."

여기서 노인은 눈을 감고 잔뜩 뜸을 들였다.

"강께 모래밭에 나갔는데 안개가 심해서 열 발짝 앞도 분간할 수 없을 지경이었지. '대한민국 만세!', '유엔군 만세!' 소리에 안개까지 벗겨질 정도였다니까. 행군 소리가 점점 가까워지더니 사방이 쥐죽은 듯 조용했어. 누군가 저쪽에서 저벅저벅 걸어오는 거야. 입은 옷이 심상찮았어. 앞장서던 막생인 귀신같이 사라지고, 환영 나온 사람들은 따발총 앞에서 그대로 자빠졌어. 백사장엔 태극기를 뒤집어쓴 시체가 널리고 말았지. 끔찍했어."

노인은 자기 말을 못 견디고 몸서리쳤다. 적군은 쫓겨 가는 발길이 급했을 텐데도 그 넓은 모래사장을 돌아다니면서 하나하나 태극기를 들춰보고 숨이 남아있으면 모두 끊어놨다고 했다.

"그게 어이없는 사고였는지 치밀하게 계획된 일이었는지는 여태까지 의견이 분분해."

시끌벅적하던 장례식장에 조문객은 하나둘씩 빠져나가고 지랑과 노인이 마주앉았다. 상주의 눈초리가 곱지 않았다.

"살 사람은 총알이 비켜가고 죽으려면 빗나간 총알에도 맞아 죽는다고 하는데, 막생이 이 사람은 목숨이 질겼는지 용케 살아났어. 다리에 총알 맞고 먼저 쓰러졌다는데 사람의 피를 받아먹고 사흘 만에 살아났다는 거야. 시체 밑에 숨어서 삼 일을 견뎠대. 거기서 일어났다가는 이쪽으로 보나 저쪽으로 보나 죽을 게 뻔했을 테니까. 동네선 모두 그가 시체 더미에서 한꺼번에 총 맞고 타죽은 줄 알았지. 서로 누군지도 모르고 쓸어 묻었으니까." 상주가 심하다 싶었는지 말을 막으려 했지만 지랑이 재촉했다.

"기왕 꺼내신 말씀이니 끝까지 다 듣지요."

"전쟁이 끝날 때쯤 해서 막생이 목발 짚고 돌아왔어. 처음엔 알아보는 사람이 아무도 없었지. 나도 몰랐으니까. 사람이 세상을 떠난다고 그 사람 얘기까지 떠나는 게 아냐. 이 바닥에서 막생이 얘길 어떻게 땅속에다 쓸어 묻겠나."

이쯤에서 지랑은 아버지가 넌지시 건네주던 사진의 궁금증이 풀려갈 만도 한데 아직도 가닥이 잡히지 않았다.

"저희 아버지가 생전에 왜 고인을 찾아보라고 하셨는지 아직도 모르겠네요."

"막생이 이 사람이 도수 어른의 훈장을 취소하는 데 큰일 했지. 백 도수가 적들의 앞잡이 했다고 증언했대. 백정 출신이라 사람을 잘 죽였다면서. 자기가 직접 봤다고. 어딘지 붙들려가서 워낙 족쳐대니까 자기도 살려고 그렇게 불었겠지. 그 말 해주고 막생인 풀려났대. 그건 핑계고 사실은 뒤집힌 세상에서 백 도수가 세운 공이 미웠던 게지."

앉은뱅이 탁자를 가운데 두고 상주와 지랑 사이에 묘한 긴장감이 흘렀다. 노인은 뒤집어 입은 지랑의 옷을 보며 말을 이었다.

"세상이 자네 옷처럼 뒤집힌 게 맞아. 공원에 세웠던 참전용사 빗돌이 깨졌어. 어느 놈의 짓인지 아무도 잡아들일 생각을 안 해."

사람 타는 연기 얘기는 여기서 차마 더 물을 수가 없었다. 지랑은 입을 벌린 채 넋을 잃고 듣다가 입안에 침이 바싹 마르면서 할 말을 잃었다. 그때 지랑에게 종이컵에 물을 따라 권하는 손이 있었다. 지랑은 사양하고 일어서려 했다.

"백 도수의 아들까지 떡하니 나타난 마당에 양심이 아무리 돌덩이 같더라도 안 죽고는 못 배겼을 거야."

빈소 쪽에서 듣고 있던 노파가 물을 한 컵 더 따라 노인의 앞에 놓으며 지랑에게 조심스럽게 물었다.

"저어, 이름이 바지랑 맞아요?"

물을 내려놓는 손은 투박했고 머리는 허연데 말씨는 조심스럽고 다소곳했다.

"네, 바 씨예요. 희성이죠?"

지랑은 성이 낯설어 묻는 줄로만 알았다.

"어머, 네가 살아있었구나. 이렇게."

노파가 지랑의 손을 잡았다.

"이보게 잠깐만. 바지랑? 이게 양복점 이름인가 자네 이름인가."

"제 이름입니다."

"그럼 자네가 도수 어른의 아들이 되잖나. 백정질 안 시키겠다고 어렸을 적에 서울로 보냈다던 그 아들? 이쪽이 맏누인데 모르겠나. 이름이 백마순. 망글네집에서 국밥장사로 늙었지. 백 도수 그 어른한테 자식이 여럿 있었는데, 난리 때 마나님 먼저 돌아가고 뿔뿔이 흩어졌다던데. 막내도 어디서 살아있다는 소문이 돌던데."

노인이 지랑의 손을 잡는 사이로 노파가 끼어들었다.

"구니도 어려서 내보냈는데."

358

"구니라고요? 바구니?"

노파는 고개를 끄덕였다. 지랑은 대답 대신 노파의 손을 맞잡으며 쇠장수를 따라 집을 떠날 때에 희미한 기억을 떠올렸다. 그때가 이른 새벽이라 밑으로 줄줄이 크던 형제자매들은 모두 자고 있었다. 그 시절 큰누이는 어머니를 도와 장터거리로 고기를 날랐다.

무언가 더 물을 말이 맴돌다가 말문이 막혀버렸다. 옆에서 빈소를 오가며 띄엄띄엄 듣고 있던 상주가 보이지 않는다. 지랑은 휘청거리는 다리를 억지로 지탱하고 나왔다. 그 뒤를 노파가 물끄러미 바라본다. 지랑은 또 어떤 이야기가 나올지 두려워 더 이상 묻지 않았다. 어느새 애연카페와 같이 담배연기로 가득 찬 빈소를 빠져나와 밤바람을 달게 들이마셨다. 세탁소 쪽을 향해 무한정 걸었다. 내장까지 뒤집힐 지경이다. 간혹 지나치는 사람들이 어둠 속에서도 뒤집어 입은 옷을 알아보고 제 머리에 손가락을 꽂아 빙빙 돌리며 시시덕거렸다.

늙어가는 기억들

　수십 년째 잠자던 강이 깨어나고 있었다. 맑은 하늘 아래 온통 흙탕물이다. 골재 준설선의 덜그럭거리는 굉음으로 강이고 사람이고 벌써 몇 해째 깊은 잠을 못 이루고 있었다. 정인은 현장사무실에서 먹고 자면서 집 구경을 못한 지가 한 달째, 준설기가 올라앉은 바지선과 골재 운반선은 물론이고 선별기와 굴삭기, 덤프트럭 기사들이 주택 이백만 호 건설을 위하여 모두 지쳐갔다.

　한밤중에 깨어난 사람들은 눈을 비비며 잠옷 차림으로 몰려왔고, 가난하다는 어민들은 쪽배를 타고 몰려와서 준설선을 둘러쌌다. 강변에 농부들은 제 살점 같은 농토가 강으로 떨어져 나가 곤두박질치는 것을 보고 당장 멈추라며 삿대질하다 돌아갔다. 강을 덮은 흙탕물을 보고 환경을 지킨다는 사람들이 사무실 책상을 들썩거리며 호통 치다 돌아갔다. 현장사무실 벽에 붙어있는 목표량 막대그래프가 끝에 닿으려면 아직 멀었다. 퍼 올린 모래로 시민들의 잠자리 이백만 호를 어떠한 일이 있더라도 만들어내야 한다.

　자정 무렵, 사무실 의자에 파묻혀 눈을 붙이던 정인은 전화벨 소리에 화들짝 놀라 깨어났다. 또 어딘가에서 들어온 항의 전화일까, 보니 준설선 기사의 번호다.

　"소장님. 모래에서 해골이 섞여 올라와요. 어떡할까요."

　"어디쯤인데?"

　목이평의 강 북변 B2구역, 독산 근처요. 올라오는 사질은 최곤데 사람의 다리뼈, 갈비뼈, 골반뼈, 골고루 섞여 나오네요. 한둘이 아녜요."

"그러게 강가 쪽으론 바짝 붙지 말라고 했지. 어제도 포락농지 때문에 난리를 피우고 갔는데."

"사질은 최고라니까요. 뼈다귀 추려내서 강물로 뿌려버릴까요."

"버리지 말고 놔둬. 작업은 계속하고."

그곳에서 뭔가 나오리라고는 어느 정도 예상하고 있었다. 정인은 출동 대기 중인 동력선 기사를 깨웠다. 물 위로 스치는 밤바람이 차다. 멀리 준설선과 운반선에서 두 줄기 불빛이 보인다. 기계소리는 밤에 유난히 더 크다. 동력선으로 어두운 물을 가르며 달려간 곳에 준설선은 작동을 멈췄다. 모래가 가득한 운반선은 떠날 줄 모르고 바지선 위에서 기사 둘이 퍼 올린 모래더미를 살폈다.

"작업은 계속하라니까."

정인은 기계를 멈춘 두 기사에게 핀잔을 줬다. 준설선 기사는 운반선에서 골라놓은 뼈 더미를 가리켰다. 첫눈에 봐도 인골이다.

"이거 봐요. 한두 구가 아닌 것 같아요. 머리에 구멍도 있어요. 여기도, 저기도."

준설기사는 아무렇지도 않게 두개골에 난 구멍으로 손가락을 넣어 보였다. 독산 부근으로 접근하지 못하도록 미리 지시해 둬야 하는 건데 잘못 건드렸다. 가뜩이나 허가받은 기한이 임박하여 본사 독촉에 시달리고 있는 판에 작업을 멈추고 시굴조사를 하려면 며칠은 더 허비해야 한다. 조사를 한다고 해도 따로 추려 공동묘지에 가매장 해두는 방법밖에 없다. 준설선 기사가 죄지은 듯 난처해한다.

"어떡할까요?"

"어떡할까?"

정인이 되물었다. 혹, 이 일을 눈감자는데 동의할지. 운반선 기사에게도 눈짓 턱짓으로 물었다. 두 사람의 입만 막아두면 그만이다. 둘 다 대답을 못 한다.

"부표 띄우고 기계를 옮겨."

바지선과 준설선의 승강 벨트를 옮기는 게 쉬운 일이 아니다. 허비되는 시간은 곧 비용이니 내일 아침에 떨어질 본사로부터의 질책은 감수하기로 했다.

정인은 잠시 흔들려 그대로 덮으려던 마음을 스스로 꾸짖고 사진을 찍어뒀다. 어려서 미역 감고 뛰놀던 곳, 바위에 올라가 다이빙하던 곳, 물속으로 들어가 작살 끝에 펄떡이는 고기를 잡아 올리던 곳이다. 흙탕물이 된 강바닥을 손으로 더듬거리다가 큼직한 게에 물린 줄 알고 나와 보니 바가지만 한 두개골 구멍에 낀 손가락을 보고 기겁하여 내던져 버렸던 곳이다. 그 후로 다시는 독산 근처에 가지 않았다. 강물이 멈추기 전이니 벌써 수십 년 전이다. 그때의 기억이 잠시 정인의 직업적인 판단을 흔들고 말았다. 사무실로 돌아와 본사에 팩스로 보고를 해두었다. 부장이 출근하면 볼 것이다.

다음날 새벽에 깨어보니 따로 수습하여 사무실 귀퉁이에 두었던 유골 상자가 보이지 않았다. 정인은 비몽사몽이던 잠이 확 달아나면서 당직자를 찾았다.

"여기 있던 상자 어디로 치웠어?"

당직원은 고개만 흔들었다. 도대체 무슨 말인지 모르겠다는 표정이다. 당직원이 책상에 엎드려 잠들었을 때니 그럴 수도 있겠다 싶어 더 묻지 않았다. 청소 인부 짓인지도 모른다. 곤하게 떨어진 직원을 깨우기가 미안하여 지난밤에 직접 현장보고서를 작성하고 사진을 붙여 부장에게 보고했으나 물증이 사라진 것이다.

정확히 오전 일곱 시가 되자 어김없이 전화벨이 울렸다. 본사에 사업부장은 자기보다 늦게 출근하는 직원을 들볶기로 소문이 난 사람이다.

"자넨 준법정신이 투철하군. 경찰이나 법조계로 갔어야 하는 데 아까운 사람이야."

여덟 시 정각에 출근하는 본사 직원에게 비아냥거리는 꾸지람이다.

"김 소장. 이런 걸 문서로 남기자고? 전화는 두었다 연애질하는데 쓰나? 지금이 어느 땐데 이깟 일 갖고 기계를 세워!"

부장에게는 이까짓 일이었다.

"경찰에는?"

"아직."

"잘했어. 덮어둬. 현재 누구누구 알고 있어? 준설선 최 기사? 운반선장 기사? 나한테 맡기고 새나가지 않도록 덮어."

"현장에 부표까지 설치하고 기계를 옮겼는데~요."

"부표? 자네가 뭐야. 본사 지침도 없이."

부장의 음성은 송수화기를 찢고 나와 정인의 귀를 때렸다. 기가 막히자 말문까지 막혀 듣고만 있었다.

"지금 즉시 내려갈 테니 부표 제거하고 작업은 계속해. 기사들 입단속 잊지 말고."

그날따라 함바집 아침밥마저 고두밥이라 모래 씹듯 깔깔했다. 정인은 미역국에 끈기없는 밥알을 말아서 후룩후룩 들이켰다. 소각장, 쓰레기장, 모두 뒤졌으나 보이지 않았다. 어젯밤에 들어온 모래더미는 물기가 빠지면서 햇볕에 마르고 있었다. 수십 년 동안 흐르지 못하고 강바닥에 잠자던 모래는 깨어나 강변 시민들의 잠자리를 만들 것이다.

정인은 사무실로 돌아와 수첩 갈피에서 희망퇴직원을 꺼내 만지작거렸다. 밀물처럼 몰려오는 시간에 밀려 떠나갈 정년이 오려면 아직 멀었다. 며칠째 망설이다 빈칸을 채워두고 제출 날짜만 남겼다. 전화를 받은 지 한 시간도 채 못 된 것 같은데 소장의 승용차가 사무실 문으로 헤드라이트를 비추며 들이닥쳤다. 새벽에 뻥 뚫린 길로 짙은 안개도 겁내지 않고 꽤나 밟은 모양이다.

"내가 이런 거나 받으려고 첫새벽에 여길 왔나! 어젯밤 현장기사 두 사람부터 불러들여."

봉투에서 희망퇴직원을 꺼내 본 부장은 책상 위에 내던졌다. 때마침 교대시간이다. 교대를 마친 기사 둘이 막 사무실로 들어오는 중이다.

"김 기사. 장 기사. 어젯밤 작업 중에 무슨 일이 있었나?"

"아뇨. 목표량 일백 톤 이상 없이 완료했습니다."

부장의 시선은 노려보는 정인의 눈을 피하여 벽에 붙은 현황판 쪽으로 돌아갔다.

"김 소장. 어떻게 된 거야?"

부장은 정인의 눈앞에 어젯밤에 팩스로 본사에 보낸 보고서를 들이밀었다.

"이거 꿈꾸다가 쓴 거 아냐? 혼자서 뭘 봤다고 그래."

그렇다. 차라리 꿈이었다면.

"그럼 저흰 퇴근하겠습니다."

기사들은 정인과 눈도 마주치지 않고 나갔다. 부장은 기사들을 통해 현장 상황을 파악하고 정인은 이미 현장에서 그렇게 돌아나고 있었다. 어디로 사라졌을까. 누가 치웠을까. 간밤에 눈앞에서 벌어진 일이 차라리 꿈이든지 도깨비에 홀렸든지 했더라면.

정인은 서랍을 정리하고 묵은 종이들을 소각장으로 가져갔다. 소각로 안에 넣고 책상 서랍을 정리한 종이 뭉치에 불을 붙이려는데 낯익은 종이 포대가 보였다. 그토록 찾던 포대였는데. 펼쳐보니 밤에 가져온 인골이 그대로였다. 정인은 포대를 빈 종이상자를 가져다 넣고 단단히 묶어 차에 실었다. 어떻게든 편히 묻어줘야 한다.

본사로 보내는 연락문서 봉투 안에 희망퇴직원을 함께 넣어 부쳤다. 더 이상 버틸 희망이 없을 때 내놓는 게 희망퇴직원이다. 회사에다 품어둔 희망이 없었으니 미련이랄 것도 없었다.

퇴직원은 일사천리로 처리되고 퇴직금까지 들어왔다. 기왕 이렇게 된 바에야 그동안 미뤄두고 있던 아버지의 흔적을 좇는 쪽으로 희망을 걸어볼 수밖에 없었다. 먼저 고향의 나지막한 동산 마을, 새터말 옛집에 가보기로 했다.

수십 년 동안 잊고 지내던 강변의 독산이 갑자기 그의 머리를 휘저었다. 아버지는 그때의 고문 후유증으로 평생 시달리다 신경통, 위장병, 고혈압에 못 견디고 떠났다. 어머니마저 서둘러 아버지 뒤를 따라갔다. 같은 해에 부모를 모두 여읜 정인은 홀로 남아 고아가 된 기분에 빠져들었다. 아버지의 옛일을 기억하는 사람은 이 땅에 혼자뿐이라는 생각 때문이다.

오랫동안 비워둔 집은 폐가나 다름없었다. 우편함에 마지막 빛바랜 전기요금 고지서의 날짜는 삼 년이나 지났고 전기는 끊어졌다. 집 안 곳곳에 거미가 그물을 쳤다. 고양이와 쥐들, 이웃집 강아지까지 제집 삼아 들락거리다 낯선 주인을 경계하며 도망간다. 아버지의 마지막 기억은 안방 아랫목에 그대로 있었다. 삼월 중순인데도 춥다 하여 아궁이에 장작불을 지피다 누른 장판이 그대로다. 임종 무렵 오뉴월 음산한 기운에 아버지는 밖에 눈이 오고 있느냐고 물었다. 춥다고 솜이불을 덮어달라고 했다. 그 이불의 무게를 믿고 아버지는 편안하게 잠이 들었다. 장례를 치르고 집을 비워둔 지 어언 삼 년. 언젠가는 돌아와서 유품을 정리해야겠다며 차일피일하다가 회사 일에 쫓겨 훌쩍 세 해가 지나갔다. 한 편으로는 어머니에 대한 미련도 있었지만 집 안 곳곳에 남아 있던 아버지의 기억들을 완전히 지우고 싶지 않아서다. 울타리로 두른 사철나무는 멋대로 자라고 진흙으로 다져서 단단했던 마당엔 풀이 무성했다.

잠가둔 문을 열고 안으로 드니 아버지의 자잘한 흔적들이 먼지에 소복소복 파묻혀 있었다. 다락문에 봉황과 학은 나란히 빈 방을 지키고 있었다. 정인은 조심스럽게 봉황과 학의 사이를 떼어놓듯 다락문을 열었다. 아랫단에는 반짇고리를 비롯한 어머니의 살림이 빼곡하고 위 칸에는 아버지의 생전소품들이 보자기에 덮여 있었다. 벗겨 내자 두툼한 책 한 권과 가죽가방이 아버지의 손때 묻은 채로 드러난다. 아버지가 평생 지니고 다니던 가죽가방이다. 어디서 구했는지 아버지는 중요한 일을 볼 때면 그 가방을 메고 다녔다. 두툼한 책부터 펼쳤다.

석문자 학생에게 한덕리 장로 증

속표지를 보니 어머니의 복음서였다. 방으로 내려와 보니 어느 갈피에 두꺼운 종이가 끼워져 있었다. 이 책이 왜 아버지의 물건 속에 있을까. 드문드문 밑줄이 그어져 있었다.

골짜기 지면에 뼈가 심히 많고 아주 말랐더라… 이 뼈가 능히 살 수 있겠느냐…

내가 생기를 너희에게 들어가게 하리니 너희가 살아나리라 너희 위에 힘줄을 두고 살을 입히고 가죽으로 덮고 너희 속에 생기를 넣으리니 너희가 살아나리라… 이 뼈, 저 뼈가 들어맞아 뼈들이 서로 연결되더라… 생기야 사방에서부터 와서 이 죽음을 당한 자에게 붙어서 살아나게 하라

아버지가 벽장에 숨어 지내면서 이토록 성경을 꼼꼼히 읽고 있었다니. 그런데 이 뼈들은 뭘까. 왜 뼈들만 찾아내 밑줄을 그어놨을까. 정인이 어려서는 그 안에 무엇이 들어있는지 별 관심이 없었다. 그시절에는 어린 정인이 감히 볼 수 없으려니 했다. 복음서를 덮고 먼지를 닦아내 가방을 여니 곰팡내가 났다. 해골 같은 가방에 생기가 붙어 살아나기를 바라며 조심스럽게 묵직한 가방 속에 묶인 노끈을 풀자 두툼한 책이 나왔다.

壬辰

겉장에 붓으로 굵게 쓰여 있는 두 글자, 임진이라면…. 임진왜란부터 떠올랐다. 그때의 임진일 리는 없을 테고, 고개를 갸우뚱하며 손가락으로 조심스럽게 십간십이지를 짚어들어갔다. 아버지 생전에 임진년이라면 1952년, 정인이 열네 살 되던 해다. 그해도 전란 중이었다. 1592년 임진년, 임진왜란이 일어난 후, 여섯 번의 육갑이 돌아 360년이 되는 해가 1952년도 임진년이다.

정인은 어렸을 적 기억을 생생하게 떠올리며 두근거리는 가슴을 진정시켰다. 국민학교를 마치자마자 고향을 떠나 유학하고 군 복무 후 취직하였으니 아버지와 함께 지낸 기억은 그때까지다. 한지로 된 책 표지는

누렇게 콩기름을 먹었다. 한 장을 넘기자 펜으로 또박또박 쓴 글이 보인다. 파란 잉크로 날짜를 기록한 것을 보니 일기다. 아버지가 일기를 쓰고 있었다니. 가끔씩 공책에 무언가 적는 것을 보긴 했지만 대한청년단의 일을 보거나, 청과물장사를 하면서 적는 장부이겠거니 했지 이런 일기를 쓰리라고는 생각지 못했다. 일기에는 빈 날이 많았다. 어떤 날은 짧게 한 줄, 또 어떤 날은 기억해둘 일의 기록과 6·25 전쟁 중 회상을 담은 줄글이 섞여 있었다. 조심스럽게 한 장씩 넘기다가 눈에 확 띄는 글자가 들어왔다. 경찰서~ 강변사건 ~

檀紀四二八五年 五月 十一日
警察署에서 證人訊問. 이태 前에 있었던 江邊事件 再調査.

갑자기 재채기와 기침이 터져 나왔다. 어두침침한 다락 안에 자욱한 먼지를 잊고 일기에 빠져들었으니. 정인은 조심스럽게 가방을 챙겨 방으로 내려와 먼지를 대강 닦고 앉았다. 잔뜩 기대를 걸고 천천히 끝까지 넘겨도 강변 사건에 대해서는 더 이상 나오지 않았다. 혹시 이전 일기가 있을까, 하고 함께 넣어둔 종이 묶음들을 들춰봤지만 그뿐이다. 오랫동안 떠나있던 집 안을 샅샅이 뒤져봐도 족보 몇 권과 이야기책 몇 권이 나왔을 뿐, 일기책은 더 나오지 않았다.

되갚을 수 없는 과거는 영원히 기억함으로써 이겨나가야 한다. 대대로 기억시켜 되풀이될지도 모르는 일을 막아내야 한다. 절대로 옛일을 잊으면 안 된다. 아들딸들이 잊게 해서도 안 된다. 그래야만 살 수 있다.

368

일기 맨 끝부분에 글귀였다. 아버지는 형제들에게 이 말을 할 때만 유독 힘이 있어 보였다. 병고에 시달리던 손에서 어떻게 그토록 힘이 났던가. 마지막 순간에도 아플 정도로 정인의 손을 꽉 잡았을 때, 얼굴을 심하게 일그러뜨려 당신이 겪어온 과거를 힘겹게 삭혀냈는지도 모른다.

옛 기억을 지우고 새로 솟아나는 주변의 건물들 틈에서 정인의 집의 썩은 초가지붕만 납작 엎드려 있었다. 어느새 이웃 주인도 바뀌고 인사를 나눌 만한 사람도 보이지 않았다. 잔뜩 기대를 걸고 왔던 정인은 아버지의 가죽가방 하나만 챙겨 나와 차의 트렁크에 싣는데, 며칠간 잊고 있던 종이상자가 눈에 띄었다. 기묘한 발견일까. 헛간에서 삽을 찾아 싣고 빈산 쪽으로 차를 몰았다. 군데군데 봉분이 있었고 봉분 사이로 수목이 우거져 있었다. 정인은 종이상자를 들고 수목이 우거진 으슥한 곳으로 들어가 땅을 파고 인골을 꺼내 넓게 펼쳤다. 가지런히 묻어줘야 한다. 혹시 살아날지도 모른다? 왜 이런 생각이 드는 걸까.

집에 돌아와서 밤새는 줄 모르고 아버지의 일기책을 차근차근 읽어 나갔다. 임진년 외에는 기록이 없으니 일기라기보다는 비망록에 가까웠다. 총알도 피해간 아버지의 생명이 육십을 겨우 넘자마자 병고를 못 이기고 휘청거릴 즈음에 아무도 모르게 써 모은 글로 보였다. 시간의 순서가 어긋났지만 단기4285년을 전후하여 아버지가 보고 듣고 겪었던 일들이 소상하게 적혀있었다.

證人訊問.

정인의 눈은 여기서 다시 멈췄다. 그 날의 기록만 유독 짤막했다. 날짜만 기록하고 싶었던 모양이다. 그 내용을 알아보려던 궁리 끝에 재평에게 조언을 구했다.

재평법률사무소 대표변호사 황재평.

금박의 마크와 고딕을 박은 이름이 명함에서 돋보였다. 회사에 몸담고 있을 때에 골재채취사업장 이해관계인들과 벌어진 손해배상청구 피소사건을 맡겼던 변호사다. 정인과는 동향인 목이평의 동년배였다. 같은 땅에서 같은 해 태어났지만 재평은 일찍이 고향을 떠나 서울에서 공부를 시작했고 정인은 목이평에서 국민학교를 다녔으니 그를 만났을 때는 초면이었다. 그의 사무실을 찾아가 이런저런 이야기를 나누다가 고향이 같다는 것을 알았고, 어머니에게 들었던 그 유명한 황 씨네 집 아들이라는 것까지 알아냈다. 이번 일도 정인이 법 쪽으로 궁하니 그의 도움을 구할 수밖에.

"아버지가 경찰서에서 조사를 받았다고 해도 그 조서가 여태 남아있을까? 있다고 해도 아무한테나 보여주지 않을 텐데."

뾰족한 수가 없었다. 어렸을 적에 아버지에게 대강이나마 들은 기억이 희미하게 떠오른다. 당시에 경찰에서 작성했을 신문조서를 찾아볼 일이 막연했다. 정인은 기록이 있을 만한 기관들을 찾아다니며 비슷한 시기에 일어난 사건기록들을 일삼아 모아들였다. 국군이 양민을 학살했다는 기록들만 가득했다. 전쟁이 끝난 지 삼십 년인데 국군은 양민을 학살한 적으로 폭로하는 글들만 늘어나고 있었다. 정말 그랬을까. 그렇다면 왜 그랬을까. 정확한 이야기를 들으려고 희미한 기억들을 되살려 많은 사람을 찾아다녔지만 모두 모른다며 손을 내저었다. 알 만한 사람들도 슬금슬금 피해 다녔다.

점점 난감해지고 있을 때쯤, 잊고 있던 재평에게서 전화가 왔다.

"나라보존소에 가봐. 경찰서에 있던 보존문서는 모두 그리로 넘겼다

370

니까 거기에 분명히 있을 거야. 보존소 문서목록에 비슷한 문서들이 여럿 보이는데 내용은 닫혀 있어. 자넨 그 기록의 연고자니까 사정 얘기 하면 보여줄지도 모르지."

그때 전화를 받고 그만인 줄 알았던 재평이 나름대로 관청의 사이트를 돌아다니며 꾸준히 찾고 있었으니 고마웠다.

수명이 다된 문서들을 안치한 나라보존소는 돌집 안에서 죽은 문서들을 추모하는 분위기를 풍겼다. 종이 묵은내를 지우려는지 향 피우는 냄새까지 났다. 정인은 나라보존소 홈페이지에 공개된 문서목록을 뽑아 적은 쪽지를 조심스럽게 창구에 내밀었다. 직원은 깨알같이 적힌 글자들을 보고 난감한 표정이다.

"열람은 되고 복사는 안 돼요. 사진 촬영도 안 돼요."

직원은 단호하다. 창구직원이 가리키는 열람석에는 돋보기와 고무장갑과 갈피에 끼울 띠지까지 친절하게 놓여있다. 이도 저도 못 한다면 그대로 필사할 수밖에. 정인은 작정하고 앉아 두툼한 서류를 넘기기 시작했다. 벽에 걸린 시계를 보니 다섯 시 마감 시간까지 두 시간밖에 남지 않았다. 하루종일 들춰봐도 모자랄 판인데. 주머니에 카메라 유혹을 이기지 못하고 만지작거렸지만 사방에서 감시카메라가 촘촘하게 지켜보고 있었다.

6·25 당시 목이평의 전범사건 조사기록을 조심스럽게 넘기다 낯익은 이름이 선뜻 눈에 들어왔다.

證人訊問調書 / 證人 金範錫.
Hearing statement of witness-Kim Bum Suk : Records

올~타. 아버지가 증인이라니. 펜으로 내리 휘갈겨 쓴 증인신문조서
는 모두 여덟 장. 또렷한 '證人 金範錫'에서 정인의 눈길이 멈췄다. 작고
한 부친이 그 일을 당하고 나서 개명했다는 함자다. 본명은 김범수. 갑
자기 가슴이 뛰고 손끝이 바르르 떨렸다. 아버지의 흔적이 여기에 잠들
어 있다니. 여러 건의 문서 중에 날짜가 가장 앞서는 문서부터 찾아 들
어갔다.

Memorandum from Chief KMAG to Sr ADV Ⅱ Gorps.
03/10/1950

주한 군사고문단 2군단 군사고문의 1950년 10월 3일자 텔레타이프
전송문서였다. 뒤로 두툼한 서류는 KWC33 문서군. 이건 또 뭘까. 영
문으로 타이핑한 6·25 당시 전범조사단의 사건 조사기록이다. 정인은
두툼한 서류철을 넘기면서 목이평 사건만 찾아내 재빠르게 간지를 끼워
나갔다. 열람 마감시간이 임박하여 혹시나 하고 창구에 복사를 부탁했
으나 대번에 거부한다.
"복사가 안 되는 이유가 뭐죠?"
"사람 이름, 주소 같은 개인정보 때문예요."
"가리든지 지우면 될 거 아뇨."
"이 많은 걸 어떻게."
들이민 자료는 정인이 보기에도 질리도록 두툼했다.
"어쨌든 나중에라도 보내주시오. 이리로."
정인은 이미 창구에 붙은 우편 송부 안내문을 읽고, 집 주소를 적은

쪽지를 내밀었다. 사람 이름들은 벌써 메모해두었다. 직원은 난감해하면서도 받을 수밖에. 신청한 서류를 처리하려면 며칠 동안 사람의 이름과 주소를 솎아내 지워대야 할 것이다. 하루종일 그 일만 할 수 없을 테니 최소한 일주일은 걸려야 한단다. 일이 밀리면 한 달이 걸릴 수도 있단다. 더 붙들고 늘어지려다 처리 예정날짜를 보존소 측에 양보했다. 정인은 나라보존소를 나오면서 아버지를 두고 돌아오는 기분이어서 내내 착잡한 마음이 가시지 않았다. 부친으로부터 생전에 간간히 들어오던 목이평 강변사건의 기록이 거기에서 잠들어 있었다니.

이런 서류가 있다고 알려준 동향 친구 재평의 귀띔이 고마웠다.

보존소에서 보내준 서류뭉치는 생각보다 빨리 도착했다. 우선 전체를 훑어보기로 했다. 빽빽한 영문 타이핑 문서를 지나치다가 강변 사건 발생지의 약도가 보였다. 강가에 홀로 솟은 외딴 봉 부근에 모래사장이 길게 펼쳐졌다. 그날 밤 골재준설선에서 인골이 무더기로 파여 올라오던 곳이다. 서류를 한 장씩 넘기다 영문으로 필사한 듯 보이는 명부에 시선이 머물렀다. 그때 희생된 사람이 빼곡하게 적혀 있다. 모두 한국인 이름이다. 군인이 아닌 민간인. 나머지는 신원불명. 부친으로부터 듣고 막연하게만 알고 있던 목이평 사건의 희생자 명부다. 이 사건의 유일한 현장증인이 아버지라니. 골재회사에 몸을 담게 되고, 자신에게 유골이 발견된 일이 결코 우연은 아니라는 생각이 들었다.

나라보존소에 그 서류들은 마치 정인이 찾아내기를 기다리고 있었던 것 같았다. 뒷부분을 들추다가 두툼한 사진에 머물렀다. 흑백으로 보기에도 참담할 정도로 멋대로 버려진 시신 더미, 해진 옷자락, 탈골되어 드러난 갈비뼈, 벗겨진 구두, 지켜보는 군인들. 모두 일곱 장이다. 맨 뒤에 현장 약도가 있었다. 모래사장에 구덩이가 세 군데.

정인은 뒤에 붙은 명부를 차근차근 살폈다. 어렸을 적에 간간히 들었던 이름들이다. 영문으로 적은 이름이 모두 삼백삼십팔 명.

작정하고 찾아간 독산 밑으로 칡넝쿨이 무성했다. 드디어 강이 내려다보이나 했더니 이내 정상이다. 당이와 그날 밤 모래벌을 내려다보던 곳이다. 산꼭대기에는 비틀린 등꽃이 피고 있었다. 나무는 자라다가 바위를 뚫지 못하고 말라비틀어지는 악착으로 척박한 세월을 버티고 있었다. 멀리 준설선은 아직도 사정없이 강바닥을 파먹으며 상류로 오르는 중이다. 황량하던 모래사장은 빽빽한 갈대로 뒤덮였고 하늘같은 강은 무심하게 흘러간다.

멀리 보이는 가말봉 밑으로 펼쳐진 들과 주변에 옹기종기 둘러앉은 마을이 보인다. 어려서 장터거리로 나오기 전까지 살던 곳이라 저수지 아래로 휘돌며 농사짓던 아버지의 기억이 생생하다. 재평도 거기서 태어났다고 했다. 저수지 마을 뒤 삼태골에서는 땅을 흔드는 포사격 연습이 한창이다. 이따금씩 포를 맞는 가말봉의 가슴팍에선 과거를 짓이기듯 군데군데 포연이 피어오른다.

저놈의 폿소리.

재평을 만날 때마다 매번 깜짝깜짝 놀라며 지겨워하던 소리다. 아무래도 재평을 다시 만나야 할 것 같았다. 그래, 저렇게라도 쏘아대서 나라의 한이 풀린다면야.

해골공원

저놈의 풋소리.

재평이 서울에서 한동안 잊고 지내던 풋소리가 고향에 오니 또다시 들린다. 어머니는 귀가 어두워진 탓인지 꿈쩍도 않는다.

보고프면 눈을 감자

빈산에 오를 때마다 거대한 입석에서 마주치는 글귀다. 눈을 감아야 만날 수 있는 사람. 재평은 부친의 묘 앞에서 무릎을 꿇고 눈을 감았다. 도통 그려지지 않는 아버지의 얼굴이라도 떠올려보기 위해서다. 오랫동안 앉아서 떠올려보려 해도 아버지는 보이지 않고 풋소리만 귀를 때렸다.

한 씨는 오랫동안 아버지의 비석을 잡고 앉아서 눈을 감은 채 입을 움직거리다가 다시 떴다. 이번에는 또 무슨 얘기를 나눴을까. 재평은 어머니에게 조심스럽게 다가갔다.

"보이세요? 어머니. 전 아무리 눈을 감아도 안 보여요."

"그렇겠지."

한 씨는 손수건을 움켜쥐고도 예전처럼 찔끔 솟는 눈물을 찍어내지도 않았다. 재평이 올 때마다 어딘지 모르게 불안해 보이기만 하던 어머니의 얼굴이 오늘은 그토록 편안해 보였다.

"만나셨어요? 아버질."

한 씨는 고개를 끄덕이면서 입으로만 멋쩍게 웃었다.

"그러지 마시고 절 보세요. 제 얼굴이 똑 닮았다면서요."

한 씨는 뼈마디 굵은 손으로 재평의 얼굴을 쓰다듬다가 까칠한 수염에서 머물러 매만졌다. 어느새 한 씨는 눈을 감고 손으로 몇 번이나 더 재평의 얼굴을 쓰다듬었다. 아주 오랫동안.

"아버지가 이렇게 생기셨다지요."

한 씨는 여전히 눈을 감은 채 고개만 끄덕이며 입을 열지 않았다. 아버지를 보고 싶을 때는 재평의 얼굴을 보면 편안해진다고 매번 그렇게 다 큰 아들의 얼굴을 매만졌다. 어쩌면 그토록 그리울까. 재평은 어머니의 두 손을 잡아 무안스럽지 않게 얼굴을 뺐다. 온통 새하얀 머리카락이 소슬바람에 휘날리며 한 씨의 얼굴에 흩어졌다. 한 씨는 얼굴을 가린 머리카락을 쓸어 넘길 생각도 않고 재평이 슬그머니 손을 떼어낸 데에만 서운한 표정이다. 겨우 불러왔을 사람의 잔상이 사라져버릴까 염려스러워 눈도 뜨지 않은 채 다시 아들의 얼굴을 찾으려고 손만 더듬었다.

"어머니."

품에 와락 껴안은 몸은 바람에 부푼 백옥 치마저고리 속에서 어느새 한 아름도 못되게 검불처럼 오그라들어 있었다.

"이젠 됐다. 가자."

두 모자는 검은 빗돌을 뒤로 하고 내려와 강으로 이어지는 길에 머물렀다. 강과 맞닿은 둔지에는 해골모형 부조물이 열을 지어 있었다. 강변 둔지를 덮고 있는 사람의 머리 모형이 모두 칠백여. 한 씨는 내려오는 길에 멈춰서 매번 그 수를 꼬박꼬박 세었다. 당신만의 셈법으로는 번번이 한둘이 부족하든지 많았다. 생전에 아무리 여러 번 여길 찾아온다고 해도 강변 둔지를 가득 채운 돌을 다 세기는 이번에도 어려웠다. 무려 칠백이라고만 들어왔다. 돌아간 사람의 한을 풀고 증오의 굴레를 벗긴다는 일말의 희망은 살아 있었다. 강물은 산색을 그대로 받아 진한

376

녹색빛깔로 어른거렸다. 더 걷기가 힘에 부치는 한 씨는 그대로 주저앉으면서도 물가에 드문드문 놓인 사람 얼굴 모양의 둥근 조형물에서 눈을 떼지 않았다. 머리는 각기 다른 곳을 바라보고 있었다.

"저것들이."

비탈에 의지해 겨우 앉았던 한 씨는 벌떡 일어서더니 어디서 기운이 솟는지 석조물을 향해 조르르 다가가 양손으로 집어 들려고 하였으나 꿈쩍도 않는다. 난감해하며 아들을 바라보는 눈빛이 애원이다. 지금까지 바라만 보며 지나쳐왔지만 저것들을 옮기거나 어찌해보리라고 생각해본 적은 여태껏 없었다. 돌들은 태초부터 거기에 있어왔다고 믿고 싶었다. 그래야 그나마 신성할 테니까.

한 씨의 인상이 울음 직전으로 일그러지자 재평은 마지못해 다가가서 동그란 조형물을 들어 옮겨보려는 시늉을 했다. 역시 꿈쩍도 않는다. 그냥 놓인 게 아니고, 속에 철심을 넣어 땅속으로 뿌리를 깊게 박았다.

"너무 깊게 박혔구나. 놔둬라. 저것들도 썩을까?"

언제부터인지 모르게 한 씨는 이곳을 해골공원이라고 불렀다. 생각날 때마다 아들에게 조각조각 얘기하는 한 씨의 과거는 두서가 없었다. 이야기의 어느 때가 먼저이고 나중인지 헷갈렸다. 몇 년을 더 들어야 부서진 이야기의 앞뒤 퍼즐이 제시간을 찾아 겨우 맞춰질까. 그러려면 한 씨는 흰 옷을 입은 채로 오래오래 살면서 그 이야기를 재평에게 더 들려주어야 한다. 어두운 물색 옷을 입으면 그 사람 기억이 지워질지도 모른다는 염려 때문에 한 씨는 흰옷만 고집했다. 그 시절만 해도 신식 사람이었다는데.

한 씨는 해가 기울도록 해골공원 앞에서 사람의 머리 같은 조형물들을 내려다보며 넋을 놓고 앉아있었다. 재평도 끝까지 지켜보며 노을이 사라질 때까지 기다렸다. 아내에게 제사 준비를 하라며 장을 함께 봐다 놓고 오길 잘했다. 아내는 대낮에 나간 사람이 여태껏 안 들어온다고 투덜거리면서도 시부의 제사를 위하여 지짐질, 볶음질로 야무지게 한 상 차려놓겠지. 어디 한두 번 해본 솜씬가. 어머니는 그거 하나 보고 며느리 잘 들였다고 흡족해 했는데.

해가 서산의 골진 틈으로 숨어들고 나서야 한 씨는 팔을 벋어 재평의 부축을 받으며 일어났다. 한 손으로 땅에 끌리는 백옥 치맛단을 잡아올리고 조심스럽게 비탈을 내려딛었다. 아직 단풍 전이라도 삼동의 평들과 빈들에는 올벼 익어가는 냄새가 코로 짙게 스며들었다. 겨우 주차장까지 걸어와서 차에 오르자 꼿꼿하던 한 씨의 몸은 뒷좌석 등받이에 그대로 무너졌다.

"이제 얼마나 더 이렇게 찾아올 수 있을는지."

재평은 뿜어져 나오는 한숨이 뒤통수에 서리는 느낌을 고스란히 받으며 조심스럽게 가말봉 밑에 있는 집으로 차를 몰았다. 기둥으로 보나 칸 수로 보나, 기왓장에 돋은 이끼만으로도 족히 백 년은 훨씬 넘어 보이는 집채는 버텨오던 황 토주네 가문의 무게를 버티지 못하고 이곳저곳에서 무너지는 기색이 역력했다. 그런 집에서 한 씨는 하루도 쉬지 않고 구석구석 비질에 걸레질을 해대서 아직도 반질반질한 사람냄새가 묻어났다.

대문 밖으로 진동하는 고소한 들기름 냄새를 맡으며 방으로 들어서자 한 씨는 장롱에서 황금색 보자기로 싼 물건을 꺼내다 작심한 듯 아들 앞에서 풀어헤쳤다. 재평은 아버지의 사진이겠거니 했는데 예전에 보던 그 사진이 아니다. 상고머리 가르마에 양복을 쪽 빼입은 얼굴이 한복 저고리에 턱수염 더부룩한 농사꾼으로 바뀌었다. 이게 웬 사진인가. 예

378

전에 벽에 걸렸던 사진과 한 씨가 장롱에서 꺼낸 사진은 전혀 닮아있지도 않았다. 닮기는커녕 눈앞에 갸름한 얼굴과 벽에 걸렸던 통통한 얼굴이 명백히 다른 사람이다.

"이분이 네 아버지다."

사진이 바뀌었다. 예전에 벽에 걸려 있던 양복 차림의 사진이 아니다. 한 씨는 흰 한복 저고리를 입은 남자의 수염 더부룩한 얼굴 사진을 쓰다듬으며 마른 수건으로 보이지도 않는 먼지를 닦아냈다.

"먼저 그 아버지는요?"

아연하지 않을 수 없었다.

"없다. 오늘 제사부터 그냥 이분한테 절해라."

재평은 순간 아찔했다. 여태껏 제사 때마다 지방 옆에 놓던 양복 차림의 잘생긴 어른의 얼굴은 어디로 갔나. 어머니의 얼굴을 또렷이 쳐다봐도 무슨 작정을 했는지 너무 태연하다.

"누구예요. 이 사람."

"네 애비다."

"아버지라니요. 그럼 먼젓번에 그분은요?"

"그 사람은 아니다. 이분이 진짜 네 애비야."

한 씨는 제사상 앞에서 아버지를 갈아치우고도 태연했다. 재평은 도무지 어디서부터 의문을 풀 실마리를 잡아야 할지 몰라 노망을 의심했다.

"어머니. 정신차려 보세요. 먼저 그 사진은 어디 있어요?"

"이젠 없다니까."

그토록 깡마른 한 씨가 커질 대로 커진 재평의 목소리에도 끄떡 않고 꿋꿋이 앉아서 더 이상 입을 떼지 않았다. 사진을 자세히 보니 볕에 그을린 농사꾼이 일하다 말고 찍은 모습인데 얼굴에 엷은 웃음기를 띠며 두 눈은 재평을 또렷이 바라보고 있었다. 초면인데도 결코 낯설지 않았다.

"어디서 많이 본 분 같은데요."

한 씨는 고개만 끄덕였다.

"아버진 일제 때 대판에서 돌아가셨다고 하셨잖아요."

"사진 보니 턱하고 눈이 당신 똑 닮았는데요, 뭘. 큼직한 귀도 그렇고, 당신 아버지 맞네요."

재평은 불쑥 끼어든 아내의 말에 자신도 모르게 귀와 턱을 만졌다. 보다 못한 아내가 한 씨의 화장거울을 가져다 재평의 앞에 놨다. 이럴 수가.

"제사부터 지내라. 지방이나 축문도 필요 없다."

절할 사람은 아들인 재평 혼자뿐이다. 한동안 머뭇거리며 어떻게 해야 할지 갈피를 못 잡고 있었다. 제물을 준비하여 상을 차리면서 밤이 깊어갔다.

"메 식는다. 어서. 에미는 탕 올릴 준비하고,"

재평은 머릿속이 하얘지면서 상 앞에 그대로 고꾸라졌다. 어떻게 향을 피우고 수저를 굴러 절을 하고 메를 떠올렸는지 모른다. 여태껏 보아오던 옛 사진만 머릿속에 어른거렸지, 상에 놓인 사진은 영 어색하고 서먹했다. 생전에 얼굴은 못 봤지만 고인에게 항상 웅얼거리던 기원의 말이 있었는데 이제는 그 말머리조차 찾지 못하고 도깨비에 홀리듯 잔을 올려 제사를 마쳤다. 상을 물리면서 아내가 더 궁금한 모양으로 어머니에게 묻는다.

"왜 아버님을 바꾸셨어요. 어머니."

"작년에 네 종숙마저 떠나지 않았냐. 이젠 감출 필요도 없다."

이제껏 집안에 제일 어른 노릇은 종숙부가 했었다. 팔십 노구로 종가의 제사라고 매번 참례를 했는데, 지난해 세상을 떴으니 이젠 재평이 혼자서 올릴 수밖에 없었다. 재평의 아내도 참견하려다 한 씨가 입을 다물고 말아 셋뿐인 방 안에는 한동안 침묵이 깔렸다. 참고 기다리던 재평의 아내가 지쳤는지 철상을 하고 탕국을 데워 상을 차릴 때까지도 한 씨는 넋을 놓고 천정만 바라봤다. 이대로 정신을 놓을까 봐 재평과 아내는 걱정이다.

"어머니. 얘기 안하셔도 돼요. 진지 잘 드시고 지금처럼만 사세요."

한 씨는 재평의 손을 꼭 잡고 등을 쓰다듬더니 복이 받치는지 어깨를 들먹이며 흐느꼈다. 부친의 기고가 한두 번도 아니었는데 오늘은 유별나다. 혼자 사는 우울증인가, 노망기인가 했다.

"너도 이리와 앉아라."

한 씨는 철상을 하는 며느리를 불러 앉히면서 아들에게 잡혔던 손을 빼서 되잡고 다물었던 입을 일그러뜨려 머금고 있던 울음을 터뜨렸다.

"넌 내 아들이다."

당연한 말씀인데.

"이 집 아들이 아냐."

이 집 아들은 또 뭔가. 여태껏 살아온 아들이 황 씨네 집 아들이 아니라면. 그토록 가녀리던 어머니가 언제부터 이렇게 단호했을까. 이 집 아들이든 아니든 재평이 어머니의 아들은 분명하니 흔들릴 일은 없지만 낯선 사진의 주인이 누구인지 궁금해서 못 견디고 물었다.

"누구예요?"

"절했지 않느냐. 이제부터 네 애비다. 아니다. 원래부터."

"그럼, 산소에 있는 분은요?"

한 씨는 고개를 끄덕였다.

"거긴 아무도 없다."

재평은 유복자로 자랐으니 아버지의 생전 얼굴은 물론 장례 치르는 일조차도 본 적이 없었다. 어머니의 말만 믿고 여태껏 황 씨네 종손 자리를 지켜왔다. 혼란스런 머리를 가누기 어려워 밖으로 뛰쳐나왔다. 달빛이 마루까지 찾아들었고 잊고 있었던 풀벌레 소리가 집 안에 가득 찼다. 마루 밑에서 고양이가 나와 어린애 울음소리를 내며 안마당을 가로지른다. 제사상 앞에서 아버지가 뒤바뀌면서 최근에서야 겨우 정돈되려던 옛날이 모두 흐트러지고 있었다. 황재평, 넌 도대체 누구냐. 아내가 뒤쫓아 나왔지만 소용없는 일이다. 불경스럽게 어머니를 다그친다고 다시 바뀔 일이 아니다. 어디서부터 어떻게 다시 정리해야 할지 모르는 과거가 뒤엉키고 있었다.

잠자리가 바뀌어 그렇기도 했지만 잠은 오지 않았다. 바지저고리 차림의 그 사람이 누굴까. 어머니가 왜 그리도 애지중지 간직하고 있었던 걸까. 몇 해 전에 햇솜을 넣고 지어 뒀다는 이불 홑청이 풀을 먹여서인지 뒤척일 때마다 버걱버걱 소리를 내니, 아내마저 성가셔하며 이 생각 저 생각으로 선잠을 뒤척이고 있었다.

조부는 논을 삼십팔 정보, 밭을 십삼 정보나 갖고 소작인을 백여 명넘게 거느리던 갑부였다. 백부는 일찍 병사하고, 둘째였던 아버지 황문연은 사업을 한다며 일본 대판으로 갔다가 의문의 죽음을 당해서 전보한 장만 돌아왔다고 했다. 한 씨는 아들 하나를 낳고 서서히 무너져던 황 씨네 집을 여태껏 지켜왔다. 조부는 재산을 상해와 만주로 오가는 독립자금 모집책들에게 모두 털어 넣다시피 하고, 난리 때는 농민들의 피를 빨아먹은 자라며 이 바닥 빨갱이들에게 몰매를 맞아 세상을 떠났다고 했다. 한 씨가 아들에게 가끔씩 하던 얘기로, 조부는 목이평 사람들에게나 소작인들에게나 머슴들에게까지도 절대로 인심을 잃지 않았다고 했다. 해방 되고 나서는 이제 죽어도 원이 없다며 목이평에 빈 들과 평들 농토를 모두 나눠주고 머슴들도 모두 내보냈다고 한다. 그런 조부가 육이오 때 마을 사람들 앞에서 몰매를 맞았다니.

자라면서 한두 번 들어왔던 얘기가 아니었으므로 믿을 수밖에 없었다. 믿어야 했다. 어머니 한 씨는 재평을 서울로 보내놓고 황 씨 없는 황 씨 집안을 홀로 지켰다.

재평은 종손의 자리를 지키느라 종숙과 함께 조부모와 아버지의 기제 사를 꼬박꼬박 지내왔다. 그런데 노망기도 없던 총기 밝은 어머니가 종 숙부의 초상을 치른 이듬해 제사상 앞에서 아버지를 바꾸다니. 양복과 한복의 두 사진 속 얼굴은 전혀 다른 사람이다. 아내는 오히려 한복을 입은 농사꾼 차림이 재평을 더 닮았다고 했다.

탕국에 밥을 말아 늦은 아침을 먹고 침묵하던 한 씨는 무거운 입을 뗐다.

"네 승(성)은 황 씨네 집안에서 얻었다."

성을 얻다니. 아침 상 앞에서 한 씨는 뜬금없이 성 얘기를 꺼냈다. 한 씨는 그 한마디를 털어놓기 위해서 밤새도록 뒤척였다.

"네 아버진 성도 없는 우리 집 상일꾼이었지. 일하는 게 신통하고 믿 음직스러워 할아버지가 황감수라고 이름을 줬는데 심성도 착했다. 본래 이름은 감쇠다. 동네에선 머슴이라고 얕봐서 흉하게 깜새라고 불렀지. 융니오 난리 때 빨갱이 소리 들어가면서 네 할아버지 살리려고 내무서 원들하고 잠깐 휩쓸려 다녔지. 평생 저쪽 세상일줄 알았는데 석 달 만 에 국군이 다시 들어와서 도망쳤다가 자수하고 국군에 들어갔단다. 무 슨 연윤지 난리가 끝나고 잡혀가 징역살고 나왔다는데 집으로는 안 들 어왔어. 나중에 알고 보니 갈문산 너머 회장골이라는 데에 들어가서 죽 도록 일만 하다 죽어서는 돼지 무덤 옆에 묻혔단다. 여태까지 네게 감쳤지만 이젠 그럴 필요가 없어졌다. 종숙도 죽고 이 집 안에 거리낄 사람들은 다 죽었으니 이제 얘기해도 되겠기에 한다. 아버지가 바뀌었다고 달라질 건 없다. 너만 그렇게 알고 살아라. 네 진짜 애비가 누군지는 이제라도 똑바로 알고 살아야 할 게 아니냐."

"그럼 여태껏 제사를 받아 잡수신 아버지는요. 문자 연자. 황문연. 큰 사업하러 대판에 갔다가 돌아가셨다는 그분은요."

"그분은 잘 모른다. 혼인하고 집에서 한 달 밖에 안 지냈으니까. 합방은 했지만 대판으로 가려고만 넋이 나가 있었던 사람과 아무 연도 맺지 못했다. 네 아버지가 이 댁에서 일하던 황감수라는 분인 것만 똑똑히 알아둬라. 내가 죽더라도 제사 꼬박꼬박 챙겨라. 평생 황 씨 집안 살리려다 불쌍하게 돌아간 어른이다."

여태껏 황문연의 아들로 알고 살아온 재평이 알지도 못하던 사람, 황감수의 아들이라니. 아버지만 바뀔 뿐 달라지는 건 아무것도 없었다.

"그럼 어머니는요?"

"맞다. 네 어미는 나다."

순간 재평은 어머니의 얼굴을 뚫어지게 쳐다봤다.

"뭘 그렇게 보냐. 네가 날 부정하게 상상한다면 그대로다. 널 황 토주댁 아들로 이렇게 키우기 위해서 그랬다."

이 충격 앞에 재평은 아침밥을 뜨다가 밀어놓고 밖으로 나왔다. 그 뒤를 한 씨가 따라나섰다.

"바뀐 게 아니고 본래대로 되찾는 거다."

답답하여 해골공원으로 나가려는데 한 씨가 따라가겠다고 뒷자리에 함께 탔다. 공원 입구 주차장에 차를 세우고 안으로 걸어 들어갔다. 강변에 놓인 수많은 머리들을 살피며 걸었다. 강을 바라보고 있는 머리들은 얼굴 표정 하나하나가 모두 달랐다. 그토록 모든 얼굴에 공을 들인 작품들이다.

"찾아보세요. 여기서."

"네 애비 얼굴은 여기 없다."

한 씨는 어제 다녀온 빈산묘원을 가리키며 땅바닥에 털썩 주저앉아 강을 바라보다가 작정한 듯 얘기를 꺼냈다.

"애빈 융니오 때 세상이 뒤바뀌고 팔뚝에다 빨간 팔띠 하나 얻어 찼었지. 사람들은 뒤에서 손가락질 했지만 토주 어른을 살리려고 그랬던 거야. 땅 마지기나 거느렸으니 다칠게 빤했으니까, 그렇게라도 해서 살려보려고. 저쪽 것들 속여가면서 잡아가기 전날 도망치라고 알려주면서 삼동 사람들 많이 살려냈지. 네 할아버진 도망을 안 가고 버티다가 변을 당하고 말았지. 그 후로 아버진 보이지 않았어. 난리가 끝날 때까지도 소식이 없었는데 몇 해 전에 감옥에 있다고 편지가 왔어. 뭘 잘못했는지 감옥살이 끝내고도 집으로 안 들어왔다. 이 큰집을 나 혼자 지키고 기다렸는데 사람을 시켜 소식만 보냈더라. 야속한 사람. 난리 때 자수하고 국군에 들어가 싸웠다는데, 무슨 일로 감옥살이 했는지는 끝내 알려주지 않더라. 회장골에서 잘 있으니 그리 알고 절대로 찾아오지 말라고. 몇 번이고 찾아가려다가 못했지. 그리로 발길이 떨어지지 않더구나. 회장골이 여기서 좀 머냐. 홀로 된 황 씨 집안 맏며느리가 머슴 살던 사람을 찾아간다는 게 남의 눈도 있고 해서. 그보다도 널 생각했지. 네가 그 사람의 씨라는 게 드러나면 황 씨네 집안에서 쫓겨나고 호적에서 파버릴지도 몰라서. 언젠가는 만나겠지 하고 살았는데 같이 일했다는 사람이 사진 한 장에 머리카락만 한 줌 담아 보내왔더구나. 키우던 돼지들이 병들어 모두 죽고 그 충격으로 당신도 자진해서 같이 일하던 사람들이 돼지무덤 곁에다 안장했대. 머리카락만 여기 묻었지. 대판에서 죽어 돌아왔다는 사람은 이 안에 애시당초 없었다. 집안에서 허묘를 썼어. 죽었다고 전보만 왔지 시신은 안 왔단 말이야. 전보 한 장하고 그 사람 입던 옷가지를 묻었다. 그러니까 여긴 네 진짜 애비의 묘가 맞다. 자격지심 가질 필요 없다. 죽도록 일만 하다가 시어른 살리려고 자기 목숨까지 버리다시피 한 사람, 그만한 대우 받아 마땅하다. 호적까지 떳떳한 네가 마음 달라질 필요도 없다. 네 애비가 누구라고 너만 바로 알면 됐다. 가자."

한 씨는 이 엄청난 사실을 재평에게 넘겨준 무게는 생각도 안하고 당신의 가슴 속에서만 후련히 털어 버렸다고 자리를 털며 일어나려 한다.

"그분이 좋으셨어요?"

재평은 무거운 가슴을 덜려고 무겁게 물었다.

"황 씨네 집 일꾼이지만 심성이 착하고 곧았다. 나중에 동네 야학에서 공부도 해가지고 학식도 꽤 찼었지. 내 집에 있는 동안 그 사람 밥상 차려주는 걸로 낙을 삼았다. 박복해서 말년에 고생만 하다가 죽었지만 널 낳았잖느냐. 난 그분을 내 지아비로 알고 여태껏 살았다. 너도 황 씨 집안의 사람으로 이렇게 성장해서 남부럽지 않게 살고 있으니 이것도 내 복이고 고맙다."

어느새 한 씨는 재평의 손을 꼭 쥐고 있었다.

"이걸 받아라."

한 씨는 손수건보다 조금 더 큰 보자기를 풀었다. 펼쳐보니 태극이 위에서 아래로 찢어진 오른쪽 반쪽이다.

"애비 방을 치우다가 나온 거다. 우직하게 일만 하는 줄 알았는데 이걸 깊이 간직하고 있더구나. 이불, 옷 다 태우고 이것만 남겼지."

"왜 찢어졌어요? 반쪽인데 이걸 뭐하려고."

"뭐하긴. 이 태극기는 제 할 일 다 했다. 짝 찾는 일만 남았지."

"짝을 찾다니요."

"그쪽에서도 여태 가지고 있을지, 버렸을지 모르지. 어디든 있을 거다. 어떻게든 반쪽을 찾아보면 네 애비가 어떤 일을 했는지 더 알 수 있을 거다."

재평은 옥양목에 목판으로 찍어 만든 태극기 반쪽을 접고 보자기에 싸서 품속에 넣었다.

"이젠 됐다. 가자."

의문만 잔뜩 안겨주고 뭐가 됐다는 말인가. 재평은 어머니를 차에 두고 해골공원을 한 바퀴 더 돌았다. 몸은 비록 땅 속에 묻혔더라도 영원히 강물을 바라보라는 뜻일까. 모든 머리들이 방향은 달랐지만 갈문산을 등지고 동남서, 강 쪽을 향하고 있었다. 재평은 그들을 하나하나 살피며 말을 걸었다. 그들이 말을 한다.

시체 일이 일어나서 말한다. 이제 집으로 가야지.

시체 이는 신음하면서 뒤척인다. 가긴 어디를 간다고. 갈 집이나 있을라나. 난 총 맞은 가슴이 쑤셔서 잠도 안와. 머리도 그렇고. 여기 앞이마가 이렇게 뻥 뚫렸잖아. 이리로 바람이 술술 들어오니 머릿속이 시려서 도통 잠을 잘 수가 있어야지.

시체 삼이 끼어든다. 바람이 불어서 나를 덮었던 모래가 다 벗겨졌어. 갈비뼈가 드러나 하늘을 보고 있으니 가슴이 시리네. 해는 얼마나 더 기다려야 다시 뜰까. 으으 추워.

시체 사는 좀 다르다. 우릴 이 지경으로 만든 저 철천지원수들하고 죽어서도 한 구덩이에 묻혔으니 밤마다 꿈자리가 사나워서.

시체 오도 말끝에 독기가 서렸다. 오뉴월 서리 같은 한을 품은 듯하다. 저것들이 왜 여기 있어. 멀쩡한 사람 잡아다가 죄라고 뒤집어 씌워 총질하던 놈들인데. 뼈라도 부숴버려야지.

시체 육이 듣고 있다가 훈계한다. 어허. 그 참극을 당하고도 그러네. 왜들 그렇게 됐나 생각해보게. 한 하늘, 같은 땅에서 뭣 때문에 그렇게들 싸웠는지.

시체 칠이 옆에서 못 참고 시체 육을 나무란다. 혼자서 점잖은 척, 군자인 척하는데, 그 가슴 속에 먹구렁이가 집을 짓고 사는 줄도 모르고…. 네 속이나 들여다보라고. 옛날이나 앞날이나 얼마나 답답했고 막막한가.

시체 팔이 맞장구를 친다. 자넨 그때에 이쪽도 아니고 저쪽도 아니고 갈팡질팡했었잖아. 자네가 양쪽을 하나로 모으겠다고 주접떨었지만 결국 양쪽이 이렇게 갈라지지 않았나. 자네가 합치려고 한 건 이쪽과 저쪽이 아니고 홀로를 위한 공명심이었겠지. 물과 기름이 섞일 때는 펄펄 끓고 있을 때뿐이야. 물은 영원히 끓고 있을 수 없으므로 식으면 물에 기름이 둥둥 떠서 따로 놀 수밖에 없는 거고. 모르면서 그걸 섞고 살라고 했으니.

시체 구가 한 술 더 뜬다. 그 말이 맞아. 펄펄 끓어 섞이면 언젠가는 졸아들어 없어지고 마는 거지. 차갑게 식혀서 세상에 둥둥 뜨는 기름은 우주 밖으로 걷어내야 해. 물도 아닌 것이 끓는 물에 섞여서 물인 척하고 있으니.

시체 십이 싸움을 평정한다. 서로에게 뜨겁지 못하면 물은 물대로, 기름은 기름대로 갈라질 수밖에 없지. 자아, 지금이라도 적당히 뜨거워

봐. 그래야 우리 뼈에 살이 붙고 피가 돌아 함께 살아나지.

끝날 줄 모르고 들러붙는 시체들의 말을 물리치고 돌아온 재평은 어머니를 집에 모셔다 놓고 아내와 함께 빈산묘원으로 다시 올라갔다.

보고프면 눈을 감자

다시 보지 않고는 도저히 견딜 수 없어서다. 많은 봉분 사이에서 아버지의 잔디와 빗돌은 변함이 없었다. 어머니가 매번 쓰다듬던 그대로다. 아버지가 바뀌었다지만 하룻밤 새에 달라진 건 아무것도 없었다. 빗돌 앞에 앉아 사진 속의 얼굴이 떠오르기를 기다리며 눈을 감고 쓰다듬었다. 이제 생생하게 보인다. 수염이 더부룩한 한복 차림의 낯설지 않은 남자. 어젯밤 사진 그대로다.

아버지.

부르자 꼭 감은 눈 속에서 농부 사진이 빙긋이 웃고 있었다. 재평은 놓치지 않으려고 눈을 뜨지 않았다. 얼굴이 길쭉하고 키도 커 보여서 마음은 순박하고 힘은 장사로 보였다. 어머니와 어떻게⋯. 궁금해하고 싶지 않았다. 다행이다 싶었다. 묻고 싶지도 않았다. 눈 감아 떠오르면 됐다. 이 사람이 맞다. 이제 가자.

재평이 내려가려는데 누군가 빈산 쪽으로 올라오고 있었다. 이쪽을 알아보았는지 먼저 손짓하며 걸음이 빨라졌다. 하얗고 노란색의 꽃을 섞은 국화꽃다발을 들고서.

"어이, 재평이 내 여기 와 있을 줄 알았지."

정인이다. 재평이 반갑게 꽃을 받아들려 하자 정인은 재평의 손을 잡고 흔들더니 봉분을 서넛쯤 건너가 꽃을 놓고 한동안 묵념을 했다. 정인이 너무 오래도록 서 있다는 생각이 들 때쯤에서야 재평은 묘를 한 바퀴 둘러보고 정인에게로 다가왔다.

"아버님?"

"어머니도."

"여기서 죄다 만나는군. 죽어서도 헤어지지 못하는데 왜 그렇게들 서로 못 죽여 안달을 했는지."

재평도 목이평의 옛 일에 대해선 같이 관심을 갖고 있던 터다.

"찾아냈어."

"뭘?"

"이웃 간 끈질기게 죽이고 죽여오던 해코지의 뿌리를."

재평은 귀가 번쩍 뜨였다.

"짐작은 가는데…."

"해방되기 오래전부터 갈문산 밑자락으로 띠처럼 둘러 사는 사람들은 붉은 물이 들어 있었지. 삼십여 년이 넘게 모두 나랄 찾겠다고 싸웠지만 어떤 나랄 세울지는 서로 다른 꿈을 꾸고 있었고. 여기서부터 곪기 시작한 거야. 그땐 왜놈들만 물러가면 다 되는 줄 알고 있었거든. 그 후에 어떤 세상이 돼야 할지는 생각도 못하고서."

"그걸 생각할 겨를이 없었지."

"아냐. 저쪽은 벌써부터 다른 꿈을 꾸고 있었고 이쪽은 꿈을 미뤄두고 있었던 거야. 해방되면 모두 꽃길일 줄만 알았지. 얘기하자면 길어."

정인은 갑자기 품 안에 접어 넣었던 종이를 꺼내 펼치더니 새까맣게 적은 도표를 짚어 내려갔다. 그동안 모아온 자료다.

"그때 일찌감치 깨었다는 사람들이야. 익히 듣던 이름 아냐?"

"이런 걸 어디서 구했어?"

재평이 함께 앉아서 깨알 같은 이름들을 읽어 내려가려 할 때 아래쪽

390

에서 성묘객들이 올라오고 있었다. 정인은 황급히 펼쳤던 서류를 챙겨 가방에 넣었다. 올라온 남녀가 평장한 묘에 다가가더니 절을 올린다. 또 한 쪽에 모자간으로 보이는 남녀가 술잔을 올리고 절을 하더니 두 패는 합쳐 앉는다.

"저쪽은 백 도수네 묜데. 여긴 갈막생이고."

재평은 정인이 들으라는 듯 중얼거렸다. 저쪽에서 음식을 펼쳐놓고 먹으면서 이쪽을 힐끔힐끔 본다. 재평이 일어나 인사를 건네려 하자 정 인이 옷깃을 잡아 앉혔다. 지켜만 보고 있던 재평의 아내도 눈을 찔끔 하며 재평을 주저앉힌다.

평장묘에 절했던 남자가 머뭇거리다가 재평네 쪽으로 다가왔다.

"저어. 황 토주 어른 댁 분이시죠?"

"조부님을 어떻게."

"펄들에서 유명한 분이셨다고요."

정인이 앉아서 음식을 먹고 있는 쪽을 자꾸 쳐다보자 남자는 궁금해 하는 눈치를 챘는지 알려준다.

"누님한테 다 들었어요." 하면서 머리가 허연 노파를 가리켰다.

"저분은? 마순 아줌마 같은데. 망글네집 백마순."

정인은 마순을 향해 손짓했다. 노파의 아들쯤 되는 연배로 보이는 남 자가 자신에게 하는 손짓인지 긴가민가하여 답을 못하고 머뭇거린다.

"어서 내려가지."

정인은 재평의 손에 끌리다시피 내려왔다. 재평이 심지를 박는다.

"갈막생이라고 들어봤나. 그 아들 갈망수. 말 함부로 걸지 말고 조심 해."

"저 사람이 장터거리 국밥집에 갈망수라고? 갈막생이 아들 망수."

망글네. 국밥집. 망수. 정인의 기억이 아련히 살아났다. 어머니와 국밥집 아줌마는 가끔 왕래를 하긴 했었지만 그 집의 아이와는 멀리서 몇 번 보기만 했지 말을 섞어본 적도 없었다. 그가 저렇게 장성했다니.

"지금도 서울에서 이 좋은 세상을 뒤엎으려고 무슨 운동질을 하고 다닌다잖아. 당이하고."

"당이라면? 조당이?"

재평은 고개만 끄덕였다. 재평이 난리 때 사라진 당이를 알다니. 정인은 다시 물었다.

"당이를 어떻게 아나?"

"애비가 조진창. 난리 끝나고 서울에서 조서구로 이름을 바꿔 저쪽 활동하다 잡혔고, 그 아들이 대를 이어 저쪽 애들 일을 대놓고 돕는다잖아."

둘이 재평의 집에 닿아 한 씨가 나오자 정인은 인사를 하느라고 더 이상 묻지 않았다.

"어머니. 장터거리에 청과물집 맏아들 정인예요?"

"그 김 씨네 집 아들이 이렇게 늙었다구?"

한 씨는 눈이 동그래진다. 당신의 백발은 생각도 안하고 정인의 희끗희끗한 머리에만 눈이 갔다.

"그 집 애비가 청년단 할 적에 토주 어른이 무척 아꼈지. 수양아들 삼고 싶어 했다고. 그런데 너무 일찍 갔어. 이 늙은이도 아직 살아있는데 더 살았으면 좋았을 걸. 그 집에 안 사람도 그해에 뒤따라갔지 아마."

한 씨는 정인이 반가워서 고개를 끄덕이며 손을 꼭 잡았다.